Moon Notes

JANNA RUTH

# MEMORIES OF SUMMER

## WER BIST DU OHNE VERGANGENHEIT?

MOON NOTES

Dieses Buch wurde klimaneutral produziert. Dadurch fördern wir anerkannte Nachhaltigkeitsprojekte auf der ganzen Welt. Erfahre mehr über die Projekte, die wir unterstützen, und begleite uns auf unserem Weg unter www.oetinger.de

1. Auflage
© 2021 Moon Notes im Verlag Friedrich Oetinger GmbH,
Max-Brauer-Allee 34, 22765 Hamburg
Alle Rechte vorbehalten
© Text: Janna Ruth
© Einbandgestaltung: FAVORITBUERO, München, unter Verwendung von
shutterstock.com: © masher / © tsuponk
Dieses Buch wurde vermittelt von der Literaturagentur
erzähl:perspektive, München (www.erzaehlperspektive.de)
Satz: Arnold & Domnick, Leipzig
Druck und Bindung: GGP Media GmbH; Karl-Marx-Straße 24,
07381 Pößneck, Deutschland
Printed 2021
ISBN 978-3-96976-009-3

www.moon-notes.de
www.janna-ruth.com

Liebe:r Leser:in,

wenn du traumatisierende Erfahrungen gemacht hast, können einige Passagen in diesem Buch triggernd wirken. Sollte es dir damit nicht gut gehen, sprich mit einer Person deines Vertrauens.

Auf S.303 findest du einen Hinweis der Autorin, wie du in schwierigen Lebenssituationen Hilfe bekommst. Und auf S.302 sind die potenziell triggernden Inhalte in diesem Buch aufgelistet. (Um keinem:r Leser:in etwas zu spoilern, steht der Hinweis hinten im Buch.)

*Für meinen Papa
und all die Sommer,
die wir miteinander verbracht haben*

# Kapitel 1

Rot glänzend lockt mich das RedPad C zum Schaufenster. Es ist früher Nachmittag, und der Laden platzt bereits aus allen Nähten. Gestern war Release Day. Seit vorgestern haben die Leute vor dem Laden gepennt, um die Ersten zu sein. Natürlich hätte man es sich auch um Punkt Mitternacht liefern lassen können, aber so ein Event zieht immer einige Nostalgiker an.

Eine Schautafel im Fenster listet die Vorzüge des RedPad C auf. Wie immer liegt der Fokus auf der Kamera, die in dem Moment auslöst, in dem man ein geeignetes Motiv gefunden hat. Quasi null Reaktionszeit.

Mich interessiert etwas anderes: Die Machine Learning Engine. Die hohe Lernfähigkeit des RedPad C ist schon jetzt legendär. Nach nur wenigen Wochen Nutzung soll es eine 98-prozentige Genauigkeit haben und immer genau wissen, welche App gerade gewünscht ist.

Nie mehr Langeweile.

So zumindest der Spruch aus der Werbung. Wenn ich an all die Tage denke, in denen ich nicht wusste, was ich mit mir anfangen soll, bin ich nur zu gespannt, ob das RedPad C hält, was es verspricht. Aber dazu muss ich es mir erst mal leisten können. Immerhin kostet das Ding so viel, wie meine Mutter in einem Monat verdient – vor den Steuern.

Schweren Herzens wende ich mich von dem Schaufenster ab und setze meinen Weg fort. Ich hole mein altes B.2 raus und checke im Laufen meinen Kontostand. Mit etwas Glück kann ich

Dr. Rhivani dazu überreden, dass sie mir heute etwas mehr entnimmt als gewöhnlich. Dann könnte es vielleicht schon diesen Monat für das RedPad C reichen. Zumindest, wenn ich das B.2 eintausche. Es ist zwar erst ein Jahr alt, aber zwischen dieser und der neuen Version liegen Lichtjahre.

Die Memory Transfer Clinic, kurz MTC, liegt in der Nähe einer Waldenklave. Viele Großstädte legen Wert darauf, solche grünen Taschen inmitten der Häuserschluchten zu pflegen, um das Stadtklima zu verbessern. So ist der Weg zur Klinik immer wie ein kleiner Ausflug ins Grüne. An diesem Frühsommertag erreicht mich der unverkennbare Geruch von Kiefern und Hitze. Ein eigentümlicher Duft, der mich immer an die Sommerferien erinnert, die in wenigen Wochen beginnen. Eine Waldtaube gurrt hoch oben in den Wipfeln, und zwei Eichhörnchen jagen sich lautstark durch das Geäst. Der ungepflasterte Weg knirscht unter meinen Füßen.

Schon tauchen die verglasten Wände des MTC auf, und mein Herz macht einen kleinen Hüpfer vor Freude. Beim ersten Mal war ich noch nervös, aber mittlerweile war ich so oft hier, dass ich mich schon fast wie zu Hause fühle.

Kühle Luft empfängt mich, als sich die Türen öffnen, und eine leise Melodie klingt an mein Ohr. Irgendein alter Millennial-Hit. Gemütlich schlendere ich zur Rezeption und lehne mich mit den Ellenbogen auf die Ablage. »Hey, Marleen.«

Ihre Finger tippen in wahnsinniger Geschwindigkeit über die Tastatur, und das, obwohl sie mir längst ihr Gesicht zugewandt hat. »Du schon wieder.«

Ich rolle die Augen, muss aber grinsen. Natürlich bin ich es schon wieder. Man darf nur einmal alle vierzehn Tage spenden, und mein Kalender weist mich mittlerweile schon im Voraus darauf hin, dass der Tag sich nähert. »Ich habe einen Termin mit Dr. Rhivani.«

»Fünfzehn Uhr dreißig«, bestätigt sie mir und streckt lächelnd die Hand aus.

Ein wenig genervt krame ich nach meiner Chipkarte. Man möchte meinen, dass eine so moderne Einrichtung wie das MTC fähig wäre, ihre Spender direkt einzuloggen, statt jedes Mal die Karte zu verlangen. Zum Glück ist Marleen effizient und hat im Nullkommanix die Unzulänglichkeiten des Systems überbrückt. »Na, dann viel Glück!«

Grinsend schüttle ich den Kopf. Als ob ich Glück bräuchte. Dr. Rhivani schaut in meinen Kopf, nimmt sich, was sie braucht, und in einer halben Stunde bin ich wieder raus.

Zumindest, wenn wir pünktlich anfangen.

Zu dieser Uhrzeit ist der Warteraum gut gefüllt, Spender und Patienten unmöglich voneinander zu unterscheiden. Ich lasse mich neben einem Mädchen meines Alters auf einen Stuhl fallen und hole mein RedPad hervor. Während meine Finger schon über die Bedienoberfläche fliegen und das Logikspiel fortsetzen, das ich in der Pause begonnen habe, bemerke ich aus dem Augenwinkel, wie meine Nachbarin nervös die Hände knetet. Dabei ist ihr Blick starr zu Boden gerichtet.

»Dein erstes Mal?« Das RedPad verschwindet in meiner Hosentasche, während ich das Mädchen genauer mustere. Sie ist definitiv nicht wegen des Geldes da. Dafür sieht ihre Kleidung zu teuer aus. Vielleicht will sie einfach anderen etwas Gutes tun.

Ihre braunen Haare fallen in makellosen Locken über ihren Rücken, und ihre Schuhe erinnern mich an diese eine Filmwerbung. Alles an ihr ist in tadellosem Zustand. Alles, bis auf die angeknabberten Fingernägel, die auf meine Worte hin unter ihren Oberschenkeln verschwinden.

Sie blinzelt, sieht mich aber nur flüchtig an und seufzt, was ich als Zustimmung werte.

»Es tut nicht weh«, versuche ich, ihr die Angst zu nehmen.

»Wirklich. Es ist nur ein ganz kleiner Eingriff. Kaum zu sehen. Man verschläft sowieso das meiste.« Sie nickt nur vage, und ich habe das Gefühl, ihr auf die Nerven zu gehen. »Die Spenden sind ziemlich wichtig.«

Mit einem weiteren Seufzen sagt das Mädchen: »Ich spende nicht.«

Das erklärt einiges. Wenn sie nicht zum Spenden hier ist, dann, weil sie eine Spende erhält. Die Prozedur, die sie erwartet, unterscheidet sich kaum von meiner, aber dass das nicht grundlos geschieht, ist selbst mir klar.

Eben noch hatte das Mädchen kaum Interesse an unserer, zugegebenermaßen einseitigen, Unterhaltung. Jetzt starrt sie mich plötzlich mit weit aufgerissenen Augen an. »Mika?«

Stirnrunzelnd schaue ich an mir hinab, ob ich nicht zufällig irgendwo ein Namensschild trage, aber da ist nichts. Sie weiß wirklich, wie ich heiße. »Ja?«

Ein Lächeln verändert das Gesicht des Mädchens und lässt sie regelrecht erblühen. Gut ein Dutzend Sommersprossen fallen mir dabei auf ihrer Nase auf. »Ich bin's. Lynn.«

Der Name sagt mir nichts. Rein gar nichts, obwohl sie mich anschaut, als wäre ich ihr lange verschollener Bruder. Das höfliche Lächeln kommt mir nur schwer über die Lippen, jetzt, wo sich die Unterhaltung gedreht hat. »Schön, dich kennenzulernen, Lynn.«

Das Strahlen in ihren Augen wird durch meine Worte ein wenig gedämpft. »Kennst du mich nicht mehr?« Im Nu bombardiert sie mich mit Wörtern, die mir irgendwas sagen sollen: »Ottergrund. Der Waldkindergarten. Rinnbachschule?« Ich kenne jeden einzelnen dieser Namen. Es sind die Stationen meiner Kindheit, meine Grundschule und die Wohnsiedlung, in der wir damals gewohnt haben, aber eine Lynn ist mir dabei nicht begegnet.

»Tut mir leid.« Hilflos zucke ich mit den Schultern. Ihre Nervosität hat sie in dem Moment abgelegt, als sie mich erkannt hat, aber mir ist die Situation ziemlich unangenehm. Ich kann sie überhaupt nicht einordnen. »Waren wir in einer Klasse?«

Die Enttäuschung stiehlt ihr das Leuchten in den Augen und das Lächeln. »Ja, schon, aber ich dachte … Du trägst immer noch unser Band.«

Mein Blick wandert hinunter zu meiner rechten Hand. Schon seit einer halben Ewigkeit trage ich ums Handgelenk ein buntes geflochtenes Band. Es ist so lange her, dass ich gar nicht mehr weiß, wie es dazu gekommen ist. Es gehört einfach zu mir. Dass Lynn davon weiß, lässt meinen Nacken kribbeln.

»Wir haben sie zusammen bei unserem Ausflug in der Werkstatt Kunterbunt geflochten. Du hast mir deins geschenkt und ich dir meins.« Um ihre Worte zu unterstreichen, hebt Lynn ihren viel zu dünnen Arm in die Höhe und zeigt mir das ausgefranste Gegenstück zu meinem. Scheint so, als hätte ich mich damals nicht sonderlich gut angestellt. Ihres zeigt kaum Abnutzungserscheinungen.

So langsam wird mir das Ganze unheimlich. »Ach, wirklich?«, quäle ich mir regelrecht heraus, wobei mein Mundwinkel nur müde zuckt. Ich mustere Lynn genauer, suche irgendeinen Anhaltspunkt dafür, dass ihre Geschichte stimmt. Weder die vielen Sommersprossen noch die karamellfarbenen Augen rufen die geringste Erinnerung in mir wach.

Lynn wirkt nun ebenfalls verunsichert. In diesem Moment wünschen wir uns wahrscheinlich beide, dass das Band nur ein Zufall ist, dass ich gar nicht der Junge sein kann, der ihr das ihrige geschenkt hat. Aber sie kannte einen Mika, und dass ausgerechnet am Ottergrund vor zehn Jahren ein zweiter Mika aufgetaucht ist und Lynn solch ein Band geschenkt hat, ist dann doch etwas weit hergeholt.

»Tut mir leid, ich erinnere mich leider nicht daran. Wahrscheinlich ist es zu lange her.« Es ist zwar schade, aber da kann man nichts machen. Das hindert uns ja nicht daran, uns erneut kennenzulernen. Immerhin scheint sie ganz nett zu sein.

Ein kleines enttäuschtes »Oh« entweicht ihr, und sie beginnt wieder damit, ihre Finger zu kneten.

Dieser winzige Laut liegt mir schwerer im Magen, als er sollte. Ich habe ihr in meinem Unwissen wehgetan, und das Warum nagt an mir.

Noch während ich fieberhaft überlege, wie ich es wiedergutmachen kann, werde ich aufgerufen. Das Signal lässt mich vor Erleichterung geradezu aufspringen. »Das bin ich. Viel Glück mit deinem Termin. War schön, dich kennenzulernen, Lynn. Ich meine, wiederzusehen.«

Hastig wende ich mich ab, bevor mich ihr Stirnrunzeln noch aus der Fassung bringt. Ich kann erst wieder tief durchatmen, als ich das Wartezimmer hinter mir gelassen habe und durch die bebilderten Gänge des MTC gehe. Im Behandlungszimmer empfängt mich Dr. Rhivani bereits mit einem Lächeln. »Hallo, Mika. Wie geht es dir?«

»Gut. Alles super verlaufen beim letzten Mal.« Auch wenn sie das nicht gefragt hat, weiß ich doch, dass die Frage auf ihrem Tablet steht. »Kein Schwindel, keine Kopfschmerzen. Ich habe nicht mal Schmerzmittel gebraucht.« Mit den Zehen streife ich mir die Schuhe ab und schiebe sie unter den Stuhl. Dann hüpfe ich auf die Liege. Automatisch fährt sie auf Behandlungshöhe hinauf.

Dr. Rhivani macht ihre Angaben und legt dann das Tablet zur Seite. »Das freut mich zu hören. Heute wieder dasselbe?«

Fast hätte ich Ja gesagt, einfach aus Reflex, weil wir das immer so handhaben. »Eigentlich hatte ich vor zu fragen, ob Sie mir ein wenig mehr entnehmen könnten. Ich brauche etwas Kleingeld.«

Mittlerweile kennt Dr. Rhivani mich gut genug, um mich auf der Stelle zu durchschauen. »Was ist es diesmal?«

»Das RedPad C ist gestern rausgekommen.«

»Was willst du denn damit? Hast du nicht schon das vom letzten Jahr?« Mit geübten Handgriffen bereitet sie die Maschine vor.

Ich rolle meine Augen. »Das ist doch schon veraltet. Das neue ist viel besser.«

»Zeitfresser. Allesamt Zeitfresser.«

Für eine Ärztin am MTC ist sie ganz schön altmodisch. Meine Eltern sind auch so. Die haben immer noch ihre Tablets von vor zwanzig Jahren. Kopfschüttelnd kläre ich sie auf: »Eigentlich ist das C genau das Gegenteil.« Auf ein Handzeichen lege ich mich hin und lasse mir den Kopf verkabeln. »Mit der neuen ML-Engine kann ich meine Zeit optimieren. Kein lästiges Überlegen mehr oder Langweilen, weil nichts so richtig Spaß macht …« Dr. Rhivani legt mir eine Atemmaske an, und eine Wolke grüner Apfel beginnt mich einzuhüllen. »Stattdessen registriert es meinen Gemütszustand und präsentiert mir je nach Laune Musik, Filme oder auch mal ein gutes Buch. Aber nicht irgendeines, sondern genau das, wonach mir in diesem Moment ist. Keine Enttäuschung mehr, weil das Buch ebenso öde ist wie das davor.«

Meine Augenlider fallen mir zu, und ich muss gähnen. Der Geschmack von grünem Apfel hat sich schon längst in meinem Mund ausgebreitet. »Das ist unheimlich praktisch.«

Dr. Rhivani schmunzelt und fixiert meinen Kopf. Schon komisch, dass sie so wenig davon hält, obwohl sie selbst mit der neuesten Technik arbeitet.

Die Memospende.

Nutzen für die Behandlung psychologischer Traumata und Depressionen: immens.

Nutzen für mich: jede Menge Dinge, die ich mir eigentlich nicht leisten kann.

Nebenwirkungen: keine.

Der medizinische Durchbruch: sichere, minimalinvasive Entnahme tief vergrabener Kindheitserinnerungen.

# Kapitel 2

Fast hätte ich Lynn vergessen, doch als ich aus dem Behandlungsraum rauskomme, springt sie von ihrem Sitz auf. Etwas verdutzt sehe ich sie an und spreche das Erste aus, was mir in den Sinn kommt: »Die Transplantation war erfolgreich. Alles gut verlaufen.«

»Schön.« Ihre Antwort ist knapp, geradezu brüsk. Dann nimmt sie plötzlich meinen Arm und hakt sich bei mir ein. »Ich muss dich etwas fragen.«

Mein erster Instinkt ist, ihr meinen Arm zu entreißen, aber dann werde ich mir der neugierigen Blicke bewusst und halte still. »Wir kennen uns doch kaum.«

»Du meinst, du kennst mich kaum. Ich kenne dich sehr gut, Mika.«

Ihre Worte erfüllen mich nicht gerade mit Zuversicht. Wenn es stimmt, was sie sagt, wenn sie wirklich mehr über mich weiß als ich … Mich schüttelt es bei dem Gedanken. Bisher habe ich nie wirklich über die Erinnerungen nachgedacht, die ich so freigiebig gespendet habe. Allerdings habe ich auch nie erwartet, dass mich eine von ihnen eines Tages zur Rede stellt.

»Hast du nicht einen Termin?«

Lynn seufzt. »Ich will erst mit dir reden.«

»Aber wieso?« Mir will sich nicht wirklich erschließen, warum ihr meine Meinung so wichtig ist.

»Weil du der Einzige bist, der sich damit auskennt und …« Sie beißt sich auf die Lippen. »Bitte. Ich kann da nicht rein. Nicht so unvorbereitet. Ich habe den Termin schon verschieben lassen.«

Im Grunde will ich nur weg von hier und die unheimliche Begegnung abhaken, aber es ist unmöglich, in Lynns Augen zu schauen und nicht die Hilflosigkeit darin zu erkennen. Meine Mutter sagt immer, dass die meisten Menschen nur etwas Zeit brauchen, kein Geld und keine teuren Geschenke. Wenn ich Lynn helfen kann, indem ich ihr einfach etwas länger zuhöre, ist das nur ein geringer Preis.

Ich zucke mit den Schultern. »Von mir aus. Lass mich nur meine Vergütung abholen. Dann können wir meinetwegen spazieren gehen.«

Die Erleichterung steht ihr ins Gesicht geschrieben. Geduldig wartet sie am Ausgang, während ich Marleen mein RedPad hinhalte, damit sie die Überweisung machen kann. Ich kann mir ein Grinsen nicht verkneifen, als ich die Zahlen sehe. Es reicht, um mir das C zu kaufen.

Aber erst muss ich mit Lynn sprechen. Innerlich seufzend wende ich mich ihr zu und verlasse das MTC. Wieder hakt sich Lynn ungefragt bei mir ein und stupst mich sacht in Richtung Wäldchen.

»Wohin gehen wir?«

»Was meinst du denn?« So unschuldig die Worte auch klingen, so sehr nerven sie mich. Es ist, als wollte Lynn mich verhöhnen, wohl wissend, dass ich nicht die geringste Ahnung habe.

Entsprechend patzig antworte ich: »In den Wald.« Früher hat meine Familie im Ottergrund gewohnt, der Siedlung auf der anderen Seite der Enklave. Mittlerweile sind die Wohnungen dort zu teuer geworden.

Lynn rollt bei meinen Worten nur die Augen und seufzt schwer. Trotzdem gibt sie sich Mühe, freundlich zu bleiben. »Wie lange spendest du schon?«

»Seit ich sechzehn bin.« Im Grunde, seit ich darf. Ich habe sogar meine Volljährigkeit mit der Spende gefeiert, statt mir Geschenke zu wünschen. An dem Tag habe ich mir zum ersten Mal ohne schlechtes Gewissen selbst etwas gekauft. Nur für mich. Ohne dass jemand seinen letzten Cent herauskramen musste.

Aber auch diese Antwort scheint falsch zu sein, denn Lynn runzelt lediglich die Stirn.

Mittlerweile passieren wir eine Weggabelung zum dritten Mal. »Du weißt schon, wo du hinwillst?«

Sie nickt und sieht sich suchend um. »Das schon, aber es ist so lange her, und sie haben den Wald zurückgeschnitten. Komisch, dass man das eine quasi bildlich vor Augen hat und andere Details total verschwommen sind.«

»Deshalb kann man auf die Kindheitserinnerungen ja so gut verzichten«, erkläre ich gönnerhaft.

Das Stirnrunzeln vertieft sich, als sie mich mit einem Blick bedenkt. »Meinst du?«

Bevor ich antworten kann, hat sie entdeckt, was sie sucht, und zerrt mich geradewegs ins Unterholz. Wäre Lynn nicht einen guten Kopf kleiner als ich und viel zu zierlich, wäre jetzt wohl der Zeitpunkt gewesen, an dem ich mir hätte Sorgen machen sollen.

»Kannst du mir bitte verraten, was das soll?« Genervt zupfe ich mir Zweige und Blätter aus dem Haar. Meine Frisur ist jedenfalls ruiniert.

Ein verzücktes Lächeln huscht plötzlich über Lynns Lippen, und ich komme nicht umhin, zu bewundern, wie sehr es ihr Gesicht verändert. »Hier ist es. Wir sind da.«

*Hier* ist mitten im Wald. Den Weg sieht man durch den dichten Bewuchs nicht mehr, und der Wind rauscht durch die Blätter und verschluckt jeden Laut. Wahrscheinlich habe ich hier nicht einmal Empfang. Murphy's Law und so.

Lynn sieht mich erwartungsvoll an, und ich versuche, irgendeinen Anhaltspunkt zu finden, der mir verrät, was wir hier machen. Als ich nur hilflos mit den Schultern zucke, erklärt sie geradezu nachdrücklich: »Das ist unser Raumschiff.«

Ein Glucksen entweicht mir, bevor ich mich hastig um eine neutrale Miene bemühe. »Ein Raumschiff, ja?« Vielleicht ist Lynn ja nicht ganz richtig im Kopf. Immerhin war sie nicht wegen einer Spende im MTC. Die knotigen Baumstämme vor uns sehen jedenfalls nicht mal ansatzweise wie ein Raumschiff aus.

Doch davon lässt sich Lynn nicht beirren und geht geradewegs auf die Baumgruppe zu. »Das hier war das Lager, und hier ist das Cockpit.« Trotz ihres sommerlichen Kleids zieht sich Lynn auf einen niedrigen Ast und balanciert bis zu einer Gabel. Von dort zeigt sie auf ein paar höher hängende Äste. »Da oben ist der Antrieb. Den musstest du so gut wie jedes Mal reparieren. Meistens unter Beschuss.«

Wahrscheinlich wäre der Antrieb nicht so oft kaputt gewesen, wenn er sich nicht an einer völlig irrsinnigen Stelle dieses Schiffs befunden hätte. Wer baut den Antrieb schon über seinem Cockpit auf? Die besagten Zweige erscheinen mir jedenfalls viel zu dünn, um darauf herumzuklettern. »Beschuss?«

Ihr Grinsen hätte mich vorwarnen sollen. So trifft mich der Kienapfel geradewegs an der Schulter. »Hey!« Langsam dämmert mir, worauf Lynn hinauswill. Es sind Erinnerungen, von denen sie spricht. Kinderspiele. Fantasievolle Abenteuer. Anscheinend haben wir an diesem Ort öfter miteinander gespielt.

»Du weißt gar nichts mehr davon, oder?« Sie klingt so traurig, dass mir etwas mulmig wird. »Du hast alles verkauft.«

Meine Wangen brennen vor Scham. Lynn lässt es so klingen, als hätte ich mich verkauft und nicht nutzlose Erinnerungen. Gleichzeitig erfasst mich der Zorn. Was bildet sie sich eigentlich ein, einfach in meinem Leben aufzutauchen und ihren Platz einzufordern? »Ich habe meine Erinnerungen für einen guten Zweck gespendet. Ich rette damit Leben.«

Nicht direkt, aber Dr. Rhivani betont jedes Mal, wie großzügig meine Spende ist und wie vielen Leuten ich damit helfe.

Lynn kann darüber nur lächeln. »Du hast recht. Das ist sicher sehr lobenswert. Wenn ich könnte, würde ich wahrscheinlich auch ab und zu spenden.« Ab und zu, auf keinen Fall so oft wie ich.

Sie lehnt sich gegen den Baumstamm und zupft an den Blättern des Efeus, der sich um ihn schlingt. »Ich finde es nur unheimlich schade.«

»Schade?« Nach einem kurzen Zögern trete ich näher. Der Baum ist zwar kein Raumschiff, aber er bietet unendliche Möglichkeiten, seine Fantasie spielen zu lassen.

»Du warst mein bester Freund, Mika.« Sie wird immer leiser, und ich werde das Gefühl nicht los, dass sie gleich zu weinen beginnt. »Für mich war die Zeit mit dir damals die schönste meines Lebens. Wir waren fast jeden Tag hier, und du hast mich so oft zum Lachen gebracht.« Tatsächlich schimmern ihre Augen verdächtig. »Ich wollte nicht wegziehen, aber du hast gesagt, dass das nicht so schlimm wäre, weil wir ja die Bänder haben und damit für immer verbunden sind.«

In diesem einen Moment wünsche ich mir, dass ihre Worte etwas in mir auslösen würden, eine Erinnerung wachkitzeln, einen Augenblick zurückholen. Doch sie verklingen nur hohl, und alles, was bleibt, ist Mitleid für Lynn, deren schönste Erinnerungen nur noch ihr allein gehören.

Energisch wischt sie sich über die Wangen und blinzelt gegen die Sonne. Es hilft nicht wirklich, und die Tränen scheinen nur noch schneller zu fließen. Bevor ich michs versehe, habe ich die Hand ausgestreckt und streiche ihr die Feuchtigkeit von der Haut. »Es tut mir wirklich leid.«

Meine Worte lassen Lynn aufschluchzen, und plötzlich wirft sie sich vom Ast hinab in meine Arme. Ich kann nicht anders, als die Arme um sie zu schließen und ihr über die Haare zu streichen. Ihre Finger krallen sich in mein Hemd, und ich spüre, wie sich die

Nässe auf meiner Brust ausbreitet. Vom Weinen bekommt Lynn Schluckauf, und ich muss ein wenig grinsen.

Als hätte ich es gewusst.

Der Gedanke lässt mich erschrocken zusammenzucken. Es ist keine Erinnerung, kein klares Bild, kaum mehr als ein vages Gefühl, aber ich habe Lynn … – nein, ob es Lynn war, weiß ich nicht, nur dass es nicht das erste Mal ist. Dass ich ihre heißen Tränen schon einmal auf meiner Haut gespürt habe, das zerbrechliche Gefühl, sie in den Armen zu halten.

Sosehr ich es auch versuche, es will sich kein Bild zu dem Gefühl einstellen, geschweige denn ein Zusammenhang. Ich bin überfordert, damals wie heute, und wahrscheinlich ist das der einzige Grund, warum mir dieses Gefühl noch geblieben ist. Es erfüllt die Kriterien der Positivspende einfach nicht.

Nach einer gefühlten Ewigkeit löst Lynn sich von mir und wischt sich die Wangen trocken. »Mir tut es leid.« Sie atmet tief ein, noch sichtlich um Fassung kämpfend. »Du kennst mich im Grunde nicht einmal, und ich setze dich so unter Druck.«

Eigentlich spricht sie nur aus, was ich die ganze Zeit über gedacht habe, aber jetzt schmecken mir die Worte nicht mehr. Ich weiß nun, dass Lynns Erinnerungen real sind, dass ich ihr etwas bedeute und sie einst mir.

Den Arm mit dem Freundschaftsband in die Höhe gestreckt, setze ich ein möglichst überzeugendes Grinsen auf. »Hallo? Wir sind miteinander verbunden, schon vergessen? Es ist quasi Schicksal, dass wir uns wiedergetroffen haben.«

Mein Tonfall zaubert ihr ein Lächeln auf die Lippen, das ihre feuchten Wangen rot schimmern lässt. »Meinst du wirklich?«

»Klar, ich kann mich zwar nicht an das erste Mal erinnern, aber das heißt ja nicht, dass es kein zweites Mal geben kann.« Wahrscheinlich ist es ein Fehler; ein Anflug von Sentimentalität oder eine Reaktion auf ihre Tränen. Ich strecke meine Hand einladend aus. »Wir schaffen uns eben neue schöne Erinnerungen.«

Lynns Augen strahlen, als sie meine Hand nimmt. »Sehr, sehr gern«, haucht sie, und mein Kopf fühlt sich plötzlich viel zu leicht an.

»Aber vielleicht können wir das in einem Café tun, statt dabei auf Bäume zu klettern.«

Meine Worte bringen sie zum Lachen. Es fängt mit einem Kichern an und wird dann immer lauter, bis sie sich die Hand vor den Mund hält und mich nur noch anstrahlt. Das Funkeln in ihren Augen sorgt dafür, dass sich ein wohliges Gefühl in meinem Bauch ausbreitet. So gefällt sie mir deutlich besser als eben noch. Hand in Hand schlagen wir uns erneut durch das Dickicht und kehren auf die ausgetretenen Pfade zurück. Ich möchte lieber nicht wissen, wie wir gerade aussehen.

»Darf ich dich trotzdem wegen der Memospende ausfragen?«, fragt Lynn leise, während wir den Wald hinter uns lassen und uns wieder in die Zivilisation begeben.

»Klar, schieß los!«

Trotz meiner Aufforderung braucht Lynn etwas Zeit, bis sie sich die Worte zurechtgelegt hat. »Wie fühlt sich das an? Eine Erinnerung zu verlieren?«

Prima. Die erste Frage, und ich weiß keine Antwort. »Es juckt ein wenig, aber da gewöhnt man sich schnell dran«, sage ich schließlich und widerstehe dem Drang, mich am Hinterkopf zu kratzen, wo das kleine Loch in meinem Schädel ist.

Lynn mustert mich schräg von der Seite, die Augenbrauen erhoben. »Es juckt?«

»Na ja, sie müssen immer noch in dein Hirn rein«, versuche ich zu erklären. »Aber das Loch ist winzig. Sobald der Zugang liegt, geht alles ganz schnell.«

Falsche Antwort. Lynn rollt die Augen. »Ich meine nicht die

Prozedur, sondern das Gefühl, eine Erinnerung verloren zu haben. Von Blut wird einem schwummrig, aber wie fühlt man sich nach einer Memospende?«

»Genauso wie vorher?« Hilflos zucke ich mit den Schultern. »Es sind nur Erinnerungen.«

»Ja, aber ...« Lynn winkt ab. »Und psychisch? Wie ist das, etwas von sich selbst wegzugeben?«

Darüber habe ich mir noch nie Gedanken gemacht. Über dreißig Spenden, und ich habe nie nachgefragt, welche Erinnerungen ich da eigentlich verloren habe. »Ich vermisse sie nicht, wenn du das meinst. Mir fehlt nichts.«

Wieder dieser prüfende Blick, als würde ich sie anlügen. »Es ist für eine gute Sache. Die Menschen, die meine Erinnerungen erhalten, sind erleichtert.« So ein bisschen komme ich mir gerade vor, als wäre ich zur Werbung abgestellt worden, aber ich stehe wirklich hinter der Memospende.

»Hast du denn schon mal einen von ihnen getroffen?«

Verdutzt halte ich inne und zwinge Lynn, ebenfalls stehen zu bleiben. »Das ist alles verschlüsselt.«

»Ja, aber ist es nicht komisch, wenn, sagen wir ...« Suchend sieht sie sich auf der Straße um. »Der da drüben.« Lynn zeigt auf einen alten Mann, der gerade den Mülleimer auf der Suche nach Pfandflaschen durchwühlt. »Was wäre, wenn der deine Erinnerung an das Raumschiff hat?«

Irgendwie bezweifle ich, dass der Mann mit Erinnerungen behandelt wurde und immer noch freiwillig im Müll sucht. »Dann geht er vielleicht ab und zu durch den Wald und freut sich.«

Lynn runzelt die Stirn. »Und das wäre dir nicht unangenehm?«

»Warum sollte es? Erstens bekomme ich es nicht mit, und zweitens erinnert er sich doch nur daran, als Kind mal in den Bäumen gespielt zu haben.«

»Mit mir.«

»Was?«

Lynn seufzt schwer, und in ihren Augen spiegelt sich die Verzweiflung. »Er erinnert sich daran, mit mir dort gespielt zu haben.«

Prüfend beobachte ich den alten Mann, der endlich fündig geworden ist und nun den Weg entlangschlurft. »So funktioniert das nicht.« Glaube ich zumindest.

Abrupt werde ich mir bewusst, wie viel für Lynn von meinen Antworten abhängt. Entschlossen ziehe ich sie weiter zu einer Bank und hole mein RedPad heraus. Im Nu habe ich die Skizzen und Schemata der Memospende aufgerufen und präsentiere sie Lynn. »Einzelne Erinnerungen sind nicht halb so viel wert, wie du glaubst. Sie sind miteinander verzahnt. Sagen wir mal, unser Patient erinnert sich daran, mit einem Mädchen im Wald gespielt zu haben.«

Ich markiere eine der Zellen und lösche die Verbunde. »Ihm fehlen aber alle anderen Infos, die normalerweise damit verbunden sind. Dein Name, dein Aussehen, deine Stimme.« All das, woran ich mich nicht mehr erinnern kann. »Wahrscheinlich wüsste er nicht einmal, wo er das Raumschiff genau findet oder dass der Antrieb immer kaputt war. Es ist nur ein winziger Teil des Gedächtnisses, der bei der Spende transplantiert wird. Genau genommen wird die Erinnerung sogar verfälscht, weil sie ja beim Patienten eingesetzt wird.« Mit ein paar flinken Bewegungen zeichne ich neue Verbindungen ein. »Das Mädchen erinnert ihn jetzt an seine Schwester oder verliert sogar völlig an Bedeutung. Was bleibt, ist das Gefühl. Und wann immer ihm etwas begegnet, was dem Wald ähnelt, oder er zwei Kinder spielen sieht, spürt er dieses tiefe Gefühl der Zufriedenheit.«

Ich schließe die App und sehe Lynn erwartungsvoll an. Ihr ist wahrscheinlich nicht bewusst, dass sie wieder ihre Hände knetet. »Also läuft niemand wirklich mit deinen Erinnerungen herum?«

»Nicht so, wie du denkst, jedenfalls. Theoretisch ja, aber es sind seine oder ihre. Deshalb wäre es auch unmöglich, sie wiederzufinden.« Gut gelaunt ziehe ich Lynn wieder hoch, und wir setzen unseren Weg fort. Ein bekanntes Schild springt mir ins Auge.

Der RedPad-Shop, und noch ist kein *Ausverkauft*-Schild zu sehen.

Kurzerhand ziehe ich Lynn mit mir hinein. Vor dem Tisch mit den Neuerscheinungen lasse ich sie wieder los. Das RedPad C ist hier, ich bin hier, und Geld habe ich auch. Die prüfenden Blicke der Angestellten sind mir egal. Ich weiß selbst, dass ich nicht aussehe, als hätte ich genug Geld dafür.

»Was tun wir hier?«, fragt Lynn reichlich verwirrt.

Geradezu feierlich erkläre ich: »Wir kaufen das neue Red-Pad C.«

»Ist das nicht furchtbar teuer?« Ihre Bedenken lassen mich innerlich die Augen rollen.

Behutsam lege ich ihr die Hände auf die Schultern und sehe ihr tief in die Augen. »Ich habe dafür gespart, seit sie es angekündigt haben. Erinnerungen.« Ich tippe mir gegen den Schädel und strecke dann die Hand aus. »Geld.« Ein liebevoller Blick auf das Objekt meiner Begierde folgt. »Mein neues RedPad.«

Zeit, das hübsche Stück zu kaufen. Lynn folgt mir notgedrungen zur Theke. »Du verkaufst deine Erinnerungen dafür?«

»Wofür sonst? Klamotten? Außer dass sie schick aussehen, haben sie doch nicht mehr Nutzen als die, die ich habe.« Ich lasse den Verkäufer meine Kontodaten scannen und lehne mich lässig gegen die Theke, Lynn zugewandt. »Was würdest du denn kaufen?«

Lynn sieht mich mit leerem Blick an und zuckt die Schultern. »Ich würde es wahrscheinlich anlegen.«

Bei so viel Voraussicht kann ich nur schnauben. »Kauf dir lieber ein RedPad. Damit kannst du dann dein Geld richtig investieren und an der Börse spielen oder so.« Mit dem nötigen Kleingeld kann man schon einiges bewegen, wenn man die Algorithmen kennt. Aber so viel Geld habe ich dann doch wieder nicht.

»Sind dir deine Erinnerungen denn gar nichts wert?« Lynn ist fassungslos. Das Konzept, dass man auch etwas opfern muss, wenn man im Leben vorankommen will, scheint ihr völlig fremd.

Ein Piepton verrät mir, dass mein Geld gerade den Besitzer gewechselt hat. Ich versuche, gar nicht erst daran zu denken, wie groß die Summe ist, die da so schnell verschwunden ist, und konzentriere mich auf Lynn. »Zum dritten Mal, ich tue damit etwas Gutes. Warum sollte ich nicht auch davon profitieren und mir ein Mal im Leben etwas kaufen, was ich wirklich will?«

Liegt das Geräusch meines verschwindenden Geldes auch schwer im Magen, so fegt das Gefühl, als ich die brandneue Box in meinen Fingern halte, alles weg. Endlich ist es da. Ich weiß jetzt schon, dass ich heute Nacht kein Auge zumachen werde.

»Aber du gibst so vieles weg. All diese kleinen Erinnerungen. Für immer verloren.« Wenn man Lynn so reden hört, könnte man meinen, dass ich lebenswichtige Organe verkauft hätte.

Der Verkäufer nimmt derweil mein altes RedPad in Empfang und baut den Chip aus, der in einem edlen kleinen Tütchen direkt wieder in meine Hände wandert. Mein neues RedPad unter dem Arm, lasse ich das Tütchen vor Lynns sommersprossiger Nase baumeln. »Sie sind nicht verloren. Bilder, Texte, Videos. Alles hier drin gespeichert und auf Abruf zu konsumieren.«

Wer braucht da noch lückenhafte, schwammige Erinnerungen im Kopf?

# Kapitel 3

Mein Hochgefühl hält keine halbe Stunde. Die Wohnungstür klemmt etwas beim Öffnen, und ich höre, wie sich etwas Schweres zur Seite schiebt, als ich mich dagegenstemme. Eine Wand von Kartons erwartet mich linker Hand, und ein ungutes Gefühl beschleicht mich.

»Mama? Papa?«

Die gesamte Wohnung ist bereits zusammengepackt. Nur mein Zimmer ist noch unberührt. Allerdings stehen auch davor drei Kartons. Meine Mutter weiß, wie sehr ich es hasse, wenn jemand durch meinen Kram geht.

Bevor ich meine Eltern finde, rennt mich fast meine Schwester um. Anni ist zwölf und in dieser merkwürdigen Phase zwischen Kindheit und Pubertät, was bedeutet, dass sie mir nur einen genervten Blick zuwirft, als ich nicht auf der Stelle Platz mache. »Wo willst du hin?«, frage ich sie. Es ist immerhin gleich Zeit fürs Abendbrot.

»Weg« ist die einzige Antwort, die ich erhalte, bevor sie sich an mir vorbeidrückt und zur Tür hinaus ist.

Den tatsächlichen Grund erfahre ich von meinem kleinen Bruder Lasse, der gerade sein Schulzeug in eine Kiste auf dem Flur wirft. »Sie will sich von Miri verabschieden.«

»Verabschieden?«

»Wir ziehen um«, antwortet er mir lapidar und verschwindet in seinem Zimmer.

Wir ziehen um. Dass das alles ein wenig plötzlich kommt, wäre untertrieben. Es wird höchste Zeit, dass ich erfahre, was hier los ist.

Ich finde meine Eltern in der Küche. Mein Vater sitzt auf dem Küchenstuhl und schreibt eine Liste, während meine Mutter das Geschirr zusammenpackt. Statt Abendbrot sehe ich die Reste einer Tiefkühlpizza.

»Du bist schon zurück?«, fragt meine Mutter überrascht.

Etwas säuerlich bemerke ich: »Wärt ihr sonst schon weg, wenn ich später gekommen wäre?«

»Der Umzugswagen kommt morgen«, erwidert mein Vater und fährt mit seiner dämlichen Liste fort.

»Morgen schon. Und warum erfahre ich das erst heute?« Ich verschränke die Arme und lehne mich gegen die Ablage.

Meine Eltern wechseln einen Blick, der mir ganz und gar nicht gefällt. Vor allem passt er nicht zu dem bemüht fröhlichen Tonfall, den meine Mutter nutzt, als sie erklärt: »Das hat sich kurzfristig ergeben.«

Mein Blick muss Bände gesprochen haben, denn sie wendet sich betreten ab und öffnet den nächsten Schrank. Viel ist nicht darin.

Entnervt widme ich meine Aufmerksamkeit meinem Vater. »Erklärt mir irgendjemand, was hier vor sich geht?« Ich zögere. »Bitte.«

Er versucht, meinem Blick auszuweichen, aber ich bemerke den Schmerz in seinen Augen, und das ungute Gefühl in meinem Bauch vertieft sich. Schließlich atmet er tief ein und erklärt: »Es geht mir nicht gut.« Er zögert einen Moment und fügt schließlich hinzu: »Ich bin krank. Lupus.«

Das Blut weicht aus meinen Gliedern, und eine Taubheit ergreift von mir Besitz. Hätte es nicht ein neuer Job sein können? Eine günstigere Wohnung? Irgendwas? »Heißt?«, höre ich mich selbst sagen und frage mich zugleich, wann ich so kalt geworden bin.

Mir fällt auf, dass mein Vater seine Hände genau wie Lynn knetet, wenn er nervös ist. Nur sind seine fleckig und knöchern. Er war schon immer ziemlich hager, kaum ein Gramm Fett an seinem Körper.

»Die Behandlung hat uns eine Menge Geld gekostet. Mehr, als wir uns leisten konnten.« Dumpf frage ich mich, wie lange er schon in Behandlung ist. »Wir müssen bis Ende der Woche aus der Wohnung raus.«

Geld. Am Ende läuft alles wieder aufs Geld hinaus.

Ich nicke und schlucke den dicken Kloß in meiner Kehle herunter. »Und wohin ziehen wir?«

»Hertford«, antwortet meine Mutter und versucht, mit ihrem aufgesetzten Optimismus die Stimmung zu retten. »Die Wohnung ist ein wenig kleiner, aber wir machen sie uns schön.«

Ich kann nicht anders, als die Augen zu rollen. Wer in Hertford wohnt, gehört zum Bodensatz der Gesellschaft. Kann sein, dass es dort auch schöne Ecken gibt, aber mir fallen nur die Obdachlosen und Junkies ein, welche die Straßen bevölkern. Niemand dort hat viel Geld. Genau wie wir.

Für einen Moment spiele ich mit dem Gedanken, mich zu verweigern und mir alleine eine Bleibe zu suchen. Alt genug bin ich ja, auch wenn mir noch einige Module zum Abschluss fehlen. Aber dann schleicht sich der Gedanke ein, dass mein Vater krank ist und sicher Hilfe braucht.

»Und wie schlimm ist es?«, frage ich möglichst lässig. Na toll, jetzt klinge ich schon wie meine Mutter.

Wieder wechseln meine Eltern einen Blick, und meine Mutter schüttelt kaum merklich den Kopf.

»Eliana, er ist kein Kind mehr«, bittet mein Vater, und ich würde mich am liebsten irgendwo übergeben.

Einen Moment lang ringt meine Mutter um Fassung, dann schiebt sie sich an mir vorbei und schließt die Tür zum Flur. Unwillkürlich verkrampfen sich die Finger meiner rechten Hand um die Küchenplatte. Warum musste ich nur fragen?

»Mika.« Mein Vater klingt so furchtbar ernst, dass ich kein weiteres Wort aus seinem Mund hören will, doch dafür ist es zu spät. »In den letzten Jahren hat sich mein Zustand verschlechtert. Die Medikamente schlagen nicht mehr an, und wirklich wirkungsvolle Antibiotika können wir uns nicht leisten. Ich habe immer öfter Ausbrüche.«

»Woah, stopp, warte mal!« Es ist zu viel auf einmal. Die Informationen prasseln auf mich ein, aber sie ergeben keinen Sinn. Als hätte jemand die Verbindungen gekappt, die sie mit dem Rest von mir vernetzen. »Was heißt in den letzten Jahren? Ich dachte, du hast gerade erst die Diagnose erhalten. Deshalb ziehen wir doch um, oder? Damit du dir die Behandlung leisten kannst und wieder gesund wirst.«

Das Mitleid in seinen Augen bringt mich fast um. Mein Magen zieht sich schmerzhaft zusammen, und es wird nahezu unmöglich, zu schlucken.

»Ich habe es vor neun Jahren erfahren. Damals warst du noch zu klein, und wir hatten gehofft, dass wir diese Krankheit in den Griff bekommen würden.«

Die Bruchstücke drehen sich in meinem Kopf. Vor neun Jahren sind wir aus dem Ottergrund in diese Wohnung gezogen. Weil das Geld zu knapp war. Weil der Weg zur Arbeit dann kürzer war. Nein, nicht zur Arbeit. Zum Krankenhaus. Fahrig reibe ich mir übers Gesicht. Neun Jahre lang haben meine Eltern jeden Cent in die Behandlung gesteckt und uns Kindern nichts davon erzählt.

»Neun Jahre, und ihr habt nicht einen Ton gesagt?« Allein diese Worte auszusprechen, bereitet mir unendliche Qualen.

»Mika …« Meine Mutter legt ihre Hand auf meinen Arm, doch ich schlage sie reflexartig weg. Seufzend zieht meine Mutter sich wieder zurück.

Mein Vater hat wenigstens den Anstand, betreten auszusehen. »Du warst noch ein Kind.«

»Aber jetzt nicht mehr.« Ich schnaube. »Ihr hättet nichts gesagt, wenn ich nicht zufällig gefragt hätte.« Es fällt mir zunehmend leichter zu sprechen, jetzt, wo ich die Wut in mir gefunden habe. »Wann hätte ich es denn erfahren? Zu deiner Beerdigung?«

Dass das ein Schlag unter die Gürtellinie war, weiß ich selber, aber ich kann nicht anders. Es ist die einzige Möglichkeit, nicht an diesen Informationen zu ersticken.

Entweder mein Vater hat nicht mehr die Energie, um zu streiten, oder er hat den längsten Geduldsfaden der Welt. Ruhig erklärt er mir: »Es war mir wichtiger, die Zeit, die ich habe, mit euch zu verbringen. Ich mag das nicht, wenn sich alles nur noch um die Krankheit dreht. Es ist schon schlimm genug, was es diese Familie gekostet hat.« Kurz lächelt er meine Mutter an. »Aber sie hätte nicht zugelassen, dass ich die Behandlung ausschlage.«

Mit einem leichten Schmunzeln fügt meine Mutter mehr für ihn als mich hinzu: »Das war ja auch die dümmste Idee, die ich je gehört habe.«

»Aber das hat sich gelohnt, oder? Du wirst wieder gesund und … Ich meine, viele Menschen leben mit Lupus.« Nicht dass ich mich groß damit auskenne.

Der Kloß ist wieder da, und diesmal brennen meine Augen. Mein Vater schweigt lediglich und weicht meinem Blick aus. »Man stirbt nicht daran. Oder?«, krächze ich.

Er seufzt schwer. »Meine Nieren beginnen zu versagen.«

In dieser Nacht mache ich kein Auge zu. Aber nicht wegen des RedPads. Das liegt immer noch eingepackt in meinem Rucksack. Meine Sachen habe ich inzwischen zusammengeräumt. Nur das Bett steht noch.

Ich kann nicht einmal die Stille genießen, dabei weiß ich, dass es ab morgen damit vorbei ist. Meine Geschwister und ich werden uns ein Zimmer teilen müssen. Wie ich so die komplizierten

Abschlussmodule bearbeiten soll, die ich noch vor mir habe, will sich mir nicht erschließen. Aber das ist mein geringstes Problem. Irgendwie werde ich aus diesem Sumpf schon rauskommen. Ich hätte nur wirklich gern meinen Vater dabei.

Die bloße Möglichkeit, dass er nicht mehr da sein könnte, wenn ich mein Zertifikat erhalte, schnürt mir die Luft ab. Meine Finger krallen sich in das Bettzeug, und meine Gedanken springen weiter. Falls er stirbt, muss ich meiner Mutter helfen, die Familie zu versorgen. Keine Jobshoppingphase, wie die meisten meiner Mitschüler sie vorhaben, sondern direkt das Erstbeste nehmen und hoffen, dass ich mich irgendwie hocharbeiten kann. Dabei hatte ich immer davon geträumt, ein Praktikum bei einer der großen Techfirmen zu ergattern. Unbezahlt bringt mir das jetzt aber auch nichts.

Stöhnend reibe ich mir die Schläfen und versuche, aus der Gedankenspirale auszubrechen. Die hilft nun wirklich niemandem weiter. Ein Blick auf meinen Wecker sagt mir, dass es schon nach vier ist. Jetzt noch zu schlafen, lohnt sich auch nicht mehr, also ziehe ich meinen Rucksack hervor.

Die Aufregung von heute Nachmittag ist verflogen. Meine Hände und vor allem mein Kopf brauchen nur etwas Beschäftigung, und da kommt mir das Einrichten des RedPad gerade recht. Im Dunkeln sieht man von dem warmen Rot nichts, doch allein das Gefühl der glatten Hülle wirkt beruhigend. Es ist wie Samt und damit nicht so rutschig wie das alte.

Ich angle nach dem Chip in meiner Hosentasche und setze ihn ein. Schon begrüßt mich der Willkommensbildschirm. Eine Weile beschäftige ich mich mit den verschiedenen Einstellungen und aktiviere die ML-Engine. Die meisten Leute schalten sie erst viel zu spät ein, dabei hilft es, wenn sie schon beim Set-up aktiv ist.

Einige neue Apps leuchten mir entgegen, die ich flüchtig durchgehe und mental kategorisiere. Vieles ist Kleinkram, aber zusammen mit den anderen Apps kann man ziemlich erfolgreich sein

Leben managen. Die Foto-App braucht natürlich am längsten, um vollständig zu laden.

Plötzlich kommt mir eine Idee, und ich scrolle zwölf Jahre zurück, ins Jahr 2031. Mit der Gruppensuche finde ich das Bild vom Kindergarten relativ schnell und zoome näher. Da stehe ich, und neben mir … Sommersprossen. Auch wenn sie bedeutend kleiner ist, erkenne ich Lynn sofort. Für das Foto wurde sie ziemlich herausgeputzt: das Kleid blütenrein und ein buntes Schleifchen im Haar. Ich hingegen habe Löcher in der Hose, und mein Shirt berührt kaum den Bund, so viel bin ich schon wieder gewachsen. Selbst ohne die Krankheit meines Vaters haben wir nie viel Geld gehabt.

Ich markiere Lynn und lasse die Bildersuche laufen. Es sind wirklich eine Menge Bilder, auf denen sie drauf ist. Meine oder ihre Eltern haben offensichtlich viel fotografiert. Es gibt sogar ein paar Bilder vom Wald. Am ungünstigen Bildausschnitt erkenne ich, dass die Bilder von mir oder Lynn sind. Zum Raumschiff durfte keiner der Großen mit.

Ein Bild nimmt mich völlig gefangen. Ich bin mit der Kamera so dicht an sie herangegangen, dass nur ihre Augen auf dem Bild sind. Schon damals waren sie karamellbraun und scheinen bis auf den Grund meiner Seele zu sehen.

Noch etwas anderes stelle ich fest. Die Bilder sind da, aber in mir regt sich nichts. Es sind die Kinderfotos zweier Fremder. Süße Ausschnitte, keine Frage, aber selbst in den Videos unendlich weit entfernt.

Lynn hat meine Nummer gespeichert und mich wie versprochen einige Tage später ins Café eingeladen. Ich bin zu früh und studiere mit einem flauen Gefühl im Magen die Karte draußen am Fenster. Um die Ecke bei unserer neuen Wohnung kriegt man den Kaffee förmlich nachgeschmissen, hier kostet er mehr als ein gutes E-Book.

Sie kommt pünktlich, unter dem Arm eine Mappe aus dem MTC. Bei meinem Anblick wandert sogleich ein Lächeln über ihr Gesicht. Ein wenig hilflos mache ich eine einladende Geste, und wir betreten das Café. Sofort zieht sie mich zu einer kleinen Bucht am Fenster und gleitet in den Sitz. Anscheinend ist das ihr Lieblingsplatz.

Erneut studiere ich die Getränkekarte. Schon komisch, dass ich mir so viele Gedanken über eine kleine Tasse Trinken mache, aber noch vor Tagen Unmengen für das RedPad ausgegeben habe. Als der Kellner kommt, bestelle ich einen Tee.

»Hast du keinen Hunger?«, fragt Lynn, die sich ein Stück Kuchen und einen Kaffee mit Haselnussnote bestellt hat.

Mein Magen hält zum Glück die Klappe, und ich versuche, nicht an die Käsestulle in meinem Rucksack zu denken. »Momentan nicht.«

Erneut fällt mir die MTC-Mappe ins Auge. »Hast du es jetzt durchgezogen?«

Lynn wirft ebenfalls einen Blick darauf und lässt die Mappe schnell auf dem Sitz neben ihr verschwinden. »Nein, noch nicht. Ich habe mich noch einmal beraten lassen. Meine Therapeutin war nämlich nicht sehr glücklich damit, dass ich den Termin letzte Woche habe ausfallen lassen.«

»Was geht sie das denn an?«

Schnaubend meint Lynn: »Nichts, da hat du schon recht. Aber sie will mir ja helfen und …« Einen Moment lang studiert Lynn ihre Hände. Als sie wieder aufschaut, scheint sie gedanklich weit weg zu sein. »Sie meint, wir würden viel weiter kommen, wenn ich die Transplantationen durchführen lasse.«

»Transplantationen?« Ich runzle die Stirn. Mit der anderen Seite der Memospende kenne ich mich nicht so aus.

»Ja, es braucht wohl drei Termine, um …« Wieder stolpert sie, und ihre Finger tappen leicht auf der Tischplatte herum. »Um den Großteil zu entfernen. Dann noch einen Überprüfungstermin und schließlich einen, um ein paar stärkende Kindheitserinnerungen einzupflanzen. Oder zwei, je nachdem, wie ich sie aufnehme.« Kurzerhand zeigt sie mir das Blatt mit den empfohlenen Mengen.

Beim Anblick der Zahlen keuche ich laut. Lynn soll mehr Erinnerungen erhalten, als ich in sechzehn Monaten gespendet habe. Den Freibetrag der Krankenkasse würde das mit Sicherheit sprengen.

Sie deutet meine Reaktion jedoch ganz anders. »Es ist viel zu viel, oder? Ich habe das Gefühl, sie wollen mich zu einem anderen Menschen machen.«

»Gefällt ihnen denn der nicht, der du bist?«, frage ich abgelenkt. Mein Blick haftet immer noch auf den Zahlen. Meine Familie könnte vier Monate davon leben.

Ich höre nichts von Lynn und sehe schließlich auf. In ihren Augen haben sich Tränen gesammelt. »Tut mir leid, ich wollte nichts Falsches sagen«, beeile ich mich zu sagen.

Zum Glück kommt in diesem Moment unsere Bestellung und lenkt Lynn ab. Ich rühre Zucker in meinen Tee und betrachte die roten Schlieren, die sich aus der Pyramide im Wasser verteilen.

»Ich gefalle mir selbst nicht so besonders«, höre ich sie mit einem Mal flüstern.

Entsetzt blicke ich auf, aber Lynn winkt ab und widmet sich ihrem Kuchen. So schnell lasse ich nicht locker. »Wieso das denn? Du bist jung, reich, hübsch.«

Sie schnaubt, doch ein kleines Lächeln ruht in ihrem Mundwinkel. »Wenn das mal reichen würde. Es ist wirklich nichts.«

Ich schiebe ihr den Zettel hin und deute auf die Summe der Erinnerungen. »Das da ist nicht nichts. Ich nehme nicht an, dass dir Kindheitserinnerungen entnommen werden sollen?« Die Codes deuten eher auf reifere Erinnerungen.

Lynn versucht, meinem Blick auszuweichen, scheitert aber. Schließlich seufzt sie: »Es ist eine Menge Müll passiert, seit wir weggezogen sind. Meine Therapeutin betont immer, dass nichts davon meine Schuld war, aber … na ja, manchmal fällt es mir schwer, das zu glauben.« Als ich die Stirn runzle, füllen sich ihre Augen erneut mit Tränen. »Meine Mutter sagt nämlich das Gegenteil. Oder hat es gesagt.«

Energisch wischt sie sich über die Augen und sieht mich endlich wieder an. »Kuchen?«

Auf der Gabel, die sie mir entgegenstreckt, ruht ein Stückchen warmer Apfelkuchen. Zögerlich suche ich erneut ihren Blick und beuge mich dann vor, um das Stück von der Gabel zu essen. Ein Zuckerschock erwartet mich, gepaart mit fruchtiger Säure. Kuchen backen können die auf jeden Fall.

Lynn schiebt sich ebenfalls ein Stückchen davon rein und kaut viel zu lange darauf herum. Generell wirkt alles an ihr so kontrolliert und elegant. Wohlerzogen, würden meine Eltern wohl sagen, aber auf mich wirkt es zerbrechlich. Als bräuchte sie diese Strukturen, um nicht auseinanderzufallen.

Solange Lynn auf dem Stück Kuchen kaut, bin ich dabei, das Gesagte zu verdauen. Schließlich muss ich doch nachfragen: »Deine Mutter gibt dir die Schuld?« Woran, würde ich gern wissen, traue mich jedoch nicht, so tief vorzudringen.

»Ach, es ist kompliziert«, meint Lynn und wedelt mit der Gabel. Die Tränen sind verschwunden, und ich merke ihrer Stimme an, wie sie sich immer weiter distanziert. »Meine Mutter hatte Probleme. Sie war selbst in Therapie deswegen, und manches davon habe ich eben abbekommen.«

Daran sieht man wohl, dass Geld wirklich nicht glücklich macht. Etwas missmutig fische ich nach meinem Teebeutel. Dass ihre Mutter Lynns Probleme nur verstärkt hat, gefällt mir gar nicht. Ich denke an meine Eltern, die die Krankheit meines Vaters so lange alleine getragen haben. Ich habe von ihnen nichts als Liebe und Fürsorge erhalten.

Mit einem Seufzen schiebt Lynn mir den Apfelkuchen hinüber. Sie hat nicht mehr als drei Bissen gegessen. »Meine Mutter hat sich mit Erinnerungen behandeln lassen und ist wie ausgewechselt. Sie ist immer noch sie, aber … ausgeglichener, liebevoller, gut gelaunt. Wahrscheinlich würde sie sagen, sie sei wieder sie selbst.«

Eigentlich klingt das gut, und irgendwie ist das ja auch der Sinn hinter der ganzen Memospende: Leuten mit Depressionen helfen. Dennoch klingt Lynn nicht halb so begeistert, wie sie sein sollte. »Aber?«, hake ich deshalb nach.

Sie winkt ab, und diesmal belasse ich es dabei und versenke lieber die Gabel in den Kuchen. »Was ist mit deinem Vater? Was sagt er dazu?«

Hallo, Fettnäpfchen.

Lynn stößt ein verächtliches Schnauben aus und schüttelt den Kopf. Ihre Wangen zittern leicht, und sie muss tief einatmen, um mir eine halbwegs neutrale Antwort zu geben. »Mein Vater hat eine neue Familie.«

»Bitte was?« Die Gabel fällt klirrend auf den Teller zurück.

»Ja. Wir sind doch damals weggezogen. Ich wollte nicht, aber meine Eltern dachten, sie könnten so ihre Ehe retten.« Energisch schüttelt sie den Kopf. »Das hat natürlich überhaupt nichts geändert. Kurz darauf sind meine Mutter und ich wieder umgezogen. Und wieder und wieder.« Sie seufzt und sieht mich endlich an. So langsam verstehe ich, warum sie letzte Woche meinte, dass die Zeit vor ihrem Umzug die schönste in ihrem Leben war.

»Arsch«, ist mein einziger Kommentar dazu.

Lynn lacht. Ich sehe in ihren Augen, dass es immer noch wehtut, aber zumindest kann sie noch lächeln. »Ja. Ja, das ist er wohl«, sagt sie mit großer Erleichterung. »Aber es geht ihm gut. Er hat noch einmal geheiratet und ist wieder Vater geworden.«

»Wie schön für ihn«, bemerke ich säuerlich und stopfe mir endlich mehr Kuchen in den Mund, während Lynn mir lächelnd dabei zusieht.

Nach einer Weile meine ich: »Aber würdest du das nicht alles loswerden wollen? Ihn und was deine Mutter gesagt hat?«

Lynn lehnt sich mit ihrer Tasse zurück. »Es gibt so vieles, was ich am liebsten vergessen würde, aber was bleibt dann noch? Haben mich nicht genau diese Erinnerungen zu dem gemacht, was ich jetzt bin?«

»Das ist doch Blödsinn.« Ganz so sicher bin ich mir aber nicht. »Du wirst ja wohl nicht nur schlechte Erinnerungen haben.«

»Ich habe dich.«

Ihre simplen Worte und das kleine, traurige Lächeln versetzen mich in Schockstarre. Hitze ballt sich in meinem Magen, und mein Kopf schwirrt vor halb garen Möglichkeiten. Ich darf nicht mehr hineinlesen, als da wirklich ist. Es ist mein früheres Ich, an dem sie so festhält, nicht an mir. Dann überkommt mich eine Welle des Mitleids. Seit unseren Kindertagen hat Lynn keine schönen Erinnerungen mehr gehabt.

Bevor ich den Mund öffnen kann, wedelt Lynn mit der Hand und beugt sich wieder nach vorn. »Entschuldige, das klang dramatischer, als es ist. Natürlich ist mein Leben nicht schlecht. Das ist ja das Problem mit einer Depression. Sie ist so individuell und hat nichts mit der Wirklichkeit zu tun.«

Ich atme tief ein. »Was nichts daran ändert, dass es dich belastet.«

Es ist zu viel. Lynn legt die Hände auf den Tisch und atmet tief ein. »Stopp. Ich habe damit schon genug während der Therapie zu tun. Ich mache die Transplantation vielleicht. Vielleicht auch nicht.« Ihre Stimme bricht. »Ich weiß es nicht. Es …« Erneut atmet sie tief durch, und eine Träne läuft über ihre Wange. »… ist einfach so eine große Entscheidung.« Sie lächelt, doch es hält nicht lange. Stattdessen wischt sie sich mit dem Handballen über die Wange. »Ich fühle mich noch nicht bereit, so eine Entscheidung zu treffen.«

Als sie wieder die Tränen wegwischen will, greife ich ihre Hand. »Lynn, es ist okay. Nimm dir alle Zeit, die du brauchst. Das MTC läuft nicht weg.«

Sie schluckt und versucht sich zu beruhigen. »Okay.«

»Kuchen?« Ich halte ihr die Gabel hin.

Diesmal hält das Lächeln. »Meine Mutter sagt …«

»Ganz ehrlich, scheiß auf das, was deine Mutter sagt«, unterbreche ich sie und wedele mit dem Kuchen an der Gabel.

Genauso vorsichtig wie ich lehnt sich Lynn nach vorn und isst von der Gabel. Ein Zittern geht durch meinen Arm, und mein Magen fühlt sich schon wieder heiß an. Auch wenn ich bereits Erfahrungen mit Mädchen gemacht habe, war mir keine so nah wie Lynn. Vielleicht, weil sie mich ihre Verletzlichkeit sehen lässt. Weil sie mich so viel näher lässt als jemals jemand zuvor.

Später besteht Lynn darauf, mich noch zu begleiten. Genau genommen kommen wir einfach zu keinem Schluss. Da ich aber noch meine Geschwister vom Sport abholen muss, läuft sie einfach neben mir her. Ich weiß nun, dass sie ebenfalls gerade ihren Abschluss macht, aber im Gegensatz zu mir gerade erst mit den Modulen angefangen hat. Während ich meine mündliche Prüfung in Zukunftstechnologien mache, will sie sich auf Literatur vorbereiten. Was das bringen soll, weiß ich nicht, aber es scheint Lynn zumindest Spaß zu machen, die alten Texte auseinanderzunehmen und zu interpretieren.

»Ich mag Schulliteratur!«, behauptet sie leidenschaftlich, als ich meine Zweifel daran äußere.

»Wieso?« Die meisten Bücher in unseren Modulen handeln zwar von Teenagern, allerdings haben diese eingestaubten Darstellungen nur noch wenig mit unserer Realität zu tun. Dass wir mal ein Buch lesen, das nach der Erfindung des Internets spielt, ist nur ein einziges Mal vorkommen.

Lynn zuckt mit den Schultern. »Ich finde es spannend, zu sehen, wie die Leute früher gelebt haben. Was für Probleme sie hatten.« Sie stockt kurz, fasst sich dann jedoch schnell wieder. »Es lenkt von meinen eigenen ab.«

Dagegen lässt sich schlecht etwas sagen, also versuche ich es gar nicht erst. Außerdem haben wir eh schon längst den Sportplatz erreicht, auf dem meine Schwester Fußball spielt.

Es hat heute Morgen geregnet, sodass der Rasen ganz schön matschig ist. Die Fußballerinnen scheint das aber nicht zu stören. Mit matschigen Trikots rennen sie dem Ball hinterher und schenken sich nichts. Es dauert einen Moment, bis ich Anni mit ihrem langen geflochtenen Zopf zwischen den anderen ausfindig gemacht habe und auf sie deute.

»Da drüben. Das ist Anni.«

»Nicht wahr!« Lynn reißt die Augen auf. »Anni war doch noch ein Baby.«

Ich schmunzle. »Das ist zwölf Jahre her.« Während ich dabei bin, mir eine Zukunft aufzubauen, hängt Lynn noch in der Vergangenheit fest.

In der Zwischenzeit hat mein kleiner Bruder uns entdeckt – und das, obwohl er wie üblich die alte Spielekonsole auf dem Schoß hat, die ich ihm zu seinem zehnten Geburtstag geschenkt habe und die mich zum besten Bruder aller Zeiten gemacht hat. Seitdem ist mein Bruder kaum noch davon wegzukriegen, aber wahrscheinlich bin ich da auch das falsche Vorbild.

Etwas schüchtern winkt er zu uns rüber, und wir machen uns auf den Weg. »Lasse ist dann wohl erst nach eurem Wegzug geboren«, vermute ich.

Lynn nickt. »Bei euch muss ja richtig was los sein.«

»Wenn du damit Gezeter und kindische Wutanfälle meinst ...«
Ganz so schlimm ist es eigentlich gar nicht, aber als großer Bruder
ist es quasi meine Pflicht, in der Hinsicht etwas zu übertreiben.

»Darf ich dein RedPad haben?«, fragt mich Lasse zur Begrüßung.

Ich schnaube. »Ganz sicher nicht.« Das gute Stück ist viel zu
wertvoll, als dass ich es in seine Finger gebe. Ganz abgesehen davon, dass ich nicht will, dass er mir die Machine Learning Engine
versaut, indem er seine dummen Spiele runterlädt.

Das Training ist vorbei, und Anni kommt zu uns rübergelau-
fen. Ihre Augen strahlen unter dem Dreck, der ihr bis ins Gesicht
gespritzt ist. Normalerweise muss ich sie immer erst von ihren
Freundinnen wegoperieren, aber heute hat sie keinen zweiten Blick
für diese übrig, denn ihre ganze Aufmerksamkeit gilt Lynn.

»Hi, ich bin Anni«, verkündet sie fröhlich und streckt Lynn
die Hand entgegen. »Sag bloß, mein Bruder hat doch noch eine
Freundin gefunden?«

Ich kann sehen, wie sehr Annis Direktheit Lynn überfordert.
Zwar schüttelt sie die Hand, aber wie sie auf die Frage antworten
soll, weiß sie nicht.

Gönnerhaft greife ich ein und nehme Anni in den Schwitzkas-
ten, die sogleich empört ausruft: »Hey!«

»Lynn ist eine Freundin, nicht ... was du wieder denkst!« Eigentlich wollte ich sagen, *meine Freundin*, aber ich will Lynn nicht
schon wieder vor den Kopf stoßen.

»War ja klar, dass sie dich nicht will.« Anni scheint es nicht im
Geringsten zu stören, dass ich sie in meinem Griff habe. Ihre spitze
Zunge bekomme ich schon lange nicht mehr unter Kontrolle.

»Du sollst nicht immer von dir auf andere schließen«, gebe ich
stattdessen zurück. Immerhin hatte ich schon mal eine Beziehung.

Anni schnaubt und befreit sich endlich aus meinem Griff, nur
um mir dann einen Tritt zu verpassen.

Für uns ist das normal, doch Lynn scheint unsere Geschwisterliebe zu viel zu sein. Sie tritt einen Schritt zurück und verwandelt sich wieder in das schüchterne Mädchen aus dem Wartezimmer. Mit der Hand gleitet sie unsicher zu ihrer Schulter.

»Ich muss los«, sagt sie, als ich sie anblicke. »Meine Mutter wollte noch mit mir shoppen gehen. Sommerschlussverkauf.«

Augenblicklich hört meine Schwester auf, mich zu piesacken. »Neid!« Zwar sagt sie es nur so daher, aber ich weiß, dass sie deswegen tatsächlich etwas neidisch ist. Shopping steht bei uns ganz unten auf der Liste. Dabei hat sie noch Glück und muss meistens nicht meine abgetragenen Sachen anziehen so wie Lasse.

Ich erspare Lynn, sich meiner Schwester zu erklären, und lächle ihr zu. »Wir sehen uns Freitag?«

Auch sie lächelt mich an und nickt eifrig. »Bis dann.«

»Mika ist verliebt«, säuselt meine Schwester, nur weil ich Lynn einen Augenblick zu lange hinterhersehe.

Das lasse ich mir natürlich nicht gefallen und greife nach Anni. Während wir uns auf dem Weg kabbeln, folgt uns Lasse gemütlich, die Augen fest auf seine Konsole gerichtet.

# Kapitel 4

Das Gespräch mit Lynn im Café bringt mich dazu, meinen Vater aufzusuchen. Trotz seiner Erkrankung arbeitet er noch immer in der Fabrik bis kurz vor dem Abendbrot. Ich bemerke, wie blass er ist, als er sich von seinen Kollegen verabschiedet. Seine Augen weiten sich überrascht, als er mich auf dem Parkplatz entdeckt.

»Mika.«

»Hey.« Wir setzen uns in Bewegung. Er sagt nichts, aber ich merke, dass ich zu schnell bin, und schalte einen Gang runter. »Ich wollte mich entschuldigen, Papa.«

Er schmunzelt und legt einen Arm um meine Schultern. »Ach, Quatsch. Du standst unter Schock. Glaub mir, mir ging es nicht besser, als ich davon erfahren habe.«

In diesem Moment kann ich es nicht glauben, dass mein Vater, der immer so optimistisch und stark war, irgendwann nicht mehr sein könnte. »Ich will helfen.«

»Mika.« Er seufzt. »Du kannst nichts tun. Ich werde gegen diese Krankheit kämpfen, solange es geht. Du musst dich auf deinen Abschluss konzentrieren. Hast du schon die Noten für Informatik?«

Mein Lieblingsmodul habe ich schon vor Wochen eingereicht. »Nein, noch nicht. Es gab da ein paar Verzögerungen mit der Analogüberprüfung.«

Da sind die Fächer schon alle automatisiert und werden innerhalb von Minuten von Computern ausgewertet, und dann verschiebt sich alles, weil irgendwelche wichtigtuerischen Prüfer, die sonst keinen Job hätten, noch mal alles per Hand durchgehen wollen. Das Schlimme ist, dass sie ihre persönliche Wertung mit einfließen lassen, weil ein Algorithmus ja unmöglich recht haben könnte. Manchmal frage ich mich, warum man überhaupt je auf digitale Module in der Oberstufe umgestellt hat.

»Ah, schade. Aber ich bin sicher, dass du das gepackt hast.«

Das bin ich auch, aber mir geht es nicht ums Bestehen, sondern um die Note. Mit allem, was schlechter als 1,0 ist, brauche ich bei Instituten wie dem NEURO, das die Memospende entwickelt hat, nicht mal vorstellig werden.

Ich verziehe den Mund, als ich mich daran erinnere, dass das ja sowieso vom Tisch ist. »Ja, klar. Wird schon irgendwie. Kann man denn wirklich gar nichts tun, um die Krankheit aufzuhalten?«

»Es wird von Tag zu Tag schlimmer«, antwortet mein Vater und nimmt seinen Arm wieder weg.

»Aber die Überlebenschancen sind gut. Die meisten Menschen mit Lupus erreichen ein normales Alter«, halte ich dagegen. »Es ist alles eine Frage des Managements. Es gibt ein Medikament, das sogar die Ausbrüche selbst hemmen soll, statt nur die Symptome zu behandeln. Am NEURO arbeiten sie inzwischen an einer Heilungsmethode und sind auf der Suche nach Teilnehmern für eine Studie.« Möglicherweise habe ich Stunden damit verbracht, mir alles über diese komplexe Krankheit anzulesen, statt mich meinen Schulaufgaben zu widmen.

Mein Vater läuft einige Zeit schweigend neben mir her. Schließlich bekomme ich ein leises »Ich weiß« zu hören.

»Warum meldest du dich nicht dafür an?«

Er seufzt schwer. »Weil die Krankheit bereits zu weit fortgeschritten ist.«

Ich bleibe stehen. »Was meinst du damit?«

»Bei all deiner Recherche hast du vergessen, dir meine Daten anzuschauen. Beziehungsweise hattest du dazu keinen Zugang.

Sonst hättest du herausgefunden, dass ich die Kriterien der Studie nicht erfülle. Die Behandlung wäre bei mir verschwendet.«

Betroffen sehe ich zu Boden. Man sieht ihm nicht an, dass er unter Schmerzen leidet. Zumindest mir ist es nie aufgefallen. »Aber das Medikament wurde schon vor acht Jahren entwickelt, warum ...« Ich spüre, dass es schwerer wird, die Worte auszusprechen. »Warum habt ihr das damals nicht genommen?«

»Damals war es dieses experimentelle Medikament, das nicht sonderlich Erfolg versprechend klang und unendlich viel mehr gekostet hat. Wir haben uns entschieden, es erst mal mit der herkömmlichen Behandlung zu versuchen.« Er lächelt schief, halb entschuldigend. »Wir haben aufs falsche Pferd gesetzt.« Er beeilt sich, schnell zu sagen: »Oder auch nicht. Vielleicht war die Krankheit einfach immer schon zu aggressiv.«

Es nervt. Egal, was es ist, am Ende fehlt immer das Geld. Ich stapfe wieder los und bemerke erst nach einigen Metern, dass er mir nicht folgt. Als ich mich umsehe, sieht er mich entschuldigend an. »Ich muss die Schwebebahn nehmen.«

»Aber es sind doch nur drei Stationen.«

Sein Schweigen sagt mehr als tausend Worte. Mit einem schlechten Gewissen trolle ich mich zurück und schlage mit ihm den Weg zur Haltestelle ein. Früher sind wir immer spazieren gegangen, aber ich schätze, das ist jetzt nicht mehr möglich.

Wir quetschen uns in die volle Bahn, und ich ertrage es kaum, zuzusehen, wie mein Vater um einen Sitzplatz bittet. Er sieht wirklich nicht gut aus.

Während die Bahn über die Gleise gleitet, denke ich nach. Ich habe keine Lust, inmitten all dieser Fremden über solch ein Thema zu reden. Mein Vater scheint die Verschnaufpause ebenfalls zu brauchen und schließt die Augen. Es muss doch irgendeinen Weg geben, ihn zu heilen.

Meine Hand gleitet in die Hosentasche und zieht das RedPad

vor. Als ich den Browser öffne, begrüßt es mich gleich mit einer neuen Auswahl an Artikeln zum Thema. Es weiß, was mich beschäftigt. Es ist zwar nur die Machine Learning Engine, die da am Werk ist, aber ich fühle mich irgendwie davon getröstet, dass es so viel Anteil an unserem Schicksal nimmt. Wirklich aufschlussreich ist jedoch kein Artikel. Stattdessen schaue ich mir die Medikamente an. Neben Kortison, Immunsuppressiva und Zytostatika werden auch bestimmte Schmerzmittel empfohlen.

»Welche davon nutzt du?«, frage ich, als wir aussteigen, und halte ihm das RedPad unter die Nase.

Er wirft nur einen flüchtigen Blick darauf und schüttelt den Kopf. »Paracetamol.«

»Para... Das soll reichen?«, protestiere ich.

Mein Vater winkt nur ab. »So schlimm ist es nicht.«

Ich bin alt genug, um zu wissen, wann mein Vater lügt. Die Verführung ist groß, ihm einfach zu glauben, aber mein Gewissen lässt es nicht zu. Das RedPad in der Hand wiegt mit einem Mal unendlich schwer. »Es ist wegen dem Geld, oder?«

»Mika ...« Er seufzt schwer. »Lass es gut sein!«

»Wie viel brauchst du?«, frage ich unbeirrt und lasse das Red-Pad wieder in meine Tasche gleiten. Man muss hier in der Gegend nicht unbedingt offen damit herumlaufen.

Etwas genervt antwortet er: »Deutlich mehr als dein Taschengeld.«

Ich schnaube. Dass mein Taschengeld ein Witz ist, weiß ich selbst. »Glaubst du, ich habe mir das RedPad von meinem Taschengeld gekauft?«

Sein Blick verfinstert sich, und er sieht mich ernst an. »Willst du mir etwas sagen, Mika?«

Für einen Moment sehe ich ihn nur verwirrt an. Dann werde ich mir wieder meiner Umgebung bewusst. Unzählige Lagen Graffiti bedecken die Häuserwände. Ein eingeschlagenes Fenster fällt mir ins Auge sowie das baufällige Gebäude am Ende der Straße, das offiziell leer steht und doch in Wirklichkeit aus allen Nähten platzt. Die Waren hier sind spottbillig, entweder weil sie sowieso nur Restposten sind oder geklaut.

»Ich habe es nicht gestohlen!« Verärgert beschleunige ich meine Schritte.

Nur mit Mühe kann mein Vater Schritt halten, aber das ist mir im Moment egal. Zwar lebt meine Familie jetzt in dieser Drecksgegend, aber das heißt ja nicht, dass ich mich dem Niveau anpassen muss.

»Sondern?«

Die Haustür hält meinen trotzigen Marsch auf. »Ich habe das Geld ehrlich verdient.« Mein Schlüssel dreht sich im Schloss, doch die Tür geht nicht auf.

»Womit?« So ernst klingt er selten. »Mika. Was zur Hölle tust du?«

Mit einem kleinen Tritt gegen die untere Ecke lässt sich die Tür endlich öffnen. Schrottplatz! »Entspann dich! Es ist nichts Illegales.« Ein Blick zurück verrät mir, dass das rein gar nichts geholfen hat.

Das ›Außer Betrieb‹-Schild am Fahrstuhl hat auch schon mal bessere Tage gesehen. Seufzend steige ich die Treppen hoch. In der ersten Etage warte ich auf meinen Vater, dem der Schweiß auf der Stirn steht. »Ich spende Erinnerungen. Das gibt etwa 200 Euro im Monat. Nichts Schlimmes also.«

Er starrt mich an, und ich habe große Lust, die restlichen Stufen ohne ihn zu erklimmen. Ich bin verdammt noch mal alt genug, um mich dafür nicht rechtfertigen zu müssen.

»Seit wann?«, fragt er nur und reibt sich das Kinn.

Ich habe wirklich keine Lust auf das Gespräch. Das mit der Unterstützung muss ich mir wohl noch mal überlegen. »Eine Weile. Papa, willst du nun, dass ich dir helfe, oder nicht?«

»Auf gar keinen Fall.«

Fassungslos sehe ich ihn an. Er meint es todernst. »Mika, ich will garantiert nicht, dass du deine Kindheitserinnerungen für ein paar Kröten aufgibst. Weder für mich noch für dich. Damit ist jetzt Schluss.«

Er stapft die Treppe hoch, aber so einfach entkommt er mir nicht. »Ich bin alt genug, um das selbst zu entscheiden.« Ich erspare mir, ihm die Vorteile der Memospende aufzuzählen. Hier geht's ums Prinzip.

Erneut bleibt er stehen und schnauft angestrengt. »Weißt du überhaupt, was du da tust?«

»Ziemlich gut, ja«, antworte ich genervt. »Ich habe mich informiert, und das MTC hat mich auch noch einmal aufgeklärt.« Dass ich bei der Belehrung halb geschlafen habe, weil ich im Internet schon alles durchforstet hatte, muss ja keiner wissen.

Den Kopf schüttelnd greift mein Vater nach dem Geländer. »Als ob die wirklich vor den Gefahren warnen würden.«

Ich rolle die Augen. »Die MTCs haben die Lebensqualität von Millionen von Menschen erheblich erhöht. Ich denke, die Vorteile der Memospende wiegen die ach so schrecklichen Nachteile auf.« Okay, das war mehr als bissig. Er und Lynn sind nicht die Einzigen, die sich gegen die Memospende so sperren. Im Europäischen Parlament diskutieren sie gerade, ob es nicht einen Grenzwert für die Spende geben sollte. Dabei spielt es doch überhaupt keine Rolle, ob ich mich irgendwann einmal an keine oder an fünf Sachen aus meiner Kindheit erinnere.

Mein Vater atmet tief durch und setzt den Fuß auf die nächste Stufe. »Junge, du verkaufst deine Erinnerungen. Lauter schöne Erinnerungen für das bisschen Kohle.«

»Es ist mehr als das!«, sage ich viel zu laut. »Ich weiß, dass man mit wenig Geld leben kann, aber schau dich doch mal um!« Wasserflecken und Graffiti verunstalten das Treppenhaus. Der Putz bröckelt von der Decke. »Es stinkt nach Pisse. Bis letztes Jahr musste ich meine Module im Kommunalcenter machen, wo es laut und voll ist. Ist es so schwer zu verstehen, dass ich auch mal etwas besitzen möchte?«

Beschämt senkt mein Vater den Blick. »Tut mir leid. Wir hätten euch gern ein besseres Leben ermöglicht.«

»Aber dein Lupus hat alles aufgefressen«, unterbreche ich jegliche weiteren Worte. »Ich weiß, und das ist auch in Ordnung, aber das war deine Entscheidung, und die Memospende ist meine. Die Erinnerungen bringen mir nichts. Und wenn ich noch ein paar mehr verkaufe, damit du wenigstens die Treppe hochgehen kannst, ohne alle zwei Stufen stehen zu bleiben, dann tue ich das gern.« Ich meine es wirklich so.

Mein Vater reibt sich die Nasenwurzel und atmet tief ein. »Danke. Aber ich möchte das nicht. Ich glaube nicht daran, dass sie so nutzlos sind. Ganz im Gegenteil, wenn ich einmal nicht mehr bin, möchte ich, dass ihr wenigstens ein paar schöne Erinnerungen an mich habt.«

»Ich hätte lieber dich.«

Eine Weile sehen wir uns schweigend an, während die Worte zwischen uns hängen. Seine Augen werden feucht, und ich ertrage es nicht mehr, ihn so schwach zu sehen. Energisch laufe ich zwei Stufen hinunter und stütze ihn. Dabei fällt mir auf, wie wenig er wiegt. Kaum mehr als eine Hülle für unendlich müde Knochen.

Gemeinsam steigen wir die restlichen zwei Stockwerke hinauf und schweigen, jeder in seine Gedanken versunken. Ich weiß nicht, ob ich es ertrage, tatenlos dabei zuzusehen, wie er sich immer mehr quält. Schon jetzt ist er zu erschöpft, um zu reden.

Wir erreichen die zerkratzte Tür, die der Eingang zu unserem trauten Heim ist. Mein Vater legt seine Hand auf meine, als ich den Schlüssel ziehen will, und ich verstehe. Er will erst einmal wieder zu Atem kommen, bevor er die Wohnung betritt. Mir wird klar, dass das schon zur Routine für ihn geworden ist, damit sich niemand Sorgen um ihn macht.

Endlich spricht er wieder: »Versprich mir, Mika, dass du die Finger davon lässt. Diese Erinnerungen sind dein Leben, und ich möchte nicht, dass du irgendetwas von dir für mich aufgibst. Es gibt einen Grund, warum sie so gut bezahlt werden.«

Das sollte mir wohl zu denken geben, aber ich habe meine Entscheidung bereits getroffen. Wenn er mein Geld nicht will, kaufe ich die Medikamente eben direkt. Zurückgeben ist nämlich nicht.

# Kapitel 5

Das nächste Mal treffe ich mich mit Lynn bei ihrem Baum. Unserem Baum. Stur ignoriert Lynn, dass ich mich nicht an unsere gemeinsame Zeit oder die Abenteuer im Wald erinnere. Oder dass wir uns eigentlich gar nicht so gut kennen. Für sie ist es wie ein Zurückschlüpfen in alte Muster, und ich gehe mit, weil ich Angst habe, dass sie zerbricht, wenn ich ihr auch noch diesen geringen Halt nehme.

Und vielleicht auch, weil ich mich wirklich ein wenig in Lynn verguckt habe.

Viel zu oft erwische ich mich dabei, wie ich versuche, ihre Sommersprossen zu zählen, oder kein Wort von dem verstehe, was sie mir sagt, weil ich zu vertieft darin bin, in ihre Augen zu starren, während wir einander gegenüber auf dem breiten Ast unten sitzen. Sie ist nicht hübsch im herkömmlichen Sinne, nicht so wie die tausend Bilder, die einem in den sozialen Medien begegnen. Im Gegenteil, Lynn ist viel zu dünn, blass und so in sich gekehrt, dass ihre Ausstrahlung quasi nicht existent ist. Es sei denn, sie lächelt. Dann verändert sich ihr ganzes Gesicht, ihre Augen strahlen, und ihre Sommersprossen tanzen.

Aber es ist nicht nur Lynn, wegen der meine Konzentration so schwächelt. Um meinen Vater nicht gänzlich zu enttäuschen, habe ich mir einen Nebenjob besorgt. Irgendwie muss ich ja erklären, wie ich die Schmerzmittel besorgen konnte, die er jeden Tag nötiger hat. Dass ich dafür auch noch alles bis auf mein RedPad verpfändet habe, muss ich ihm ja nicht unter die Nase reiben. Das wäre zwar besser als die Memospende, aber wie ich ihn kenne, würde ihm das auch nicht gefallen.

Ich gähne gerade, als Lynn mir ihr Gerät unter die Nase hält und mir irgendwelche Studien zeigt. Blinzelnd versuche ich, einen Sinn aus den Abbildungen zu ziehen, denn ihre Worte dazu sind schon längst wieder verklungen. Ich ziehe mein Bein über den Ast und rutsche neben sie, damit wir uns das gemeinsam anschauen können.

»Was meinst du dazu?«, fragt sie ein wenig ungeduldig. Wahrscheinlich hätte ich längst etwas sagen sollen.

Es geht um die Memospende. Mal wieder. Lynn hat nämlich immer noch keine Entscheidung getroffen und schiebt den Termin munter vor sich her. Ich blicke auf die neueste Studie, die sie mir präsentiert. »Was willst du denn damit? Wie soll es dir denn noch schlechter gehen, wenn deine schlechten Erinnerungen entnommen werden?« Das ist zumindest die Grundaussage, die ich auf die Schnelle aus der Studie herauslesen kann, welche in einem der Pro-Grenzwert-Blogs zitiert wird.

Lynn rollt die Augen. »Es geht doch dabei nicht um mich.« Als ich nur verwirrt blinzle, fügt sie hinzu: »Ich wollte es dir zeigen! Die Forscher vermuten, dass eine dauerhafte Entnahme von Erinnerungen zu einem erhöhten Depressionsrisiko führt.«

»Ja, ja, und Rauchen schadet der Gesundheit«, rutscht es mir heraus, bevor ich ihre Worte genauer bedacht habe. »Das ist völliger Humbug. Ich spende jetzt wie lange? Achtzehn Monate? Wahrscheinlich mehr als sonst jemand, und es geht mir gut.« Bis auf die Tatsache, dass mein Vater schwer krank ist, meiner Familie das Geld ausgeht und ich irgendwie den ganzen Scheiß, Abschluss und Nebenjob gleichzeitig packen muss. Nur hat das ja wenig mit meinen Kindheitserinnerungen zu tun.

Lynn seufzt nur und nimmt ihr Tablet wieder zu sich auf den Schoß. »Was sagen denn deine Eltern dazu?«

Treffer!

Ich zucke mit den Schultern. »Ich habe es ihnen nicht erzählt.« Irgendwie habe ich keine Lust, Lynn von meinem Vater zu erzählen. Nachher wird das alles noch real.

»Oh. Sehr erwachsen«, kommentiert Lynn trocken.

Der ironische Unterton lässt mich schmunzeln, und ich stoße sie mit der Schulter an. Lynn grinst und schubst zurück. Eigentlich albern, aber diese Berührung macht mich glücklicher, als sie sollte. Ich beuge mich zu ihr hinüber und lege mein Kinn auf ihre Schulter. Ziemlich forsch, wenn man mich fragen würde, aber Lynn zuckt nicht einmal zusammen und tippt stattdessen auf ihrem Tablet herum.

»Was machst du jetzt?«, frage ich, während über uns eine Brise die Blätter rascheln lässt.

Als sie ihren Kopf leicht dreht, berühren sich unsere Wangen, und mein Blick landet unweigerlich auf ihren Lippen. Ich würde sie unheimlich gerne küssen, aber ich tue es nicht. Dabei würde ich mir schäbig vorkommen. Schließlich bin ich doch nur ihr Sandkastenfreund und eben keine aufregende neue Bekanntschaft.

»Ich blogge«, antwortet Lynn und wirkt dabei sogar ein bisschen stolz.

Überrascht richte ich mich ein wenig auf und löse so die Berührung zwischen uns. »Du bloggst? Über was?«

Kurz zögert sie. Dann zuckt sie mit den Schultern und sagt: »Über mich.« Ein verschämtes Lächeln. »Meine Gedanken, meine Gefühle.«

»Schreibst du über …« Ich weiß immer noch nicht, wie ich das ansprechen soll, was zwischen ihr und ihrer Mutter passiert ist.

Lynn nickt, und ich merke, wie sie sich innerlich wieder etwas distanziert. Ihre ganze Haltung wird dann etwas angespannter, die Bewegungen kontrollierter. »Auch. Ich habe damit irgendwann mal angefangen, und es hat geholfen. Mehr noch als die Therapie. Es ist natürlich alles anonym. Ich würde sterben, wenn meine Mutter das lesen würde.«

Das kann ich mir nur zu gut vorstellen. Sie ist bei Weitem nicht die Einzige, die ihre Gedanken der Welt offenlegt. Die meisten Jugendlichen tun dies, oft in furchtbar dramatischen Übertreibungen. Als würde die Welt morgen enden, weil niemand einen versteht. Ich selbst habe nie wirklich lange durchgehalten. Stattdessen interessieren mich die Techblogs und diverse Communities.

»Momentan schreibe ich viel über die Memotransplantation.« Natürlich. »Es ist faszinierend, wie unterschiedlich die Meinungen der Leute sind. Viele erzählen von ihren eigenen Geschichten. Wie gut es ihnen getan hat.« Lynn rollt die Augen. »Wer es macht, scheint damit wirklich zufrieden zu sein. Aber es gibt auch eine Menge Leute, die das nie machen würden. Fremde Erinnerungen im eigenen Kopf sind halt doch irgendwie komisch.«

Unweigerlich muss ich den Kopf schütteln. »Ich habe dir doch erklärt, dass das nicht so einfach ist. Dein Gehirn nimmt diese Erinnerungen auf und macht sie zu seinen eigenen.«

»Was sie nicht weniger fremd macht«, hält Lynn dagegen. »Stell dir das doch mal vor. Du erinnerst dich, sagen wir, an deine Kindheit hier im Wald. Und dabei bist du eigentlich vom Meer und hast noch nie im Leben einen Wald gesehen.«

»Ja und? Es geht doch nur um das Gefühl, das der Wald dir vermittelt. Ich habe auch in Filmen Orte gesehen, an denen ich noch nie war, und verbinde trotzdem was mit ihnen«, argumentiere ich.

Lynn grübelt über diesen Gedanken nach, und anstatt mir zu antworten, tippt sie weiter auf ihrem Tablet.

»Hey! Schreibst du das jetzt in deinen Blog?«, frage ich ein wenig ungehalten. Schließlich hat sie mich nicht mal gefragt. »Wie viel steht da eigentlich über mich?« Ich lehne mich hinüber, um einen Blick auf ihren Blognamen zu erhaschen, doch Lynn schaltet ihr Tablet ab.

Wenigstens hat sie den Anstand, ein wenig beschämt auszusehen. »Keine Sorge, ich habe weder deinen Namen erwähnt noch über unsere Erinnerungen gesprochen.«

Ich runzle die Stirn und versuche, ihre Aussage zu deuten. »Aber?«

»Du inspirierst mich einfach zu Gedanken.«

»Was soll das denn heißen?«

Lynn seufzt schwer, und schließlich schiebt sie mir ihr Tablet doch herüber und aktiviert einen der Artikel auf Freckled Memories. Der Name lässt mich etwas schmunzeln, da mir die Sommersprossen auch am häufigsten in den Kopf kommen, wenn ich an Lynn denke. Dann konzentriere ich mich auf den Artikel, den sie ausgewählt hat: *Memospende – Wo zieht man die Grenze?*

Ich seufze innerlich, da mir klar ist, warum sie mir ausgerechnet diesen Artikel vorsetzt, als hätte ich die lebhafte Diskussion rund um den neuen Gesetzesvorschlag nicht mitbekommen. Die eingebetteten Videos lasse ich aus. Die kann ich mir anhören, wenn Lynn nicht danebensitzt. Während Lynn nervös auf dem Ast hin- und herwippt, konzentriere ich mich auf den Text.

*Ende September stimmt das Europäische Parlament über Artikel 87 ab. Darin wird für die Memospende ein Grenzwert von 60 Prozent vorgeschlagen. Das heißt, ein Mensch könnte fast die Hälfte seiner Kindheitserinnerungen an Fremde abgeben, bevor irgendjemand Stopp ruft.*

*Jeder weiß, dass die einzelnen Erinnerungen zufällig ausgewählt werden, solange sie nur die Kriterien der Positivspende erfüllen. Aber liegt nicht genau dort der Hund begraben? Ich bin kein Mathegenie, aber wenn ich die Hälfte aller positiven Erinnerungen aus meiner Kindheit herausnehme, was bleibt dann noch übrig als eine überwältigende Mehrheit von negativen Erinnerungen?*

Ein Link führt zu derselben Studie, die Lynn mir eben noch gezeigt hat.

*Die Grundlage der Memospende ist, dass glückliche Kindheitserinnerungen den menschlichen Geist festigen und ihn dadurch widerstandsfähiger im Kampf gegen Depressionen machen. Ich müsste lügen, wenn ich behaupten würde, dass mein Leben heute nicht anders wäre, wenn ich eine schönere Kindheit gehabt hätte. Aber ich frage mich auch, ob ich überhaupt noch am Leben wäre, wenn mir die Hälfte der wenigen positiven Erinnerungen, die ich noch habe, fehlen würde.*

Der letzte Satz lässt mich innehalten. Dass Lynn so offen über einen eventuellen Suizid schreibt, bereitet mir Magenschmerzen. Dabei ist ihr Argument unsinnig. Jemandem, der bereits an Depressionen leidet, würde man nicht noch mehr Erinnerungen wegnehmen. Das würde ja die ganze Memospende ins Absurde führen.

Ich scrolle etwas durch den Artikel, da ich nicht wirklich noch lesen muss, wie selbst der meiner Meinung nach völlig übertrieben hohe Grenzwert für Lynns Geschmack noch zu niedrig ist. Eigentlich müsste ihr der Grenzwert doch ganz andere Sorgen machen. Immerhin bedeutet das, dass noch mehr Leute spenden müssen, damit sie ihre verordnete Menge an Erinnerungen erhält.

Schließlich wendet sich der Artikel genau jenen Spendern zu:

*Ich habe mir schon oft vorgestellt, wie es ist, eines Tages die Erinnerungen von fremden Menschen in mir zu tragen. Naiverweise habe ich es mir immer wie kleine Minifilme vorgestellt: gestochen scharfe, detailreiche Erinnerungen an ein anderes Leben. Mittlerweile weiß ich, dass es eher die damit verbundenen Gefühle sind, die diese Erinnerungen hervorrufen, die man dabei gewinnt. Die Erinnerung an ein Kinderspiel mit alten Freunden wird dann zum Kinderspiel mit meinen Freunden. Das Gehirn überschreibt quasi die fremde Erinnerung mit seinen Erfahrungen und heilt die entstandene Diskrepanz.*

*Aber wie sieht es in den Köpfen meiner Spender aus? Kann das Gehirn auch hier die Löcher stopfen, die bei der Spende entstehen? Gut möglich, nur womit? Kindheitserinnerungen entstehen nicht noch einmal. An ihrer Stelle bleibt nur farblose Spachtelmasse, einmal überstrichen, aber ohne Substanz, bis irgendwann von dem farbenprächtigen Gemälde einer wundervollen Kindheit nur noch zusammenhanglose Fetzen übrig bleiben.*

*Es fehlt ihnen nichts, sagen meine Spender, denn sie können sich nicht erinnern. Wie soll man etwas vermissen, was nie da gewesen ist? Aber es war da. Ich werde es wissen. Ich bekomme, was ihnen fehlt, was ihnen gehört. Während ich die hässlichen Flecken meiner Kindheit mit lauter kleinen Kunstwerken überdecke, ist ihre Kindheit nur noch eine nichtssagende weiße Wand.*

Es stimmt, was sie gesagt hat. Ich stehe nicht drin, aber Lynn macht sich Gedanken über die Memospende, woher wohl ihre Spendererinnerungen kommen werden und was das für ihre Spender bedeutet. Es sind meine Argumente, die sie herumwälzt, bestätigt oder entkräftet, aber es wird nicht persönlich. Zumindest nicht offensichtlich für ihre Leser. Ich hingegen bin schon ein bisschen sauer, dass sie mich als nichtssagende weiße Wand bezeichnet.

»Es tut mir leid«, wispert Lynn kleinlaut. »Aber du gehörst in mein Leben, und ich will dich nicht ausklammern.«

Was im ersten Moment liebevoll klingt, hat noch eine andere Bedeutung. Meine Treffen mit Lynn sind ihr Input. Wahrscheinlich denkt sie die ganze Zeit über ihre Transplantation nach, und ich stoße lediglich das Gedankenkarussell an und lenke es in neue Richtungen. Es ist nur natürlich, dass sie sich damit auseinandersetzt. Es hilft ihr eben, wie sie vorhin gesagt hat. Nur fühle ich mich mit einem Mal weniger wichtig. Als wäre ich nur noch ein Puzzleteil in ihrem komplexen Leben.

Zögerlich reiche ich ihr das Tablet zurück. Den Blog werde ich mir auf jeden Fall noch einmal in Ruhe zu Gemüte führen. Den Namen vergesse ich sicher nicht so schnell, so viel Lynn, wie in ihm drin steckt. »Ich muss darüber nachdenken.«

Ich stoße mich von dem Ast ab und lande auf dem Boden. Lynn sieht verloren auf mich hinunter, und sofort nagt das schlechte Gewissen an mir. Allerdings vibriert mein RedPad und erinnert mich daran, dass ich gleich einen Termin habe. »Wir sehen uns morgen?«

Wortlos nickt Lynn und setzt ein Lächeln auf, das mich nicht im Geringsten täuscht. Feige, wie ich bin, akzeptiere ich es jedoch und kehre ihr den Rücken zu. Mehr geht heute nicht.

Ich muss immer noch an Lynn denken, als ich auf Dr. Rhivanis Tisch liege. In meinen Gedanken habe ich mir bereits meine eigene Version ihres Lebens zusammengebastelt und festgestellt, dass ich nicht einfach wegschauen kann. Oder viel eher möchte. Ich schulde Lynn nichts, aber sie hat mir nun mal ihr Herz geöffnet. Wenn ihr was passieren sollte, würde ich mir nur endlos Vorwürfe machen.

Erfolglos versuche ich die kleine Stimme zu ignorieren, die mir sagen will, dass sich ja vielleicht doch was entwickeln könnte. Lynn hat mit keiner Geste angedeutet, dass sie irgendwelche Gefühle, die über Freundschaft hinausgehen, für mich hat. Keine Spannung, kein schüchternes Lächeln und erst recht keine Versuche, meine Hand zu halten, oder Ähnliches. Am besten, ich schlage mir das schnell wieder aus dem Kopf und konzentriere mich auf die wichtigen Sachen.

Während Dr. Rhivani noch mit ihren Vorbereitungen beschäftigt ist, lasse ich meinen Blick durch das Zimmer schweifen. Im Liegen kann ich nur die Hälfte der Aktenrücken entziffern. Schließlich bleibe ich an einem blauen Ordner hängen, der mit *Syn. Memories* beschriftet ist. »Was bedeutet das *Syn.* vor den Erinnerungen?« Im Moment will mir nur *Synonym* einfallen. Wahrscheinlich, weil ich bis spät in die Nacht die Übungen für das Deutschmodul durchgegangen bin.

»Was?« Sie dreht sich ein wenig verwirrt zu mir um.

Ich zeige auf den Ordner und wiederhole: »Syn. Memories.« Vielleicht hat es auch mit den Synapsen zu tun, die ja nicht ganz unbeteiligt bei der Memospende sind.

Dr. Rhivani sieht nun ebenfalls hin, und endlich versteht sie, was ich meine. »Oh, darin geht es um synthetische Erinnerungen. Am Neurologischen Institut arbeiten sie mit Hochdruck daran, Erinnerungen nachzubauen. Ein sehr interessantes Thema, wenn du mich fragst.«

»Interessant?«, spotte ich. »Die wollen mich arbeitslos machen.« Dabei ist es tatsächlich eine ziemlich spannende Idee, und ich frage mich, wie sie das bewerkstelligen wollen.

Meine Antwort lässt Dr. Rhivani die Stirn furchen. »Mika, das hier ist keine Arbeit. Es geht darum, die Lebensqualität vieler Menschen zu verbessern.«

Entschuldigend hebe ich die Hände. »Ich weiß, ich weiß. Ich habe nämlich einen Nebenjob.«

»Ach, wirklich?« Dr. Rhivani klingt überrascht. »Wo denn?«

Am liebsten würde ich jetzt irgendetwas Cooles sagen, etwas, das Eindruck macht, aber auf die Schnelle fällt mir nichts Realistisches ein, und so bleibe ich bei der Wahrheit: »An der Fritteuse.« Etwas erklärend füge ich hinzu: »Ich habe einen Job im Burgerladen bei uns um die Ecke.« Womit um die Ecke von Hertford gemeint ist. Denn zu meinem Job muss ich erst mal zwanzig Minuten laufen.

Verständlicherweise ebbt Dr. Rhivanis Interesse daran auch

schon wieder ab, und sie wendet sich wieder meinen Daten zu. Schließlich meint sie jedoch: »Ich habe während des Studiums Flyer verteilt. Am Ende ist es egal, was man macht. Hauptsache, man macht etwas.«

Mir ist es nicht egal, was ich später einmal tun will. Im Gegensatz zu ihrem Werdegang wird mein Weg wahrscheinlich ziemlich stringent bleiben. Irgendwann darf ich die Burger belegen, Menüs zusammenstellen und auch mal an der Kasse arbeiten. Vielleicht schaffe ich es sogar zum Manager. Angeblich sind die Karriereaussichten ja blendend, wenn man dabeibleibt. Nur aus dem fetttriefenden Mief kommt man nicht wirklich raus.

Um mich von diesen vielversprechenden Aussichten abzulenken, komme ich noch einmal auf das Thema zurück. »Das mit den synthetischen Erinnerungen … funktioniert das denn? Ich meine, spielt es nicht eine Rolle, dass man etwas erlebt und dabei gefühlt hat?« Insgeheim hoffe ich, dass es wirklich noch einige Jahre dauert, bis die künstlichen Erinnerungen die Spenden ersetzen.

Dr. Rhivani rollt mit ihrem Drehstuhl hinüber zu dem Ordner, schnappt ihn sich und kommt damit zu mir. Dann zeigt sie mir einige Detailzeichnungen von neuronalen Netzwerken. Zwischen den Abbildungen ändert sich die Stellung der Synapsen und laut den Notizen auch ihre Funktion. »Wir entnehmen Erinnerungen hauptsächlich aus dem sensorischen Teil des Gehirns, da dieser vorwiegend die emotionale Leistungskraft dirigiert«, beginnt Dr. Rhivani zu erklären. So weit kann ich ihr folgen. Das ist immerhin die Grundlage für die Memospende. »Bei der Entnahme notieren wir die Stellung der Synapsen um die Erinnerung herum und remodellieren sie im Empfängergehirn. So fügt sich die Erinnerung in ihrer ursprünglichen Konnotation in das Gedächtnis ein. In den Wochen danach reagiert das Gehirn, und die anderen Zentren werden durch die neue Erinnerung angepasst. So weit verstanden?«

Mir schwirrt ein wenig der Kopf von so vielen Fremdwörtern. Glücklicherweise bin ich mit dem Prozess bereits vertraut. »Erinnerung wird entfernt, Synapsenstellung wird notiert und beim Einsetzen nachgebaut.« Ich frage mich, wie die Stellungen notiert werden, so winzig, wie sie in Wirklichkeit sind.

Mit einem Lächeln fährt Dr. Rhivani fort: »Richtig. Nun gibt es eine Theorie, die besagt, dass die eigentliche Speicherung durch die Stellung und Funktion der Synapsen bestimmt wird, weniger durch das Neuron selbst. Im Grunde ist es nicht viel mehr als ein hochkomplexer dreidimensionaler Code, den es zu entschlüsseln gilt. Statt Erinnerungen einzusetzen, könnten wir Erinnerungen einfach manipulieren und schlechte zum Beispiel mit guten Konnotationen versehen. Bevor ich die Erinnerungen, die ich dir entnehme, zur Spende freigebe, notiere ich ihren individuellen Code ganz genau. In den nächsten Monaten will ich versuchen, ein paar Erinnerungen nachzubauen.«

»Quasi einen Klon von mir?«

Sie muss schmunzeln und berichtigt mich: »Nicht von dir, aber von einer deiner Erinnerungen.«

Ich bin, ehrlich gesagt, beeindruckt. Mit Coden und Decoden kenne ich mich aus – na ja, zumindest ein wenig. Irgendwie habe ich nie darüber nachgedacht, dass man das nicht nur in einem Computer machen kann, sondern auch mit lebenden Organismen. Noch mehr beeindruckt mich aber die Tatsache, dass meine Ärztin an so was Coolem beteiligt ist. »Sie forschen also an den Synapsen?«

»Ich bin mit einem Teil davon betraut. Es gibt natürlich noch viele andere Ansätze. Aber ja, ich war vor meiner Zeit am MTC im NEURO angestellt«, sagt sie, und ich höre den Stolz in ihrer Stimme. Nicht dass es mir anders gehen würde, wenn ich dort ein Praktikum bekommen hätte.

»Können Sie mir einen Job besorgen?«, platzt es aus mir heraus.

Das NEURO ist gerade auf meiner Wunschliste ganz nach oben geklettert.

Dr. Rhivani seufzt und schüttelt den Kopf. »Ich bin nicht mehr offiziell mit dem Institut assoziiert. Wenn du wirklich Interesse daran hast, würde ich dir ein Studium der Molekularen Medizin oder Neurobiologie empfehlen.« Sie packt den Ordner weg und beginnt mit dem Verkabeln. »Na los, du willst ja sicher nicht den ganzen Tag hier drin versauern, und ich habe auch noch andere Termine.«

Ein Studium kommt überhaupt nicht infrage. Ich habe keine Zeit, geschweige denn das Geld, um mich erst mal ein Jahrzehnt lang in Büchern einzugraben. Das NEURO sinkt wieder um einige Plätze, und während ich den Geruch von Apfel einatme, schiebt sich mein Aushilfsjob ungefragt ein paar Stufen nach oben. Es wird wohl Zeit, dass ich die Realität akzeptiere.

Am Wochenende führe ich mir Lynns Blog zu Gemüte. Alles begann vor fünf Jahren mit einer unschuldigen Frage an die Allgemeinheit: *Bin ich schuld an der Trennung meiner Eltern?* Alles in mir will laut »Nein!« brüllen, und die Argumente, die Lynn aufgeführt hat, fühlen sich an wie Fingernägel auf einer Schiefertafel.

*Mein Vater mag mich nicht mehr. Er sagt, dass er im Moment keine Zeit für mich hat und ich zu viele Probleme habe, die gar keine sind, weil ich die auch selber lösen kann oder selbst mache, wenn ich wieder zu viel in meinem Kopf bin. Außerdem bin ich ja jetzt groß genug und brauche ihn nicht so sehr, aber wann ist man denn wirklich zu groß? Nur weil ich jetzt bald in die Pubertät komme, heißt das ja nicht, dass man seinen Papa nicht mehr braucht, oder vielleicht stimmt es ja auch, und es stimmt mit mir was nicht, weil ich noch so an ihm hänge, obwohl längst klar ist, dass ich ihn nur nerve. Es ist ja nicht so, als würde ich mit ihm kuscheln wollen oder vielleicht mal einen netten Ausflug machen. Dass er dafür keine Zeit hat, weiß ich selbst …*

Das Schlimmste ist, dass sie auf eine verdrehte Weise auch noch Sinn machen. Als wäre Lynn wirklich der Auslöser für die Trennung ihrer Eltern gewesen. Ich muss eins und eins zusammenzählen, um den Hintergrund des Artikels zu erraten: Lynns Halbschwester ist auf die Welt gekommen oder wurde ihr zum ersten Mal vorgestellt. Richtig deutlich wird sie da nicht.

Die folgenden Beiträge sind ähnlich tragisch. Der Schreibstil ist anstrengend, und oft genug verliert Lynn den Faden, und ich bleibe inmitten eines Satzgewirrs hängen. Mehrfach überlege ich, einfach in spätere Jahre vorzuspringen, aber dann zieht es mich Titel um Titel zum nächsten Artikel, und irgendwann beschließt mein RedPad, dass ich alles chronologisch lesen möchte, und schaltet automatisch zum nächsten Artikel.

Auf die Weise erfahre ich trotz aller grammatikalischen Unwegsamkeiten von den furchtbaren Dingen, die Lynns Mutter ihr an den Kopf geworfen hat. Wahrscheinlich hat sie sich nicht mal viele Gedanken dabei gemacht, aber Lynn hat jeden einzelnen Satz davon schmerzhaft genau auf ihrem Blog auseinandergenommen und sich angeeignet. Viel zu selten kommt sie zu dem Schluss, dass es reiner Blödsinn ist, den ihre Mutter erzählt, und ich spüre mit jedem weiteren Artikel die Wut in mir hochkochen.

*Ich soll nicht immer so zickig sein.*

*Meine Mutter sagt, dass ich mehr aus mir machen soll. Dann würden die anderen auch mehr Interesse an mir zeigen.*

*Heute hat sie wieder gesagt, dass sie noch glücklich verheiratet wäre, wenn es mich nicht gegeben hätte. Ob sie wohl wieder glücklich würde, wenn es mich wirklich nicht gäbe?*

Gerade lese ich darüber, dass Lynns Hüften angeblich zu breit geworden sind, als es an meiner Tür klopft. Mein Vater steckt den Kopf herein. »Fleißig am Lernen?«

»Nicht ganz«, gebe ich zu. »Ich habe mich gerade auf Freckled Memories festgelesen.«

Mein Vater scheint die Erklärung als Einladung zu nehmen, sich zu mir zu setzen. Da er schon wieder aussieht, als würde er sonst gleich umkippen, lasse ich es zu. »Den habe ich letztens auch gefunden. Ein sehr guter Blog, findest du nicht auch? Gut geschrieben und eine sehr tief gehende Auseinandersetzung mit der Memospende. Ich fand ihre Ansätze sehr erfrischend.« Meine Überraschung, dass er Lynns Blog kennt, muss er mir im Gesicht abgelesen haben, denn er muss mit einem Mal schmunzeln. »Nicht nur du kannst recherchieren.«

Scheint so, als hätte ich diese Bewältigungsmechanismen von ihm. Ich schalte das RedPad aus und lege es zur Seite. »Was bringt dich in unsere unordentlichen Hallen?« Meine Geschwister sind erstaunlich. Obwohl wir so gut wie kaum Zeug besitzen, gelingt es ihnen, dieses strategisch in jeder Ecke des Zimmers zu platzieren. Da liegen Lasses Schulhefte, und neben der Tür stapeln sich noch Annis schlammige Sportsachen von vor zwei Tagen. Zugegeben, meine Seite sieht auch nicht viel ordentlicher aus. Das Zimmer ist einfach zu klein, um nicht beim kleinsten bisschen überladen auszusehen.

»Deine Mutter ist mit Anni und Lasse in den Park gefahren.« Ich kann meinem Vater ansehen, dass er gern mitgefahren wäre. Erst letztens habe ich mir die Bilder angeschaut, in denen er mit mir und den Kleinen Ball gespielt hat. Lasse und ich gegen Papa und Anni. Etwas zuckt in meinem Kopf. Vergeblich habe ich versucht, das Wissen, dass wir Ball spielen waren, mit den Bildern zu verbinden.

»Ich dachte«, sagt mein Vater zögerlich, »wir könnten noch einmal miteinander reden.«

Innerlich bereite ich mich auf einen erneuten Streit vor, dabei liegt mir nichts ferner. »Ich habe einen Nebenjob. Davon geht alles in die Medikamente.«

»Aha.« Er glaubt mir nicht wirklich. »Und wie kommt es, dass du verschreibungspflichtige Medikamente bestellen kannst?«

Erwischt. Tatsächlich war das gar nicht so einfach, sein Passwort für die Gesundheitsakte zu knacken. Keine Namen, keine Geburtsdaten, sondern ganz artig unsinnige Zeichen- und Zahlenkombinationen. Davon erzähle ich aber lieber nichts. Mein Vater ist eh schon enttäuscht genug von mir, dabei will ich nur sein Bestes.

Er seufzt, und das schlechte Gewissen in mir regt seinen hässlichen Kopf. »Du hast Talent, Mika. Daran besteht kein Zweifel.« Mein Vater beschließt also, das Positive an meinem Einbruch in seine vertraulichen Daten zu sehen. »Du solltest wirklich über ein Informatikstudium nachdenken.«

Ich kann ein Schnauben nicht verhindern. Als er fragend die Augenbrauen hebt, platzt es aus mir heraus: »Wie soll ich denn das bezahlen?«

»Du könntest das Geld aus deinem Nebenjob anlegen«, schlägt mein Vater vor.

Am liebsten würde ich die Augen verdrehen. »Ich lege mein Geld an. In dich.«

Er lacht freudlos auf. »Oh, das ist eine denkbar schlechte Anlage. Da wird nicht viel für dich zurückkommen.«

Meine Augen fangen an zu brennen. Ich kann nicht glauben, dass er so unbeschwert mit seiner Krankheit umgeht, wenn doch so viel für uns auf dem Spiel steht. Ziemlich verschnupft antworte ich daher: »Das sehe ich anders.«

Das Lachen vergeht meinem Vater augenblicklich, und er rutscht näher an mich heran und legt den Arm um mich. Eigentlich will ich nicht, aber die Tränen haben ihren eigenen Willen, und plötzlich klammere ich mich wie ein kleiner Junge an meinen Vater und heule ihm das Hemd voll.

»Es tut mir leid, Mika.« Ob er sich für seinen schlechten Scherz oder seine Erkrankung entschuldigt, ist mir nicht ganz klar. »Du musst nicht annehmen, dass ich das alles auf die leichte Schulter nehme. Es ist doch nur so, dass es nicht so rum sein sollte. Ich sollte dich unterstützen, nicht du deine ersten Einnahmen auf meine Gesundheit verwenden.«

Mit einem Taschentuch putze ich mir die Nase und sehe ihn dann vorwurfsvoll an. »Bei uns ist eben alles ein wenig anders.«

Seine Hände streichen mir die Tränen aus dem Gesicht, und dann spüre ich seine Lippen auf meiner Stirn. »Du bist ein guter Junge.« Angesichts meiner nicht ganz legalen Aktion mit der Gesundheitsakte erscheint mir das fast lachhaft. Er atmet tief ein und sagt dann: »Ich akzeptiere deine Hilfe. Aber« – ich bereite mich schon innerlich seufzend auf die Bedingungen vor – »nur von dem Nebenjob, und du musst mir versprechen, auch etwas für dich zur Seite zu legen.«

Hat er eine Ahnung, wie viel seine Medikamente kosten? Zumindest überschätzt er die Einnahmen meines Nebenjobs grandios. »Okay. Ich lege was zurück.«

Jetzt wird mein Vater doch etwas ernster: »Und du gibst mir das Geld direkt. Ich möchte nicht, dass du dich in meine Accounts einhackst. Das ist kein Spaß.«

Kleinlaut verspreche ich auch das. »Ja, Papa.«

Er erhebt sich langsam, und es fällt mir schwer, ihn dabei nicht zu stützen. An der Tür schenkt er mir noch einmal ein Lächeln. »Und ich finde es sehr gut, dass du dich mit der Memospende etwas kritischer auseinandersetzt.«

Zum Glück sieht mein Vater mir meine Verwirrung nicht an, denn er schließt bereits die Tür. Erst als seine Schritte auf dem Gang verklingen, verstehe ich, wie er darauf kommt. Lynns Blog. Im Gegensatz zu mir hat er ihre neuen Einträge gelesen, die, in denen Lynn ihre Spende aus jedem Blickwinkel untersucht.

Seufzend ziehe ich das RedPad wieder auf meinen Schoß und

springe zum Beginn des Blogs. Zeit, herauszufinden, ob Lynn auch einen guten Grund hat, die Behandlung zu verweigern, oder ob es nur die Angst ist, die aus ihr spricht.

»Du schreibst richtig gut«, erzähle ich Lynn, als wir uns das nächste Mal treffen. Ich habe sie eine Woche warten lassen. Nicht, weil ich ihr noch wirklich böse war, sondern weil ich zwei meiner Abschlussmodule zur Einreichung vorbereitet habe. Je schneller ich den Abschluss durchziehe, desto schneller kann ich mir einen Vollzeitjob suchen und meinen Vater damit glücklich machen.

Es ist ziemlich warm, und die Kiefern verströmen ihren erdigen Geruch. Lynns Sommerkleid flattert in der leichten Brise, so zart ist der Stoff an ihren Ärmeln. Ich mag ihren Stil, fällt mir auf. Er hat so etwas Zartes, Elfenhaftes. Meine Auswahl heute bestand aus schwarzer oder beiger Hose und einem verwaschenen T-Shirt.

Lynn sitzt neben mir auf unserem Baum und legt den Kopf in den Nacken. Hier zwischen den Bäumen lässt sich die Hitze gut aushalten. »Findest du?«

Im Gegensatz zu ihren ersten Beiträgen vor fünf Jahren ist Lynn mit der Zeit immer besser geworden. Heute lesen sich ihre Artikel eloquent, strukturiert und unheimlich tiefgründig. Fast hat sie sogar mich mit ihren Zweifeln überzeugt. »Hast du vor, Journalistin zu werden?«, frage ich und lasse mir das Gesicht ebenfalls von der Sonne wärmen.

»Wie kommst du denn darauf?« Der Ast schwingt ein wenig, als sie ihr Bein hochzieht und sich mir zudreht.

Etwas träge betrachte ich sie. »Na ja, deine Ausdrucksweise ist ziemlich gut. Wenn ich meine Aufsätze so schreiben würde, wäre der Abschluss kein Problem mehr.« Lynn schüttelt verlegen den Kopf. »Im Ernst. Es ist ja nicht nur das, sondern auch die Genauigkeit, mit der du alle Faktoren betrachtest.«

»Dann stimmst du mir also zu, dass die Memospende nicht das Richtige für mich ist?«, fragt sie und presst leicht die Lippen zusammen.

Ich habe das Gefühl, dass sie ein überzeugtes Ja erwartet. Den Gefallen kann ich ihr nur leider nicht tun. »Das habe ich nicht gesagt. Wenn man es so betrachtet, vielleicht … aber für mich ist das schon reine Philosophie.«

Lynn seufzt und wendet sich wieder von mir ab. Die Hände neben ihrem Körper aufgestützt, sieht sie hinunter zu ihren hin- und herschwingenden Beinen. »Also konnte ich dich nicht überzeugen. Spricht nicht gerade für eine gute Argumentation.«

»Es war gut«, protestiere ich und frage mich gleichzeitig, warum ich nicht einfach gelogen habe. »Es war gut geschrieben und überzeugend. Ich habe einfach nur einen anderen Standpunkt.«

Daraufhin wirft sie mir nur einen scheelen Blick von der Seite zu, bevor sie sich gänzlich in ihr Schneckenhaus verkriecht. »Wenn es gut wäre, würdest du die Dinge jetzt mit meinen Augen sehen.«

Mir fällt nicht sofort eine passende Antwort ein. Ich kann mir ja selbst nicht erklären, warum mich ihr Artikel einerseits so angesprochen hat und andererseits nichts in mir ausgelöst hat. Dass es für sie schwierig ist, sich für die Transplantation zu entscheiden, kann ich nachvollziehen und gleichzeitig auch nicht. Schließlich scheint sie wirklich sehr unter den Depressionen zu leiden, und die Memospende ist nun einmal ihre beste Chance.

Bevor ich meine widersprüchlichen Gedanken sortieren kann, spricht Lynn weiter. »Entschuldige. Das war biestiger, als ich es gemeint habe. Ich will dich doch eigentlich gar nicht überzeugen. Es ist nur … es ist nur ein Blog. Ein Zeitvertreib.«

»Sagt das deine Mutter?«, rutscht es mir sogleich heraus.

Lynn hat wieder diesen Ausdruck in den Augen, als würde sie am liebsten unsichtbar werden. »Sie weiß nichts von dem Blog.«

Ach ja, stimmt. Das hatte Lynn gesagt. »Aber du glaubst, dass deine Mutter das sagen würde.«

Sie runzelt die Stirn und gibt schließlich zu: »Vielleicht. Es ist ja eigentlich immer so …«

»… dass sie nur etwas an dir auszusetzen hat«, beende ich ihren unvollständigen Satz. Die Erwähnung ihrer Mutter macht mich unglaublich wütend. Trotz ihrer Bandwurmsätze haben mich Lynns erste Artikel viel zu sehr mitgenommen.

Meine Emotionen sind auf jeden Fall heftiger als die von Lynn, die mich nur etwas unbehaglich ansieht. »Woher weißt du das?«

»Na ja, ich habe vorn mit dem Lesen angefangen.«

Ihre Augen weiten sich überrascht. »Du hast alles gelesen?«

Ich schnaube. »Bei Weitem nicht. Das sind über zweihundert Beiträge. Aber ich bin fast durch das erste Blogjahr durch.«

Im ersten Moment habe ich Angst, dass sie mir deswegen böse ist. Ja, natürlich hat Lynn ihre innersten Gedanken in die Öffentlichkeit gestellt, aber es ist eben immer noch etwas anderes, wenn man plötzlich von Angesicht zu Angesicht damit konfrontiert wird. Stattdessen pikst sie mich mit einem Finger in die Seite und stichelt schmunzelnd: »Hat da jemand ein tiefgreifendes Bedürfnis, seine verlorenen Erinnerungen aufzufrischen?«

»Was?« Ich schüttle den Kopf. Was haben denn ihre Gedanken bitte schön mit meinen Spenden zu tun?

Die Aussicht scheint Lynn jedenfalls prächtig zu amüsieren. »Du hast doch gesagt, dass du dich nicht mehr an mich erinnerst, und ich kenne dich ziemlich gut. Kannte. Da hattest du natürlich einiges aufzuholen.«

Ihre Beobachtung trifft zu nah am Herzen. Als ich nicht gleich zustimme, verliert sich ihr Lachen viel zu schnell. »Es ist nur ein Scherz, Mika. Entschuldige.«

Ich hasse ihre Mutter. Dafür, dass Lynn sich beim ersten Ausbleiben von Bestätigung sofort zurückzieht und alles von sich weist, damit sie bloß nicht aneckt. »Du brauchst dich nicht für einen Witz zu entschuldigen. Freunde ziehen sich auf. Daran ist doch nichts Verwerfliches.«

Habe ich schon wieder etwas Falsches gesagt? Lynn sieht mich mit ihren karamellbraunen Augen ganz erstarrt an. Langsam wird es merkwürdig. »Was ist?«

Das Lächeln kehrt zum Glück zurück, als sie den Kopf schüttelt. »Nichts. Ich … du hast uns Freunde genannt. Die Bänder haben also doch nicht versagt.«

Sie stößt mit ihrem Handgelenk gegen meines, und ich greife instinktiv nach ihrer Hand. Dabei bleibt es aber auch. So gern, wie ich sie in diesem Moment küssen würde, so sehr möchte ich nicht, dass irgendwas diesen Augenblick zerstört.

»Wir sind Freunde«, erkläre ich, als hätte es daran nie Zweifel gegeben.

Lynn rutscht näher an mich heran und legt ihren Kopf auf meine Schulter. Unsere ineinander verschränkten Finger ruhen nun auf meinem Oberschenkel. Die Sonne scheint durch das Blätterwerk hinab, und eine leichte Brise sorgt für Abkühlung.

So lässt sich der Sommer wirklich aushalten.

Nur schade, dass jeder Sommer irgendwann zu Ende geht.

# Kapitel 6

Die Herbststürme pfeifen bereits um die Hochhäuser, als ich meinen Bruder zu einer Geburtstagsparty bringe. Mittlerweile habe ich mich an die neue Normalität gewöhnt. Mein Vater hat inzwischen aufgehört zu arbeiten, aber mein Zuverdienst durch die Spenden hält uns, zusammen mit dem Job meiner Mutter beim Gewerbeamt, über Wasser. Die neue Wohnung ist wahrlich kein Paradies, aber zumindest sind wir alle zusammen. In wenigen Wochen muss ich noch mal zur mündlichen Prüfung meiner Projektarbeit ins Stadtzentrum, ansonsten sind alle Module abgeschlossen. Dann kann ich auch etwas mehr beitragen und meinen Geschwistern vielleicht den ein oder anderen Luxus gönnen.

Lynn und ich chatten nahezu jeden Tag und treffen uns mindestens einmal die Woche. An unserem Raumschiff ist es zu ungemütlich geworden, und Lynn hat anscheinend den Plan gefasst, mich in jedes ihrer Lieblingscafés einzuladen. Mir ist dabei etwas unwohl, weil ich nur selten die Rechnung übernehmen kann, aber Lynn lässt keinen Widerspruch gelten. Online bekommt sie immer mehr Zuspruch, und ich freue mich darüber, dass das ihr Selbstbewusstsein hebt. Ihrer Spende hat sie natürlich immer noch nicht zugestimmt und stattdessen eine neue Therapierunde begonnen. Warum sie so viel Geld für eine Therapeutin und irgendwelche Antidepressiva ausgibt, anstatt sich ein für alle Mal davon zu befreien, ist mir noch immer unerklärlich, aber wir haben stillschweigend beschlossen, nicht mehr so oft darüber zu reden. Ich dränge sie nicht, und sie redet mir nicht in meine Memospende rein.

Stattdessen lerne ich andere Seiten von ihr kennen: ihre Lieblingsfilme, Bücher oder die Promis, die es ihr besonders angetan haben.

Ich mag die Freundschaft, die sich zwischen uns entwickelt hat, und würde sie um nichts in der Welt aufgeben. Auch wenn ich gern so viel mehr für sie wäre, ist es doch zu kostbar, was wir haben. Zumindest rede ich mir das ein.

Die Geburtstagsparty findet bei einem Freund nahe unserer alten Wohnung statt, nur wenige Laufminuten vom MTC entfernt, wo ich gleich noch meinen zweiwöchentlichen Termin habe. Ein bisschen bewundere ich meinen Bruder dafür, dass er es trotz Umzug und Sommerferien geschafft hat, mit seinen Freunden Kontakt zu halten. Seit ich in der Oberstufe auf den digitalen Unterricht umgestiegen bin, habe ich kaum noch Kontakt zu meinen alten Leuten. Zwar chatten wir hin und wieder, aber wenn sich alle zum Kino treffen oder nachts die Clubs unsicher machen, habe ich immer abgesagt. Mittlerweile fragt kaum noch wer.

»Hast du denn ein Geschenk für Florian?«, frage ich meinen Bruder, wohl wissend, dass er sein Taschengeld diesen Monat schon für etwas anderes ausgegeben hat.

Lasse zuckt missmutig mit den Schultern. »Ich habe ihm was von mir eingepackt.«

Die diebische Freude, mit der ich gleich meine Überraschung verkünden wollte, bleibt mir im Hals stecken. Bestimmt hat Lasse von meiner Mutter zu hören bekommen, dass etwas Selbstgebasteltes doch viel persönlicher wäre, und genau wie mir früher wird ihm das viel zu peinlich sein. Stattdessen verschenkt er sein eigenes Spielzeug. Schließlich soll ja bloß nie jemand rausfinden, dass wir zu arm für solche Kleinigkeiten wie Geburtstagsgeschenke sind.

Die Überraschung hat Lasse nun mehr als nötig, und so zögere ich nicht länger und ziehe das kleine Paket raus, das ich heute Morgen noch besorgt habe. Wie erwartet weiten sich seine Augen. »Was ist das?«

»Monster-X-Sammelkarten.« Die Jungs in Lasses Alter sind alle verrückt danach. Deshalb ziehe ich ein zweites, unverpacktes Päckchen hervor. »Die sind für dich.«

Lasses Augen leuchten, und ich komme nicht umhin, selbstzufrieden zu lächeln. Die Karten sind echt nicht billig, aber gleich habe ich meinen Termin beim MTC, dann kommt wieder etwas Kohle auf mein Konto.

»Du bist der allerbeste Bruder der Welt«, verkündet Lasse und umarmt mich so fest, dass ich fast über meine Schuhe stolpere.

Während wir die letzten Meter zurücklegen, ist mein Bruder schon damit beschäftigt, sein eigenes Paket auszupacken und mich über die ganzen Fähigkeiten und Werte der hübschen Karten aufzuklären. Fast wünsche ich mir, dass man doch Erwachsenenerinnerungen spenden könnte. Dann hätte mein frisch erworbenes nutzloses Wissen über die Vorzüge eines Wassermetall-Decks wenigstens etwas von Wert. So muss ich mich damit zufriedengeben, dass ich einen sehr glücklichen kleinen Jungen bei seinem Freund abgeliefert habe.

Zeit, meine Geldreserven wieder aufzustocken, damit ich nachher noch an der Apotheke vorbeigehen kann. Zwar hat mein Vater eigentlich verlangt, dass ich ihm das Geld direkt gebe, aber praktisch kann er kaum noch zwei Füße vor die Tür setzen, ohne dass ihm schwindlig wird.

Im MTC erwarten mich Marleen und ein warmes Wartezimmer. Nach dem stürmischen Wetter draußen lasse ich mich mit einem wohligen Seufzen auf meinen gewohnten Platz im Wartezimmer fallen. Während ich auf meinen Termin warte, chatte ich mit Lynn über Blogging-Apps. Am Wochenende habe ich mir einen Überblick über die aktuellen Apps und Features verschafft. Seitdem versuche ich, Lynn dazu zu überreden, auf Butterfly zu wechseln. Immerhin arbeitet sie mit einem Programm, das schon vor fünf Jahren veraltet war. Besonders die Option, die mich überzeugt hat – nämlich, dass die App die verschiedenen Elemente automatisch formatiert und strukturiert –, findet sie überflüssig.

*Ich will aber selbst entscheiden, wie ich meinen Artikel aufbaue,* schreibt sie mir gerade.

Während ich tief einatme, fliegen meine Finger über das Display meines RedPads. Die Autovervollständigung ist mal wieder top. *Das kannst du ja. Am Anfang musst du natürlich deinen Blog personalisieren. Die App macht ja auch nur Vorschläge, die du annehmen oder verwerfen kannst.* Und sie weist vor dem Veröffentlichen auf die Stellen hin, wo noch mehr Text, eine Überschrift oder ein Bild hinsollte. *Außerdem passt sie deinen persönlichen Schreibstil an die SEO-Vorgaben an,* sende ich hinterher.

*Was ich nicht will.* Die Antwort kommt prompt, und ich muss schmunzeln. In den Nachrichten ist sie um einiges trotziger, als wenn wir uns gegenüberstehen.

Das RedPad verschwindet in meiner Jackentasche, und ich sehe mich im Wartezimmer um. Mein Blick fällt auf den Nachrichtenticker an der Wand, und plötzlich zieht sich mein Magen zusammen. *EU beschließt Grenzwert für Positivspende. Damit reagiert die Union auf Berichte …*

Vor Wut auf diesen bescheuerten Beschluss steigen mir die Tränen in die Augen. Es gibt keine vernünftige Studie, die belegen kann, dass Spender eines Tages selbst an Depressionen erkranken. Manche tun das, aber einen Zusammenhang mit der Memospende hat bisher keiner belegen können. Menschen erkranken nun mal aus verschiedenen Gründen an Depressionen. Bei Leuten wie Lynn ist es offensichtlich; sie hatte keine glückliche Kindheit. Hätten sich ihre Eltern nicht getrennt und sich stattdessen liebevoll um Lynn gekümmert, wäre sie höchstwahrscheinlich nie erkrankt. Aber andere? Menschen können eine wunderbare Kindheit haben und trotzdem eines Tages darunter leiden. Das ist ja der Mist mit dieser Krankheit.

Sie ist nicht immer so schön selbsterklärend wie bei Lynn. Aber nur weil erwiesen ist, dass die Memospende in der Therapie hilft, heißt das noch lange nicht, dass das Gegenteil auch zutrifft.

»Mika?« Dr. Rhivani holt mich persönlich ab. Anscheinend habe ich meinen Buzzer nicht gehört. »Dachte ich mir doch, dass du deinen Termin nicht verpasst.«

Mühevoll löse ich mich von der Anzeige und folge ihr mit klopfendem Herzen ins Behandlungszimmer. Vor der Tür wische ich mir einmal über die Augen. Noch ist ja nichts verloren. Seit vor zwei Monaten der Richtwert festgesetzt wurde, habe ich angefangen, meine Daten in der Krankheitsakte etwas zu beschönigen.

Drinnen bittet mich Dr. Rhivani, Platz zu nehmen. Allerdings nicht auf der Liege, sondern in dem zweiten Stuhl. Das Herz rutscht mir in die Hose.

Ohne viel Federlesens kommt Dr. Rhivani auf die Nachrichten zu sprechen. »Du hast sicher mitbekommen, dass es neue Regularien für die Memospende gibt?«

Der Kloß in meinem Hals ist so groß, dass ich lediglich nicken kann.

»Im Zuge dieser Änderungen habe ich mir deine Daten noch einmal angesehen und festgestellt, dass da irgendetwas schiefgegangen sein muss.«

Ich halte den Atem an.

»Wahrscheinlich habe ich irgendwo einen Zahlendreher drin gehabt. Jedenfalls habe ich noch einmal alle Daten abgeglichen und deine Werte korrigiert, da ich befürchtet habe, dass du dich bereits dem Grenzwert näherst.«

Meine Finger beben, sodass ich sie in meine Hosenbeine kralle. Das darf einfach nicht wahr sein. Es darf nicht.

Dr. Rhivani seufzt schwer. »Leider habe ich recht behalten. Deine Erinnerungssuffizienz ist erheblich gesunken. Es sind nur noch

54,2 Prozent verwertbare Erinnerungen vorhanden.« Bedauernd sieht sie mich an. Wir wissen beide, dass das unter dem Grenzwert von 60 Prozent liegt.

»Und was heißt das?«, frage ich ein wenig heiser. »Ich kann doch trotzdem weiter spenden, oder?«

Dr. Rhivani sieht mich schulmeisterlich an. »Als deine Ärztin rate ich dir nachdrücklich davon ab, auch nur noch eine einzige Spende zu machen. Außerdem sind mir die Hände gebunden.« Sie seufzt und macht ein paar Einträge in ihrem Tablet. »Da du den Grenzwert so erheblich unterschreitest, werde ich deinen Fall an die Kasse übermitteln müssen. Laut den neuen Regularien bist du akut gefährdet.«

Ich starre sie mit offenem Mund an. Nur weil irgend so ein Gerichtshof festlegt, dass 60 Prozent positive Erinnerungen die kritische Grenze sind, heißt das noch lange nicht, dass ich ernsthaft gefährdet bin. Überhaupt … »Ich brauche das Geld.«

Sie seufzt schwer und schüttelt den Kopf. »Die Spende ist keine Einkommensquelle. Du hast doch bald deinen Abschluss. Danach …«

»Das ist zu spät«, unterbreche ich sie zunehmend verzweifelt. Nie wieder spenden zu können, ist unvorstellbar. Gerade jetzt, wo mein Vater es so dringend braucht.

»Was willst du dir denn diesmal kaufen?« Ich kann ihrer Stimme anhören, dass sie nichts davon halten wird, egal was ich sage. Als ob ich wegen ein paar Konsolen oder Apps so einen Aufstand machen würde.

Mühevoll kämpfe ich die Panik in mir nieder. »Schmerzmittel.«

Im ersten Moment runzelt Dr. Rhivani überrascht die Stirn. Dann verengt sie jedoch die Augen und schwankt zwischen Enttäuschung und Ärger. Mir wird klar, dass sie die falschen Schlüsse zieht, und ich beeile mich zu sagen: »Nicht für mich. Die sind für meinen Vater. Er ist krank.«

Es überzeugt sie nicht. Wahrscheinlich habe ich bisher nicht gerade einen besonders verantwortungsvollen Eindruck gemacht. Dr. Rhivani rückt ihre Brille zurecht, packt ihr Tablet zur Seite und steht auf. Fassungslos beobachte ich, wie sie zur Tür geht und diese öffnet.

Mir kommen vor Enttäuschung fast die Tränen, doch ich schlucke sie trotzig hinunter. Innerlich rennen meine Gedanken bereits wieder voraus, überschlagen sich endlos dabei, eine Lösung für das Dilemma zu finden: Niemand kann mir verbieten, meine Erinnerungen zu spenden – aber man kann verweigern, sie mir zu entnehmen. Vielleicht reicht das Geld aus dem Nebenjob sogar. Ich schnaube, und es klingt verdächtig nach einem Schluchzer.

»Bitte. Nur noch ein einziges Mal!«, flehe ich. Mir ist egal, wie erbärmlich es klingt. Das Geld ist bereits fest eingeplant. »Spielt es denn wirklich eine Rolle? Dieser Grenzwert ist doch vollkommen willkürlich. Niemand weiß, wie viel genug ist. Überhaupt, 54 Prozent bei mir, das ist viel mehr als bei manchen anderen. Da geht doch sicher noch etwas.«

Dr. Rhivani schüttelt den Kopf. »Es sind bereits viel zu wenige übrig. Mika, ich will dir nicht alle Kindheitserinnerungen nehmen. Grenzwert hin oder her.«

Etwas zu laut entgegne ich: »Aber ich brauche sie nicht. Die Menschen, die Sie behandeln, brauchen diese Erinnerungen. Lynn Karnten braucht mehr Erinnerungen, als ich überhaupt habe.« Ohne dass ich es bemerkt habe, sind meine Hände zu Fäusten geballt, und meine Fingernägel bohren sich in meine Handflächen. »So viele Menschen brauchen diese Erinnerungen, aber ich nicht. Ich brauche das Geld.«

Wenig erfreut schließt Dr. Rhivani wieder die Tür und verschränkt die Arme. Ganz zaghaft schöpfe ich Hoffnung. »Es gibt andere Wege, Geld zu verdienen. Ich mache mich strafbar, wenn ich dir noch mehr deiner kostbaren Erinnerungen entnehme.« Etwas sanfter fügt sie hinzu: »Mika, du hast so viel Gutes getan. Aber jetzt reicht es. Wir haben genug von dir entnommen.«

»Es müssen ja keine wichtigen Erinnerungen sein. Nur die kleinen. Die lächerlichen.« Die von Baumraumschiffen und Mädchen mit Sommersprossen. Mir ist schlecht.

Sie schüttelt den Kopf und öffnet die Tür wieder. »Die Antwort bleibt Nein. Es tut mir leid. Danke für deine Großzügigkeit. Ich wünsche dir –«

»Danke für nichts«, presse ich patzig hervor und verschwinde fluchtartig aus dem Zimmer. Ich ertrage es nicht länger, mit ihr in einem Raum oder überhaupt in diesem hochmodernen, scheißteuren Komplex zu sein, in dem sich gut betuchte Leute wie Lynns Mutter ein schönes Leben zusammenkaufen, während man nicht mal bereit ist, mir etwas unter die Arme zu greifen. Monatelang haben sie von mir profitiert, und jetzt soll von heute auf morgen alles vorbei sein. Als hätte ich keine Pläne oder Träume, nur weil ich noch nicht aus der Schule raus bin.

Nicht mal für Marleen habe ich mehr als ein abweisendes »Tschüs« übrig, als ich aus dem MTC stürme. Ich bin drei Blöcke weiter, bevor ich zitternd stehen bleibe und mich keuchend auf meine Knie stütze. Die Welt um mich herum dreht sich immer schneller, und ich habe das Gefühl, den Boden unter den Füßen zu verlieren. Ich habe kein Geld. Keine Medizin. Nichts.

Mein Vater wird sterben, und es gibt nichts, was ich dagegen tun kann.

# Kapitel 7

Mir ist speiübel, als meine Füße den Weg in den Park finden. Eigentlich ist es viel zu kalt dafür, aber im Moment ertrage ich es nicht, unter Menschen zu sein. Nach Hause kann ich auch nicht. Dann müsste ich meinem Vater gegenübertreten und ihm sagen, dass ich ihn nicht länger so unterstützen kann, wie ich will. Ganz davon abgesehen, dass er dann erfährt, dass ich doch weitergemacht habe.

Noch immer schwirren meine Gedanken im Kreis. Wie ich die Situation auch drehe und wende, es will mir keine Lösung einfallen. Ohne meinen Zuverdienst sind die Schmerzmittel für meinen Vater ein Luxus, den wir uns nicht leisten können.

Ich lehne meine Stirn gegen den Ast, auf dem ich immer mit Lynn sitze. Die Feuchtigkeit des Holzes kühlt meine Haut und bringt das Gedankenkarussell dennoch nicht zum Stillstehen. Wenn das so weitergeht, übergebe ich mich wirklich gleich.

»Mika?«

Erschrocken wirble ich herum und stehe Lynn gegenüber. Im Gegensatz zu mir trägt sie einen Regenschirm. Kein Lächeln zur Begrüßung, nur eine gerunzelte Stirn, die Augen voller Sorge. Erst langsam wird mir bewusst, dass es regnet und ich nass bin.

»Wie kommst du denn hierher?«, frage ich, völlig perplex über ihr plötzliches Erscheinen.

Sie beantwortet meine Frage nicht gleich. Stattdessen kommt sie näher und lässt mich unter ihren Schirm schlüpfen. »Geht es dir gut?«

Ich nicke, bevor ich überhaupt darüber nachdenke. Um uns herum tropft es immer heftiger. Der Regen fällt auf die Kiefern und läuft an ihnen bis zum Boden, wo die hellen braunen Nadeln einem weichen Teppich gleichen. Ich muss an Pilze denken und frage mich, woher dieser Gedanke kommt. Es ist, als würde der Regen uns dicht in alle Düfte des Waldes einwickeln.

Lynn betrachtet mich noch immer eingehend. »Ich habe gesehen, wie du aus dem MTC gestürmt bist. Hast du nicht gehört, wie ich nach dir gerufen habe?«

Unendlich langsam schüttle ich den Kopf. Die Erinnerung an die letzte Stunde ist schwammig. Ich weiß selbst nicht, wo ich langgegangen bin.

»Was ist passiert?« Sie fragt nicht länger, ob es mir gut geht. Keine rhetorische Frage, von der wir beide wissen, dass die Antwort Nein lautet.

So lange habe ich all meine Probleme für mich behalten, weil Lynn so viel größere hat.

Mit einem Blick in ihre karamellbraunen Augen bricht dieses sorgenfreie Image zusammen. Ich bekomme keine Luft mehr, und meine Augen brennen fürchterlich. Ich weiß nicht, wo ich hinschauen soll. In Lynns Gesicht, zu meinen Füßen oder hoch zu den Zweigen. Dann berührt sie meine Wange, und ich zerbrösele unter dem Gefühl ihrer Haut auf meiner.

Ich spreche das Erste aus, was mir in den Sinn kommt: »Sie haben einen Grenzwert eingeführt.«

»Ich weiß.«

Natürlich weiß sie das. Bestimmt hat sie die Abstimmung minutiös verfolgt und Petitionen unterschrieben. Ich schüttle meinen Kopf und versuche, den toxischen Gedanken wieder loszuwerden. Lynn ist nicht schuld an dem Grenzwert. Mühevoll konzentriere ich mich auf den nächsten logischen Gedanken. »Mein Wert liegt darunter.«

Lynn sagt nichts. Keine Vorwürfe. Kein *Ich hab's dir doch gesagt*, nur Verständnis in ihren großen braunen Augen.

Ich reibe mir mit dem Handrücken über die Nase und versuche, meine Atmung wieder in den Griff zu kriegen. Wenn das so weitergeht, zerfließe ich noch vor ihr in Tränen. »Ich brauche das Geld.« Ein Satz nach dem anderen, auch wenn jeder dabei wehtut, als müsste ich Kartoffeln im Ganzen schlucken.

»Wie viel?« Lynn greift nach ihrer Tasche.

Ihre Reaktion überrascht mich dermaßen, dass ich für einen Moment vergesse, zu hyperventilieren. »Wie viel?«, wiederhole ich verwirrt.

Sie nickt, ihr Portemonnaie in der Hand. »Wie viel Geld brauchst du?« Entweder ist Geld so unwichtig für Lynn, dass es ihr egal ist, wofür ich es brauche, oder die Gründe spielen für sie keine Rolle, wenn es darum geht, einem Freund aus der Patsche zu helfen.

Für einen schwachen Augenblick bin ich versucht, das Angebot anzunehmen, aber das geht nicht. Es wäre nicht mehr als ein Tropfen auf dem heißen Stein. Mein Vater würde das nie im Leben annehmen, und ich stelle fest, ich auch nicht.

Der Gedanke an meinen Vater beschwört den Kloß in meinem Hals wieder herauf, und endlich bricht sich die gesamte Wahrheit Bahn. Die Worte purzeln so schnell heraus, dass ich ihrer kaum habhaft werden kann: »Mein Vater ist krank. Seine Nieren versagen, und er hat Schmerzen. Wir haben kein Geld für die Medikamente. Für gar nichts. Ich lebe in einer Bruchbude und habe nicht mal ein Paar Schuhe, das nicht in diesem Wetter durchweicht. Ich brauche das Geld von der Memospende. Er wird sonst sterben. Das …«

Langsam versiegt mein Wortschwall, wahrscheinlich weil ich selber merke, dass nichts davon richtig zusammenhängt. »Es tut mir leid«, stoße ich atemlos hervor und fange an zu schluchzen.

Es ist mir unendlich peinlich, dass ich vor ihr zusammenbreche, und alles, was Lynn macht, ist, näher an mich heranzutreten und mich in den Arm zu nehmen. Unter dem Regenschirm berührt ihre Stirn mein Kinn, und ich lasse den Tränen endlich freien Lauf.

Um uns herum regnet es mittlerweile in Strömen, und ich spüre die Feuchtigkeit vom Boden in meine Socken steigen. Viel mehr nehme ich aber Lynns Nähe wahr. Wie jemand, dem es selbst so schlecht geht, so viel Rückhalt spenden kann, ist mir unbegreiflich, aber ich sauge den Moment in mich auf, als gäbe es nichts anderes auf dieser Welt.

Stundenlang – so kommt es mir immerhin vor – stehen wir so dicht an dicht, bis all meine Tränen versiegt sind und nur noch der Regen niederprasselt. Als ich merke, dass Lynn sich etwas zurückzieht, widerstehe ich nur mit Mühe dem Drang, sie wieder näher an mich zu ziehen.

Allerdings hat sie endlich ihre Stimme gefunden. »Ich bin furchtbar«, erklärt sie und seufzt schwer.

»Du bist wunderbar«, rutscht mir ein ersticktes Flüstern über die Lippen.

Lynn schüttelt energisch den Kopf. »Da sehe ich dich nach all den Jahren wieder und jammere dir monatelang nur von meinen Problemchen vor und übersehe völlig, dass es dir viel schlechter geht.«

Ich muss schnauben. Mir steht nicht der Kopf danach, irgendwelche Schwierigkeiten gegeneinander aufzuwiegen. »Ich löse meine Probleme gern alleine. Das ist alles. Es ist nur …« Schon wieder fällt es mir schwer, einen Satz rauszubekommen, der nicht furchtbar quengelig ist. »… ich weiß nicht, wie.«

Wunderbar! Wenn ich mich bisher nicht zum Affen gemacht habe, dann auf jeden Fall mit dieser nutzlosen Bemerkung.

Erneut legt Lynn einen Arm um mich und schmiegt sich tröstend an mich. Ich kann nicht anders. Wie von selbst wandern meine Finger unter ihr Kinn und heben es ein wenig höher. Dann liegen meine Lippen auch schon auf ihren. Ich schmecke das Salz von meinen eigenen Tränen und erst dann den beerigen Geschmack ihres Lipgloss. Lynns Hand rutscht von meinem Rücken, und augenblicklich setzt mein Verstand ein.

Hastig nehme ich von Lynn Abstand, stoße mir die Schulter an einem Ast und stehe mit einem Mal im Regen. Während der dumpfe Schmerz durch meinen Körper zuckt und mir das Wasser den Nacken hinunterläuft, habe ich nur Augen für Lynn, die mich vollkommen überrascht ansieht.

Shit! Sie hat wirklich nie auch nur an diese Möglichkeit gedacht.

»Es tut mir leid«, beeile ich mich zu sagen, während mein Gehirn fieberhaft nach einer brauchbaren Ausrede sucht. Das Herumdrehen jedes Gedankens in der letzten Stunde hat mich jedoch völlig ausgelaugt, und alles, was mir einfällt, ist, mich noch einmal zu entschuldigen. »Das wollte ich nicht.«

Nein, natürlich nicht. Ich bin nur aus Versehen auf ihre Lippen gefallen. Manchmal frage ich mich, ob Dr. Rhivani nicht doch noch Neuronen aus anderen Zentren entnommen hat.

»Du wirst nass«, bemerkt Lynn. Ihr scheint die Sache ebenso unangenehm zu sein wie mir.

Ich sehe an mir herunter, als würde ich nicht spüren, wie mir das T-Shirt unter meiner Jacke bereits am Körper klebt. Zu meinen Füßen ist der Waldboden schon ziemlich aufgeweicht. »Stimmt.« Ich schaue wieder zu ihr auf. »Du, ich muss los. Ich hätte längst zu Hause sein sollen und … ich bin nass«, füge ich sinnloserweise hinzu.

Abrupt mache ich mich auf den Weg. Weit komme ich nicht, bevor Lynn meinen Namen ruft. Was ist nur heute mit mir los, dass ich nicht mehr normal zu funktionieren scheine? Wer küsst denn bitte seine beste Freundin und haut dann ohne Gruß einfach ab?

Mein Zögern gibt Lynn genug Zeit, um ihren Regenschirm wieder über mich zu stülpen. Die Nähe bekommt mir gerade gar nicht gut. Mir ist schon wieder schlecht und heiß und kalt zugleich.

»Ich meine, was ich gesagt habe«, fängt sie an, und ich habe keine Ahnung, wovon sie redet. »Ich kann dir Geld geben. Leihen von mir aus, wenn du ein Geschenk nicht annimmst.« Oh. Das.

Selbst wenn sie mir das Geld leiht, könnte ich es ihr nie zurückzahlen. »Lynn, das ist eine Familiensache. Meine Eltern würden das nicht gutheißen. Es ist wirklich lieb von dir, dass du das anbietest, aber ich kann es nicht annehmen.« Das ist keine Beziehung, die ich mit ihr eingehen möchte.

Lynn akzeptiert meine Erklärung, aber ich sehe ihr an, dass ich sie damit verletzt habe. Es tut mir leid, aber heute kann ich sie nicht aufbauen. »Ich muss dann.«

»Lass uns wenigstens in ein Café gehen und dir eine heiße Schokolade besorgen. Du erkältest dich noch.«

Ein winziger Teil von mir freut sich darüber, dass sie sich nicht ganz so schnell abwimmeln lässt. Ungebeten schleicht sich jedoch Bitterkeit ein, weil sie, ohne nachzudenken, bereit dazu ist, weiteres Geld auszugeben. Lynn merkt nicht mal, dass ihre verdammten Cafés Geld kosten, und das nicht wenig.

»Ich habe ehrlich gesagt keine Lust, das Gesicht des Managers zu sehen, wenn ich mich dort, nass, wie ich bin, auf den Stuhl werfe.« So langsam hat meine Stimme wieder ihre Festigkeit erlangt. »Wir sehen uns übermorgen.«

Der Kampfeswille weicht von Lynn, und sie nickt niedergeschlagen. Bevor ich noch mehr Blödsinn sage, schlüpfe ich unter ihrem Regenschirm durch und mache mich auf den Heimweg. Ob ich jetzt noch nasser werde, spielt eh keine Rolle mehr. Vielleicht kriege ich so dann auch das Bild aus dem Kopf, wie verloren Lynn mit ihrem Schirm im Regen aussieht.

Als ich in Hertford ankomme, bin ich von oben bis unten durchnässt. Mir klappern die Zähne vor Kälte. Es ist bereits dunkel. Das Licht der Straßenlaternen spiegelt sich in den Pfützen, und außer mir ist kaum jemand bei diesem Wetter unterwegs. Wie ich meinem Vater gegenübertrete, habe ich immer noch nicht entschieden.

Ein Auto fährt an mir vorbei und badet mich vom Gürtel bis zu den Schuhen in Regenwasser. Als ob ich nicht schon nass genug wäre. Trotzdem ist der Schock ausreichend stark, dass ich kurz innehalte und mich umsehe. Die Ladenwand neben mir ist vollgekleistert mit Flyern. Dutzende Lagen übereinander, durchgeweichte Bilder und gewelltes Papier. Mir fällt einer ins Auge, der mit Großbuchstaben eine leichte Einnahmequelle bewirbt: BIS ZU 3000 EURO AM TAG! GERINGER AUFWAND! Bestimmt wieder so ein Schmarrn, bei dem man nachher noch draufzahlt oder vierzig Stunden am Tag arbeiten müsste, um die versprochene Summe zu erreichen.

Ich will mich gerade abwenden, als ich das Kleingedruckte aus dem Augenwinkel lese. *Wir kaufen deine Erinnerungen. Gute wie schlechte.* Mit bebenden Fingern berühre ich das nasse Papier, das sich schon leicht von der Wand löst. Es ist definitiv keine Werbung vom MTC. Die sind hochwertiger und würden nie mit dem Geldgewinn werben. Zumindest nicht so großflächig.

Die Adresse auf dem Flyer liegt in meiner Nähe, und das alleine verrät mir schon, dass ich die Finger davon lassen sollte, bevor sich die Idee in meinem Kopf festsetzt. Das MTC ist die einzige Klinik, die Erinnerungen nehmen darf, und das aus gutem Grund, aber das MTC nimmt eben nicht mehr meine Erinnerungen. *Gute wie schlechte*, lese ich erneut und schaudere. Was sich wohl mit schlechten Erinnerungen anstellen lässt?

Entschlossen schüttle ich den Kopf. Nur weil gerade nicht alles nach Plan läuft, muss ich nicht wirklich anfangen, Teile von mir zu verkaufen. Ich werde eine Lösung finden. Zusammen mit meinem Vater.

Die neu entflammte Hoffnung hält mich warm, bis ich endlich daheim ankomme. Meine Sachen versuche ich bereits im Treppenhaus auszuwringen. Auf ein paar Wasserflecken mehr oder weniger kommt es da sowieso nicht mehr an. Dennoch saugt sich die Fußmatte, die meine Mutter in einem wahnwitzigen Anfall von *Wir machen es uns hier gemütlich* rausgelegt hat, mit jeder Sekunde, die ich länger vor der Tür stehe, weiter voll.

Schließlich ringe ich mich dazu durch, aufzuschließen.

»Da bist du ja endlich«, begrüßt mich meine Mutter mit einem Arm voll Wäsche im Flur. Mit zunehmendem Entsetzen betrachtet sie meine durchnässte Kleidung. »Was ist passiert?«

Ich zucke hilflos mit den Schultern. »Regen?«

Sie legt den Kopf schief. Statt mich zu rügen, winkt sie mich jedoch hinein. »Na los, unter die Dusche mit dir. Ich lege dir ein paar trockene Sachen raus und koche dir einen Tee.« Sie lächelt, liebevoll und müde zugleich. »Wir wollen doch nicht, dass du uns krank wirst.«

Zwar meint sie es sicher nicht so, aber meine Gedanken kreisen sofort um das Geld, das der Arztbesuch oder die Medikamente verschlingen würden. Nein, krank werden ist ganz sicher keine Option. Ich nicke daher und verschwinde direkt ins Bad.

Während ich darauf warte, dass das Wasser warm wird, schäle ich mich aus meinen nassen Sachen und stopfe sie in die Waschmaschine. Zitternd springe ich unter die Dusche. Im ersten Moment wäre ich am liebsten gleich wieder zurückgesprungen. Obwohl es sicher noch nicht mehr als dreißig Grad hat, brennt das Wasser auf meiner eiskalten Haut, als hätte ich mich stattdessen mit dem Teewasser übergossen. Dann dringt die Wärme langsam zu mir durch, und ich würde am liebsten nie wieder unter der Dusche hervorkommen.

Nicht nur die Kälte wird weggewaschen, auch all die hässlichen Gedanken, die ich mir die letzten Stunden einverleibt habe, fliehen vor dem wohligen Gefühl auf meiner Haut, und ich genieße diese absolute Stille in mir.

Viel zu früh habe ich den heißen Kokon verlassen müssen. Schließlich kostet das Erhitzen des Wassers auch Strom, und wir sind alle angehalten, die Kosten so niedrig wie möglich zu halten. Die trockenen Sachen, die ich jetzt anhabe, und der warme Tee in meiner Hand sind jedoch fast genauso gut. Meine Mutter bereitet gerade das Essen für morgen vor, und mir fällt auf, dass außer uns beiden niemand da ist.

Sie bemerkt meinen suchenden Blick und meint: »Papa schläft, und Anni ist los, Lasse abholen.«

Ach ja, mein Bruder ist ja immer noch auf seiner Geburtstagsparty. Ich erwische mich dabei, wie ich bereue, dass ich ihm und seinem Freund die Monster-X-Karten gekauft habe. Das Geld hätte mein Vater jetzt nötiger gehabt.

»Darf ich fragen, wo du so lange warst, oder erzählst du so etwas nicht mehr?«, fragt sie amüsiert.

Schmunzelnd sehe ich in meinen Tee. Dabei ist die ganze Situation nicht zum Lachen. Ich seufze und stelle die Tasse unberührt wieder ab. »Hat Papa dir erzählt, dass ich Erinnerungen spenden war?«

Sie runzelt die Stirn, also lautet die Antwort Nein. »Das ist ziemlich nobel von dir«, antwortet sie ein wenig angespannt, während sie die Brote für meine Geschwister belegt.

Für einen Moment bin ich so überrascht, dass nicht gleich ein Vorwurf kommt, dass mir der Mund offen steht. Dann schüttle ich vehement den Kopf. »Daran ist überhaupt nichts nobel. Ich habe es ja hauptsächlich für mich gemacht.«

»Also, bei so viel Geld, wie du die letzten Monate in die Familie gesteckt hast, kann ich das nur schwer glauben«, meint sie jedoch und schlägt für Anni und Lasse Brote in ein Wachstuch.

Mir fällt auf, dass unter dem Belag keine Butter ist. Es sind diese kleinen Details, die so wehtun. »Das war danach«, gebe ich mit gesenktem Blick zu und trinke endlich von meinem Tee.

Meine Mutter sieht über die Schulter und lächelt mich an. »Du bist jung, Mika, und wenn du dir etwas Geld damit verdienen kannst, etwas Gutes zu tun, dann nimm das mit. Fühl dich doch deshalb nicht schlecht.«

Sie hat es schon immer verstanden, mir die Sorgen zu nehmen. Ich muss daran denken, dass sie schon seit vielen Jahren dafür sorgt, dass wir möglichst unbekümmert aufwachsen. Selbst jetzt, wo wir in dieser Bruchbude leben, sieht meine Mutter immer noch das Positive in allem. Oder versucht es zumindest.

Ein Seufzer entweicht nun doch ihren Lippen, und sie drückt den Rücken durch. Bald muss sie sich auf den Weg zu ihrem Nachtjob machen, bei dem sie die Büros der Universität putzt. »Wie wird das nur, wenn du nicht mehr hier bist?«

»Ich?«, frage ich verdutzt. Bisher wusste ich nicht, dass ich vorhabe wegzugehen.

Mit einem Lächeln erklärt sie: »Na, hast du nicht bald deinen Abschluss in der Tasche? Du willst dich doch sicher bewerben und dann irgendwann ausziehen.«

»Mama, ich ziehe nirgendwohin«, antworte ich vollkommen ernst. Wie sie in unserer Situation überhaupt darauf kommt, ist mir schleierhaft.

»Wart's nur ab! Wenn du erst ein Angebot von deiner Traumfirma hast – oder einen guten Studienplatz – und dich das Leben ruft, wird dich hier nichts mehr halten.« Sie sagt das so, als gäbe es hier nichts, was mir wichtig wäre.

Ich muss schlucken. »Das ist doch völliger Blödsinn. Ich werde immer für euch da sein. Das mit den Erinnerungen klappt nicht mehr, weil die EU unbedingt diesen dämlichen Grenzwert einführen musste, aber ich nehme mehr Schichten an, und ich besorge uns das Geld.«

Meine Mutter schmunzelt.

»Habe ich etwas Lustiges gesagt, oder …?« Mit verengten Augen schüttle ich den Kopf.

»Nein. Überhaupt nicht.« Sie schaltet den Herd aus, auf dem bis eben Kartoffeln fürs Abendbrot gekocht haben, und setzt sich zu mir. Dann nimmt sie meine Hand in ihre und streicht mit dem Daumen darüber. »Wo ist nur mein kleiner Junge hin?«

Verkauft. Stück für Stück für ein RedPad C und einen Haufen Medikamente.

»Du hörst dich schon genauso an wie ich«, sagt sie. »Nur noch eine Schicht, etwas weniger Schlaf hier und alles Wichtige in eine Ecke gedrängt, wo man es nicht sehen muss.«

Ihre Worte bringen mich fast zum Heulen. Nicht wegen mir – mir geht es gut –, sondern wegen ihr und allem, was sie in den letzten zehn Jahren aufgegeben hat. »Klingt, als bräuchtet ihr beide mal wieder ein richtiges Date«, rutscht es mir heraus.

Meine Mutter starrt mich mit offenem Mund an. Dann muss sie lachen, und es ist das schönste Geräusch, das ich seit Langem in dieser Wohnung wahrgenommen habe.

»Ja. Vielleicht brauchen wir das.« Sie lässt meine Hand los, aber das Grinsen weicht nicht aus ihrem Gesicht. »Ich weiß schon gar nicht mehr, wann wir das letzte Mal einfach nur etwas Schönes gemacht haben.«

»Frag mich nicht! Ich bin der Junge unter der Erinnerungsschwelle«, antworte ich und lehne mich zurück.

Auch diesmal sagt meine Mutter nichts dazu und schüttelt nur leicht den Kopf. »Ich fürchte, so richtig viele Dates hatten wir nur, bevor ihr geboren wart. Da haben wir jede freie Minute miteinander verbracht.«

Ich muss an Lynn denken und wie wir uns immer öfter treffen. Heute ist sie mir sogar nachgelaufen, weil sie sich Sorgen um mich gemacht hat. Mir fällt mein unbeholfener Kuss ein. So viel zu meinem Plan, meine Gefühle für mich zu behalten und stattdessen unsere Freundschaft zu stärken. Hoffentlich habe ich nicht alles ruiniert. Sosehr ich auch noch immer daran zu knabbern habe, dass ich mich in keiner Weise an unsere gemeinsame Kindheit erinnern kann, so sehr schätze ich ihre Bekanntschaft heute.

»Du hast nie erzählt, wie ihr euch eigentlich kennengelernt habt.« Ganz sicher bin ich mir nicht, ob das stimmt, aber wenn ich es vergessen haben sollte, erinnert mich meine Mutter nicht daran.

Sie beugt sich mit einem verschmitzten Lächeln nach vorn. »Auf einem Festival. Es war Sommer und über vierzig Grad. Das hat natürlich keinen daran gehindert, dennoch Party zu machen. Tja, und dann ist es passiert. Mein Kreislauf hat schlappgemacht, und ich bin deinem Vater quasi in die Arme gestolpert. Er hat mich dann rausgezogen und zum Rand gebracht, wo sie Wasser verteilt haben.« Sie muss schmunzeln, und ich bemerke, wie ich ihr Lächeln zu imitieren beginne. »Er hat darauf bestanden, bei mir zu bleiben, bis er sich sicher war, dass ich wieder fit war. Das hat eine Weile gedauert, und in der Zeit haben wir uns ein wenig kennengelernt. Wir sind dann, statt weiterzufeiern, an den Fluss gegangen und waren sehr lange spazieren.«

Daher also die Vorliebe meines Vaters, spazieren zu gehen. Es ist schwer, sich seine Eltern jung vorzustellen, dass sie irgendwann einmal in meinem Alter waren und auf Partys gegangen sind. Im Vergleich zu ihnen bin ich ein ziemlicher Langweiler. Auf die Cyberpartys habe ich nur wenig Lust, und für Retroclubs fehlt mir das Geld. Dadurch, dass der meiste Unterricht dezentral stattfindet, sehe ich meine Schulkameraden kaum noch.

Wie anders ist es doch mit Lynn, die ich nahezu täglich sehe. Auch mit ihr verbindet mich viel online, aber ihr ist es wichtig, dass wir uns auch in echt treffen, und mir auch. Wie sonst soll ich sie unterstützen, wenn ich nicht in ihrer Nähe sein kann? Ich hoffe inständig, dass sie mir den Kuss nicht übel nimmt oder, noch schlimmer, sich wegen meines Verhaltens heute Vorwürfe macht.

»Woran denkst du?«, fragt meine Mutter schmunzelnd.

Ich betrachte meine Finger, die gerade an den Enden meines Freundschaftsbandes zupfen. Schließlich hebe ich den Kopf. »Mama, hat Papa auch mal was Blödes gemacht? Also …«

Meine Mutter fängt an zu lachen. »Natürlich, Mika. Wir machen alle Dummheiten. Zum Beispiel wollte er sich trennen, als er krank wurde.«

Ungläubig reiße ich die Augen auf. »Wieso das denn?«

»Was glaubst du denn?« Das Lachen verschwindet langsam aus ihren Augen. »Er wollte niemandem zur Last fallen. Ihm war durchaus klar, was für eine Belastung seine Behandlung für unsere ohnehin schon knappen Finanzen sein würde. Er wollte verhindern, dass wir mit ihm leiden.«

Ich schüttle den Kopf. Das ist definitiv bescheuerter als meine Ablehnung von Lynns Hilfsangebot heute. Oder etwa nicht?

»Das habe ich ihm natürlich nicht durchgehen lassen. Aber ja, Mika. Er hat auch schon mal was Blödes getan. Und ich auch. Das gehört einfach dazu. Wichtig ist, dass man erkennt, wenn man sich danebenbenommen hat, und dass man den gleichen Fehler kein zweites Mal macht.« Mit einem schweren Seufzen erhebt sie sich wieder und stellt den Topf in den Kühlschrank. Dann greift sie ihre Sachen von der Stuhllehne und zieht ihren Mantel an. »Ich muss langsam.«

Sie beugt sich zu mir herunter und küsst mich auf die Stirn. »Was auch immer du getan hast, es lässt sich bestimmt wieder richten.« Meine Mutter zwinkert schelmisch. »Von einer Blödheit ist noch keine Beziehung kaputtgegangen.«

Ich hoffe, dass sie recht hat.

# Kapitel 8

Lynn nimmt es mir tatsächlich nicht übel, dass ich sie geküsst habe. Das nächste Mal, als wir uns treffen, ist sie so wie immer. Statt wieder in einem Café zu sitzen, darf ich diesmal bestimmen, wo es hingeht. Ohne ihr etwas zu verraten, entscheide ich mich fürs Exploratorium. Schüler haben unter der Woche freien Eintritt, und da ich in zwei Wochen meine mündliche Prüfung habe, will ich mir die Chance nicht entgehen lassen, noch einmal reinzugehen.

Das Technikmuseum ist der Ort, den ich auf Schulausflügen am meisten ins Herz geschlossen habe. Zwar erinnere ich mich nicht mehr daran, wann wir zum ersten Mal hier rein sind, aber ich weiß, dass wir alle zwei Jahre hierhergekommen sind.

»Du willst ins Museum?«, fragt Lynn mit zusammengezogenen Brauen, als wir vor dem vertrauten Gebäude ankommen.

»Prüfungsvorbereitung«, erkläre ich bemüht lässig. Neben einer Präsentation meiner Projektarbeit zu synthetischen Erinnerungen muss ich mich auch noch einem Fragenkatalog zum Thema Zukunftstechnologie stellen. Von diesem praktischen Teil abgesehen, ist das Museum aber auch einfach einer meiner Lieblingsorte.

Das Exploratorium sieht schon von außen cool aus. Der Eingang ist viereckig, doch darüber erhebt sich die schief liegende Form eines aus Glas und Stahl bestehenden, verzerrten Donuts. Der Stahl glänzt in der Sonne, und es würde mich nicht wundern, wenn das Exploratorium eines Tages abhebt und sich auf den Weg durchs Universum macht. Es sieht auf jeden Fall eher wie ein Raumschiff aus als Lynns Baum.

Wir lassen unsere Schülerkarten am Eingang scannen und betreten dann die schlauchförmige Ausstellungshalle. Wie üblich sind gleich mehrere Schulklassen vor Ort und belagern die aufregendsten Ausstellungsstücke wie die Simulatoren.

»Willst du erst rauf oder runter?«, frage ich Lynn, die angesichts des Kinderlärms überfordert wirkt. Wahrscheinlich ist sie viel kleinere Klassen oder sogar Privatunterricht gewohnt.

Sie wendet den Kopf nach oben und zuckt mit den Schultern. »Es ist deine Prüfung.«

Also nach oben. »Warst du schon einmal hier?«, frage ich, während wir nach oben stapfen, vorbei an Ausstellungsstücken zur Optik.

»Vor sechs oder sieben Jahren.« Ihrer Stimme kann ich anhören, dass sie damit längst nicht so gute Erinnerungen verbindet wie ich.

Ich beschließe, das zu ändern, und nehme ihre Hand. »Komm, ich zeige dir meine Lieblingsstücke.«

Als Erstes geht es ins Spiegelkabinett. Es ist keines von denen, in denen man seinen Weg finden muss, sondern nur ein kleines Pseudolabyrinth, in dem sich mehrere spezielle Spiegel befinden. Der erste dreht unser Spiegelbild auf den Kopf. Ich hebe die Arme, um die Illusion zu vervollständigen, und tue so, als würde ich auf Händen laufen.

Meine Vorstellung wird mit einem süßen Lächeln belohnt. Als ich in den anderen Spiegeln Grimassen ziehe, die mein Gesicht noch schlimmer als die Spiegel selbst verzerren, fängt Lynn sogar an mitzumachen. So richtig traut sie sich nicht, sich hässlich zu machen, doch sie muss immer wieder grinsen oder kichern.

Langsam, aber sicher taut Lynn auf und wird mutiger. In einem Spiegel sind wir winzig klein und dick wie zwei Obelixe in Miniaturformat. »Hey«, piepse ich, als hätte ich Helium eingeatmet, und stupse Lynn an. »Mach mal Platz da.«

Lynn wirft den Kopf zurück und lacht. Dann antwortet sie ähnlich quakend: »Mach dich nicht so dick!«

»Hast du mich gerade dick genannt?«, protestiere ich und ziehe eine Grimasse, die mein breites Froschgesicht im Spiegel nur noch mehr betont. Lynns Augen weiten sich, sodass ich schnell hinterherschiebe: »Du bist doch selber dick.«

Zum Glück habe ich gerade noch die Kurve gekriegt, und Lynn verliert nicht wieder ihre Stimme. »Ich bin nicht dick. Ich bin nur dick angezogen.«

Lachend lege ich einen Arm um ihre Schultern und ziehe sie zum nächsten Spiegel. Diesmal müssen wir uns ein bisschen quetschen, denn wir befinden uns in einem selbstreflektierenden Spiegel, der unser Spiegelbild wie ein Prisma in die Unendlichkeit wirft. Ich hebe mein RedPad und mache Fotos von unseren vielfachen Ichs. Schon bald sind wir wieder dabei, Grimassen zu ziehen, und diesmal steht mir Lynn in nichts nach.

Eine Gruppe Schulkinder entdeckt in dem Moment das Kabinett für sich, sodass wir lachend hinausstolpern, um nicht zwischen die Fronten zu geraten. Den Rest des Tages verbringen wir ähnlich gelöst. Lynn lässt sich von mir auf den Mond schießen – die kleine Rakete zum Modellmond fliegt zwar nicht von allein, aber sie fährt immerhin eine Rampe hoch –, und vor dem überlebensgroßen Modell einer Zunge halte ich Lynn einen Pseudovortrag darüber, dass die Zunge nichts weiter als ein Datenverarbeitungsprogramm für Geschmäcker ist.

»Und wenn nun etwas weder salzig, süß, bitter, sauer noch umami schmeckt, dann …« Irgendwie habe ich den Faden verloren. »… dann hat man einfach keinen Geschmack.«

Lynn klatscht pflichtschuldig und völlig übertrieben. Dabei hat sie eine so ernste Miene aufgesetzt, als wäre sie wirklich mein Prüfer. Sie schiebt sich mit dem Zeigefinger eine imaginäre Brille auf die Nase und sieht mich streng an. »Das war schon mal nicht schlecht, Mika, aber kannst du uns auch erklären, warum Geschmäcker verschieden sind?«

»Äh … weil wir unterschiedliche Zungen haben?« Zum Beweis strecke ich meine raus und verdrehe die Augen, sodass Lynn Mühe hat, ihre strenge Miene aufrechtzuerhalten.

Sie tut so, als würde sie sich auf der Hand Notizen machen. »Mhm, mhm. Aber warst du nicht gerade dabei, die Zunge als Metapher für ein Computerprogramm zu sehen? Wäre es nicht sinnvoller, wenn jedes Programm dieselben Ergebnisse aus… spuckt?«

Jetzt bin ich es, der sich das Grinsen nicht verkneifen kann. »*Ausspuckt*. Ein sehr gutes Stichwort. Das Problem ist in diesem Fall nicht das Programm an sich, sondern der Prozessor dahinter.« Ich tippe mir gegen den Kopf. »Das Programm gibt die Daten ja nur weiter, aber jeder Prozessor verarbeitet sie auf die eigene Weise, und dann gibt es natürlich Updates.«

»Updates?«, fragt Lynn lachend und fällt dabei völlig aus der Rolle. »Wann hast du das letzte Mal ein Update bei deinem Gehirn durchgeführt?«

»Erst heute Morgen, als ich die Nachrichten konsumiert habe«, antworte ich wie aus der Pistole geschossen. »Für die Zunge gibt es natürlich nicht so viele Updates. Die meisten werden in der Kindheit vollzogen.« Ich stemme die Hände in die Hüften und beuge mich vor. »Oder wie erklärst du dir, dass meine Schwester von einem Tag auf den anderen plötzlich Spinat gegessen hat?« Heute kommt sie keine Woche mehr ohne ein Päckchen Tiefkühlspinat aus. Zum Glück ist das Zeug billig.

Lynn verzieht das Gesicht. »Ich weiß nur eins. Dass deine Schwester definitiv keinen Geschmack hat.«

»Darin sind wir uns einig.« Ich halte Lynn die Hände hin und ziehe sie hoch von der Zahnreihe, auf der sie Platz genommen hat. »Du bist dran.« Dabei fällt mir ein, dass ich keine Ahnung habe, wann Lynn ihre Prüfung hat und worin. »Was sind eigentlich deine Fokusfächer?«

Gemeinsam spazieren wir durch den Rest des Körpers. »Deutsch und Englisch, Geschichte, Psychologie und Sozialkunde.«

»Geschichte habe ich auch.« Wobei mein Fokus auf technologischen Entwicklungen und ihrem Effekt auf die Gesellschaft liegt. Immerhin haben wir so etwas gemeinsam.

»Ach ja? Hast du das Modul schon abgegeben?«

Ich nicke. »Ich habe es sogar schon zurückbekommen. 86 Prozent.«

»Streber.« Obwohl sie das Wort nicht ernst gemeint hat, wirkt Lynn plötzlich gar nicht mehr zu Scherzen aufgelegt. Ihr Blick wandert über die weinrote Leber zum Fenster.

»Was ist los?«

Erst schüttelt sie den Kopf, aber dann antwortet sie nach einem schweren Seufzen doch: »Meine Noten sind leider gar nicht gut. Schon seit Langem nicht. Irgendwie habe ich mich immer von Jahr zu Jahr gemogelt, aber dieses Jahr sieht es so aus, als würde das nicht ausreichen.«

Ich runzle die Stirn. »Wie meinst du das?« Bei ihrer Fächerwahl hätte ich gedacht, dass sie keine Probleme hat. Zwar gibt es noch die Pflichtfächer, aber für die braucht man nur 25 Prozent zum Bestehen. »So, wie du schreibst, müsstest du doch in Deutsch Klassenbeste sein.«

Sie schenkt mir ein Lächeln, das sich lediglich auf ihrem Mund abbildet. Ihre Augen bleiben traurig. »Ich lasse meinen Gedanken gerne freien Lauf. In Deutsch müssen wir zu Themen schreiben, Bücher lesen und Fragestellungen diskutieren. Das erfordert Nachdenken und Arbeit, und bei Arbeit fühlt sich mein Kopf schnell überfordert.«

Darüber kann ich nur den Kopf schütteln. Als faul habe ich Lynn eigentlich nicht kennengelernt. Genau genommen weiß ich nicht, wie fleißig sie wirklich ist, aber fast jeden zweiten Tag erscheint ein gut recherchierter und ausformulierter Blogbeitrag von ihr. Das kriegt man nicht fünf Jahre lang ohne Disziplin und Fleiß hin.

Lynn deutet mein Schweigen als Aufforderung, tiefer zu gehen. Sie sieht mich allerdings nicht an, während sie spricht: »Es ist wegen der Depressionen. Meine Therapeutin nennt es Löffel.«

»Löffel?« Jetzt habe ich den Faden verloren.

»Ja. Jeder Mensch hat eine Schublade voller Löffel. Jede Aufgabe kostet einen Löffel, große Aufgaben auch mal mehr, aber jede noch so kleine kostet mindestens einen.«

Ich kann ihr immer noch nicht ganz folgen. »Was sind das für Aufgaben? Schulaufgaben, oder?«

Jetzt sieht sie doch zu mir auf. »Oh nein. Ich meine, auch. Aber anziehen ist zum Beispiel eine Aufgabe, oder eine E-Mail schreiben. Hinsetzen und das Modul öffnen.« Ihre Stimme klingt von Wort zu Wort belegter. »Die Arbeitsaufträge anschauen, das Buch dazu besorgen, es lesen, das Dokument öffnen …«

»Okay, ich hab's verstanden«, unterbreche ich sie, denn ich ertrage es nicht länger, zuzuhören, wie sie mir von Beispiel zu Beispiel ein Stück mehr zerbricht. »Und was hat das jetzt mit den Löffeln zu tun?«

Meine Frage hilft ihr, sich wieder zu sammeln. »Jeder Mensch hat eben seine Schublade. Gesunde Menschen haben genug Löffel für den Tag, die über Nacht oder beim Entspannen brav aufgefüllt werden. Ich habe zwei. Oder auch mal keine.«

So langsam verstehe ich, worauf sie hinauswill. »Du meinst also, dass dir selbst kleine Aufgaben unendlich schwerfallen?«

Lynn blinzelt verstärkt, nickt aber. Dann lacht sie, ohne dass der Funke auf mich überspringt. »Es ist albern, oder? Ich meine, wer kommt denn bitte schön an seine Grenzen, nachdem er sich angezogen hat?« Sie schüttelt den Kopf. »Meine Mutter ist fest davon überzeugt, dass ich mir nur einrede, so wenig Löffel zu haben. Es sei ein beruhigendes Konzept, auf dem man sich ausruhen kann, statt sich einfach mal zusammenzureißen.«

Je mehr ich von Lynns Mutter erfahre, desto furchtbarer erscheint sie mir. Gerade von jemandem, der selbst psychisch erkrankt ist, hätte ich mehr Taktgefühl erwartet. »Und was passiert dann, wenn du es tust? Beziehungsweise geht das überhaupt?«

»Oh ja, es geht.« Lynn schürzt die Lippen und sieht schon wieder zur Seite statt zu mir. »Ich kann mich zusammenreißen – manchmal zumindest. Dann erledige ich den ganzen Stapel, und am nächsten Tag oder am Abend bin ich so fertig, dass mir selbst das Aufstehen zu viel ist.« Sie schüttelt sich und sieht mich endlich an. »Können wir bitte von was anderem reden?«

»Ja, klar«, antworte ich, dabei will ich so viel mehr wissen. Nicht, weil ich besonders voyeuristisch veranlagt bin, sondern weil ich wissen will, wie ich ihr helfen kann. Vor allem will ich wissen, ob die Treffen mit mir viele Löffel kosten oder welche aufladen. Stattdessen wende ich mich ab und entdecke das Ausstellungsstück zur Memospende.

Mit den Händen in den Taschen schlendere ich hinüber. Eine große Schautafel erklärt das Prinzip der Memospende, während man an zwei Bildschirmen Logikspiele spielen kann. Ich kenne sie beide. Im ersten muss man sich durch die richtigen Bereiche im Gehirn klicken und die Positiverinnerungen ausfindig machen. Das andere ist eine Art Gedächtnisspiel, bei dem man sich die Synapsenstellung merken muss, um die Erinnerung richtig im Empfängerhirn einzubauen.

Ich höre, wie Lynn neben mir zu stehen kommt. Ihre Finger gleiten sacht über meinen Ellenbogen, doch sie greifen nicht zu.

»Sie haben den Grenzwert noch nicht eingebaut«, sage ich und spüre erneut, wie die Wut in mir hochkocht. Ich drehe mich zu Lynn um, die die Stirn runzelt. »Da könnte man doch ein neues

Spiel draus machen. Black Jack im Hirn. Wie nah kommst du an den Grenzwert, ohne ihn zu überschreiten. Denn wenn du das tust, bist du raus.«

»Mika …«

Kopfschüttelnd würge ich sie ab. »Es ist so bescheuert. Warum haben sie die Spende überhaupt erst so beworben, wenn sie jetzt doch ganz böse ist?«

Lynns Finger gleiten zwischen meine und halten sie fest. »Niemand hat gesagt, dass die Spende böse ist. Du hast unheimlich vielen Leuten geholfen, Mika. Vielleicht manchen sogar das Leben gerettet.«

Ich kann darüber nur schnauben. »So toll sind meine Kindheitserinnerungen nun auch nicht.«

»Warst du es nicht, der mir erzählt hat, dass die Erinnerung selbst keine Rolle spielt, sondern nur das Gefühl, das sie vermittelt?« Sie hat den Kopf auf die Seite gelegt und beobachtet mich geradezu lauernd.

Ich habe das Gefühl, dass es eine Falle ist, und muss über mich selbst schmunzeln. Wenn Lynn mich aufmuntern will, kann ich ihr das wohl kaum verübeln. »Möglich«, antworte ich gedehnt.

Sie muss spüren, dass sie mich am Haken hat, denn ihre Augen leuchten mit einem Mal. »Ich kann nur für mich sprechen, aber wenn deine Erinnerungen an mich nur halb so toll sind wie meine an dich, sind sie großartig.« Sie streicht über mein Band. »Manchmal, wenn es gar nicht mehr ging, habe ich mir vorgestellt, dass ich dich wiedersehe. Dass du mich suchen kommst, weil ich dir genauso sehr im Kopf herumspuke.« Das Lächeln auf ihrem Gesicht scheint nur mir allein zu gelten. »Ich habe mir vorgestellt, wie du eines Tages vor der Tür stehst.«

Ich weiß nicht, was ich dazu sagen soll. Auf der einen Seite schmeichelt es mir unheimlich, dass ich so eine große Rolle in ihrem Leben gespielt habe. Auf der anderen Seite fühle ich mich schuldig, weil ich diese Erwartungen nicht einmal erfüllen könnte, wenn ich der Typ für solche Sentimentalitäten wäre. Immerhin habe ich Lynn einfach vergessen.

Doch das scheint sie nicht im Geringsten zu stören. Im Gegenteil, sie strahlt mich richtig an. »Und dann standest du wirklich da. Okay, du saßt da, und du warst noch genauso wie damals. Obwohl du mich nicht erkannt hast, hast du dir Zeit für mich genommen und versucht, mich aufzumuntern. Du bist nicht weggerannt, als ich dir von meinen Problemen erzählt habe, sondern geblieben, auch wenn du dich gar nicht mehr erinnern kannst.«

Lynn hebt unsere ineinander verschränkten Hände mit einem Lächeln. »Nicht einmal die Memospende konnte uns beide auseinanderbringen.«

Der Gedanke gefällt mir. Mir fallen die Worte meiner Mutter ein. Vielleicht besteht ja wirklich noch Hoffnung für mich und Lynn.

# Kapitel 9

Es ist der Morgen meiner Abschlussprüfung, und mir geht der Arsch auf Grundeis. Trotz seiner Krankheit hat mein Vater es sich nicht nehmen lassen, uns Frühstück zu machen. Meine Mutter ist schon auf der Arbeit, aber sie hat mir einen Schlüsselanhänger dagelassen, der ihr immer Glück gebracht hat. Ich würde gerne behaupten, dass ich Glück nicht brauche, aber mein Magen sagt etwas anderes. Dabei habe ich die letzten Tage noch einmal bis spät in die Nacht gepaukt.

Meine Geschwister sind schon dabei, ihre Rucksäcke zu packen und sich anzuziehen. Meine Prüfung ist erst um zehn Uhr, sodass ich noch etwas länger am Frühstückstisch sitzen kann und mich von meinem RedPad quizzen lasse. Plötzlich umarmt mich meine Schwester von hinten und schmiegt sich an mich. »Viel Glück, Großer! Du packst das.«

Dann lässt sie mich auch schon wieder los, langt über meine Schulter und stiehlt eine der Waffeln, die es heute extra wegen mir gibt.

»Hey!«

Anni grinst nur und winkt. Dann sind sie und Lasse auch schon zur Tür hinaus. Grummelnd wende ich mich wieder meinem RedPad zu, das von mir wissen will, wann die Umstellung auf Lightspeed-Internet war.

Während ich *2032* eintippe, füllt mein Vater meinen Teller mit einer frischen Waffel auf. »Und? Wie fühlst du dich?«, fragt er.

Die Frage ist wohl eher, wie er sich fühlt. Seine Augen sind gerötet. Seine Haut, bleich und wächsern, spannt nur noch über den Knochen. »Isst du nichts?«

»Später«, verspricht er mir. »Also? Bist du bereit für die Prüfung? Soll ich dich noch mal abfragen?«

Ich bin hin- und hergerissen. Mir ist schon klar, dass er unbedingt helfen will, das vielleicht sogar braucht, aber das RedPad ist schon ideal auf die Prüfung eingestellt. Ich habe es mit sämtlichen Abschlussdaten gefüttert und mir quasi meine eigenen Prüfer programmiert. Der dritte ist echt übel und kriegt mich immer mit seinen Querverweisen, aber so langsam habe ich selbst das drauf. Um meinem Vater nicht sagen zu müssen, dass er gegen das Redpad keine Chance hat, packe ich es zur Seite.

»Jetzt ist es auch zu spät«, sage ich und nehme mir endlich was von meiner Waffel. »Was jetzt nicht drin ist, kommt auch nicht mehr rein.«

Mein Vater lächelt. »Das ist die richtige Einstellung. Ich weiß, dass du das packen wirst.«

Ich eigentlich auch. Wenn jetzt noch meine Nerven mitspielen würden. »Wird schon irgendwie.« Ich weiß ja noch nicht mal, wieso ich mir so viele Gedanken darüber mache. Beim Burgerladen spielt es keine Rolle, ob ich dort mit einem 1,0-Abschluss oder einer 1,6 antanze – darum geht es heute; die lachen sich wahrscheinlich eher darüber kaputt, wenn ich ihnen von meinen Topnoten erzähle. Immerhin würde jeder normale Mensch mit so einem Abschluss studieren oder eben Jobshopping machen. Aber etwas in mir weigert sich noch, alles hinzuschmeißen. Ich habe zwölf Jahre auf diesen Moment hingearbeitet. Jetzt will ich es auch zu Ende bringen.

Es wird langsam Zeit, mich fertig zu machen. »Brauchst du noch etwas?«, frage ich meinen Vater, doch der schüttelt den Kopf.

»Alles gut. Viel Erfolg!«

Ich ziehe mir meine Jacke an und schlüpfe in die Schuhe.

»Apropos, Lasse hat mich gefragt, ob du nicht mehr zur Arbeit gehst.« Meine Geschwister wissen noch nichts.

Der Blick meines Vaters verdunkelt sich etwas, doch er nickt. »Wir werden es ihnen am Wochenende sagen.«

»Okay.« Ich beneide ihn nicht darum, aber Anni und Lasse haben auch ein Recht darauf, es zu erfahren. »Bis dann!«

»Viel Glück!«, ruft er mir hinterher.

Ich grinse nur und tippe mir gegen den Kopf. »Ist alles dadrin.«

»Na, hoffen wir es.« Mein Vater schmunzelt.

Ich schnappe mir meine Tasche und das RedPad und eile die Treppen hinunter. Auf der Schwelle weiche ich gut gelaunt dem Erbrochenen von letzter Nacht aus und springe auf den Bürgersteig. Es ist ein wunderbarer Herbsttag, kalt, aber sonnig. Perfekt für meinen letzten großen Schritt zum Abschluss.

Die Prüfung findet in der Schule statt. Seit der zehnten Klasse war ich hier nur noch zu organisatorischen Zwecken. Mit meinen Lehrern habe ich vor allem digital kommuniziert. Die jüngeren Klassen sind alle im Unterricht, sodass der Schulhof wie leer gefegt ist. Ich laufe quer über den Bolzplatz, um die Bibliothek zu erreichen, wo heute meine Prüfung und die einiger Mitschüler stattfindet.

Es gibt im Jahr sechs Prüfungstermine. Je später man die Prüfung macht, desto weniger Punkte gibt es. Der Novembertermin ist der erste, und außer mir sind nur sechs andere angemeldet. Die Namen sagen mir alle etwas, aber bis auf einen kenne ich die zugehörigen Schüler nicht wirklich. Ariane Wechsler ist gleich vor mir dran. Sie war schon in der Unterstufe immer Klassenbeste.

»Hey, Ari.« Ich setze mich zu ihr und unterbreche so ihre Last-Minute-Lernsession. Statt eines Tablets nutzt sie penibel beschriebene Karteikarten. »Was steht bei dir an?«

»Chemie«, antwortet sie und schenkt mir ein nervöses Lächeln. »Ich darf gleich einen Vortrag über Proteinreinigung halten.«

**103**

»Klingt … spannend?« Chemie war eines der Fächer, für die ich in der Oberstufe nur die Pflichtmodule gemacht habe. Ich weiß natürlich, was Proteine sind, aber beim besten Willen nicht, was man da großartig drüber erzählen soll. Oder warum man es tun wollte. Immerhin dürfen wir das Thema des Vortrags frei wählen.

»Was ist mit dir?«, fragt sie und senkt ihre Karteikarten.

Ich lehne mich zurück und scharre mit den Füßen über den Boden. »Zukunftstechnologie.«

Ariane rollt die Augen. »Was auch sonst? Und? Welchen zukünftigen Durchbruch präsentierst du heute?«

»Synthetische Erinnerungen.« Wie aus einem Reflex hole ich mein RedPad hervor und rufe die Präsentation auf. »Ziemlich coole Sache. Damit lassen sich Kindheitserinnerungen nachbilden und bedürftigen Empfängern einsetzen, ohne dass jemand spenden muss.« Auch wenn es für mich persönlich keine so gute Entwicklung ist, ist das Konzept ziemlich cool. Und ich darf ja so oder so nicht mehr spenden.

»Synthetische Erinnerungen? Kann man dann bestellen, einmal Zirkus bitte, oder Fallschirmspringen?« Ariane lacht verhalten.

»Jein, nicht ganz«, antworte ich, und fünf Minuten später habe ich ihr meinen halben Vortrag wiedergegeben.

Wahrscheinlich hätte ich noch mehr erzählt, aber da erhält Ariane die Fünf-Minuten-Warnung und zieht hastig ihre eigenen Karteikarten hervor. Als sie dann aufgerufen wird, lasse ich mir von meinem RedPad den Vortrag wiedergeben, den ich gestern nach dem Lernen draufgespielt habe.

Aus irgendeinem Grund finde ich alles daran furchtbar und stoppe ständig die Aufnahme, um mir Änderungen an den Rand zu schreiben. Als Ariane plötzlich schon wieder rauskommt, verkrampft sich mein Magen mit einem Mal, und ich muss schon wieder auf die Toilette, obwohl meine Blase so gut wie leer ist.

Ich weiß, dass diese Nervosität in dem Moment nachlassen wird, in dem ich vor den Prüfern stehe, aber das hilft mir jetzt überhaupt nicht. Im Gegenteil, eine kleine Stimme behauptet, dass es diesmal anders ist.

»Wie war's?«, frage ich mehr aus Pflichtschuldigkeit denn aus echtem Interesse.

»Ging so«, antwortet Ariane. »Ich bin froh, dass es vorbei ist, aber ich habe ein wenig gepatzt, und bei einer Frage habe ich mich ziemlich verhaspelt, dann aber doch noch was geantwortet.«

Prima! Das sind genau die Details, die ich gerade nicht hören wollte. Dabei weiß ich, dass Ariane nach jeder Prüfung glaubt, dass sie die verhauen hat, und dann doch eine Eins auf dem Tisch hat.

»Mika?«, höre ich meinen Namen von der Prüfungsaufsicht. »Fünf Minuten!«

Ariane zeigt mir die Daumen hoch und geht dann zügig davon. Ich beschließe, schnell noch die Toilette aufzusuchen, auch wenn ich weiß, dass außer ein paar Tropfen nichts rauskommt. Schließlich muss ich gar nicht wirklich.

Beim Händewaschen sehe ich mich noch einmal im Spiegel an. Meine Mutter hat mir extra ein Hemd von meinem Vater gebügelt, sodass ich nicht völlig heruntergekommen aussehe. Solange mir niemand auf die Schuhe starrt, sieht man mir nicht an, dass ich geradewegs aus Hertford komme. Es steht natürlich in meiner Schülerkarte, die ich als Nächstes scannen lasse, aber die schauen sich die Prüfer zum Glück nicht an. Nicht dass es eine Rolle spielt.

Die Tür öffnet sich, und Herr Pilenczi, mein Lehrer für Zukunftstechnologie, lächelt mir zu. »Da bist du ja. Wir sind schon ganz gespannt.«

Ich versuche zurückzulächeln, aber ich möchte lieber nicht sehen, wie ich dabei aussehe. Herr Pilenczi führt mich in den Prüfungsraum, wo außer ihm noch drei andere Lehrer sitzen, die er mir auch gleich vorstellt: »Das sind Frau Liebschner und Frau Massnitz aus der Informatik und Sozialkunde, und das ist Herr Preeg, der Protokoll führen wird.«

Frau Liebschner kenne ich selbst – bei ihr hatte ich schon in der fünften Klasse Informatik –, Frau Massnitz nur vom Sehen. Herr Preeg ist mir gänzlich unbekannt und scheint von der regionalen Prüfungskommission zu sein. Er hat eine Kamera und ein Mikrofon vor sich aufgebaut, mit denen er meine Prüfung aufnehmen wird.

Jetzt wäre es mir doch fast lieber, wenn die Prüfungskommission etwas altmodischer wäre und noch per Hand Protokoll führen würde. Mit einem Räuspern wende ich mich von der Kamera ab und verbinde mein RedPad mit dem gigantischen Flatscreen, um meine Präsentation zu laden.

Einmal noch atme ich tief ein, dann drehe ich mich wieder zu den Prüfern um. »Ich bin so weit.« Das bin ich zwar überhaupt nicht, denn meine Blase meint schon wieder zu müssen, aber wenn wir nicht gleich anfangen, schreie ich.

Herr Pilenczi nickt freundlich. »Wunderbar. Du hast zehn Minuten, uns deine Abschlussarbeit zu präsentieren, gefolgt von zehn Minuten Diskussion.« Diskussion ist eine pseudoakademische Umschreibung für die eigentliche Prüfung und der Teil, der mir trotz aller Vorbereitung am meisten Sorgen macht, aber zuerst darf ich ja das vortragen, was ich kann.

»Ihre Zeit läuft«, lässt mich Herr Preeg wissen und schaltet eine große Digitaluhr ein, die mir zeigt, wie viel Zeit mir noch bleibt.

9:59

9:58

9:57

9:56

9:55

9:54

»Meine Projektarbeit beschäftigt sich mit synthetischen Erinnerungen in der Memospende.« Ich drehe mich so, dass ich Bildschirm und Lehrer im Blick habe, und fange endlich an.

»Die Memospende ist eine der herausragendsten Entwicklungen der letzten zehn Jahre. Sie erlaubt es, glückliche Kindheitserinnerungen aus einem Gehirn ins andere zu übertragen.« Auf dem Bildschirm laufen die Animationen ab, die ich dazu vorbereitet habe: wie die Erinnerung aus dem Spenderhirn entnommen und ins Empfängerhirn übertragen wird. »Diese Erinnerungen sind deshalb so wertvoll, weil sie erwiesenermaßen einen festigenden Effekt auf die Psyche des Empfängers haben. Nach erfolgreicher Behandlung sinkt dessen Anfälligkeit für Depressionen und Traumata.«

So langsam beruhigt sich mein Magen, und ich entspanne mich, während ich eine Minute nutze, um die Memospende darzustellen. Dann drehe ich mich zu meinen Prüfern um und erkläre: »Am 28. September führte das Europäische Parlament einen Grenzwert ein. Damit soll verhindert werden, dass Spender zu Patienten werden.« Zwar bin ich immer noch der Meinung, dass das Blödsinn ist, aber eine kritische Darstellung kommt besser bei den Prüfern an, und dank Lynns Blog kenne ich zum Glück die Gegenseite so gut wie meine eigene.

»Dieser liegt bei 60 Prozent, ein Wert, der relativ willkürlich bestimmt wurde. Der Schutz des Spenders hat natürlich Vorrang, allerdings verstärkt der Grenzwert ein allgemeines Problem der Memospende: Es gibt weniger Erinnerungen, als gebraucht werden. Selbst wenn jeder gesunde Mensch auf dieser Welt 40 Prozent seiner positiven Kindheitserinnerungen spenden würde, würde es nicht reichen, um alle Depressionen zu behandeln. Aus diesem Grund ...«, eine dramatische Pause kommt immer gut, »... versuchen die Forscher seit einigen Jahren, synthetische Erinnerungen herzustellen.«

Darüber mehr rauszufinden, war gar nicht so einfach. In den frei zugänglichen Medien hat man noch nicht viel über synthetische Erinnerungen geschrieben, sodass ich mir wissenschaftliche Artikel herunterladen musste, von denen ich nur die Hälfte wirklich verstanden habe. Zum Glück gibt es die Zusammenfassungen am Anfang, die die wichtigen Punkte hervorheben.

Nach und nach stelle ich die verschiedenen Ansätze vor: Rekonstruktion, Rekombination und Synthese. Die ersten beiden arbeiten mit vorhandenen Gehirnzellen, der letzte erschafft diese mit einem Biocomputer.

Ich habe noch eine Minute und zweiundzwanzig Sekunden. Zeit, zum Schluss zu kommen. »Alle drei Forschungsansätze stecken noch in den Kinderschuhen, aber schon jetzt konnten Erfolge erzielt werden. Man hat mit Mäusen eine Versuchsreihe gemacht, in der man Käse in einem Labyrinth versteckt hat. Sobald die Maus den Käse gefunden hatte, hat man diese Erinnerung in eine zweite Maus eingepflanzt, die daraufhin den Käse deutlich schneller und oft auf dem direkten Wege aufgesucht hat.« Den Artikel fand ich ziemlich cool.

»Bei einer dritten Maus hat man dann synthetische Erinnerungen eingebaut, welche ebenfalls zu einem schnellen Erfolg geführt haben.« 47 Sekunden. »Das beweist, dass es möglich ist, Erinnerungen im Labor nachzubauen und auf diese Weise auch zu vervielfältigen, sodass wir eines Tages den Bedarf an positiven Kindheitserinnerungen vollständig decken können. Vielleicht gehören dann Depressionen und Traumata der Vergangenheit an.«

Siebzehn Sekunden, und ich bin am Ende angekommen. »Danke schön.«

Jetzt, wo ich die Präsentation hinter mir habe, könnte ich platzen vor Stolz. Es ist alles prima gelaufen. Ich habe mich nicht ein einziges Mal verhaspelt und sogar die Stolperfallen von gestern umschifft.

Tatsächlich gibt es sogar einen kleinen Applaus, auch wenn der nur der Höflichkeit geschuldet ist. Die ersten fünf Minuten gehören meinem Lehrer, doch der ist so von dem Vortrag fasziniert, dass er gar keine Fragen zum Fach stellen will, sondern viel lieber noch Details über die Decodierungsarbeit wissen will.

Ich zitiere Dr. Rhivani und demonstriere mithilfe des RedPads schnell, wie unheimlich komplex so ein Neuron ist und wie viele Möglichkeiten es in der Synapsenstellung geben kann. »Im Lotto zu gewinnen, ist einfacher«, scherze ich sogar, was mir ein paar vergnügte Schmunzler einbringt. »Aber zum Glück gibt es für diese Arbeit leistungsstarke Prozessoren, die das Rechnen übernehmen.«

»Wo wir gerade von Prozessoren sprechen«, beginnt Frau Liebschner. »Können Sie mir den Aufbau und die funktionalen Einheiten eines herkömmlichen Prozessors beschreiben?«

Innerlich seufze ich. Die Frage ist nicht besonders anspruchsvoll, aber umfangreich, und diesmal darf ich nicht mein RedPad zu Hilfe nehmen. Ein wenig leiere ich bei der Beantwortung, aber wenn ich mich nicht verzählt habe, müsste ich alle Einheiten benannt haben.

Nachdem ich Frau Liebschner auch noch beantworte, was man unter einer Wortbreite versteht, ist Frau Massnitz dran. »Sie haben in Ihrem Vortrag die Vor- und Nachteile der Memospende aufgeführt. Würden Sie vor diesem Hintergrund in Erwägung ziehen, selbst einmal zu spenden? Die synthetischen Erinnerungen sind ja noch Zukunftsmusik. Bitte begründen Sie Ihre Entscheidung.«

Im ersten Moment starre ich Frau Massnitz nur an. Ob ich selbst spenden würde? »Äh, ich spende schon seit anderthalb Jahren«, antworte ich mit einem verhaltenen Lachen.

»Oh.« Frau Massnitz lacht ebenfalls. »Nun, dann werden Sie ja keine Probleme haben, uns Ihre Beweggründe dafür mitzuteilen.«

»Nun, ich hatte offensichtlich eine schöne Kindheit«, fange ich etwas unbeholfen an. Ich weiß nicht genau, worauf Frau Massnitz hinauswill. Ist sie wie Lynn oder mein Vater und will herausfinden, warum ich mir so etwas antue, oder ist sie eine Befürworterin der Memospende und will vor allem hören, wie toll sie ist?

Ich beschließe, mich auf ihr Fach und damit den sozialen Aspekt zu konzentrieren. »Andere haben nicht das Glück. Scheidungskinder, Kinder aus Problemfamilien oder Opfer häuslicher Gewalt … es gibt so viele Gründe, warum jemand nicht die nötige Kraft in sich selbst hat.« Ich muss an Lynn und ihre Traurigkeit denken. »Kinder können nichts dafür. Sie sind nicht schuld an der Scheidung ihrer Eltern oder deren fragwürdigen Entscheidungen, aber es beeinflusst sie, macht sie in manchen Fällen sogar krank. Und wenn ich das auch nur ein klein wenig lindern kann … wenn es bedeutet, dass ich vergessen muss, wie meine Mutter früher alle Kunstwerke im Flur aufgehängt hat, damit jemand anders das Gefühl hat, genug zu sein, dann mache ich das gerne.«

Würde man mich in diesem Moment fragen, dann würde ich alle Kindheitserinnerungen hergeben, bis auf das letzte Prozent. Aber diese Frage kommt nicht. Frau Massnitz reibt sich nur etwas verlegen über den Nasenrücken und nickt dann dem Protokollanten zu. »Ich habe keine weiteren Fragen.«

Tatsächlich ist die Zeit schon um, stelle ich erstaunt fest. Herr Pilenczi sieht mich wohlwollend an. »Danke, Mika, das war eine eindrucksvolle Präsentation. Die Prüfungsergebnisse wirst du in zwei, drei Tagen abrufen können. Weißt du schon, was du nach dem Abschluss vorhast?«

Ich spüre, wie meine Augen brennen und sich meine Kehle zusammenzieht. Die Frage bringt mich mehr als alle Prüfungsfragen durcheinander. In der letzten halben Stunde war ich ganz in meinem Element, doch der Erfolg meiner Prüfung zerrinnt mir zwischen den Fingern, wenn ich daran denke, was ich mit meinen hübschen Noten jetzt anfangen werde. Nichts. Absolut gar nichts.

»Ich, ähm …« Meine Kehle wird immer enger. »Also …«

Herr Pilenczi lacht. »Ich dachte, du wüsstest schon ganz genau, wo es als Nächstes hingeht.« Er winkt ab. »Mach ein paar Praktika und schau dich um. Ich bin mir sicher, wir werden noch Großes von dir hören.«

Gequält erwidere ich sein Lächeln und fliehe regelrecht aus dem Zimmer. Bei meinen aktuellen Zukunftsaussichten kann ich schon froh sein, wenn man überhaupt noch irgendetwas von mir hören wird.

# Kapitel 10

Kaum ist die Prüfung vorbei, treffe ich mich mit Lynn am Hauptbahnhof. Statt wärmer ist es zum Mittag hin kälter geworden. Frost schimmert auf den Straßen. Lynn trägt einen warmen Mantel, auf den ich fast neidisch wäre, wenn er nicht eindeutig auf einen Frauenkörper zugeschnitten wäre mit seiner betonten Taille und dem weiten, wenn auch kurzen Rock. Kuschlig sieht er jedenfalls aus. Viel auffälliger ist jedoch der große Blumenstrauß in ihren Armen. Ihre Augen leuchten, als sie mich in der Menschenmenge entdeckt, und ich bin so glücklich, sie zu sehen, dass ich mich durch die Massen an Menschen schiebe, Lynn in die Arme schließe und sie mitsamt dem Blumenstrauß wild herumwirble. Immerhin Lynn kann mir keiner nehmen.

Meine überschwängliche Begrüßung bringt uns ein paar vergnügte Pfiffe ein, und Lynns Wangen färben sich in einem charmanten Rot, das nicht von der Kälte rührt. »Die sind für dich«, sagt sie überflüssigerweise und drückt mir die Blumen ins Gesicht.

Notgedrungen muss ich sie loslassen, um den Strauß entgegenzunehmen. »Danke dir.«

»Ich nehme an, du hast die Prüfung bestanden?«, fragt sie und reicht mir dazu noch eine kleine Schachtel.

Neugierig nehme ich das Geschenk entgegen. Es ist federleicht und nicht größer als eine Scheckkarte. »Die Noten erfahre ich erst noch, aber sagen wir so ...« Ich mache eine dramatische Pause. »Sie waren ziemlich begeistert.« Mehr will ich dazu lieber nicht sagen und widme meine Aufmerksamkeit lieber dem kleinen Geschenk.

Ich bin einerseits überrascht, dass sie mir überhaupt etwas mitgebracht hat, und andererseits froh, dass es nichts Großes ist.

»Ich wollte erst welche kaufen«, plappert Lynn nervös drauflos. »Aber weder kenne ich deine Schuhgröße, noch was du gern trägst.« Es ist ein Geschenkgutschein für Peytons, einen der gehobenen Schuhläden in der Stadt, und ich will gar nicht wissen, wie viel Geld auf der Karte ist. So viel zu *nichts Großes.*

»Lynn, das kann ich nicht annehmen.« Ich würde gern, erinnert mich mein linker großer Zeh, der die Kälte des Bodens spürt.

Entschlossen schüttelt Lynn den Kopf. »Doch, du kannst. Deshalb habe ich dir auch nicht das Geld in die Hand gedrückt. Damit hättest du nur irgendjemand anderem geholfen, während du weiter kalte Füße hast.«

Ein wenig beschämt denke ich an den Sommer zurück. Nur wenige Monate zuvor habe ich lediglich an mich gedacht, und mein größtes Leid hat darin bestanden, dass ich nicht all die angesagten Trends mitmachen konnte. Zugegeben, ein RedPad C besitzen nur die wenigsten meiner ehemaligen Klassenkameraden. Es führt mir lediglich vor Augen, wie wenig Lynn mich wirklich kennt und ich sie. Immerhin habe ich ihr erst letztens von meiner Familie und deren Nöten erzählt.

Und trotzdem habe ich sie geküsst.

»Woran denkst du?«, fragt Lynn mich und reißt mich aus meinen Gedanken. Sie hakt sich bei mir unter, und wir machen uns auf den Weg in die Stadt.

»Dass ich noch mal gern von vorn anfangen würde.« Mit einfach allem, wird mir in diesem Moment klar. Wie viel Zeit habe ich verplempert, wie viele falsche Entscheidungen getroffen?

Lynn gluckst. »Noch mal?«

Ich brauche einen Moment, bis ich verstehe, worauf sie anspielt. Unsere Freundschaft hatte wohl schon den Neubeginn, nach dem ich mich jetzt so sehne. Wie es wohl gewesen wäre, wenn wir uns nie aus den Augen verloren hätten? Wenn ich nie vergessen hätte, was ich an ihr hatte? »Du hast recht. Ich sollte lieber das in Ordnung bringen, was ich angefangen habe.« Wie hatte meine Mutter gesagt? Eine Dummheit zerstört noch keine Beziehung. Ich wende mich Lynn zu, aller Überschwang ist gewichen. »Es tut mir leid, dass ich dich geküsst habe.«

Erneut zieht ein leichter Rotschimmer über ihre Wangen. »Ach, das.«

Den kleinen Stich, den ihre lapidare Antwort mir versetzt, ignoriere ich und konzentriere mich lieber auf meine Entschuldigung. Lässig kann ich auch. »Ich weiß selbst nicht, was in mich gefahren ist. Reine Übersprungshandlung.«

»Du standst ziemlich unter Stress«, pflichtet Lynn mir bei, und ich lasse sie in dem Glauben. »Geht es deinem Vater inzwischen etwas besser?«

Ich zucke mit den Schultern. »Nicht wirklich. Die Krankheit wird wohl immer schlimmer. Ich bin froh, dass meine Module jetzt durch sind. Dann kann ich jetzt meine Stunden erhöhen und mir nebenbei einen besseren Job suchen. Das reicht dann hoffentlich.« Wird es nicht, aber das muss ich Lynn ja nicht unbedingt aufbinden. Nicht dass sie mir noch weitere Geschenkgutscheine aufdrückt.

Peytons befindet sich in der Innenstadt. Allein das Schaufenster zeigt schon an, dass es sich hierbei um einen gehobenen Laden handelt. Während andere Schuhläden ihre Fenster mit Angeboten zustellen, ist Peytons herbstlich mit fünf besonders edel aussehenden Schuhen geschmückt.

Als wir eintreten, habe ich das Gefühl, alle Augen wären auf mich gerichtet. Als ob sich irgendwer für mich interessieren würde. Solange wir Geld dalassen und nichts klauen, wird sich niemand an mir stören. Außerdem habe ich ja Lynn dabei, der man an der Nasenspitze ansieht, dass sie hierhergehört.

»Winterstiefel oder lieber Allwetterschuhe?«, fragt Lynn, als wir die Herrenabteilung erreichen. In den Läden, in denen ich sonst einkaufe, muss man nehmen, was man in seiner Größe findet und was einigermaßen annehmbar aussieht. Hier finde ich die gleichen hochwertigen Schuhe in zigfacher Ausstattung und Dutzende ähnliche.

So ganz kann ich jedoch nicht aus meiner Haut. »Allwetter.« Sonst stehe ich im Sommer in viel zu warmen Schuhen da.

Lynn nickt und geht zielstrebig an den Regalen vorbei, bis sie Schuhe findet, die ihr zusagen. Ich schmunzle in mich hinein. So viel dazu, dass sie nicht weiß, was mir gefallen würde. Die Schuhe, zu denen sie schließlich greift, sind genau mein Stil. Vielleicht kennt sie mich doch ein wenig besser, als ich ihr zugestehen will.

Mit einem Lächeln hält sie zwei Modelle in die Höhe – eines dunkelbraun mit gleichfarbiger breiter Sohle, das andere heller mit einer dunklen Sohle, die sich abhebt. Beide sind absolut wasserdicht, aber atmungsaktiv und innen ein wenig gefüttert, sodass ich nicht frieren würde, aber auch nicht schwitzen, wenn es endlich wieder wärmer wird. Wahrscheinlich werde ich mir im Sommer trotzdem etwas Luftigeres wünschen.

Nachdem ich das braune Paar anprobiert habe und feststelle, dass sie nicht zu groß oder zu klein sind, würde ich am liebsten direkt zur Kasse gehen. Einer der Verkäufer schaut jetzt schon herüber, als wollte er gleich herkommen. Lynn ist allerdings noch nicht zufrieden, und so muss ich noch fünf weitere Paare anprobieren. Als ich schließlich das sechste Paar anhabe, blicke ich erstaunt hinab. Sie sitzen perfekt. Nichts drückt, nichts scheuert, ich rutsche nicht. Stattdessen schmiegen sich die Schuhe geradezu an meine Füße. Am liebsten würde ich sie gar nicht mehr ausziehen.

»Diese also?«, fragt Lynn vergnügt. Meine Begeisterung steht mir offensichtlich ins Gesicht geschrieben.

Mit einem Nicken trenne ich mich vorübergehend von den Schuhen und reiche sie Lynn, die beide wieder so säuberlich in dem Karton verstaut, als fürchte sie, sonst von den Angestellten gerügt zu werden.

Die Zweifel kommen zurück, als wir uns der Kasse nähern. »Lynn, das ist zu viel. Die kosten mehr, als wir in einer Woche für Essen ausgeben.«

»In einem Fünf-Personen-Haushalt?« Lynn sieht mich ungläubig an. »Du übertreibst, oder?«

Manchmal vergesse ich einen Augenblick lang, wie wahnsinnig weit unsere Welten voneinander entfernt sind und wie wenig wir eigentlich gemein haben. »Leider nicht«, gebe ich zu. »Aber das ist nicht so schlimm, man gewöhnt sich an das Einerlei.« Viel Abwechslung erlaubt das Budget leider nicht.

»Warum hast du nichts gesagt?« Lynn sieht mich geradezu entsetzt an, als würde sie gleich in Tränen ausbrechen. Mich überkommt das schlechte Gewissen. Das sind nicht ihre Probleme und ist erst recht nicht ihre Schuld.

»Du hast doch gesagt, du kennst mich«, erwidere ich wenig diplomatisch, aber ich bereue gerade, mich ihr geöffnet zu haben.

»Wir waren nur Kinder, Mika.« Sie verzieht das Gesicht. »Ich habe nicht mitbekommen, dass es bei euch so knapp war.«

Ich will ihr sagen, dass man das doch eindeutig sieht. Wenn ich mir die alten Bilder anschaue, sticht es geradezu schmerzhaft hervor, aber Bilder sind gnadenlose, faktentreue Abbildungen, die nichts mit der Wahrnehmung zu tun haben. Und ob ich damals schon so intensiv wahrgenommen habe, wie viel besser Lynn es hatte, zumindest in finanzieller Hinsicht, weiß ich nicht. »Es ist nicht gerade etwas, worüber ich gern rede.«

Sie ringt sich ein Lächeln ab. »Das habe ich bemerkt.« Entschlossenheit formt sich in ihrem Gesicht. »Jetzt kaufen wir erst mal die Schuhe, und dann sehen wir weiter.«

Lynn will auf die Kasse zugehen, doch ich halte sie am Arm zurück. »Versprich mir, dass es nur dieses eine Mal ist.« Verwirrt runzelt sie die Stirn, und ich erkläre: »Ich will keine Unterstützung von dir.«

Unter meiner Hand spüre ich, wie sie sich anspannt. Irgendwie habe ich sie mit meinen Worten verletzt. Hätte sie nicht meinen Schuhkarton in den Händen, würde Lynn nun die Arme verschränken. Ihre Stimme klingt etwas verschnupft. »Freunde unterstützen sich aber. Und du hast in der letzten Zeit so viel für mich getan.«

»Was denn?«

Mit einem Seufzen, als wäre ich der größte Idiot, erläutert Lynn: »Du warst für mich da, Mika. Trotz der Sache mit deinem Vater und deiner Prüfung hast du dir Zeit für meine Sorgen und Nöten genommen. Ich dachte, wir wären Freunde.«

»Wir sind Freunde!« Ich weiß nicht, wie sie darauf kommt, dass wir es nicht wären.

Lynn streckt ihr Kinn vor und blinzelt mehrfach. Es kostet sie anscheinend eine Menge Kraft, sich mir zu widersetzen: »Dann verstehe ich nicht, wieso es so schwer für dich ist, von mir Geld anzunehmen. Ich brauche das alles nicht.«

Jetzt bin ich es, der das Gesicht verzieht. »Weil ich keine Almosen will. Nicht von dir.«

Ihre Augen schimmern, und es kostet sie alle Mühe, nicht in Tränen auszubrechen. »Ich wusste nicht, dass ich dir zuwider bin.«

Ich schnaube hilflos. »Du bist alles, nur nicht das. Lynn …« Ich berühre ihren Arm, aber sie entzieht sich mir, sodass ich mich lediglich auf meine Worte verlassen kann. »Meiner Familie geht's scheiße, und wir müssen schon Unterstützung vom Staat beantragen. Das ist erniedrigend. Für meine Eltern und auch für uns Kinder. Weißt du, wie dich die Leute anschauen, wenn du Hilfe beziehst? Als ob wir daran selbst schuld wären.« Ich zucke mit den Schultern. »Vielleicht sind meine Eltern das auch gewesen.

Ich weiß es nicht.« Es gehörte auf jeden Fall auch eine Menge Pech dazu.

»Wir brauchen das Geld, und ja, selbst damit kann ich mir eben keine vernünftigen Schuhe kaufen oder meinem Vater die nötigen Medikamente. Ich verstehe, dass du helfen willst, aber ich bin kein Fall für deine Wohltätigkeit. Ich bin dein Freund, und ich will nicht weniger sein, indem ich deine Almosen annehme.« Ich weiß nicht mal, ob das Sinn macht, was ich sage – wahrscheinlich nicht –, aber die Vorstellung, dass meine Familie abhängig von Lynn ist, bereitet mir Magenschmerzen. Ich mag meine Unabhängigkeit, so gering sie auch ist.

»Darf ich dir denn nun ein Geschenk machen, oder ist das auch nicht erlaubt?« Sie kämpft noch immer mit den Tränen und sieht zur Decke statt mir ins Gesicht.

Es tut mir leid, dass ich sie erneut so vor den Kopf stoßen musste. »Natürlich darfst du das.«

Abrupt wendet sich Lynn ab und geht endlich bezahlen. Ich bleibe stehen und versuche, nicht zu bemerken, wie stark sie dabei schwankt. Insgeheim gratuliere ich mir dazu, dass ich einem Mädchen, das eh schon kaum Selbstwertgefühl hat, noch mal eins draufgegeben habe.

Nach dem Kauf trage ich die Schuhe zusammen mit den Blumen, während wir schweigend zum Bahnhof zurückgehen. Normalerweise hätte Lynn mich in irgendein Café geschleift, aber die Lust dazu ist ihr offensichtlich vergangen. Schließlich erreichen wir unser Ziel, und Lynn sucht nach den passenden Worten zum Abschied.

»Willst du noch mit zu mir kommen?«

Ich weiß auch nicht, wo die Worte herkamen. Lynn sieht mich erstaunt an. Eben noch war mir meine Lebenssituation unendlich peinlich, nun lade ich sie darin ein. Wahrscheinlich liegt es daran, dass ich das Gefühl habe, am Scheideweg zu stehen, wo ich nur die

Wahl habe, sie in meine Welt zu ziehen oder sie in ihre ziehen zu lassen.

»Bist du dir sicher?«

Keineswegs. »Sonst würde ich wohl kaum fragen, oder?«

Ganz zaghaft bildet sich ein Lächeln in ihren Mundwinkeln, und das Herz wird mir leichter. Ich kann nicht noch ein paar Tage länger damit verbringen, dass ich ihr womöglich wehgetan habe. Lynn nickt, geradezu vorsichtig, als würde sie meinem Stimmungswechsel noch nicht ganz trauen.

Zögerlich reiche ich ihr meine Hand. Wenig später spüre ich die weiche Wolle ihrer Handschuhe über meine Handfläche streichen. Ihre Finger verschränken sich mit meinen, und ein versöhnlicher Zug legt sich über Lynns Gesicht. Sie hat mir verziehen und mich vielleicht auch ein wenig verstanden.


»Du willst nicht durch Hertford laufen, oder?«, fragt Lynn mich wenig später, als wir nach einem ausgedehnten Spaziergang am Bezirksrand ankommen.

»Äh, doch«, antworte ich etwas gedehnt. »Ich wohne hier.«

»Du wohnst in Hertford?«, fragt sie leicht schockiert.

»Erst seit Kurzem«, murmle ich und bereue ein wenig, Lynn hierhergebracht zu haben.

Hier beobachtet man uns definitiv, und ich mache mir mental Notizen, dass ich Lynn nach ihrem Besuch nach Hause bringe. Von mir aus rufe ich ihr sogar ein Taxi. »Wir konnten uns die andere Wohnung nicht länger leisten.«

So langsam sickert es zu ihr durch, wie arm ich wirklich bin, und vor allem, was das bedeutet. »Warum hast du dir das Red-Pad C zugelegt?« Ironischerweise muss sie an das eine denken, was alldem widerspricht.

Ich seufze schwer, nun, da sie meine Schwäche so offensichtlich angesprochen hat. »Meine Familie hat zwar kein Geld, aber das heißt nicht, dass ich keine Bedürfnisse habe. Als wir uns kennengele… wiedergetroffen haben, wusste ich noch nicht, dass mein Vater krank ist, sonst hätte ich es nie gekauft. Aber damals« – es fühlt sich an, als wäre es Jahre her, nicht vier Monate – »war ich stolz darauf, mir selbst so etwas Teures gekauft zu haben. Ich wollte schon immer eins haben. Ich meine, wer nicht?«

»Es gibt billigere Tablets«, wirft Lynn ein.

»Ja, aber die sind nicht so gut wie das RedPad. Ich sage ja nicht, dass es ein sinnvoller Kauf war, und ich würde es verkaufen, aber mein Vater hat es mir verboten.« Und um ehrlich zu sein, hänge ich an dem Ding, das mich mit dem Rest der Welt verbindet. Meine Prüfungen hätte ich ohne die Abfragen des RedPads sicher nicht so locker über die Bühne gebracht. Das Verbot kam mir gerade recht, zumindest solange ich noch zur Memospende konnte. Jetzt ist es vielleicht wirklich an der Zeit, mich davon zu trennen. In der Burgerkette brauche ich sicher kein RedPad.

Lynn mustert mich schief von der Seite. »Ich wollte damit auch nicht sagen, dass du es verkaufen sollst. Bitte nicht.«

Verwundert sehe ich sie an. »Warum nicht? Du sagst doch immer, dass es überflüssiger Schnickschnack ist.« Eigentlich hat sie es noch nie so gesagt, aber die Art, wie sie sich immer dagegen sträubt, wenn ich versuche, ihr das Leben einfacher zu machen, lässt mich glauben, dass sie davon ebenso wenig hält wie Dr. Rhivani oder mein Vater. Schon komisch irgendwie. Da haben wir Menschen diese wunderbaren Maschinen entwickelt, die uns das Leben einfacher machen könnten, und dann ist es uns auch wieder nicht recht.

»Weil du nicht du wärst, wenn du nicht dein RedPad hättest.«

Ich furche die Brauen, und Lynn schmunzelt. »Ihr seid doch quasi zusammengewachsen, und du sagst immer, das RedPad weiß schon besser als du selbst, was du willst.«

Ich bin schon auf halbem Weg, ihr ein weiteres Mal zu erklären, wie die Machine Learning Engine funktioniert, als ich merke, dass sie mich aufzieht. Der Schalk lauert in ihren Augen, und ich kann nicht anders, als selbst zu grinsen. »Tut es ja auch. Es kennt mich einfach am besten.«

Lynn kichert und seufzt dann übertrieben. »Schon traurig, dass du einer Maschine alle Daten über dich anvertraust, aber nicht deiner besten Freundin.«

»Du kriegst ja gleich ein umfangreiches Datenpaket«, verspreche ich und mache eine einladende Geste hin zu der graffitibeschmierten Tür, die unseren Aufgang markiert.

Richtig gewöhnt habe ich mich an den heruntergekommenen Anblick immer noch nicht. Lynn scheint das Ganze immer noch für einen schlechten Scherz meinerseits zu halten. Zweifelnd betrachtet sie die Tür. »Hier wohnst du?«

»Zumindest in einem Teil davon.« Ich stecke den Schlüssel ein und trete gegen die untere Ecke. Immerhin habe ich den Trick mittlerweile gut raus. Die Höflichkeit, die Lynn nie wirklich abstreifen kann, verbietet es ihr, irgendetwas Abfälliges über unser Treppenhaus zu sagen, aber ich kann die Abscheu in ihren Augen lesen. Diese Wohnung übersteigt definitiv ihr Vorstellungsvermögen, was meine Realität anbelangt. Sie sagt kein einziges Wort, sodass ich mich dazu genötigt fühle, sie mit einem aufgesetzten »Willkommen in unserem bescheidenen Reich« in die Wohnung einzulassen.

Wir sind keine zwei Schritte im Flur, als ich höre, wie sich jemand übergibt. Immer und immer wieder. Nur dumpf nehme ich wahr, dass Lynn mich irgendetwas fragt, dann ist sie auch schon vergessen. Ich reiße die Tür zum Badezimmer auf und stolpere dabei fast über meinen Vater, der auf allen vieren über der Kloschüssel kniet. Seine Finger verkrampfen sich um den Rand der Toilette, während er sich erneut übergibt. Der süßlich-saure Geruch von Magensäure steigt mir in die Nase, und es kommt mir selbst fast hoch. Energisch schlucke ich den Drang hinunter und knie mich neben ihn. »Hey, ich bin da.« Zur Sicherheit lege ich ihm meinen rechten Arm über den Rücken und erschrecke, wie klamm sich der Stoff unter meinen Fingern anfühlt.

»Mika?«, krächzt mein Vater, bevor es ihn erneut überkommt. Alles an ihm verkrampft sich, und ich kann sehen, wie er kaum noch Kraft hat, sich aufrecht zu halten.

»Ich bin da. Sag mir, was du brauchst.« Panik steigt in mir hoch. Es ist nicht das erste Mal in den letzten Wochen, dass er sich übergibt. Die meiste Zeit ist meinem Vater übel. Appetit hat er kaum noch, deshalb ist selten etwas in der Schüssel, aber so oft wie in den letzten Minuten hat er sich noch nie übergeben.

Hinter mir höre ich Schritte und wie Lynn fragt, ob sie einen Krankenwagen rufen soll.

Ich weiß es nicht. Wie viel ist normal? Wie viel kann man in seinem Fall erwarten?

Lynn wartet meine Antwort nicht ab. Sie holt ihr Telefon heraus und wählt den Notruf. Sie geht ein paar Schritte auf den Flur und lässt uns damit alleine.

»Möchtest du etwas Wasser?«, frage ich meinen Vater, nachdem er sich erneut übergeben hat und sich nun umdreht und gegen die Toilette lehnt.

Er hat noch nicht einmal geantwortet, als Lynn mir bereits ein Glas in die Hand drückt. Mein Vater schiebt das Gefäß jedoch von sich, und es tut mir in der Seele weh, dass er nicht einmal einen Schluck zu sich nehmen möchte. Hilflos suche ich Lynns Blick. »Der Krankenwagen ist auf dem Weg«, verspricht sie mir, und ich wende mich wieder meinem Vater zu.

Ich werde immer nervöser. Unter meinen Fingern spüre ich, wie mein Vater zittert. »Er braucht eine Decke«, sage ich fahrig zu Lynn, die sofort aufspringt und unsere Wohnung durchsucht. Sekunden später ist sie bereits wieder zurück und drückt mir das

Wolltuch meiner Mutter, das oft über einem Stuhl in der Küche hängt, in die Hand. Vorsichtig lege ich die Decke um meinen Vater und bemerke dabei, dass ich derjenige bin, der so schrecklich zittert. Vielleicht sind wir es auch beide; er, weil er friert, und ich aus Angst.

Jedwedes Zeitgefühl kommt mir abhanden, und auch Lynn verblasst immer mehr im Hintergrund. Nur mein Vater existiert, und er schwindet direkt vor meinen Augen, zu schwach, um sich noch aufrecht zu halten. Irgendetwas brabble ich vor mich hin, aber es will mir schon eine Sekunde später nicht mehr einfallen. Mein Vater sagt gar nichts, sackt stattdessen immer mehr in sich zusammen. Was, wenn er hier und jetzt unter meinen Händen stirbt?

# Kapitel 11

Der Krankenwagen hat meinen Vater abgeholt, und ich sitze mit Lynn in der Schwebebahn auf dem Weg zum Krankenhaus. Lynn sagt kein Wort und streichelt stattdessen meine Hand. In meinem Kopf ist nur Nebel. Ich kann noch nicht ganz glauben, was eben passiert ist: mein Vater über der Kloschüssel, zu schwach, um auch nur aufrecht zu sitzen, dann die Sirenen, die Sanitäter …

»Ich muss meiner Mutter Bescheid sagen«, fällt mir plötzlich ein.

Ich lasse Lynn los und hole mein RedPad hervor. Mein Finger zittert so sehr, dass ich drei Versuche brauche, bis mein RedPad meinen Fingerabdruck erkennt. Es fragt mich, ob ich den Notruf wählen will, da es meinen erhöhten Herzschlag festgestellt hat. Stattdessen suche ich die Nummer meiner Mutter heraus, während wir aussteigen und aufs Krankenhaus zulaufen.

Es dauert nicht lange, bis sie rangeht. Schließlich rufe ich sie so gut wie nie an. »Mika. Alles in Ordnung? War irgendwas bei der Prüfung?«, meldet sie sich sogleich besorgt.

Prüfung? Oh, richtig, da gab es mal eine Prüfung. Vor gefühlt einem halben Jahrhundert. »Mama.« Ich bin erschrocken, wie kläglich meine Stimme klingt. Bevor sie noch in Panik gerät, setze ich schnell nach. »Ich bin bei Papa.«

Irgendwas in meiner Stimme verrät ihr, dass nicht ich derjenige bin, der gerade Hilfe braucht. »Wo seid ihr?«

»Im Krankenhaus.«

Ich kann sie erschrocken die Luft einziehen hören. »Ich mache mich sofort auf den Weg. Ist … Geht …?« Sie kann es genauso wenig aussprechen wie ich.

»Ich weiß es nicht.« Vielleicht hätte ich doch warten sollen, bis ich mehr Infos habe, bevor ich sie dazuhole. Andererseits habe ich keine Ahnung, wie schlecht es ihm wirklich geht. »Ich …« Jegliche Worte sind mir entfallen.

»Oje«, fiept sie hilflos, und ich wünschte, ich könnte ihr irgendeinen Trost spenden, aber da ist immer noch das Problem, dass mein Kopf so unendlich leer ist. »Ich bin gleich bei euch.«

»Danke«, hauche ich und lege auf.

In der Zwischenzeit ist Lynn bereits zur Rezeption gegangen und hat unsere Situation geschildert. Gerade zeigt sie auf mich, mein Stichwort, ebenfalls dazuzukommen. Das Herz schlägt mir wie verrückt im Hals, als ich den diensthabenden Rezeptionisten ansehe. »Weiß man schon, was er hat?«

»Sie sind der Sohn?« – Ich nicke. – »Herr Lehnert befindet sich momentan im OP. Wir haben dort drüben einen Warteraum. Da können Sie Platz nehmen, bis wir Genaueres wissen.«

Beim Wort *OP* ist mir das Herz bis in die Schuhe gerutscht. Ich lasse mich von Lynn in den Warteraum führen und setze mich. Auf einem großen Bildschirm läuft eine Nachrichtensendung, aber für die habe ich gerade keine Nerven. Stattdessen starre ich auf den Boden zwischen meinen Beinen und überlasse mich meinen Gedanken.

Lynn drückt mir eine dampfende Tasse Kakao in die Hand. Mittlerweile haben wir schon ein erstes Update erhalten. Die Ärzte hier kämpfen noch immer um das Leben meines Vaters. Seine Nieren haben versagt. Falls er überlebt, heißt es Dialyse bis zur Organspende. Es ist das erste Mal, dass ich davon erfahre, dass er schon länger auf der Liste steht. Allerdings noch längst nicht an erster Stelle. Schließlich hat es ja bisher auch ohne funktioniert.

Ich spüre die Wut in mir hochkochen. Sie ist irrational. Ausnahmsweise liegt es nicht daran, dass wir zu wenig Geld haben, sondern einzig und allein daran, dass es anderen schlechter geht, so schwer, wie mir das zu glauben im Moment auch fällt.

»Trink.« Lynn ist immer noch hier. Nicht wegen meinem Vater, sondern wegen mir. Anscheinend sehe ich nicht so aus, als würde ich das hier alleine durchstehen.

Langsam führe ich den Becher an die Lippen. Der Kakao ist noch so heiß, dass ich mir die Zunge verbrenne. Der Schmerz reißt mich aus meinen Gedanken, und angewidert strecke ich den Becher von mir.

Seufzend nimmt Lynn ihn entgegen, spitzt die Lippen und pustet, als wäre ich fünf und keine siebzehn. Ich beuge mich vor und vergrabe das Gesicht in den Händen. »Ich kann das nicht.«

Sie stellt den Kakao auf den Stuhl neben sich und streicht mir über den Rücken, wie ich es eben noch bei meinem Vater gemacht habe. »Mika, es wird alles gut. Die Ärzte hier sind sehr gut. Die kriegen deinen Vater wieder hin.«

»Und dann?«, frage ich nicht gerade dankbar, dabei sind ihre Worte genau jene, nach denen ich mich sehne. Mein Zynismus lässt nur nicht zu, dass ich ihnen auch glaube.

Lynn drückt sich tröstend an mich, und widerwillig gebe ich ein wenig nach und genieße ihre Wärme an meiner Seite. »Es wird alles gut.«

»Mika Lehnert?«

Augenblicklich schieße ich in die Höhe. »Ja?«

Die Ärztin winkt mich heran, und ich folge ihr in ein kleines Büro an der Seite, wo wir ungestört sind. Lynn ist im Warteraum geblieben, und ich fühle mich den Nachrichten, die da womöglich auf mich zukommen, schutzlos ausgeliefert.

»Ihr Vater ist aus dem OP raus. Es ist uns gelungen, ihn zu stabilisieren.«

Die Erleichterung versetzt mich in einen Schwindel. Mein Atem geht plötzlich ganz flach. Mein Vater wird leben.

»Allerdings wird er eine neue Niere brauchen.«

Ich nicke. Immerhin hat man mir das bereits vorher gesagt. »Kann ich … ich meine, er könnte doch eine von mir haben, oder?«

Die Ärztin nickt. »Das ist eine Möglichkeit, die wir in Betracht ziehen können. Die Chancen stehen gut, dass Ihre Niere geeignet ist.«

Für mich ist es keine Möglichkeit, sondern eine Notwendigkeit. »Wie finden wir das raus?«

»Ich kann die diensthabende Schwester bitten, Ihr Blut abzunehmen, damit wir ein paar Tests durchführen können. Der Prozess selbst dauert etwas länger. Wenn Sie infrage kommen, werden eine Reihe von Gesprächen auf Sie zukommen. Das ist keine Entscheidung, die Sie hier einfach übers Knie brechen können.«

Ich kann nur mit Mühe ein Seufzen unterdrücken. Mein Vater braucht meine Niere jetzt, nicht in ein paar Wochen. Dennoch nicke ich. »Okay.«

»Gut. Ich sage dann der Schwester Bescheid.« Sie beginnt, einen Zettel auszufüllen. »Ist Ihre Mutter schon da?«

»Sie ist noch auf dem Weg.« Die Arbeit meiner Mutter ist am anderen Ende der Stadt. Es dauert sicher nicht mehr lange, bis sie ankommt. Zumindest hoffe ich das.

Zehn Minuten später sitze ich nach durchgeführter Blutentnahme wieder im Wartezimmer. Mein Kakao ist inzwischen kalt, dafür trinkbar. Ich nippe immer wieder abwesend daran, während ich mich auf dem RedPad über die Organspende informiere.

Die Ärztin hat nicht gelogen, als sie meinte, der Prozess würde etwas länger dauern. Wenn ich als Spender infrage komme, werde ich mich einer Reihe von psychologischen Gesprächen stellen müssen, damit auch ja klar ist, dass ich mich freiwillig dafür entschieden habe. Dann muss ich natürlich noch tipptopp gesund sein, aber darüber mache ich mir weniger Sorgen.

Je mehr ich über die Organspende lese, desto ruhiger werde ich. Ich habe das Gefühl, dass man mir damit einen Rettungsring zugeworfen hat. Jetzt wird wirklich alles wieder gut.

»Mika? Mika.«

Ich schaue auf und sehe meine Mutter auf mich zulaufen, hinter ihr Lasse und Anni. Sie muss sie von der Schule abgeholt haben, damit die beiden nicht zu Hause alleine vor der Tür stehen.

Kaum bin ich aufgestanden, wirft meine Mutter sich auch schon um meinen Hals und atmet tief ein. Dann hält sie mich etwas auf Abstand und sieht mich mit feucht schimmernden Augen an. »Hast du schon Neues gehört?«

»Er ist auf der Intensivstation. Die Ärzte meinen, er wäre erst mal stabil.«

Zitternd atmet meine Mutter so laut aus, dass die Erleichterung für jeden im Raum zu hören ist. Sie zieht mich wieder an sich heran und küsst meine Stirn. »Danke.«

Ich habe keine Ahnung, wofür sie sich bedankt, denn ich habe nun wirklich am wenigsten mit dem Überleben meines Vaters zu tun. Aber ich frage nicht nach, sondern sehe zu, wie sie hinüber zur Rezeption geht, um sich anzumelden.

Kaum will ich mich wieder setzen, boxt Anni mich in die Schulter. »Ja, danke schön.« Der Zynismus in ihren Worten ist kaum zu überhören.

Es ist zu viel für meine angeschlagenen Nerven. Verärgert blaffe ich sie an: »Was ist dein Problem?«

»Mein Problem?« Anni verschränkt die Arme. »Mein Problem ist, dass du von seiner Krankheit wusstest und wir nicht.«

Es dauert einen Moment, bis ich ihre Worte und den Schmerz dahinter verstehe. Ich weiß im Grunde genau, wie sie sich fühlt. Mir ging es kein Stück anders, als ich es erfahren habe. »Es war nicht meine Entscheidung«, verteidige ich mich. Dabei wäre es durchaus möglich gewesen, es ihnen einfach trotz der Bitte meiner Eltern zu sagen. Zu schweigen war tatsächlich meine Entscheidung.

»Wird Papa sterben?« Die Frage meines Bruders bringt das Zittern zurück in meine Glieder.

Ich schüttle den Kopf. »Nein. Ich meine … er braucht nur eine Spenderniere. Dann wird alles gut.«

Bevor ich weitere Fragen beantworten muss, kommt meine Mutter wieder zurück. »Hey. Also … wir dürfen leider nur einzeln zu ihm. Mika, ist es okay, wenn ich zuerst gehe?«

Die eigentliche Frage lautet, ob ich auf meine Geschwister aufpasse, aber es gibt nur eine Antwort. »Natürlich.«

Ich lasse mich wieder auf den Stuhl fallen. Meine Geschwister nehmen nun auch Platz.

Während wir warten, nimmt Lynn wieder meine Hand. Sie sagt nichts, doch ihr Griff ist fest. Er tröstet mich mehr, als heiße Schokolade es je gekonnt hätte.

Als ich endlich an der Reihe bin, stehe ich wie betäubt auf. Vage wird mir bewusst, dass Lynn mich stützt und dafür sorgt, dass ich der Krankenschwester zur Intensivstation folge. Sie ist wirklich ein Engel. Lynn, nicht die Krankenschwester. An der Tür zur Station lässt sie schließlich meinen Arm los.

»Ruf mich an, wenn du irgendetwas brauchst. Ja?« Sie versteht, dass ich diese letzten Schritte alleine machen muss. Fast wie mein RedPad.

Ich nicke abwesend und atme dann tief durch. Nicht wissend, was mich erwartet, bin ich im ersten Moment von den ganzen Maschinen geschockt, die irgendwie mit meinem Vater verbunden sind. Meine Hand zuckt in Richtung Tasche bei dem Bedürfnis, sofort nachzuschauen, was all diese Geräte bedeuten.

»Sie dürfen ihn ruhig anfassen«, sagt die Krankenschwester und macht sich an einem der Geräte zu schaffen, anscheinend irgendwelche Werte überprüfend.

Zögerlich trete ich näher und sehe auf meinen Vater hinab.

Blass ist er, geradezu ausgezehrt. Seine Haut wirkt krank, wie Papier, das an manchen Stellen zu fest über die Knochen gespannt wurde und an anderen in sich zusammenfällt. Immerhin ist seine Temperatur wieder normal, wie ich feststelle, als ich mich endlich dazu aufraffen kann, seine Hand in meine zu nehmen. Die Augenlider flattern, und die Krankenschwester informiert mich, dass es sicher nicht lange dauert, bis er aufwacht, und dass ich sie rufen soll, wenn es so weit ist. Dann schiebt sie mir noch einen Hocker hin, und ich nehme neben meinem Vater Platz.

Ich will irgendetwas sagen, aber mein Kopf ist wie leer gefegt. Was soll ich ihm denn auch erzählen? Dass alles gut wird? Seine verdammten Nieren haben versagt, und ohne das Dialysegerät an seiner Seite ist er nicht mal lebensfähig. Ist ja nicht so, als würden die Nieren nachwachsen. Vielleicht, dass ich da bin? Das weiß er auch so. Schließlich zerdrücke ich ihm gerade die Finger.

Mein Vater öffnet tatsächlich wenig später die Augen, und ich rufe die Krankenschwester. Stillschweigend sehe ich dabei zu, wie sie meinen Vater anspricht, ein paar Werte überprüft und es ihm etwas bequemer macht. Schließlich bin ich wieder alleine mit meinem Vater.

»Hey, Großer«, kommt es leise von ihm.

Ich versuche zu lächeln, aber außer dass mein linker Mundwinkel zuckt, passiert nichts. »Hey.«

Mein Vater klopft sacht mit dem Zeigefinger neben sich auf das Bett. Zögerlich komme ich der Aufforderung nach und setze mich zu ihm, was gar nicht so einfach ist, wenn man keinen der Schläuche abklemmen möchte.

»Du hast mir also das Leben gerettet?«, fragt er in einem bemüht lockeren Tonfall. Ich kann hören, wie schwer es ihm fällt, überhaupt etwas zu sagen, aber offensichtlich muss er reden.

Ich zucke mit den Schultern und denke an die Organspende. »Noch nicht.«

Er runzelt die Stirn, übergeht meine Antwort dann jedoch. »Ich hoffe, ich habe dir keinen zu großen Schrecken eingejagt.«

Was, mir? »Geht so.«

Seine Finger streifen meine, und ich ergreife seine Hand. Dies scheint ihn mehr zu erleichtern, als meine Worte es vermocht haben, und er entspannt sich sichtlich. »Wie war deine Prüfung?«

»Spielt das eine Rolle?« Ich habe nicht die geringste Lust, an so etwas Lapidares zu denken.

Mein Vater lacht, und es hört sich eher wie ein verschlucktes Husten an. »Mein Ältester macht seinen Abschluss. Natürlich ist das wichtig. Also, wie war es?«

Die Prüfung, die mir heute Morgen noch so wichtig war, könnte mir jetzt nicht egaler sein. Es spielt ja eh keine Rolle, wie gut mein Abschluss ist, und es gibt eindeutig Wichtigeres. Meinem Vater zuliebe erzähle ich jedoch mehr: »Ganz gut, denke ich. Sie mochten meine Projektarbeit.«

»Die synthetischen Erinnerungen?«

»Ja, genau. Hat sie ziemlich beeindruckt, auch wenn das meiste eh nur abgeschrieben war.« Schließlich habe ich mit der konkreten Forschung nichts zu tun gehabt.

»Ach, Junge.« Mein Vater seufzt. »Hast du mir nicht erst am Wochenende das Modell gezeigt, das du geschrieben hast?« Am Wochenende. Noch so etwas, das lange her ist. »Wenn ich mich recht erinnere, hast du mir ziemlich stolz erzählt, dass du das selbst aus den bisherigen Forschungsergebnissen gebaut hast. Das war beeindruckend.«

Ich habe nicht die Energie, ihm zu erklären, dass ich lediglich ein visuelles Modell gebastelt habe. Dahinter liegt nicht mehr als eine Literaturrecherche und etwas Animationsdesign. Es ist bei Weitem nicht so, als würde dieses Schulprojekt die Forschung voranbringen. Es zeigt lediglich, wie das Ganze funktioniert. »Ja, war schon okay.«

Er seufzt leise. »Und der Rest?«

»Ich konnte alles beantworten.« Langsam bin ich von mir selbst genervt. Hier fragt mein Vater nach meinem Tag, um sich davon abzulenken, dass er fast gestorben wäre, und ich mache einen auf mürrischer Teenager. »Ich glaube, es lief richtig gut. Ich werde wohl bestanden haben.«

Er atmet hörbar erleichtert aus. »Natürlich hast du das. Ich habe gar nichts anderes erwartet.« Ich habe nie das Gefühl gehabt, dass meine Eltern überhaupt irgendetwas von mir erwarten. Wahrscheinlich waren sie immer zu sehr damit beschäftigt, die gemeinsame Zeit mit uns zu genießen. Auf jeden Fall bin ich derjenige, der sich immer übermäßig reingehängt hat, weil ich so dringend meine Träume verwirklichen wollte. Jetzt frage ich mich, was an diesen Träumen jemals wünschenswert war und ob meine Eltern es nicht immer genau richtig gemacht haben.

»Bist du mir böse, wenn ich dir verrate, dass ich mich habe testen lassen?« Mein Vater runzelt die Stirn. »Wegen der Nierenspende.«

Auf der Stelle ist der Druck in meiner Hand fester, und seine Stirn wird von tiefen Falten durchzogen. Er ist böse. »Nein.« Es ist nicht die Antwort auf meine Frage, sondern ein kategorisches Nein. »Ich will deine Niere nicht.«

Ich lasse ihn los und stelle mich hin. Irgendwie habe ich das Gefühl, besser diskutieren zu können, wenn ich auf ihn hinabschauen und die Hände in die Hüften stemmen kann. »Sei doch nicht dumm! Du brauchst eine Niere. Ist dir deine Lebensqualität denn nicht wichtig?« Von den Kosten der dauerhaften Dialyse einmal ganz abgesehen.

»Natürlich ist sie mir wichtig. Aber nicht auf Kosten der deinen.« Jetzt geht das wieder los. »Du bist jung und …« Er fährt sich erschöpft mit der Hand über das Gesicht. »Mein Körper wird davon nicht gesund. Mit der Zeit wird auch diese Niere versagen, und was dann? Spendest du die zweite auch noch?«

Es ist natürlich eine blöde Frage. Wir wissen beide, dass das kein Arzt der Welt machen würde, und irgendwo habe ich dann auch meine Grenzen. Dennoch verschränke ich meine Arme und sehe ihn ziemlich finster an. Schließlich kann ich es nicht länger für mich behalten. »Warum hast du eigentlich so ein Problem damit, dir helfen zu lassen?«

»Weil ich mir Sorgen um dich mache.« Natürlich, das musste ja kommen. Ich verdrehe die Augen. Mein Vater schüttelt genervt den Kopf. »Ich weiß, du bist schon lange volljährig und der Meinung, du weißt alles besser.« Mein Kiefer tut weh, so hart presse ich die Zähne zusammen, um mich irgendwie zu beherrschen. »Aber das tust du nicht. Eines Tages werde ich nicht mehr sein. Früher oder später wird es geschehen, und dann stehst du da und hast nichts mehr.«

Ich muss an das Märchen von dem kleinen Mädchen denken, das alles, was es besaß, weggegeben hat. Am Ende wurde sie belohnt, daher zucke ich die Schulter und sage: »Dann war es das trotzdem wert.«

»Gott, Mika! Du bist mein verdammter Sohn, nicht mein Restelager.«

Das Schweigen, das auf seinen Ausbruch folgt, ist eisig. Ich schaue demonstrativ zum Fenster, die Arme noch immer verschränkt. Mein Vater setzt immer wieder zum Sprechen an und stößt dann doch nur entnervt die Luft aus. Ich will gerade in guter alter Manier rausstampfen, als die Ärztin an den Türrahmen klopft.

»Hier sind Sie. Ich habe Ihre Testergebnisse.« Sie meint mich. Sicher habe ich in ihr eine Verbündete gegen die Starrsinnigkeit meines Vaters. Tatsächlich sieht die Ärztin nun zu ihm und sagt bedauernd: »Leider ist Ihr Sohn kein geeigneter Spender.« Ein Blick zu mir. »Es tut mir leid.«

Einzeln dringen die Worte durch meine Haut, als wäre diese ein Filter. Unser Streit war vollkommen sinnlos. Ich bin ungeeignet, meine Niere nicht brauchbar.

»Mika …« Mein Vater klingt versöhnlich, jetzt, wo er gewonnen hat.

Ich drehe mich um und verlasse fluchtartig die Station. Im Wartezimmer sitzen immer noch meine Familie und Lynn, aber ich rausche einfach an ihnen vorbei.

»Mika?«, ruft meine Mutter. »Ist alles in Ordnung? Mika!« Ihr verwirrter Ruf folgt mir, doch ich bleibe nicht stehen. Es tut einfach zu sehr weh.

# Kapitel 12

Dreimal die Woche muss mein Vater nun ins Dialysecenter und sich die Giftstoffe aus dem Körper waschen lassen. Alleine die Anfahrt ist eine Tortur für ihn, und ich sehe, wie er jeden Tag ein wenig näher daran ist, einfach aufzugeben. Er ist krank, er hat Schmerzen, und die Kosten fressen uns alle auf. Es ist mir gelungen, meine Schicht zu verlängern, und mit einigen anderen Jobs hier und da kommt einiges zusammen. Vor ein paar Monaten noch wäre ich begeistert gewesen. Jetzt ist mir klar, dass nicht einmal das reicht.

Meine Mutter sitzt am Küchentisch und rechnet wieder einmal. Auch sie hat weitere Schichten angenommen und arbeitet sich halb tot. Anni gibt Nachhilfeunterricht, und Lasse verteilt Flugblätter. Beide verzichten auf ihr Taschengeld, was meinen Vater wahnsinnig macht, aber auch er hat eingesehen, dass wir keine andere Wahl haben.

Ich gebe vor, nicht zu bemerken, wie meine Mutter langsam, aber sicher verzweifelt. Immer wieder streicht sie ihre Rechnungen durch, schraubt hier und dort herum und kommt doch nicht von dem Minus weg. Als sie ihren Kopf aufstützt und tief einatmet, setze ich mich zu ihr und schiebe ihr einen Tee hin. Mein Magen grummelt, weil ich seit dem Frühstück nichts mehr gegessen habe, aber noch keinen Appetit auf die nackten Nudeln im Topf habe. Es ist kurz nach elf, und sie sind längst kalt.

»Danke dir, Schatz.« So viel Erschöpfung steckt in ihren Worten, dass ich ebenfalls anfange zu seufzen. Während meine Mutter ihren Tee trinkt, lange ich über den Tisch und will mir ihre Kalkulationen heranziehen, doch sie legt ihre Hand darauf und hält sie fest. »Nicht. Das ist nur deprimierend.«

Schnaubend antworte ich: »Alles ist deprimierend.« Dann fange ich mich und erkläre meine Absichten: »Ich will schauen, ob ich mit der richtigen App noch was rausholen kann.« Derer gibt es viele, und da ich in einem anderen Leben mal rumgerechnet habe, was ich zum Leben bräuchte, fallen mir einige Kandidaten ein.

Ohne weiteres Zögern gibt meine Mutter das Papier frei. »Wenn es dir Spaß macht.« Sie steht auf und beginnt, die Nudeln aufzuwärmen. Nur ein wenig, damit wir nicht zu viel Strom verbrauchen.

Ich nehme mir mein RedPad ... nein, Lynns RedPad vor. Nach dem Schreck im Krankenhaus bin ich zum Dealer gegangen, um es zurückzugeben, aber der meinte, dass die Machine Learning Engine schon zu stark beansprucht wurde und ausgetauscht werden müsste, um weiterverkauft zu werden. Da das relativ teuer ist, hätte ich gerade mal einen Bruchteil von dem, was ich dafür bezahlt habe, bekommen. Dennoch hätte ich es verkauft, wenn Lynn mir kein besseres Angebot gemacht hätte. Wobei *besser* im Auge des Betrachters liegt. Sie hat es zum halben Preis gekauft und meint, dass es nun uns beiden gehört. Ich habe sie nämlich endlich von der Blog-App überzeugen können. Lynn bloggt also jetzt von unserem RedPad, und ich darf es weiterhin nutzen.

Wirklich koscher ist der Handel nicht, denn im Grunde hat sich kaum etwas geändert, abgesehen davon, dass Lynn mir endlich Geld zustecken konnte. Die Engine macht natürlich Sperenzchen, da sich Lynns Nutzungsverhalten von meinem deutlich unterscheidet, aber nachdem ich einen Teil davon abtrennen konnte und quasi für ihre Apps abgeschaltet habe, geht es. Die suboptimalen Reaktionen auf meine Bedienung helfen mir dabei, mir einzureden, dass der Handel für Lynn fair war. Ein Kompromiss sozusagen, dabei nutzt sie zu 90 Prozent ihr eigenes Tablet.

Mittlerweile bin ich froh darüber, dass ich mir erlaubt habe, ihr Geld anzunehmen, denn das RedPad ist mir gerade jetzt eine riesige Hilfe. Momentan zum Beispiel erlaubt es mir, unsere Haushaltskalkulation auf Herz und Nieren zu überprüfen, und bevor meine Mutter mit den Nudeln fertig ist, präsentiere ich ihr drei Sparmodelle, die wir ausprobieren könnten. Keines von ihnen sieht aus, als wäre es auf lange Zeit praktikabel – nicht ohne eine weitere Einnahmequelle –, aber sie minimieren immerhin die Kosten.

»Wow.« Beeindruckt betrachtet sie die Tabellen im Detail. »Ich sitze hier stundenlang und rechne hin und her, und du machst das in fünf Minuten.« Ich zucke mit den Schultern und widme mich meinem Abendbrot. »Schon erstaunlich, was diese Geräte können.« Sie lächelt mich an. »Was du kannst.«

»Ich weiß lediglich, wo ich suchen muss. Das meiste ist intuitiv«, erwidere ich zwischen zwei Bissen. Man möchte meinen, dass man sich irgendwann an die endlose Geschmacklosigkeit gewöhnt, aber das ist nicht der Fall. Stattdessen ist es eher so, dass Essen nebensächlich wird, eine Notwendigkeit, damit man auch am nächsten Tag wieder auf die Arbeit gehen kann, aber sicher nichts, was man genießt.

»Das sieht wirklich gut aus. So könnte es gehen.« Ihr optimistisches Lächeln wirkt deplatziert. Selbst mit der App kommen wir auf keinen grünen Zweig. Ein weiterer Kredit bleibt unausweichlich, und ich bezweifle, dass die Bank uns diesen gewährt. »Wir kriegen das schon irgendwie hin.«

Ich kann nicht mehr. Jedes Mal, wenn meine Mutter lächelt, möchte ich schreien. Diese Worte sind vielleicht ausreichend für Kinder, aber ich ertrage sie nicht mehr. Sie sind nur leblose Hüllen, die man wie Pflaster auf die Fleischwunden unserer Probleme draufklatscht. »Nicht, wenn uns nicht noch was anderes einfällt«, murmle ich vor mich hin, und meine Mutter tut so, als hätte sie kein Wort vernommen. Ich fühle mich schlecht, dass es mir nicht mal möglich ist, ihr dieses bisschen Trost zu lassen.

»Huch.« Plötzlich schiebt sie das RedPad wieder zu mir hinüber. »Da ist eine Nachricht für dich.« Ihre Augen leuchten ein wenig, und ich spüre, dass sie nur zu bereitwillig über etwas anderes reden möchte.

Die Nachricht kommt natürlich von Lynn. Sie möchte wissen, ob wir uns am Wochenende sehen. *Klar*, tippe ich zurück. *Ich muss dir ja das RedPad geben.* Augenblicklich kommt ein augenrollender Smiley zurück, und ich schmunzle in mich hinein.

*Ich will dich sehen, nicht das RedPad.*

Wärme erfüllt mich bis in die Zehenspitzen, und ich bemerke nicht einmal, wie ich vor mich hin grinse, bis meine Mutter sagt: »Ich bin ja wirklich zu neugierig, wer es momentan noch schafft, dich glücklich zu stimmen.«

Das Blut steigt mir in die Wangen, und aus der Wärme wird Hitze. »Es ist nur Lynn.«

»Nur Lynn?«, fragt meine Mutter mit einem Schmunzeln. »Ihr beide seid wohl heute genauso dicke wie damals.«

Es schmeckt bitter, dass meine Mutter sich sofort an Lynn erinnert, während ich weiterhin nur die Fotos von damals habe. »Wir … wir haben uns vor einigen Monaten mal wiedergetroffen«, entscheide ich mich zu sagen. Zwar will ich nicht unbedingt über Lynn und alles, was mit ihr zusammenhängt, reden, aber meine Mutter frisst mir die Infos regelrecht aus der Hand. Ihre Augen schimmern vor Leben, wie ich es schon monatelang nicht mehr gesehen habe.

Sie streicht sich die Haare hinters Ohr und lehnt sich etwas vor. »Wie geht es ihr denn? Macht sie auch gerade ihren Abschluss?«

Ich schüttle den Kopf. »Nein, sie musste eine Pause einlegen. Leider.« Da Lynn sich immer noch weigert, ihre Behandlung durchzuziehen, hat die Ärztin sie krankgeschrieben. Lynn arbeitet zwar trotzdem hin und wieder an ihren Schulaufgaben, aber sie ist davon befreit, sie einreichen zu müssen. »Es geht ihr … na ja. *Gut* würde ich nicht sagen, aber es wird besser.«

Sofort legt meine Mutter die Stirn in Falten und betrachtet mich besorgt. »Oh nein. Ist etwas passiert?«

Ich schnaube und schüttle dann ein wenig fassungslos den Kopf. »Bei Lynn muss man sich eher fragen, was nicht passiert ist.« Oder bei mir, wenn ich mir die letzten Monate so betrachte.

»Das tut mir leid. Kann man ihr irgendwie helfen?«

Belustigt hebe ich eine Augenbraue. Wann will meine Mutter denn noch Lynn helfen und womit? Sie hat weder Zeit noch Geld. »Lynn will sich nicht helfen lassen. Sie könnte, aber das ist verlorene Liebesmühe. Glaub mir, ich habe es versucht.« So langsam habe ich mich warm geredet und will nun doch alles loswerden. »Lynn leidet unter Depressionen, und eigentlich soll sie ein Memotransplantat bekommen, aber sie hält nichts davon.« Ich zucke mit den Schultern. »In der Hinsicht ist sie sehr eigenwillig. Wie Papa.«

»Oder du«, antwortet meine Mutter, und ich muss die Stirn runzeln. Wenn jemand von der Memospende zu hundert Prozent überzeugt ist, dann ja wohl ich. »Du nimmst doch auch keine Hilfe an und willst immer alles alleine schaffen«, erklärt sie mit einem Schmunzeln.

»Das ist was anderes«, widerspreche ich. »Papa und Lynn brauchen medizinische Unterstützung. Mir geht es gut.«

Meine Mutter kommentiert das nicht weiter und kehrt zu angenehmeren Themen zurück. »Hat sie sich sehr verändert? Groß ist sie geworden. Aber ich erinnere mich noch: Sie war so unglaublich kreativ und hat alles mit solcher Sorgfalt gemacht.« Sie lacht. »Und Geschichten hat sie erzählt. Weißt du noch?«

Nein. Ich weiß gar nichts mehr, und die Lynn von heute erzählt auch keine Geschichten, nur ihre eigene. »Klar, das Raumschiff ist auf ihrem Mist gewachsen«, rate ich ins Blaue hinein.

»Oh, das Raumschiff. Das durften wir ja nicht sehen.« Die Erinnerungen machen meine Mutter richtig vergnügt, und ich spüre, wie heute Abend ein Teil der Last von ihr weicht und alles ein wenig erträglicher macht. Die Augen sind in längst vergangene Zeiten gerichtet, während sie mit den Händen gestikuliert und erzählt. »Als du dir den Kopf aufgeschlagen hast und wie am Spieß geschrien hast … Und dein Vater und ich kommen angerannt und kriegen erst mal zu hören« – mit Inbrunst in der Stimme ruft meine Mutter jetzt: »Ihr dürft hier nicht rein!« Lachend wischt sie sich zwei Tränchen aus den Augen. »Du sitzt da, das Gesicht voller Blut, und das Wichtigste ist, dass wir nicht auf euer Schiff dürfen.«

Ich lächle angestrengt, während ich den Drang unterdrücke, mir an die Stirn zu fassen, um die kleine Narbe zu finden, die anscheinend von diesem Ereignis herrührt. Man möchte meinen, ein blutüberströmtes Gesicht vergisst man nicht, aber auch diese Erinnerung entwindet sich mir. Dabei kann ich nichts Positives an ihr finden. Vielleicht lag sie zu dicht bei anderem Gewebe, sodass die Synapsen bei der Erinnerung umgelegt wurden und nicht länger sinnvoll ihre Arbeit tun, oder sie war mit zu vielen guten Gefühlen verbunden wie der Sorge meiner Eltern.

»Zum Glück war es nicht so schlimm, wie es aussah, und eine Tüte Gummibären von Lynns Vater konnte nach dem Nähen auch den Schmerz vertreiben.« Ah, Gummibärchen waren also schuld daran, dass ich auch diese Erinnerung nicht mehr abrufen kann. »Ach ja, ihr habt uns ganz schön auf Trab gehalten.«

Mit einem, wie ich hoffe, versöhnlichen Schulterzucken deute ich an, dass es mir nur geringfügig leidtut. »Kinder halt.«

Der Kommentar bringt meine Mutter noch einmal zum Lachen. »Jap, Kinder.« Dann deutet sie auf mein RedPad. »Aber ich will dich nicht länger aufhalten. Lynn wartet sicher auf deine Antwort.« Sie steht auf, um das Geschirr abzuwaschen.

Tatsächlich hat Lynn noch drei Mal geschrieben. Das letzte Mal vor zehn Minuten. Die Erzählungen meiner Mutter sind bereits weggewischt. Ohne eigene Bilder bleibt nur wenig hängen. *Ich habe Samstag um vierzehn Uhr eine halbe Stunde, falls du möchtest.* Wie gern würde ich Lynn länger sehen, aber leider ist das momentan nicht möglich. Dafür muss ich zu viel arbeiten.

*Ich komme zu dir, dann musst du nicht rumfahren*, schreibt sie mir kaum eine Sekunde später, und somit ist es beschlossen.

*O.k. Träum was Schönes.*

*Du auch.*

Ich weiß zwar nicht, wie Lynn damals war, aber heute ist sie mir das Liebste am Tag.


Unser Treffen fällt deutlich kürzer aus, als ich erhofft habe. Jemand war an der Kasse ausgefallen, und ich musste schnell einspringen, bis der Ersatz endlich eintraf, und mich dann sputen, dass ich Lynn wenigstens noch an der Tür abfangen konnte, bevor ich weiter zum nächsten Job hetzen muss.

Sie kommt gerade aus unserem Wohnaufgang, als sie mich erblickt. »Da bist du.«

»Tut mir echt leid. Coleen ist schon wieder zu spät gekommen. Beziehungsweise gar nicht. Wahrscheinlich schmeißt sie bald.« Und vielleicht kann ich dann ihre Position an der Kasse übernehmen. Da kriege ich nämlich ein paar Cent mehr die Stunde.

»Hab ich mir schon gedacht.« Sie antwortet mir mit einem traurigen kleinen Lächeln, das etwas ganz anderes sagt als ihre Worte. »Dein Vater hat mich reingelassen. Es war wirklich nett, ihn mal wieder zu sehen.« Mein Vater ist ähnlich begeistert gewesen wie meine Mutter, als er von Lynn erfahren hat. Auch er hat mich sofort mit liebevollen Erinnerungen an unsere Freundschaft bombardiert, von denen nicht eine einzige etwas in mir ausgelöst hat. »Ich meine so, dass er mich auch dabei sieht.«

»Prima. Dann musstest du wenigstens nicht in der Kälte stehen. Hat er dir alles gegeben?«

Lynn sieht mich prüfend an, und ich wünschte, sie würde einfach antworten. In zwölf Minuten muss ich auf der Arbeit sein. Schließlich senkt sie den Kopf und meint: »Ja, du hattest ja alles bereitgelegt.« Schüchtern wirft sie einen Blick nach oben. »Du musst gleich weiter, oder?«

Ich atme etwas zu erleichtert aus. »Ja, leider.«

»Tja, dann …«

»Ich schreib dir …« *Nachher*, wollte ich sagen, aber das wird wohl kaum möglich sein, wenn sie das RedPad mitnimmt.

Lynn ist zum selben Schluss gekommen. »Ich bringe es dir morgen zur Arbeit.« Sie kennt tatsächlich meinen kompletten Arbeitsplan, wahrscheinlich weil der gesamte Kalender des RedPads damit voll ist.

»Okay.«

Wir sehen uns beide an, unwillig, voneinander zu lassen, obwohl die Zeit drängt. Im Gegensatz zu Colleen kann ich es mir nämlich nicht leisten, zu spät zu kommen. »Ich muss.«

»Okay.«

Es widerstrebt mir zutiefst, Lynn stehen zu lassen. Ich merke ja, dass ihr die Situation gar nicht gefällt, aber solange kein Geld vom Himmel fällt, lässt sich nichts daran ändern. Mir gefällt es auch nicht. Mit dem Gefühl, dass ich sowieso nichts sagen kann, um sie aufzumuntern, nicke ich Lynn zu und eile weiter, nahezu froh, dass ich wohl zwei Minuten mehr zum Umziehen haben werde.

Tatsächlich habe ich sogar fünf Minuten Zeit, die ich damit verbringe, bei meinem Chef vorbeizusehen. Es ist ein Logistikunternehmen mit großer, zugiger Lagerhalle. Täglich treffen neue Waren ein und müssen für den Versand vorbereitet werden. Unsere Aufgabe ist das Aufnehmen, Packen und Verstauen, und das alles mit einem

Programm, das nicht nur unübersichtlich, sondern auch ineffektiv ist. Genau darüber möchte ich mit meinem Chef sprechen.

Ich klopfe an die Tür seines kleinen Kabuffs, ein abgetrennter Raum am Ende der Lagerhalle, von dem aus er in wohliger Wärme das Telefon bewachen und auf uns hinabsehen kann.

»Was ist los, Lehnert? Haben Sie was verloren?«, begrüßt er mich leicht genervt. Er nimmt nicht einmal die Füße von der Ablage.

Den Kopf schüttelnd trete ich ein. »Nein. Ich habe nur noch mal über das Inventurprogramm nachgedacht.«

Seine Augen verengen sich, als hätte ich behauptet, vom Mars zu sein. »Warum?«

Mir ist jetzt schon klar, dass ich ihm nicht direkt sagen kann, dass das Programm längst überholt ist. »Ich bin ganz gut im IT-Bereich und hätte ein paar Ideen, wie man das Verfahren optimieren könnte.« Hätte ich mein RedPad, würde ich ihm das gleich demonstrieren. »Ich bräuchte wahrscheinlich drei bis fünf Stunden, um was Neues aufzusetzen, aber wir würden damit langfristig Zeit sparen.«

»Wir?« Jetzt nimmt er doch die Beine herunter und beugt sich vor. »Sie sind seit drei Wochen dabei und glauben wohl, hier die Firma zu leiten.«

Irritiert schüttle ich den Kopf. »Nein, natürlich nicht.«

»Gut. Es gibt hier nämlich kein Wir. Es gibt mich und euch. Ist das klar?«

Alles in mir versteift sich. Wäre es eine Option, würde ich keine Minute länger in diesem Laden arbeiten. »Sonnenklar.«

»Gut, dann verschwenden Sie nicht weiter meine Zeit und bewegen Sie Ihren Arsch da raus.« Ich will mich gerade umdrehen, als er noch nachsetzt: »Und in Zukunft behalten Sie Ihre Ideen für sich. Unser System hat sich viele Jahre bewährt, da brauche ich nicht so einen Schlauberger frisch von der Schule, der mir erklären will, wie der Hase läuft.«

»Entschuldigen Sie. Ich wollte Ihnen nicht zu nahe treten.« Die Entschuldigung liegt mir schwer im Magen, denn am liebsten will ich ihm meine Meinung geigen. Aber ich brauche den Job, und wenn ich dafür ein wenig zu Kreuze kriechen muss, muss ich da eben durch.

Selbst meine Entschuldigung hilft nur wenig. Stattdessen bellt er mir nach: »Treten Sie lieber endlich Ihre Schicht an.« Zwar spricht er es nicht aus, aber mir ist, als könnte ich die Drohung dahinter hören.

Beim Gedanken, dass er mir auch nur ein paar Euro vom Gehalt abziehen könnte, läuft es mir eiskalt den Rücken herunter. Auf der Stelle begebe ich mich an meinen Posten und fange an, das unendlich langsame Programm zu laden.

Am Abend fühle ich mich wie gerädert. Wenn ich nicht aufpasse, schlafe ich sogar gleich beim Laufen ein. Wiederholt reiße ich die Augen auf und klatsche mir gegen die Wangen, damit ich heute noch zu Hause ankomme. Mein Rücken schmerzt vom Räumen im Lager, und ich kann mich nicht daran erinnern, irgendwann einmal gegessen zu haben. Oder getrunken.

Und der ganze Mist für Mindestlohn, der erst in anderthalb Wochen ausgezahlt wird. Meine Frage, ob ich einen Vorschuss bekommen könnte, kam nach dem Debakel zum Schichtbeginn nicht besonders gut an.

Mein Weg führt mich an einer Gasse vorbei, die ich nie so richtig wahrgenommen habe. Bis heute. Zufällig fällt mir ein Schild ins Auge, das mir vage bekannt vorkommt, und ich bleibe stehen. Mühselig krame ich in meinem Gedächtnis, wo ich das Logo – eine Goldmünze mit einem stilisierten Neuron – schon einmal gesehen habe. Hätte ich mein RedPad, könnte ich einfach die Bildersuche laufen lassen, so stehe ich nach fünf Minuten immer noch da und betrachte das Schild.

»Willst du auch mal?«

Ich schrecke förmlich auf. Anscheinend hat sich mein Gehirn in der Zwischenzeit völlig abgeschaltet. Neben mir steht ein junger Mann, vielleicht ein, zwei Jahre älter als ich. Ich brauche nicht lange, um zu dem Schluss zu kommen, dass er ein Junkie ist. Die tief liegenden, blutunterlaufenen Augen und die ziemlich kränkliche Haut sind ein deutlicher Hinweis. »Was will ich?«

»Na, Kohle.«

Erleichtert atme ich aus. Ich hatte schon befürchtet, dass er mir Stoff andrehen will. Meine Stimme trieft vor Ironie, als ich antworte: »Klar.«

Er grinst, und plötzlich schlägt er mir kumpelhaft auf die Schulter. So schnell kann ich gar nicht reagieren, wie ich will. »Alistair macht dir echt einen guten Preis.«

Angewidert trete ich etwas zurück und verziehe das Gesicht. »Preis wofür?«

»Na, für deine Erinnerungen.« Er nickt sich selbst zu, brabbelt etwas Unverständliches und zeigt mir dann plötzlich ein beeindruckendes Bündel Geldscheine.

Fast hätte ich danach geschnappt und wäre weggelaufen, aber noch kann ich mich zusammenreißen. Zumindest, wenn ich meine Fingernägel ganz fest in meine Handflächen bohre. Dann aber sickern die Worte zu mir durch, und schlagartig wird mir klar, woran mich das Schild erinnert. Es ist der Flyer, den ich vor Wochen gesehen habe: *Wir kaufen deine Erinnerungen.*

Der Junkie steckt seine wohlverdienten Scheine wieder weg und rollt sich irgendetwas zusammen, von dem ich gar nicht so genau wissen will, was es ist. Ich scheine längst vergessen.

»Du meinst, dieser Alistair kauft Erinnerungen?« Erst als ich mich räuspere, schaut er auf und sieht mich verständnislos an. »Du sagtest, Alistair kauft Erinnerungen?«

Wieder dieses ekelhafte Grinsen, bei dem mir schlecht wird. »Na klar, gleich dahinten.« Er nickt in die Gasse, und ich mache hinten ein beleuchtetes Fenster aus. »Er ist nur zweimal die Woche da, also ich würde jetzt hingehen, wenn ich du wär.«

»Wie viel?« In mir kribbelt alles, ob in freudiger Erwartung oder Unwohlsein, weiß ich noch nicht. »Wie viel zahlt er?«

»Er zahlt, was du willst. Du nennst ihm deine Summe, und er holt sich dann den Gegenwert.«

Alles in mir sträubt sich dagegen. Was, wenn die gewünschte Summe jedes Maß überschreitet? »Gibt's eine Grenze?« Immerhin habe ich ja nur noch 54 Prozent Erinnerungssuffizienz.

»Klar, bei zehntausend ist Schluss«, antwortet er lachend, und mir ist klar, dass er auch nicht mehr weiß als ich. »Irgendwann biste halt leer.«

»Ist das legal?« Im selben Moment könnte ich mich schlagen. Ich bin in Hertford, in einer Gasse abseits der Hauptstraße. Natürlich ist das nicht legal, und ich kann von diesem Alistair auch nicht erwarten, dass ihm irgendetwas an meinem Wohlbefinden liegt. Wenn ich der Meinung bin, mir mein Gehirn entnehmen zu lassen, wird er das sicher tun. Mein neu gewonnener Freund ist der lebende Beweis dafür.

Er fährt sich mit dem löchrigen Ärmel über die Nase, offensichtlich fertig damit, seinen nächsten Zug vorzubereiten. »Wir sehen uns«, verabschiedet er sich, als würden wir uns hier regelmäßig treffen.

Ich kann nicht einmal etwas erwidern, so perplex bin ich. Während er die Straße runterschlurft, wende ich mich unschlüssig der Gasse zu. Es war ein langer Arbeitstag, und ich bin müde – sicher nicht der beste Moment, um solch eine Entscheidung zu treffen. Mir fällt ein, dass ich den Junkie nicht gefragt habe, wofür Alistair die Erinnerungen sammelt. Bestimmt nicht, weil er eine Alternative zum MTC anbieten will, oder doch? Junkies würden im MTC nicht einmal aufgenommen werden, allerdings ist es auch vergebens, bei ihnen nach vielfältigen schönen Kindheitserinnerungen zu suchen. Zumindest könnte ich mir vorstellen, dass die meisten nicht die rosigste Kindheit hatten.

Mein Vater wird mich töten, wenn er das Geld sieht. Aber immerhin *könnte* er mich töten.

Der Eingang der Klinik liegt versteckt hinter mehreren übel riechenden Mülltonnen. Die verheißungsvolle Goldmünze mit dem Neuron, die ich bereits auf dem Flyer und auch auf dem Schild gesehen habe, befindet sich hier ganz versteckt unterhalb einer Klingel, die auch schon einmal bessere Tage gesehen hat. Ich wage es kaum, sie zu drücken, und mir kommen immer mehr Zweifel, ob ich das überhaupt durchziehen soll. Schließlich benutze ich meinen Ärmel, damit ich das ranzige Ding nicht anfassen muss. Hinter der Tür summt es leise. Entweder ist die Tür aus Stahl, oder wer auch immer diese Klinik betreibt hat sehr feine Ohren. Es dauert zumindest keine zehn Sekunden, bis die Tür von einem Mann, dessen Alter ich nicht genau einschätzen kann, geöffnet wird.

Er betrachtet mich von oben bis unten, und sein Blick bleibt schließlich an den Löchern in meiner Hose hängen. Wahrscheinlich erfülle ich nicht das gängige Klischee eines Junkies, und er muss darüber nachdenken, ob er mich überhaupt einlässt.

»Ich brauche Geld«, sage ich, um direkt zum wesentlichen Teil zu kommen. Ich bezweifle, dass er an einer formalen Begrüßung interessiert ist.

»Natürlich. Was auch sonst?« Er schnaubt und stößt die Tür weiter auf, sodass ich endlich eintreten kann.

Neugierig sehe ich mich um. Auf dem Boden zieht sich eine schmierige hellbraune Flüssigkeit entlang, deren genauen Ursprung ich lieber nicht erfahren möchte. Um die Ecke sehe ich einen Teil der klapprigen Liege, auf der wohl die Entnahmen stattfinden werden. Mich überkommt ein unangenehmer Schauer. Die Hygieneansprüche des MTC finden hier offensichtlich keinen Anklang.

Der Mann räuspert sich neben mehr. »Gefällt dir wohl nicht.«
Natürlich nicht. Aber das spielt keine Rolle. »Sind Sie Alistair?«
»Jep. Und nun?« Er wirkt ziemlich ungeduldig. Wahrscheinlich
verschwende ich gerade seine Zeit.

Jetzt bin ich es, der ihn mustert. Kleine Falten an den Augen
verraten mir, dass er nicht mehr der Jüngste ist. Ein Dreitagebart
bedeckt sein Kinn und die Wangen. Geheimratsecken in seinem
ausgewaschenen Blond ziehen den Haaransatz bis über die Ohren
zurück. Im Gegenzug dazu ist seine Kleidung von guter Qualität.
Er trägt keinen Anzug, aber die Hosen sind sauber und das Hemd
gebügelt. Würde er in Hertford auf der Straße herumlaufen, wäre
er mir sicherlich aufgefallen.

»Wie ich bereits sagte, ich brauche Geld.«

Er schließt die Tür und verriegelt sie von innen. Mit dem Klicken des Schlosses wird mir ganz mulmig zumute. Offensichtlich
sind unerwartete Zuschauer unerwünscht. »Tja, dann komm mal
mit.«

Ich folge ihm um die Ecke zu der Liege.

Immerhin die Geräte, die neben der Liege stehen, kommen mir
vertraut vor. Ich hatte schon halb befürchtet, dass er mir die Schä-
delplatte aufsägen und gleich eine Handvoll Gehirn entnehmen
würde. Alistair setzt sich an seinen Computer, schlägt die Beine
übereinander und sieht mich herausfordernd an. »Wie viel?«

Mein Kopf rast. Auf der einen Seite weiß ich sehr genau, wie
viel Geld uns momentan fehlt. Auf der anderen Seite ist mir nicht
geläufig, wie viele Erinnerungen ich noch habe und wie viel diese
wert sind. »Auf dem Flyer stand, Sie nehmen alles?«

Er zuckt mit den Schultern. »Alles, was brauchbar ist.«

Das beantwortet meine Frage nicht gerade. Mit einer einladen-
den Geste, die ich nur als ironisch deuten kann, zeigt er auf die
Liege. Alles in mir sträubt sich dagegen, sich auf die durchgelegene
Matratze zu setzen. Wenn ich hier wirklich mit Geld herausge-

hen möchte, dann bleibt mir wohl nichts anderes übrig. »Wären 500 Euro in Ordnung?«

Erneut zuckt er lediglich die Schultern. »Wenn du so viel brauchst.«

»Ja.« Es reicht zwar noch nicht wirklich, aber ich will erst mal schauen, ob es das wert ist. Schließlich weiß ich immer noch nicht, ob das hier überhaupt real ist.

Statt mich noch einmal darauf hinzuweisen, dass ich mich endlich hinlegen soll, öffnet Alistair mit einem Schlüssel eine Schublade. Darin befindet sich eine Kasse, aus der er zehn Fünfziger abzählt. Er legt die Scheine auf die Ecke des Schreibtisches rechts neben sich, dahin, wo ich nicht so einfach rankomme. »Dann zeig mal her, was du hast.«

Mit etwas Überwindung lasse ich mich auf der Liege nieder und versuche, nicht daran zu denken, wie viel Ungeziefer sich wohl darin befindet oder wer hier vorher gelegen hat. Routiniert beginnt Alistair die Operation vorzubereiten. Schließlich fragt er: »Irgendwelche Präferenzen?«

Ich schüttle den Kopf. Mir ist es völlig egal, welche Erinnerungen er nimmt, solange ich mein Geld dafür bekomme.

Ich kann nicht anders, als ihn mit Dr. Rhivani zu vergleichen. Seine Handgriffe sind grob, und er hat keinerlei Interesse daran, sich mit mir zu unterhalten. Ich studiere die Flecken an der Decke, während er mich an die Maschinen anschließt und schließlich mit der Entnahme beginnt.

Plötzlich verspüre ich einen Stich im Arm und schreie auf. Als ich zur Seite sehe, packt er gerade die Spritze weg. »Was zur Hölle war das?« Panik steigt in mir auf bei der Vorstellung, welche Substanz sich in dieser sicher nicht sterilen Spritze befunden haben mochte.

»Ein Betäubungsmittel, oder möchtest du etwa spüren, wie ich in deinen Schädel bohre?«

Er verstaut die Spritze, und ich bemerke, wie meine Finger klamm werden. Bilder tauchen vor meinem inneren Auge auf; Bilder von Bohrmaschinen und Horrorfilmen. »Sie haben immer da hinein…« Zwar kann ich meinen Finger heben, aber er fühlt sich dabei an, als wäre er aus Gummi, und ich bin mir nicht sicher, ob er tatsächlich die Stelle trifft, aus der Dr. Rhivani immer meine Erinnerungen geholt hat. Auch meine Zunge fühlt sich schwer an, und es ist kein angenehmes Gefühl. Nur müde werde ich nicht. Zumindest nicht mehr, als ich es ohnehin schon bin.

Alistairs Finger wandern über meinen Kopf und durch meine Haare. Dann meint er: »So, so, du hast also schon Erfahrung damit. Das MTC gibt dir wohl nicht genug.«

»Mags…malwe…dd«, murmele ich. *Maximalwert* sollte das eigentlich heißen, aber meine Zunge fühlt sich wie ein Fremdkörper an.

Alistair ist es eh egal. Er kehrt zurück an seinen Computer und schaut sich die Scans an. »Hmm, ja, davon lässt sich einiges gebrauchen.«

Am liebsten würde ich nachfragen, was er genau damit meint, vor allem, welche Erinnerungen brauchbar sind. Laut Dr. Rhivani habe ich keine 60 Prozent mehr an verwertbaren Kindheitserinnerungen. Ich hoffe, dass es diese restlichen sind, die Alistair mir entnehmen möchte. Von traumatischen Erlebnissen abgesehen, sind sich die Forscher darüber einig, dass reifere Erinnerungen nicht entnommen werden sollten, um die Funktionsweise des Gehirns nicht zu schädigen.

Als Alistair wieder zu mir kommt, spüre ich wieder die Berührung seiner Finger auf meiner Kopfhaut, und kurz erbebt mein Schädel in unangenehmen Vibrationen. Keine Ahnung, was genau die Spritze eigentlich bewirkt hat, aber ich spüre viel zu viel. Alles in meinem Körper kribbelt, ich kann kein Wort sagen, und mein Kopf dröhnt. Ein unangenehmer Druck breitet sich über dem

Ohr aus und zieht sich bis in meinen Kiefer. Es ist nicht wirklich Schmerz, aber angenehm ist es auch nicht. Tatsächlich würde ich am liebsten die Zähne fest aufeinanderbeißen, aber statt Zahn erwische ich nur das Gewebe meiner Wange. Ich schmecke Blut und kann es dennoch nicht hinunterschlucken.

Später, als ich auf die Straße wanke, die zehn Scheine fest in meiner Hand, kann ich mich kaum daran erinnern, was überhaupt geschehen ist. Die Stelle an meinem Hinterkopf pulsiert, und so langsam stellt sich ein dumpfer Schmerz ein. Kurz denke ich an Lynn, die solche Angst vor der Memospende hatte. Heute kann ich sie deshalb sogar verstehen. Aber ich habe mein Geld, und das ist alles, was zählt. Zumindest im Moment.


Am nächsten Morgen erwache ich mit dröhnendem Schädel im Bett. Ich kann mich nicht daran erinnern, überhaupt nach Hause gekommen zu sein. Tatsächlich habe ich in meinen Sachen geschlafen, nur die Schuhe habe ich abgestreift. Mein Mund fühlt sich pelzig an, als hätte ich mir schon tagelang nicht mehr die Zähne geputzt.

Fahrig taste ich in meiner Hosentasche, die sich gut gepolstert anfühlt. Ich atme erleichtert aus. Auch wenn ich mich fühle, als wäre ich gerade erst aus einem Albtraum erwacht, habe ich es nicht geträumt. Das Geld ist wirklich da.

Ein Blick auf die Uhr verrät mir, dass ich noch zwei Stunden Zeit habe, bis ich wieder auf der Arbeit sein muss. Dabei ist es Sonntag.

Ich wechsle meine Sachen und transferiere dabei vorsichtig das Bündel Scheine, das einen Teil der Krankenhausrechnung bezahlen wird. Dann putze ich mir gleich doppelt so lange wie sonst die Zähne und betrachte mich im Spiegel. Davon abgesehen, dass ich übermüdet aussehe, scheint es mir gut zu gehen. Vorsichtig ertaste ich die Bohrstelle und entdecke eine beachtliche Beule.

Entschlossen kämme ich mein Haar so, dass es darüberfällt. Erst dann fühle ich mich bereit, mich meinen Eltern zu stellen.

Doch daraus wird so schnell nichts, denn wir haben Besuch. Lynn ist da und legt in der Küche unsere Wäsche zusammen. Als ich eintrete, lächelt sie mich an. »Guten Morgen, Mika.«

Meine Eltern sind auch anwesend. Meine Mutter räumt gerade ein paar Konserven weg, die gestern noch nicht da waren, während mein Vater am Tisch sitzt und sein karges Frühstück verspeist.

»Schau mal, was Lynn uns mitgebracht hat«, sagt meine Mutter und schiebt mir eine Tüte Gummibären über den Tisch.

Perplex sehe ich die Tüte an. »Gummibärchen?«

»Ich weiß, davon wird man nicht satt, aber ich dachte, ihr könntet etwas zum Naschen vertragen«, erklärt Lynn.

Plötzlich wird mir klar, woher die Konserven kommen. Lynn hat für uns eingekauft. Die Gummibärchen sind nur die Spitze des Eisbergs. So lieb es auch gemeint ist, ich kann mich einfach nicht darüber freuen. Stattdessen spreche ich sie auf ihre Tätigkeit an: »Und jetzt räumst du bei uns auf?«

Lynn wird rot. Beschämt senkt sie den Blick. »Ich will nur helfen.«

»Es war sehr freundlich von Lynn, ihre Hilfe anzubieten«, erklärt mir mein Vater. In seiner Stimme klingt eine leise Warnung durch, dass ich mich gefälligst benehmen soll.

Mit einem Stöhnen setze ich mich. Von mir will er keine Hilfe, aber von Lynn, dem Mädchen mit dem Kindheitstrauma, nimmt er sie an. »Danke, Lynn«, sage ich etwas schärfer als beabsichtigt.

Schüchtern sieht sie mich an. »Hast du heute Zeit? Laut deinem Plan hast du um 15 Uhr Schluss.«

»Der Plan hat sich geändert«, erkläre ich ihr etwas pampig. Es wurmt mich irgendwie, dass mein RedPad nicht auf dem neuesten Stand ist. »Ich habe gestern noch eine Schicht angenommen. Um 17 Uhr bin ich wieder im Dienst.«

»Oh.« Mehr kommt nicht von ihr.

Ich stehe auf und mache mir eine Schüssel Cornflakes zum Frühstück. Meine Mutter reicht mir Milch. Ich bin es so gewohnt, die Cornflakes trocken zu essen, dass ich die Tüte nur verständnislos anblicke. Schließlich greife ich danach, doch meine Mutter hält die Milch fest. »Sei lieb zu ihr«, sagt meine Mutter so leise, dass mein Vater und Lynn es nicht hören können.

Ich rolle die Augen und gieße mir ein paar wenige Schlucke Milch über die Cornflakes. Widerwillig muss ich zugeben, dass der Geschmack himmlisch ist.

Lynn ist inzwischen mit der Wäsche fertig geworden. Sie sieht an mir vorbei zu meiner Mutter. »Wenn Sie sonst noch irgendwas brauchen … ansonsten würde ich nach Hause gehen.«

Meine Mutter lächelt. »Heute nicht. Hab vielen Dank!«

»Kein Problem. Dann komme ich Donnerstag wieder.« Sie greift in ihre Tasche und legt mir das RedPad auf den Tisch. »Dann kannst du es mir zurückgeben.«

Ich will protestieren, dass ich Donnerstag von 7 bis 22 Uhr aus dem Haus bin, aber dann wird mir klar, dass Lynn das weiß. Sie erwartet nicht, dass ich sie treffe, will es vielleicht sogar gar nicht.

Sie verabschiedet sich noch von meinem Vater und verlässt dann die Wohnung. Durch die Wand höre ich sie die Treppe hinunterlaufen. Ich werfe einen Blick aus dem Fenster und beobachte, wie sie auf die Straße tritt und sich dort kurz über die Augen wischt. Schuldbewusst wende ich den Blick ab und finde mich meinen Eltern gegenüber.

Meine Mutter isst nun auch, doch mein Vater sieht mich vorwurfsvoll an. »Es war nett von ihr, vorbeizukommen.«

»Ich weiß, dass Lynn nett ist«, gebe ich patzig zurück. Ich mag zwar im Gegensatz zu ihm alles über sie vergessen haben, aber das heißt nicht, dass ich sie nicht kenne.

Da ich keine Lust habe, meine miese Laune vor meinen Eltern

zu verteidigen, ziehe ich das Bündel Scheine aus der Hosentasche und werfe es auf den Tisch. »Da! Fürs Krankenhaus.«

Ungläubig sehen meine Eltern das unverhoffte Geld an. Mein Vater verengt seine Augen. »Wo kommt das her?«

»Spielt das eine Rolle?«

»Mika!« Der drohende Unterton ist zurückgekehrt.

Genervt schnalze ich mit der Zunge und stelle meine leere Schale ab. »Ich war wieder spenden.«

»Du hast was?« Wäre er gesund, hätte er wohl gepoltert. Jetzt ist es nur ein heiseres Hauchen. »Ich habe dir ausdrücklich gesagt, Mika, dass du die Finger davon lassen sollst. Ich will das Geld nicht.« Um seine Worte zu unterstreichen, schiebt mein Vater die Scheine wieder in meine Richtung.

Meine Mutter legt jedoch ihre Hand darauf und sieht ihn gequält an: »Wir können nicht darauf verzichten.« Wenigstens eine mit Vernunft.

»Bist du etwa einverstanden damit, dass unser Sohn all seine Erinnerungen aufgibt?« Verständnislos schüttelt mein Vater den Kopf und murmelt dann: »Das ist es doch nicht wert.«

Ich verschränke meine Arme und antworte beharrlich: »Doch, ist es.«

Sie ignorieren mich beide. Meine Mutter streicht meinem Vater über den Arm und spricht versöhnlich auf ihn ein: »Natürlich nicht. Es wäre mir auch lieber, wenn er das nicht getan hätte. Aber jetzt ist das Geld nun einmal da und die Erinnerungen verloren. Es bringt doch nichts, sich über verschüttete Milch aufzuregen.«

Statt ihr zu antworten, sieht er zu mir auf. »Ich dachte, wir hätten uns verstanden.«

»Weißt du was, dann lass es doch einfach! Setz die Scheißmedikamente ab und bleib zu Hause! Irgendwie müssen wir nun mal ins Plus kommen.« Die ganzen Vorwürfe, wo ich doch nur das Beste für unsere Familie möchte, werden mir zu viel. Ich bin müde, in einer halben Stunde beginnt mein nächster Job, und mein Kopf tut weh.

»Mika!«, ruft meine Mutter entsetzt aus. Wahrscheinlich zeugt es nicht gerade von gutem Ton, seinem Vater vorzuschlagen, sich einfach hinzulegen und zu sterben. Habe ich schon erwähnt, dass ich müde bin?

Der Widerwillen in meinem Vater wächst nur noch mehr durch meine Worte. Er würde es tatsächlich fertigbringen, das Geld nicht anzunehmen. Was er stattdessen damit machen möchte, erschließt sich mir nicht. Zurücknehmen werde ich es sicherlich nicht, und wie meine Mutter schon sagte, die Erinnerungen sind verloren. Mit zusammengepressten Zähnen ringt er sich schließlich zu einem »Das war das letzte Mal« durch.

Er ist nicht der Einzige, der stur sein kann. Ich schüttle meinen Kopf vehement und verschränke die Arme. »Solange es Rechnungen bezahlt, werde ich es wieder tun. Und wieder und wieder.« Wie man sich vorstellen kann, begeistert meine Antwort nicht gerade. Womöglich war sie auch ein klein wenig übertrieben, aber mein Vater will es ja nicht anders. Und weil mich das alles ankotzt, setze ich gleich noch hinterher: »Ich muss zur Arbeit.« Damit auch ja kein Zweifel an meiner Aussage entsteht, drehe ich mich um und stapfe in den Flur.

Früher wäre mein Vater mir nachgelaufen. Oder wäre er das? Ich weiß es nicht mehr. Wahrscheinlich war er schon damals stur und hätte auch dann nicht nachgegeben, wenn ich geflohen wäre. Stattdessen ist es meine Mutter, die mich an der Haustür aufhält und flehend ansieht.

»Mika. Was soll denn das? Erst vergraulst du Lynn, und jetzt schreist du uns auch noch an?« Sie runzelt die Stirn und schüttelt den Kopf ganz leicht. »So kenne ich dich gar nicht.«

Mühselig unterdrücke ich ein Seufzen. »Was ist denn das Problem? Wir brauchen Geld, und zwar dringend, und ich hab welches besorgt. Ist es denn zu viel verlangt, wenn ich dafür mal ein Danke hören will und nicht wie ein kleiner Junge behandelt werden möchte?«

Sanft streicht sie mir mit der Hand über die Wange. »Dein Vater macht sich nur Sorgen.«

»Er ist aber nicht der Einzige, der sich Sorgen macht. Warum darf er das und ich nicht?«

Sie lächelt mich liebevoll an. »Weil du unser Kind bist.« Als sie bemerkt, wie sehr mich ihre Antwort nervt, setzt sie noch hinzu: »Natürlich darfst du dir Sorgen machen, und wir wissen das auch zu schätzen. Sehr sogar. Aber du lässt dich da auf Sachen ein, die du nicht verstehst und die dazu noch gefährlich sind.«

Ich schnaube ungläubig. Wenn jemand aus unserer Familie die Memospende versteht, dann ja wohl ich. »Aber das ist meine Entscheidung. Es sind meine Erinnerungen, und ich allein darf darüber entscheiden, was mit ihnen geschieht. Wenn ich nun mal der Meinung bin, dass wir das Geld nötiger haben als meine Erinnerungen an irgendwelche längst vergangenen Ereignisse, dann ist es mein gutes Recht, sie zu verkaufen.« Ich atme tief ein und versuche, ruhiger zu sprechen: »Von meinen Erinnerungen werden wir nicht satt oder Papa gesund. Ist das so schwer zu verstehen?«

»Nein, überhaupt nicht. Aber gibt es denn gar keine andere Möglichkeit? Es sind vielleicht nur Erinnerungen, aber was, wenn du sie eines Tages brauchst? Wenn sie dir eines Tages fehlen?«

»Woher soll ich denn wissen, ob sie mir fehlen?« Ich zuckte mit den Schultern. »Ich kann mich ja nicht an sie erinnern.«

»Und das beunruhigt dich überhaupt nicht?« Ungläubig sieht meine Mutter mich an.

Für einen Moment versuche ich wirklich, mich auf diese Gedankengänge einzulassen. Werden mir die Erinnerungen wirklich eines Tages fehlen? Lynn schleicht sich in meine Gedanken. Mir fehlen die Erinnerungen mit ihr, und ich müsste lügen, wenn ich behaupten würde, dass mich das nicht stört. Aber es ist ein einziger Fall, ein Sonderfall sozusagen. Wie wahrscheinlich ist es denn bitte, dass sich so etwas wiederholen wird?

Zerknirscht gebe ich zu: »Mich beunruhigen momentan andere Dinge.«

Bedrückt sieht meine Mutter nach unten. »Ich verstehe.«

»Gut. Dann kann ich ja jetzt gehen.« Ohne ein weiteres Wort schnappe ich mir meinen Rucksack und verlasse die Wohnung. Eigentlich ist es noch etwas zu früh, um auf Arbeit zu gehen, aber im Gegensatz zu meiner Mutter würde sich mein Vater nicht so einfach abwimmeln lassen. Dann soll er mich eben dafür hassen, dass ich nicht auf ihn gehört habe. Von mir aus kann er fluchen, so viel er will, Hauptsache, er bleibt am Leben. Und wir mit ihm.

# Kapitel 13

Es dauert gut zwei Wochen, bis ich mich wieder mit Lynn treffe. Zwar war sie in der Zwischenzeit zwei-, dreimal bei mir zu Hause, aber wir haben uns immer verpasst. Diesmal ist es wieder ein Café, da es draußen viel zu kalt ist. Schnee bedeckt die Straßen, zumindest dort, wo er noch nicht zu einer matschigen braunen Pampe geworden ist. Seit meinem ersten Besuch bei Alistair war ich noch drei weitere Male da. Jedes Mal habe ich mich danach noch mehr gehasst als zuvor. Mein Vater spricht kein Wort mehr mit mir, obwohl das Geld sämtliche Krankenhausrechnungen und Medikamente bezahlt. Ohne meinen Einsatz könnte er nicht länger zur Dialyse gehen, und dennoch … wenn er einmal in meine Richtung schaut, fühle ich mich jedes Mal, als wäre ich der schlimmsten Verbrechen schuldig.

»Alles an mir enttäuscht ihn«, erzähle ich Lynn knapp. »Er hat irgendwie das Gefühl, dass ich ihm eine strahlende Zukunft schulde. Ich soll meine Zeit nicht in diesen Jobs verschwenden und erst recht kein Geld nach Hause bringen. Als ob ich da eine Wahl hätte. Klar würde ich auch lieber Zeit mit ihm verbringen, aber es geht nun mal nicht.«

Ausnahmsweise habe ich mir Kuchen und etwas zum Trinken bestellt. Während ich mich mit dem süßen Zeug geradezu vollstopfe, hat sie ihre Bestellung noch nicht einmal angerührt. »Ich kann ihn da schon ein wenig verstehen. Es geht ihm nicht gut, vielleicht …«

»Kein Vielleicht«, unterbreche ich sie. »Mein Vater ist ziemlich weit oben auf der Spenderliste. Er bekommt eine neue Niere, und dann wird alles wieder besser.«

Lynn starrt auf ihren Teller und nickt. Ich weiß selbst, dass meine Hoffnungen möglicherweise nicht erfüllt werden, aber ich kann nicht damit leben, dass er irgendwann nicht mehr da sein sollte.

»Willst du denn nicht doch ein wenig mehr mit ihm machen? Nur für den Fall?«, fragt sie regelrecht zaghaft.

Der Schokokuchen in meinem Mund beginnt wie Asche zu schmecken. Frustriert spüle ich mit etwas Tee nach, doch dieser ist nach all der Süße viel zu bitter für meinen Geschmack. »Was soll das bringen?« Ich reibe mir entnervt über die Schläfen, wie üblich viel zu müde. »Wenn ich nicht arbeite, können wir die Rechnungen nicht bezahlen, und außerdem mag er mich eh nicht sehen.«

»Das glaube ich nicht.« Lynn verzieht das Gesicht, und ich kann nicht anders, als die Augen zu verdrehen.

»Ich dachte, du wärst auf meiner Seite.« Ich bereue die Worte, sobald sie aus meinem Mund sind.

Lynn sieht mich geschockt an. Ihr Mund steht ein wenig offen, und in ihren Augen kann ich sehen, dass ich sie damit heftiger getroffen habe, als ich es je vorgehabt habe. »Ich bin auf deiner Seite, Mika.« Ihre Stimme zittert ein wenig.

Auf der Stelle gebe ich nach. »Ja, natürlich. Du willst ja nur das Beste für mich.« Es gelingt mir nicht, ihrem Blick zu begegnen. »Ich hatte nur irgendwie gedacht, dass du nach allem, was du mit deiner Mutter erlebt hast, irgendwie verstehen würdest, was ich gerade …« *Durchmache*, will ich sagen, aber kann ich mich überhaupt mit Lynn vergleichen? Ihre Mutter hat über Jahre ihr Selbstwertgefühl dekonstruiert und ihr nahezu täglich vor Augen geführt, dass sie ihren Ansprüchen nicht genügt. Mein Vater ist enttäuscht, weil er sich eine Sache wünscht, die ich partout nicht erfüllen will. Dabei spricht er es nicht mal aus.

»Es tut mir leid.« Ihre Worte sind so ehrlich, dass es mir fast das Herz bricht. Ich habe sie wirklich nicht verdient. »Läuft denn sonst alles?«

»Ja.« Ich zucke die Schultern. Was soll ich auch sonst antworten? Dass ich das Gefühl habe, keine Kontrolle mehr über mein Leben zu haben? Man liest immer, dass Erwachsene in der Routine verloren gehen. Dass jeder Tag gleich ist, Arbeitstrott quasi. Ich habe nie damit gerechnet, so schnell erwachsen zu werden. »Ich habe Arbeit, ich verdiene Geld. Wird schon alles.«

Irgendwie habe ich das Gefühl, dass ich Lynn nicht überzeuge. Ihr Blick dringt mir bis ins Mark, und ich sehe beschämt weg und stopfe mir den letzten Rest meines Kuchens rein. Dann greife ich in die Tasche und hole mein Portemonnaie raus. »Ich muss wieder«, behaupte ich und beginne, das Geld abzuzählen.

»Ich übernehme das.« Wie üblich will Lynn für alles bezahlen. »Schließlich habe ich dich doch in eins dieser teuren Cafés geschleift, die du so gar nicht magst.«

Kurz muss ich schmunzeln, aber dann schüttle ich den Kopf. »Ich verdiene mein eigenes Geld. Das passt schon.«

»Mika. Ich weiß doch, dass du alles für deinen Vater und deine Familie brauchst.«

»Ich habe genug«, antworte ich und lass mich nicht davon abbringen, die Rechnung zu bezahlen. Sogar ein kleines Trinkgeld ist drin. Luxus pur.

Lynn folgt mir nach draußen, wo ein eisiger Wind durch die Straßen weht. Noch immer betrachtet sie mich besorgt. »Ich denke, die Jobs reichen von vorn bis hinten nicht? Du musst mir nichts beweisen, das weißt du.«

Mit meinem schönsten Lächeln versuche ich, sie gnädig zu stimmen. »Natürlich weiß ich das. Darum geht's auch gar nicht. Ich habe lediglich ein wenig übrig und wollte es mir ein Mal gönnen, selbst für mein Essen zu bezahlen.«

»Na gut.« Sie sieht nach unten, nicht wirklich zufrieden mit meiner Antwort. »Aber wenn du was brauchst … du weißt, dass du mich immer fragen kannst.«

Vielleicht sind es Schuldgefühle, weil ich mich sonst zu sehr von Lynn distanziere, oder das Bedürfnis, mit irgendjemandem darüber zu reden, der mich danach nicht mit Schweigen straft, aber als wir uns gerade trennen wollen, verrate ich ihr doch, woher mein plötzlicher Wohlstand kommt: »Ich gehe wieder spenden.«

Verwirrt bleibt Lynn stehen. »Aber hast du nicht gesagt, dass du unter dem Maximalwert liegst?«

»Ja, im MTC.« Vor meinem inneren Auge blitzt das Bild von Alistairs unangenehmer Klinik auf. Energisch schüttle ich meinen Kopf. »Es gibt bei mir um die Ecke eine Klinik, die sich auf andere Arten Erinnerungen spezialisiert hat. Dadurch spielt der Maximalwert keine Rolle.«

Statt sich für mich zu freuen, fallen Lynn beinahe die Augen aus dem Kopf. »Andere Arten?«

Ich nicke. »Ja, so wie deine Traumata und älteres Zeug eben.«

»Bist du verrückt geworden?«

Ihre untypische Reaktion lässt mich ein Stück nach hinten taumeln. Gibt es denn gar keinen, der die Notwendigkeit meiner Spenden versteht? Etwas beleidigt antworte ich: »Es ist doch nichts dabei, Lynn. Alles, was wichtig ist, habe ich abgespeichert, und an die Kernerinnerungen kommt keiner ran.« Zumindest ist die Forschung noch nicht so weit, diese zu entfernen, ohne sie zu zerstören.

Diesmal lässt Lynn sich nicht so schnell einschüchtern. »Ich kann einfach nicht verstehen, wieso du dir das antust. Du hast so wunderbare Erinnerungen, und du gibst all das weg. Für Geld.«

»Ich kann mit dem Geld meine Familie ernähren und dafür sorgen, dass mein Vater die medizinische Versorgung bekommt, die ihm zusteht«, antworte ich nicht minder erhitzt. »Es gibt deutlich Wichtigeres als die Erinnerungen an den Teil meines Lebens, der eh längst vorbei ist.«

Tränen stehen in ihren Augen, die ich nicht so recht zuordnen kann. Nichts davon richtet sich gegen Lynn. »Du kannst nicht einfach alles wegwerfen.«

Ich ringe selbst mit mir, aber mein Entschluss steht fest. Nur die Gegenwart zählt. »Mir bleibt keine andere Wahl.«

»Aber …« Sie ringt nach Atem. »Aber ich will nicht, dass du mich wieder vergisst.« Sie schlägt die Hände vors Gesicht und schluchzt laut.

Es wäre wohl angebracht, zu ihr zu gehen, sie in den Arm zu nehmen und zu trösten, aber das würde auch nichts ändern, und irgendwie bringe ich es nicht über mich. Vielleicht wäre es besser, wenn Lynn mich vergessen würde. Es wird sowieso immer anstrengender, mir Zeit für unsere Treffen zu schaffen.

Kein Wort kommt über meine Lippen, und schließlich hat sich Lynn auch wieder so weit beruhigt, dass sie mich ansehen kann. »Du wirst immer weitermachen, oder?«

Ich kann lediglich die Schultern zucken. Was weiß ich schon über die Zukunft?

Tief einatmend reibt sich Lynn über die Augen. »Ich verstehe.« Mehr als ich. »Du kannst dich ja so schon nicht an mich erinnern. Was bedeuten da die letzten Monate?«

»Lynn«, fange ich an, zu erschöpft, jetzt eine solche Grundsatzdiskussion zu führen.

»Nein, ich verstehe schon. Ich habe mich dir aufgedrängt, und weil du so ein netter Kerl bist, hast du mich walten lassen.« Ich komme mir gerade alles andere als nett vor. »Du hast deine ohnehin schon knappe Zeit für mich, eine völlig Fremde, geopfert und versucht, mir zu helfen.« Sie muss sich unterbrechen, um zu schlucken. Ihr Blick geht irgendwo schräg an mir vorbei. »Das kannst du nicht länger, weil sich deine Familiensituation geändert hat, und ich bin nicht mehr als ein Klotz am Bein, der deine eh schon kostbare Zeit frisst.«

Natürlich will ich widersprechen, aber meine Zunge fühlt sich wie Blei an. Als hätte ich mich gerade erst bei Alistair betäuben lassen. Stattdessen stehe ich da und hoffe halb, dass sie mich jetzt fallen lässt. Nicht, weil es nicht wehtun würde – Lynn würde mir schrecklich fehlen –, sondern damit ich zumindest diese Verantwortung ins Wartezimmer schieben kann. Wie tief bin ich eigentlich gesunken, dass ich das Körnchen Wahrheit in ihren Worten erkenne? Dass mein Widerspruch eine Lüge wäre?

Auch Lynn scheint langsam an dem Punkt anzukommen, an dem sie ihre Worte zu glauben beginnt. »Es tut mir leid, dass ich dich noch zusätzlich belastet habe.« Sie schenkt mir ein Lächeln, das so zerbrechlich ist, dass mir der Brustkorb schmerzt. »Danke, dass du mir die letzten Monate geschenkt hast. Das war unglaublich großzügig von dir. Ich hoffe, dass es deinem Vater bald besser geht und du irgendwann …« Es ist zu viel. Die Maske, die sie für mich aufgesetzt hat, bröckelt. »Falls du …«

»Ich habe deine Nummer«, gelingt es mir endlich zu sagen, um Lynn zu erlösen.

»Gut«, sagt sie erleichtert, aber nicht getröstet. »Dann … viel Glück mit allem.«

Schon verlassen mich die Worte wieder. Ich stehe nur da und nicke, schaffe es nicht mal, ihr ein ebenso schwaches Lächeln zu schenken. Lynn dreht sich um und geht raschen Schrittes davon, während ich mich nicht rühren kann. Stattdessen sehe ich ihr nach, bis ihre Gestalt in der Ferne verschwindet.

Alles, was mir bleibt, sind die Wunden, die ich nicht heilen konnte. Ich will auch nicht, dass sie wieder verblasst.

Es ist mitten in der Nacht. Ich bin hundemüde, und dennoch kriege ich kein Auge zu. Obwohl meine beiden Geschwister neben mir friedlich schlafen, bringe ich es nicht über mich, das RedPad auszuschalten, mich auszuziehen und es ihnen gleichzutun. Stattdessen surfe ich endlos im Internet und lasse mir Jobangebote zeigen. Es ist nicht so, dass ich einen neuen Job bräuchte. Ich habe drei. Keinen, der mich glücklich macht, aber auch keinen, auf den ich verzichten könnte. Das RedPad informiert mich darüber, dass ein neues Jobangebot mit meiner Suche übereinstimmt. Obwohl ich es besser weiß, rufe ich die Anzeige auf und sehe sie mir an: ein Einstiegsjob bei Red. Im Geiste kann ich jeden einzelnen Punkt auf der Jobbeschreibung abhaken. Ich erfülle die Mindestqualifikation, habe die entsprechenden Noten und sogar die notwendigen Erfahrungen. Was ich nicht habe, ist die Möglichkeit, 40 Stunden für den halben Lohn zu arbeiten. So traurig es ist, aber der Job ist nicht mehr als ein besseres Praktikum, die Entlohnung nur ein netter Bonus, nicht dafür gedacht, davon zu leben. Geschweige denn eine Familie zu unterstützen.

Frustriert schalte ich den Browser aus und lege mich auf mein Bett. Das RedPad spielt meine Lieblingsmusik, und ich spüre, wie ich etwas ruhiger werden. Etwas erstaunt blicke ich auf, als mir das RedPad vorschlägt, Lynn anzurufen. Es hat noch nicht gelernt, dass das zwischen mir und Lynn vorbei ist und dass ich Lynn nicht um 2:00 Uhr nachts noch eine Nachricht schreiben kann, weil sie längst schläft und ihr das verwirrende Signale senden würde. Seit dem Tag im Café hat sie sich nicht wieder bei mir gemeldet und war auch nicht bei mir zu Hause. Ich hoffe, dass dem so ist, weil sie wahrhaftig mit mir abgeschlossen hat, und nicht, dass sie mehrmals am Tag eine Nachricht schreibt und sie dann doch nicht absendet, so wie ich es tue. Ich will mich entschuldigen, bin aber fest davon überzeugt, dass damit auch nichts besser wird. Ich kann mich ja doch nicht mit ihr treffen oder ihr die Aufmerksamkeit zukommen lassen, die sie eigentlich verdient. Es wäre also nicht fair von mir, sie hinzuhalten.

Zumindest tagsüber gelingt es mir ganz gut, die Gedanken an Lynn auszublenden. Jetzt hier im Dunkeln überkommt mich die

Sehnsucht. Ich schreibe keine Nachricht, aber ich suche ihren Blog auf. In letzter Zeit hat sie fast täglich gepostet, und nach den ersten Zeilen ihres aktuellen Posts schrillen bei mir alle Alarmglocken.

*Es hat keinen Sinn, es länger hinauszuzögern. Ich habe mir zu lange etwas vorgemacht. Die Therapie schlägt einfach nicht an.*

Lynn will es tun. Sie wird sich der Transplantation unterziehen.

Eigentlich sollte ich mich darüber freuen. Schließlich war ich immer der Meinung, dass das der einzig richtige Weg für sie ist, um endlich mit der Vergangenheit abschließen zu können. Es ist weniger die Tatsache, dass sie nun endlich zustimmt, als vielmehr, warum sie es tut. Was hat sie überzeugt? Bestimmt waren es nicht meine jüngsten Erfahrungen mit der Memospende. Wenn überhaupt, hätte ich angenommen, dass sie das noch mehr zurückschrecken lässt.

Mein Herz rast, während ich mit den Augen die Artikel durchscanne. In den letzten Wochen ging es ihr immer schlechter.

*Ich dachte, ich könnte die Krankheit alleine besiegen. Immerhin wirft mir meine Mutter ja ständig vor, dass ich so stur wie mein Vater wäre. Aber Sturheit bringt mich nicht weiter. Im Gegenteil, sie hat nur die Wunden verborgen, die ich mir nicht eingestehen will.*

*Vor ein paar Tagen wäre beinahe jemand gestorben. Es war furchtbar, und dennoch habe ich mich dabei erwischt, dass ich geradezu neidisch darauf war. Wie gerne würde ich seinen Platz einnehmen. Dann wäre das alles endlich vorbei. Ich würde sogar Gutes tun …*

Überwältigt klicke ich den Beitrag weg. Lynn würde für meinen Vater ihr Leben geben. Mir gegenüber hat sie das nicht gesagt, aber hier steht es quasi schwarz auf weiß. Ich mache mir riesige

Sorgen. Mir wird erst jetzt so richtig bewusst, wie schlimm ihre Depressionen wirklich sind. Einen Moment lang ruht mein Finger über der Anrufschaltfläche. Dann entscheide ich mich jedoch, weiterzulesen.

*Allen, die die Memospende durchgeführt haben, geht es besser. Meine Mutter hat in den letzten Jahren zweimal versucht, sich umzubringen. Jetzt verschwendet sie keinen einzigen Gedanken mehr daran. Sie kann wieder lachen und leben. Sie hat Pläne, die sie verwirklichen will, eine Zukunft, die sie erleben will, und so unglaublich es sich auch für mich anhört, betont sie immer wieder, dass sie diese mit mir zusammen erleben will.*

*Sie fragt mich mittlerweile täglich, wann ich es endlich tue. Gestern habe ich ihr von meinem Freund erzählt, dessen Vater beinahe gestorben wäre. Alles, was ihr dazu eingefallen ist, war: Warum nimmst du dir kein Beispiel an ihm?*

*Ich würde so gerne. Mein Freund ist wunderbar. Er und seine Familie haben so viel durchzumachen. Es geht ihm eigentlich schlechter als mir, aber er gibt nie auf. Stattdessen schuftet er sich halb zu Tode, um anderen zu helfen. Mir zum Beispiel.*

*Aber damit ist jetzt Schluss. Ich will ihm nicht weiter zur Last fallen. Er hat genug zu tragen, da brauche ich ihn nicht auch noch mit meinen Problemen zu belästigen. Nicht, wenn es doch eine so einfache Lösung in meiner Reichweite gibt. Mein Freund würde wahrscheinlich dafür töten, wenn er nur einer kleinen OP zuzustimmen bräuchte, damit all seine Probleme sich in Luft auflösen.*

*Aber er ist mutiger als ich, stärker als ich. Er blickt immer nach vorne, sieht nie zurück …*

Bei der Vorstellung, dass Lynn mich auch noch bewundert für meine Starrsinnigkeit, wird mir schlecht. Es gibt nichts zu bewundern, mir geht es nicht gut, und wenn ich keinen Gedanken an die Vergangenheit verschwende, dann deshalb, weil ich mich nicht länger an sie erinnern kann.

Monatelang hat Lynn mir weisgemacht, dass es nicht richtig ist, so vollständig und endgültig seine Erinnerungen aufzugeben, und nun glaubt sie, dass der Erfolg mir recht gibt. Dabei habe ich gar keinen Erfolg, und alles, was ich tue, gilt nur dem Überleben. Wenn das der Grund ist, warum sie sich nun doch für die Transplantation entschieden hat, dann ist es ein Fehler.

Zum dritten Mal fordert mich das RedPad dazu auf, Lynn anzurufen, und dieses Mal gebe ich nach. Mit angehaltenem Atem warte ich darauf, dass sie den Anruf annimmt, aber auf der anderen Seite ist nur Stille. Vier Mal versuche ich es, doch Lynn reagiert nicht auf mich. Zuerst denke ich, dass sie mich geblockt hat. Eine schnelle Überprüfung unseres Kontaktes weist jedoch nicht darauf hin. Dann versuche ich mir einzureden, dass sie tief und fest schläft, und wünschte, es wäre so. Aber Lynn schläft nie tief und fest. Sie hält stets den Atem an – für den Fall, dass ihre Mutter sich doch wieder betrinkt. Egal zu welcher Uhrzeit, selbst eine Textnachricht hat sie innerhalb von Sekunden beantwortet.

Ich entschließe mich dazu, ihr eine solche zu schreiben, in der Hoffnung, dass sie vielleicht einfach nicht reden möchte. *Hey, Lynn. Geht's dir gut?* Minuten vergehen, und es geschieht rein gar nichts. Lynn antwortet mir nicht. Entweder habe ich sie so sehr verletzt, dass sie gar nichts mehr mit mir zu tun haben möchte, oder irgendetwas ist passiert.

Mir kommt wieder der Satz aus ihrem Blog in den Kopf: *Wie gerne würde ich seinen Platz einnehmen.* An Schlaf ist nun wirklich nicht mehr zu denken. Mein Magen verkrampft sich immer mehr, und ich muss aufpassen, dass ich nicht hyperventiliere. Ich muss irgendetwas tun. Soll ich den Notruf wählen? Als ob die irgendetwas machen würden, wenn ich ihnen sage, dass Lynn mir nicht mehr zurückschreibt, obwohl es mitten in der Nacht ist und wir uns schon seit Wochen nicht mehr geschrieben haben. Das würde doch keiner ernst nehmen.

Ein schlimmer Gedanke frisst sich in mein Hirn. Ich habe gerade erst versucht, Lynn zu erreichen. Was, wenn es schon längst zu spät ist? Wenn sie sich vor drei Tagen etwas angetan hat oder vor einer Woche? Dann wäre ihr Smartphone leer, setzt meine Logik dagegen. Das Telefon ist definitiv nicht ausgeschaltet, und ich bezweifle, dass irgendwer es weiterhin laden würde, wenn ihr wirklich etwas passiert wäre. Leider ist meine Logik kein besonders verlässlicher Verbündeter, denn im nächsten Moment komme ich darauf, dass Lynns Smartphone genauso gut seit Wochen an der Ladestation hängen könnte.

Einen Moment lang denke ich darüber nach, Lynns Mutter anzurufen. Ihre Nummer herauszufinden, ist nicht besonders schwer. Die meisten Nummern findet man irgendwo online. Dummerweise ist es immer noch mitten in der Nacht, und ich weiß nicht, wie gut Lynns Mutter es aufnimmt, wenn ein völlig Fremder sie aus dem Bett klingelt und fragt, ob alles in Ordnung ist mit ihrer Tochter.

Dann kommt mir eine andere Idee. Lynn hat schließlich immer wieder mein RedPad benutzt, womöglich auch um ihre Gesundheitsakte zu checken. Ganz so viel Glück habe ich nicht, aber in den unveröffentlichten Dateien ihres Blogs finde ich die erste Seite des Transplantationsreports, den sie mir mal gezeigt hat. Dazu hat sie ein paar Erklärungen zu der Menge ihrer Erinnerungen geschrieben, unter anderem meine damalige Aussage, dass es mehr wäre, als ein einzelner Mensch in 18 Monaten spenden könnte. Sicher wollte sie damit anfangen, dass viel mehr Erinnerungen nötig sind als vorhanden. Jetzt habe ich darüber Zugang zu ihrer Gesundheitsnummer, deren Schwärzung ich relativ leicht rückgängig gemacht bekomme.

Minuten später habe ich mich in die Datenbank des MTC eingehackt und die gesamte Krankenakte aufgerufen. Erleichtert atme ich aus, als ich die letzte Eintragung entdecke. Lynn lebt, und es steht nirgendwo ein Hinweis auf eventuelle Selbstgefährdung oder einen Selbstmordversuch. Stattdessen ist sie seit zwei Tagen wegen eines Nervenzusammenbruchs in stationärer Behandlung. Das sind zwar keine guten Neuigkeiten, aber es ist auch nicht die Katastrophe, die ich befürchtet habe. Lynn ist in Sicherheit.

Ich halte mich an diesem Gedanken fest, während das Adrenalin aus meinen Adern weicht und die Müdigkeit endlich wieder die Kontrolle übernimmt. Im Moment gibt es nichts, was ich für Lynn tun kann. Sie ist nicht in unmittelbarer Lebensgefahr. Das reicht aus, um schließlich doch einzuschlafen.

# Kapitel 14

Eigentlich müsste ich bereits im Imbiss sein. Stattdessen stehe ich auf der anderen Straßenseite des MTC. Die Türen gleiten auf, und einer der Spender verlässt das Gebäude. Ich bilde mir ein, dass ich die Wärme der Klimaanlagen hier drüben spüren kann. Vier Monate ist es her, dass ich das letzte Mal durch diese Türen gegangen bin – oder eher geflohen bin.

Irgendwo da drin ist Lynn. Das habe ich heute Morgen noch einmal überprüft. Die Diagnose lautet Nervenzusammenbruch, was alles oder nichts bedeuten kann. Ich werde das Gefühl nicht los, dass ich Schuld daran habe oder zumindest nicht genug getan habe, um es zu vermeiden. Hätte ich mehr Zeit mit ihr verbracht, wäre das vielleicht nicht geschehen. Vielleicht hätte ich dann bemerkt, dass es ihr im Winter deutlich schlechter geht. Falls es ihr je irgendwann gut ging.

Schließlich gebe ich mir einen Ruck, überquere die Straße und trete ein. Ich runzle die Stirn, denn das vertraute Gefühl, das ich erwartet habe, stellt sich nicht ein. Der Eingang kommt mir unerwartet fremd vor, als wäre ich nicht anderthalb Jahre lang alle zwei Wochen hierhergekommen. Es ist sauber im MTC, geradezu penibel aufgeräumt. Eine leise Musik schwebt in der Luft, und frische Blumen stehen, dem Winter draußen vor der Tür zum Trotz, an der Rezeption. Ich atme tief ein und gehe einen Schritt weiter, um die junge Frau hinter dem Tresen anzusprechen. Sie kommt mir vage bekannt vor, aber ich komme partout nicht auf ihren Namen.

Nach einem kurzen Moment, in dem sie noch ihre Arbeit am Computer beendet, sieht sie auf und lächelt. Es ist nicht das Lächeln einer Person, die sowieso zu jedem freundlich ist, sondern eines, das zeigt, dass sie sich darüber freut, mich zu sehen. »Mika, das ist ja eine Überraschung, dich zu sehen. Besuchst du Dr. Rhivani?«

Sie kennt mich, rast es durch meinen Kopf. Die Rezeptionistin kennt mich beim Namen und freut sich, mich zu sehen. Und ich? Ich habe keine Ahnung, wer sie ist, abgesehen davon, dass sie offensichtlich im MTC arbeitet. Es ist wie bei Lynn. Sie kennt mich, und ich habe jegliche Erinnerung an sie vergessen.

Ein Kloß formt sich in meinem Hals, und ich muss schlucken, damit ich eine Antwort rauskriege. »Nein, nicht wegen Dr. Rhivani.« Immerhin kann ich mich an Dr. Rhivani erinnern. »Ich möchte Lynn Karnten besuchen, wenn das möglich ist.«

»Oh, ich wusste gar nicht, dass ihr befreundet seid. Wie lange kennt ihr euch schon?« Währenddessen tippt sie in ihrem Computer und sieht nach, welche Zimmernummer Lynn hat.

Einen Moment lang stocke ich. Ich kann mich nicht entscheiden, ob ich ihr Lynns oder meine Wahrheit sage. Schließlich entscheide ich mich für die Fakten. »Wir kennen uns noch aus dem Kindergarten.«

»Wirklich? Das ist ja mal ein Zufall.« Meine Antwort überrascht sie. Natürlich würde niemand vermuten, dass ausgerechnet ich mit Lynn befreundet bin. »Du musst den Gang rechts nehmen und dann durch die Schleusentür. Lynn liegt im zweiten Stock in Zimmer 218.«

»Danke …« Ihr Name liegt mir auf der Zunge, oder eher der Reflex, ihren Namen zu sagen.

Bevor eine unangenehme Pause entsteht, wende ich mich jedoch ab und folge ihrer Wegbeschreibung in den Flur jenseits des Spendenbereichs. Das Wartezimmer ist voller eifriger Spender, die es gar nicht erwarten können, ihre Kindheitserinnerungen zum

Wohle der Gesellschaft herauszugeben. Ich versuche, nicht darüber nachzudenken, wie viel Zeit ich in diesem Raum verbracht habe, in dem ich mich jetzt so fremd fühle. Zumindest kommt er mir ein wenig vertrauter vor als der Eingangsbereich.

So richtig aufatmen kann ich aber erst, als ich durch die Schleusentür gehe. Weder kommt mir irgendetwas davon bekannt vor, noch habe ich das Gefühl, dass es das sollte. In diesem Teil des MTC war ich noch nie, da bin ich mir ganz sicher.

Wenig später stehe ich vor Lynns Tür und zögere, die Klinke hinunterzudrücken. So lange stehe ich vor der Tür, dass mich einer der Pfleger bemerkt. Er ruft mir im Vorbeigehen zu: »Wenn sie nicht da ist, dann ist sie bestimmt hinten im Gemeinschaftszimmer.«

Ich danke ihm und drehe mich von der Tür weg, da es mir peinlich wäre, zuzugeben, dass ich noch gar nicht nachgeschaut habe. Dann suche ich eben zuerst das Gemeinschaftszimmer auf. Es liegt am Ende des Flures und ist ein wunderschön sonnendurchfluteter Raum. Es gibt mehrere Tischgruppen, an denen unterschiedliche Aktivitäten angeboten werden. Einen Fernseher suche ich hingegen vergeblich.

Zu meiner Erleichterung ist Lynn tatsächlich hier. Sie sitzt hinten an einem Tisch, an dem gebastelt wird, und schreibt. Natürlich tut sie das. Nur weil sie hier ist, heißt das ja nicht, dass sie darauf verzichtet, ihre Gedanken niederzuschreiben. Ich bin erleichtert, dass Lynn immer noch Lynn ist, und frage mich, was ich befürchtet habe. Sie sieht gut aus, gesund. Es gibt keinen Grund für mich, hier zu sein, rede ich mir ein. Das MTC hat alles unter Kontrolle. Wenn ich mich beeile, dann komme ich nur eine halbe Stunde zu spät zu meinem Job.

Ich bin fast am Ende des Flures, als ich mich frage, was für ein Freund ich eigentlich bin. Ich habe ihre Worte gelesen, ihren Blog und ebenso die Artikel, die sie nur geplant, aber nie veröffentlicht hat. Ich weiß, dass es ihr nicht gut geht. Ich will nur weglaufen, weil ich Angst habe. Angst, ihr wieder unter die Augen zu treten oder, noch schlimmer, sie erneut zu verletzen. Gleichzeitig versuche ich mir einzureden, dass ihre Therapeuten ihr besser helfen können als ich. Wer bin ich denn schon? Nichts weiter als ein alter Freund aus Kindheitstagen, der sich nicht einmal an sie erinnern kann.

Dennoch gehe ich zurück und öffne die Tür. Ich weiß nicht genau, was ich erwartet habe, vielleicht, dass sich alles nach mir umdreht oder Lynn mich sofort bemerkt. Ich weiß selbst nicht so genau, warum es mich stört, dass ich nicht sofort Lynns Aufmerksamkeit habe, dass ich für den Moment unsichtbar bin. Aber dann sieht Lynn auf, und das Leuchten in ihren Augen versöhnt mich ein wenig mit der Welt, obwohl es nur einen Augenblick lang anhält. Schon jetzt zeichnen sich Zweifel auf ihrem Gesicht ab, als könnte sie gar nicht glauben, dass ich wirklich hier bin.

Ich versuche, das Ganze zu überspielen, indem ich mich an den Tisch setze. »Du hast nicht auf meine Nachrichten geantwortet«, gebe ich als Erklärung für mein plötzliches Auftauchen ab.

»Mein Handy liegt noch zu Hause«, antwortet sie schuldbewusst.

»Das war kein Vorwurf.« Schließlich bin ich derjenige, der sich entschuldigen sollte, nicht sie. Ein wenig leiser füge ich hinzu: »Ich hab deinen Blog gelesen.«

Sie schiebt ihre Unterlippe zwischen die Zähne und sieht mich ein wenig verängstigt an. »Und? Ist er immer noch so schlecht?«

»Schlecht?«, frage ich ungläubig. Wieso glaubt sie, dass ich hergekommen bin, um sie zu kritisieren? Das wäre so ziemlich das Letzte, was mir im Moment einfallen würde. Weil Lynn Kritik gewohnt ist, verrät mir eine kleine Stimme. Und genau wie ihre Mutter habe auch ich ihr zu verstehen gegeben, dass sie Fehler gemacht hat. Dass sie unsere Freundschaft zueinander falsch eingeschätzt, dass es mir nicht dasselbe bedeutet hat wie ihr. Entsetzt schüttle ich den Kopf. »Ganz im Gegenteil. Er ist genial.«

Sie schüttelt den Kopf, als würde sie mir kein Wort glauben. Anscheinend passen in ihrer Welt die Worte *genial* und *Lynn* nicht zusammen. Als ich merke, dass ich sie nur noch mehr deprimiere, beeile ich mich, hinzuzufügen: »Ich hab mir Sorgen gemacht.«

Mein Geständnis treibt ihr die Tränen in die Augen. »Es tut mir leid.« Verständnislos sehe ich sie an, woraufhin Lynn ein Taschentuch hervorzieht und sich über die Augen streicht. »Du hast schon so viel, um das du dir Sorgen machen muss. Da brauchst du nicht auch noch meine Sorgen.«

»Das eine hat doch mit dem anderen nichts zu tun«, behaupte ich. Dann wage ich ein weiteres Zugeständnis. »Du bist meine beste Freundin. Natürlich mache ich mir Sorgen um dich.«

Sie sieht mich mit großen Augen an, und ich wünschte, dass es nicht so eine Überraschung für sie wäre. Erst jetzt fällt ihr auf, dass ich eigentlich gar nicht hier sein sollte. »Was ist mit deinem Job? Musst du nicht im Imbiss sein?«

»Die kommen auch mal einen Tag ohne mich klar.« Es ist ja nicht so, dass ich nicht Bescheid gegeben hätte. »Eine Kollegin vertritt mich.«

»Aber hast du nicht gesagt, dass sie es gar nicht mögen, wenn man zu kurzfristig ausfällt?«

Natürlich hat sie recht. Mein Arbeitgeber reagiert tatsächlich allergisch darauf, wenn man ihn sitzen lässt, wie er es immer nennt. Dass Leute auch mal krank sind, passt nicht in sein Weltbild. Ich zuckte die Schultern. »Er wird es überleben. Du bist wichtiger.«

Lynn wird ein wenig rot. Dass sie irgendjemandem wichtig sein könnte, ist wohl eine unerwartete Erfahrung für sie. Fast flüsternd fragt sie deshalb nach: »Was ist mit dem Geld?«

»Was soll damit sein? Dann verdiene ich eben einen Tag lang mal nichts.«

Wie ungewöhnlich diese Aussage für mich ist, bemerke ich, als Lynn erstaunt nachfragt: »Und damit hast du kein Problem?« Bevor ich antworten kann, kommt sie selbst zu einem Schluss. Es ist keiner, der ihr besonders zusagt. »Oh, du bekommst bestimmt mehr Geld bei deinem Dealer.«

Im ersten Moment muss ich lachen. Wie kommt sie nur darauf, Alistair als meinen Dealer zu bezeichnen? Es ist ja nicht so, dass ich bei ihm Drogen kaufe. Dann jedoch trifft mich ihre Aussage unerwartet hart. »Ich bin nicht abhängig oder so etwas. Ich brauche das Geld. Du weißt, wie schlecht es meinem Vater geht.«

Lynn zuckt unmissverständlich mit den Schultern. Sie bleibt bei ihrer Aussage. »Du machst dich zumindest abhängig von ihm. Wie viele Erinnerungen willst du ihm noch geben?«

Gewohnt trotzig erwidere ich: »So viele wie nötig.«

Auf der Stelle gibt Lynn auf. »Okay.«

Eine unangenehme Pause entsteht, in der ich mich frage, ob Lynn nicht doch ein wenig recht hat. Es spielt nicht wirklich eine Rolle. Ich weiß inzwischen, dass das, was ich mache, nicht besonders empfehlenswert ist. Lynn weiß es besser. Mein Vater weiß es besser. Und eigentlich weiß ich es selbst auch besser. Ich fühle mich nicht toll, weil ich für einen guten Zweck meine Erinnerungen spende. Es geht nur noch ums Geld, und dass das nicht glücklich macht, erklärt sich von selbst. Ich halte meinen Vater am Leben, aber irgendwann zahle ich den Preis dafür. Nein, nicht irgendwann. Ich zahle ihn bereits jetzt.

»Was ist passiert?«, frage ich in dem verzweifelten Versuch, nicht länger darüber nachdenken zu müssen, was ich mir antue.

Lynn sieht mich verwirrt an. Der Themenwechsel war wohl mehr als ungeschickt. »Nichts Besonderes. Es ist nur alles mit einem Mal zu viel geworden.« Mit einem aufgesetzten Lächeln fügt sie hinzu: »Ich hatte gestern meine erste Runde.«

Alles in mir zieht sich zusammen. Mit einem Mal will ich nicht, dass Lynn ihre Erinnerungen aufgibt. Nicht einmal die schlechten. Vielleicht, weil ich Angst habe, dass ich eine dieser schlechten Erinnerungen bin, und ich nicht will, dass sie mich diesmal vergisst.

Lynn spitzt die Lippen etwas verärgert. »Sollte dich das nicht eigentlich freuen?« Offensichtlich haben sich meine Gedanken überdeutlich in meinem Gesicht widergespiegelt. »Du wolltest doch immer, dass ich es tue.«

»Ich habe meine Meinung eben geändert.«

Sie hebt die Augenbrauen. »Tatsächlich? Nun, jetzt ist es zu spät.«

Die Worte hallen schmerzhaft in meine Gedanken wider. Ich verziehe das Gesicht. »Du hast doch nicht alle Erinnerungen entfernen lassen, oder?« Widerwillig schüttelt Lynn den Kopf. »Dann ist es noch nicht zu spät.«

Lynn seufzt schwer. »Es geht nicht mehr ohne. Ich mach keine Fortschritte. Jedes kleine bisschen wirft mich zurück.«

Ich muss mich fast übergeben, so sehr überkommt mich die Verzweiflung. Monatelang hat Lynn mit ganzer Kraft darum gekämpft, diesen Weg nicht gehen zu müssen. Trotz aller Vorteile, die die Memospende hat, hat sie sich stets unwohl damit gefüllt. Die Vorstellung, dass sie diesen Kampf jetzt verloren hat, womöglich wegen mir, ist unerträglich. »Es tut mir so schrecklich leid. Ich wollte nicht alles noch schlimmer machen.«

Vehement schüttelt Lynn den Kopf. »Das hat doch nichts mit dir zu tun. Nicht wirklich jedenfalls. Ich kann nicht jedem, der mich nicht wie ein rohes Ei behandelt, die Schuld daran geben, dass ich nicht mit mir klarkomme.« Es klingt wie auswendig gelernt. Wie etwas, dass ihr irgendwer an den Kopf geworfen hat.

»Natürlich kannst du das. Ich hätte dich nicht im Stich lassen dürfen.« Beschämt senke ich den Kopf. »Ich hab dich enttäuscht.« Sie und auch meinen Vater. Bitter stelle ich fest, dass ich in letzter Zeit gar nichts richtig gemacht habe.

Lynn kommen erneut die Tränen. Sie blinzelt verstärkt, um sie zurückzuhalten, aber ohne Erfolg. Sie schüttelt den Kopf. »Ich habe viel zu viel von dir erwartet.« Es fällt ihr offensichtlich schwer, diese Worte einigermaßen verständlich herauszubringen.

Ich nehme ihre Hände in meine und drücke sie fest. Dann gehe ich sicher, dass sie mir tief in die Augen sieht. »Entschuldige dich niemals für deine Erwartungen. Du hast alles Recht der Welt, mehr von den Menschen um dich herum zu erwarten.« Zumindest von ihren Eltern hat sie deutlich mehr verdient, als sie bekommen hat. Und von mir, auch wenn ich nicht weiß, wann ich diese noch hätte erfüllen sollen. Erst da wird mir klar, dass ich Lynn schon in dem Moment enttäuscht habe, als ich mich nicht an sie erinnert habe.

Eine ungeahnte Welle des Hasses bricht über mir zusammen. Ich habe meine kostbaren Kindheitserinnerungen an die Zeit mit Lynn für einen Haufen Elektroschrott verkauft. Einen Haufen Schrott, den ich lediglich für den halben Einkaufspreis wieder losgeworden bin. Ich habe sie ohne einen weiteren Gedanken an ihre Bedeutung gespendet. Weil ich mir eingeredet habe, damit etwas Gutes zu tun. Dabei ging es immer nur um mich.

»Glaubst du denn, dass ich es auch ohne die Spende schaffen kann?«, fragt sie ganz leise.

Ich habe keine Zeit, in Selbstmitleid zu ertrinken. Lynn braucht mich jetzt. Hoffnungsvoll sieht sie zu mir auf.

Ein echtes Lächeln kommt über meine Lippen. Erleichterung darüber, dass sie nicht dieselben Fehler wie ich machen wird. »Klar schaffst du das. Und diesmal laufe ich nicht weg. Du kannst immer mit mir reden.«

»Meine Therapeutin wird mich hassen.« Sie muss lachen und wischt sich dann die Reste ihrer Tränen vom Gesicht. »Danke, Mika.«

Erleichtert lehne ich mich zurück. Immerhin ist noch nicht alles verloren.

Eben noch habe ich Lynn die Sache mit der Memospende ausgeredet, schon liege ich wieder bei Alistair auf dem Tisch. Ich starre an die Decke, an der mehrere Schimmelflecken ineinandergewachsen sind. In Gedanken bin ich weit weg, irgendwo im Nichts. Es ist leichter so, das schabende Geräusch an meiner Kopfhaut zu ignorieren. Alistair ist es vollkommen egal, warum ich so oft bei ihm bin. Genauso ist ihm auch egal, welche Erinnerungen er mir entnimmt. Wahrscheinlich würde er lediglich mit den Schultern zucken, wenn ich irgendwann nicht mehr komme. Wann auch immer das sein wird.

Wieder einmal fühle ich mich dreckig, als ich die Klinik endlich verlassen kann. Ich habe das Gefühl, jeder könnte mir ansehen, wo ich gerade war oder was ich gemacht habe. Dabei interessiert sich hier niemand für die anderen. Jeder hat seine eigenen Probleme. Lediglich in der Apotheke kennt man mich bereits gut.

»Hallo, Mika. Das Gleiche wie immer?« Sie hat die Bestellung bereits fertig gemacht und reicht mir nach dem Nicken eine braune Tüte mit den Medikamenten.

Irgendwie habe ich keine Kraft mehr, etwas zu sagen. Es gibt ja doch nichts Neues zu erzählen.

Nachdem sie mir ein »Gute Besserung an deinen Vater« nachwirft, verlasse ich die Apotheke. Ihre Worte sind nur Floskeln. Meinem Vater wird es nie besser gehen. In den letzten Tagen hat er nicht einmal böse dreingesehen, wenn ich ihm seine Medikamente gebracht habe. Erschöpft hat er sie entgegengenommen und mich lediglich mit Schweigen gestraft. Ein kleiner Teil meines Gehirns sagt mir, dass das nicht richtig ist, dass ich irgendetwas tun muss, um unsere Beziehung wieder zu kitten. Aber wenn ich vor ihm stehe, spielt es keine wirkliche Rolle mehr. Es ist mir egal geworden.

Ich bin so befangen in meinem gefühlsgedämpften Trott, dass ich nicht bemerke, dass irgendetwas zu Hause nicht stimmt. Meine Mutter und meine Geschwister sitzen am Küchentisch, als ich hineinschlurfe und mir etwas Wasser eingieße. Nach einem Besuch bei Alistair habe ich immer das Gefühl, mir den bitteren Geschmack aus dem Mund waschen zu müssen. Dann platziere ich die braune Tüte auf dem Tisch und nehme zum ersten Mal meine Familie wirklich wahr. Drei gerötete Gesichter blicken mir entgegen, vorwurfsvoll, unverständlich.

»Ich habe dir eine Nachricht hinterlassen«, sagt meine Mutter, und ihre Stimme klingt belegt.

Instinktiv ziehe ich mein RedPad vor. Es ist noch im Arbeitsmodus, da ich auf der Arbeit nicht gestört werden möchte. Als sie die Nachricht verschickt hat, hat sie vergessen, diese als Notruf zu markieren. Deshalb sehe ich sie erst jetzt. *Ruf mich bitte sofort zurück, wenn du das siehst. Es ist dringend, Mika.* Dazu acht verpasste Anrufe.

Ein ungutes Gefühl beschleicht mich. Ich sehe von einem zum anderen und spreche dann Worte aus, die merkwürdig in meinem Kopf nachhallen: »Wo ist Papa?«

Neue Tränen stehen in ihren Augen, und meine Mutter antwortet: »Er hatte einen Herzanfall.«

Meine Schwester beginnt zu weinen.

Es ergibt keinen Sinn. Er hat regelmäßig seine Medikamente genommen und keinen seiner Dialysetermine verpasst. Seine Nieren waren das Problem, nicht sein Herz. Ich verstehe nicht, was das bedeutet. »Heißt?«

Meine Mutter schlägt die Hand vor den Mund, um ihre Schluchzer zu ersticken. Dann beißt sie sich in die Faust und atmet schließlich tief ein. »Es heißt, dass sein Herz nicht mehr mitgemacht hat.« Als ich immer noch nicht reagiere, wird sie wütend. »Er ist tot, Mika. *Das* heißt es.«

Erneut weigert sich mein Verstand, die Worte aufzunehmen. Mein Vater kann nicht tot sein. Ich habe doch alles getan, um ihn am Leben zu erhalten. Die Wunde an meinem Hinterkopf pulsiert und erinnert mich daran, was ich alles getan habe, damit der heutige Tag nicht eintritt. Es ist nicht fair, dass all das keine Rolle spielt, dass ich ihn dennoch nicht retten konnte.

Erschöpft lasse ich mich auf den freien Stuhl sinken. »Wie?«

Meine Mutter steht wortlos auf und verlässt den Tisch. Kurz darauf höre ich die Tür zum Schlafzimmer meiner Eltern zuknallen. Meine Geschwister sehen mich fragend an, als ob ich ihnen die Situation erklären könnte. Sie sind alt genug, um zu wissen, was es bedeutet, wenn jemand stirbt, und dennoch schauen sie mich an, als hätte ich all die Antworten.

»Sie braucht nur etwas Zeit«, erkläre ich ihnen. Jeden Moment erwarte ich, dass es mir ähnlich geht. Dass die gesamte Wucht der Erkenntnis über mir zusammenbricht, aber es passiert nichts. Mein Vater ist tot, und mein Gehirn weigert sich, das zu prozessieren. Wobei das nicht ganz stimmt. Ich habe durchaus verstanden, was die Worte bedeuten. Sie lösen nur nichts in mir aus.

Lasse sieht mich mit großen Augen an. »Was passiert denn jetzt?«

Ich muss mir fest auf die Zunge beißen, um nicht zu sagen, dass das Leben weitergeht. Das tut es immer, ob man will oder nicht. Die Antwort wird ihm jedoch kaum helfen. Bevor ich hilfreiche Worte formulieren kann, übernimmt Anni die Angelegenheit: »Es wird eine Beerdigung geben. Und dann müssen Mama und Mika schauen, was sich für uns ändert.«

Erneut verbeiße ich mir, zu sagen, dass sich gar nichts ändern wird. Wie sollte es auch? Mit den Kosten der Beerdigung werden unsere Geldsorgen ja nicht weniger, und wir stecken immer noch in Hertford fest. Als ob es irgendeinen Weg gäbe, hier rauszukommen. Schließlich gelingt es mir doch, ein paar Worte herauszuwürgen: »Du brauchst dir keine Gedanken zu machen. Ich kümmere mich um alles.«

Mein kleiner Bruder ist schon so gewöhnt daran, dass ich das tue, dass er meine Antwort nicht infrage stellt. Er hat längst akzeptiert, dass ich die Familie versorge. »Okay.«

»Habt ihr gegessen?« Beide nicken. »Dann macht euch mal bettfertig.«

Ohne zu murren, stehen meine Geschwister auf und verschwinden. Ich bleibe am Tisch zurück, alleine mit den Medikamenten, für die ich gerade ein Vermögen an Erinnerungen ausgegeben habe und die nun komplett nutzlos sind. Ich schäme mich ein wenig, dass mein erster Gedanke ist, ob ich sie noch zurückbringen kann. Nicht dass das meine Erinnerungen zurückbringen würde. Aber wir könnten das Geld dennoch gut gebrauchen.

Ich höre die Tür des Schlafzimmers aufgehen, und meine Mutter kommt wieder in die Küche. Ihre Augen sind noch stärker gerötet als vorhin. »Es tut mir leid, dass ich so ausgerastet bin. Du kannst ja gar nichts dafür.« Sie setzt sich zu mir.

»Schon gut. Mach dir darüber keine Gedanken.« Ich greife die braune Tüte und stelle sie auf die Ablage, damit sie mich nicht länger mit ihrer Nutzlosigkeit verhöhnt. Darum kann ich mich morgen kümmern oder irgendwann einmal. »Es tut mir leid, dass ich nicht da war.« Es ist immer noch surreal, dass ich den Tod meines Vaters sozusagen verpasst habe.

Sie nickt und zuckt dann mit den Schultern. »Du hättest auch nichts tun können. Es ging ziemlich schnell.«

Es fühlt sich an, als wäre jemand anders gestorben. Jemand, den ich nicht so gut kannte. Von dem ich zwar weiß, wie er heißt und was er gern in seiner Freizeit gemacht hat, aber mit dem mich nicht mehr verbindet als eine flüchtige Bekanntschaft. Natürlich sage ich das nicht meiner Mutter. Ich sage überhaupt nichts, sitze nur neben ihr und streiche über ihre Hand.

# Kapitel 15

Die Beerdigung findet drei Wochen später statt. Es ist eine kleine Veranstaltung, aber meine Großeltern sind extra vom Land angereist. Das sind sie schon letzte Woche, um meiner Mutter unter die Arme zu greifen. Viel habe ich nicht von ihnen mitbekommen, da ich den ganzen Tag arbeite. Es gibt noch einige offene Rechnungen zu begleichen, hauptsächlich die vom Krankenhaus. Wer hätte gedacht, dass es so teuer wird, wenn ein Mensch stirbt?

Jeder außer mir weint, als die Urne in die Erde gelassen wird. Ein Haufen Asche. Das ist alles, was von meinem Vater noch übrig ist. Viel mehr ist auch in meinem Kopf nicht vorhanden. Mit Mühe gelingt es mir noch, sein Lächeln in Erinnerung zu holen.

Seit seinem Tod habe ich noch keine Träne vergossen. Stattdessen habe ich mir Sorgen gemacht; um meine Mutter, meine Geschwister und unsere Zukunft. Ich möchte, dass Anni und Lasse einmal mehr vom Leben haben, als ich es gehabt habe. Jetzt höre ich mich schon an, als wäre ich es, der im kalten Grab liegt.

Wie mechanisch folge ich meiner Mutter und werfe etwas Erde auf die Urne in dem kleinen Loch. Ein seltsamer Brauch, etwas Dreck auf eine Vase zu schmeißen, nachdem man den Menschen verbrannt hat. Das Grab hat nicht mal einen Namen, denn das hätte zu viel gekostet. Mein Vater liegt in einem Massengrab, als einer von vielen, die das Leben übers Ohr gehauen hat.

»Ich bin froh, dass Eliana dich hat«, sagt mir meine Oma später, als wir nach Hause zurückkehren. »Sie hat mir gesagt, dass du in den letzten Monaten eine echte Hilfe warst.« Dann klopft sie mir auf den Rücken und lächelt mich an. »Du siehst genauso aus wie dein Vater.«

Ich ringe mir ein halbherziges Lächeln ab und sortiere die Information unter Blödsinn ab. Ich habe Bilder von meinem Vater auf meinem RedPad. Natürlich besteht eine Ähnlichkeit, aber ich bin sicher nicht sein Zwilling. Dafür habe ich zu viel von meiner Mutter.

Meine Großmutter lässt sich davon aber nicht beirren. »Du hältst die Hände genau wie er, und ich schwöre, wenn du dich umdrehst, denke ich immer für einen Moment, dass er es ist.«

Ich tue so, als wüsste ich, was sie meint. Um ehrlich zu sein, habe ich keine Ahnung, wie mein Vater sich umgedreht oder wie er seine Hände gehalten hat. Ich erinnere mich nicht mehr.

Der Rest des Abends wird ähnlich unangenehm, und das nicht nur, weil es zu sechst furchtbar eng in der Küche ist. Irgendwann beginnen meine Großeltern, Anni und Lasse Geschichten von meinem Vater zu erzählen. Sie fangen an, als er noch ein Kind war, und erzählen, wie er meine Mutter kennengelernt hat. Ich habe das Gefühl, als hätte ich die letzte Geschichte schon einmal gehört, aber wenn ich danach in meinem Kopf suche, regt sich nichts. Dann jedoch werden die Erzählungen zu Geschichten meiner Kindheit und der meiner Geschwister.

»Wisst ihr noch, wie wir alle zusammen am Meer waren?«, fragt meine Großmutter.

Das sofortige Nicken und Bejahen meiner Geschwister fühlt sich an, als würde man mir die Kehle zuschnüren.

Bestärkt von ihrer Reaktion, erzählt meine Oma gleich weiter. »Wir hatten dieses wundervolle Ferienhaus gemietet.«

»Hatte es nicht sogar einen Pool?«, fragt Anni, und ich ertappe mich dabei, wie ich neidisch auf sie bin. Ein Ferienhaus am Meer mit hauseigenem Pool klingt so unerreichbar wie ein goldener Palast. Es muss also noch vor seiner Krankheit gewesen sein oder in den Anfangsjahren, als Anni noch klein war. Und dennoch kann sie sich daran erinnern und ich nicht.

Mein Großvater lacht. »Weißt du auch noch, wie du gar nicht mehr aus dem Wasser rauskommen wolltest? Einmal – da erinnere ich mich noch dran –, da hast du frühmorgens … ich glaube, es war noch vor sieben …« Er wedelt mit der Hand, als wenn die Details ihm langsam entgleiten. Nur dass es bei ihm das Alter ist und keine freiwillige Entscheidung. »Jedenfalls standest du mit Schwimmflügeln vorne an unserem Bett und sagtest: ›Opa! Ich kriege die Tür nicht auf.‹ Ein Glück, habe ich mir gedacht. Wer weiß, ob du dann nicht alleine in den Pool gesprungen wärst.«

Mit Genugtuung stelle ich fest, dass diese spezielle Erinnerung nicht in Annis Gedächtnis geblieben ist. Andererseits war sie auch erst höchstens vier oder fünf.

»Und Mika haben wir immer zum Brötchenholen geschickt«, erklärt mein Großvater gut gelaunt. »Da warst du ganz stolz drauf, dass du alleine gehen durftest.«

»Ist Philipp ihm nicht immer heimlich nachgegangen?«, fragt meine Großmutter, und meine Mutter nickt lachend.

»Na klar«, sagt sie. »Ich habe ihm gesagt, Mika schafft das, aber er war immer so eine Glucke. Da hat er sich dann lieber hinter einer Laterne versteckt, oder was weiß ich, als es einfach zu genießen.« Sie greift nach meiner Hand und drückt sie liebevoll. »Dabei hast du dich schon damals so wundervoll um alle gekümmert.«

»Wenn du das sagst …«, antworte ich ausweichend. Es ist, als würden sie Geschichten von Fremden erzählen. Ich erkenne weder meinen Vater noch mich darin.

Verwirrt runzelt sie die Stirn, doch dann lässt sie meine Hand los und steht auf. »Ich mache uns noch eine Kanne Tee.«

Im Laufe des Abends fließen erneut die Tränen bei allen. Es sind gute Tränen. Tränen, die den Schmerz wegwaschen, und Tränen, die mir verwehrt bleiben. So langsam fühle ich mich wie ein

Fremder in meinem eigenen Haus. Meine Mutter beobachtet mich hin und wieder und runzelt dabei die Stirn. Sie hat bemerkt, dass etwas nicht mit mir stimmt. Aber jetzt ist nicht der Zeitpunkt, um das anzusprechen. Stattdessen beschäftige ich mich damit, dafür zu sorgen, dass es niemandem an etwas fehlt und die Wohnung einigermaßen sauber bleibt. Auf diese Weise kann ich auch die Gedanken, die in meinem Kopf verrücktspielen, von mir schieben.

Nachdem die Kinder ins Bett gegangen sind, sitzen wir anderen noch um den Küchentisch und trinken einen Schnaps auf meinen Vater. Das Gespräch entfernt sich zum Glück endlich von der Vergangenheit und wendet sich der Zukunft zu. »Ihr solltet die Stadt verlassen. Das ist doch keine Gegend, in der man seine Kinder aufzieht«, sagt meine Großmutter.

Ich erinnere mich dunkel daran, dass mein Vater nicht gern mit seinen Eltern zusammen war, aber ich weiß nicht mehr, wieso, falls er es mir überhaupt anvertraut hat. Sie leben auf dem Land, fernab vom Luxus der Großstädte. Womit ich nicht den Luxus in Hertford meine – der ist inexistent –, sondern die Tatsache, dass Krankenhäuser nicht 100 km entfernt sind und Notfälle schnell behandelt werden können, wenn auch nicht schnell genug.

»Ich weiß nicht.« Meine Mutter dreht das Glas in ihren Händen und sieht nachdenklich in die dunkle Flüssigkeit. »Es ist alles so viel auf einmal. Unser ganzes Leben ist hier. Ich habe meinen Job hier, und Mika beginnt auch, Fuß zu fassen.«

Mein Großvater und ich schnauben gleichzeitig. »Das ist doch nur ein Übergangsjob, was der Junge hat. Gut für ein wenig Kleingeld neben der Schule, aber nichts, worauf man sein Leben baut«, tönt er, als würde ich nicht neben ihm am Tisch sitzen.

Meine Oma haut ihm leicht auf den Arm und sieht entschuldigend zu mir hinüber, aber es ist meine Mutter, die Partei für mich ergreift. »Mika hat die letzten Monate so viel gearbeitet. Ohne ihn hätten wir die Krankenhausrechnungen nicht abbezahlen können.« Sie legt einen Arm um mich und drückt mich an sich, bevor sie mir durch die Haare wuschelt.

Die Worte stacheln mein Großvater nur noch mehr an, und er sieht mich vorwurfsvoll an. »Das ist ja alles schön und gut, aber du bist bald 18 Jahre alt und solltest mehr aus dir machen. Du bist doch nicht dumm.«

Diesmal ist er zu weit gegangen. Mich stört es nicht, was er denkt, aber meine Oma stöhnt. »Du bist wieder unmöglich. Lass den Jungen doch seine Erfahrungen machen.«

Da ich bisher auch so wenige gemacht habe, denke ich mir genervt.

Obwohl die Rede gerade von mir ist, erwartet niemand, dass ich mich selbst dazu äußere. In den letzten Monaten habe ich meine Familie ernährt, aber heute Abend bin ich ein Kind. Alt genug, um am Tisch zu sitzen, aber zu jung, als dass meine Meinung eine Rolle spielen würde. Ich lasse es ihnen durchgehen, weil jedes Wort, das sie sagen, sich wie ein heißes Eisen in meine Eingeweide bohrt. Meine Zukunft ist verloren für nichts und wieder nichts. Ich hätte genauso gut auf alle hören können, allen voran auf meinen Vater, und meine Familie im Stich lassen können. Es hätte nichts geändert. Er wäre nur ein wenig früher gestorben. Vielleicht. Es nagt an mir, dass ich meine Erinnerungen für jemanden aufgegeben habe, der mir so völlig fremd ist. Natürlich weiß ich, dass er das nicht immer war. Alle Geschichten erzählen davon, was für ein tolles Team wir einst waren. Ich erinnere mich nur an die schweigende Missbilligung, mit der er meine Versuche gewertet hat, ihn am Sterben zu hindern.

»Ich bin müde«, behaupte ich und erhebe mich. Mein Glas habe ich nicht einmal angerührt. Vielleicht hätte ich es trinken soll. Meinem Großvater scheint es zumindest den Schmerz zu nehmen.

»Schlaf gut, Schatz.« Meine Mutter durchschaut, dass das Gespräch am Tisch nicht gerade meine Kragenweite ist. Aber auch sie lässt heute einiges durchgehen. Wir sprechen ein anderes Mal über meinen Vater, dann, wenn niemand mit Vorwürfen um sich wirft.

Ich ziehe mich in mein Zimmer zurück, wo meine Geschwister schon friedlich schlafen. Dann hole ich mein RedPad hervor und schaue mir die Bilder von dem Mann an, den wir heute begraben haben. Es ist wie bei Lynn. Ich sehe die Bilder, ich erkenne meinen Vater, aber nichts regt sich in mir. Alles ist tot.

Schließlich bleibe ich bei einem Bild hängen, das uns beide mit schlammigen Gesichtern zeigt. Ich bin vielleicht elf. Ich könnte meine Mutter fragen, welche Geschichte hinter dem Bild steckt, aber es würde nur das bleiben: eine Geschichte. Was auch immer ich mit diesem Tag verbunden habe, ist für immer verloren. Genau wie der Mann auf den Bildern.

Die Zeit verrinnt, und ich starre immer noch auf das Bild. Das RedPad reagiert und fragt mich, ob ich Lynn anrufen möchte. Meine Hände zittern, und meine Augen werden doch tatsächlich endlich feucht. Weil ich meinen Vater verloren habe. Vollkommen und unwiederbringlich. Weil nichts mehr von ihm übrig ist, womit ich mich trösten könnte.

Ich drücke das Feld und lasse mich von dem vertrauten Ton des Verbindungsaufbaus beruhigen. Es dauert nicht lange, bis Lynn den Anruf entgegennimmt. »Mika? Wie geht es dir?« Natürlich weiß sie, was für ein Tag heute ist. Vielleicht hat sie meinen Anruf sogar schon erwartet.

»Können wir uns im Park treffen?« Die Nähe meiner Familie, angefüllt mit Erinnerungen, die ich nicht zu fassen kriege, bedrückt mich. Ich muss hier raus.

»Natürlich. Ich bin in zwanzig Minuten da.« Auf Lynn ist Verlass.

»Danke«, hauche ich, während mir ein paar Tränen über die Wangen laufen, und schalte das RedPad aus.

Es ist eisig kalt in dieser Februarnacht, aber ich nehme es kaum wahr. Ich laufe unter unserem Baum hin und her, nicht wegen der Kälte, sondern um die Panik zurückzuhalten, die in mir aufsteigt. Ich habe das Gefühl, irgendwo falsch abgebogen zu sein. Und jetzt habe ich mich verlaufen.

Endlich höre ich Schritte auf dem hart gefrorenen Waldboden. Ich drehe mich um, und bevor ich auch nur ein Wort rauskriege, breche ich in Tränen aus. Ich weiß nicht, was plötzlich über mich gekommen ist, aber Lynns Anblick lässt alle Dämme in mir brechen.

Ohne auch nur einen Moment zu zögern, legt sie die Arme um mich und lässt mich meinen Kopf auf ihre Schulter legen. Ihre Wärme dringt ein wenig zu mir durch, und dennoch zittere ich mehr, als ich es vor ihrer Ankunft getan habe. »Es tut mir so schrecklich leid«, wispert sie.

»Ich erinnere mich nicht mehr«, schluchze ich. »An nichts, gar nichts. Mein Vater ist gestorben, und alles, was ich von ihm habe, sind Bilderfetzen in meinem Kopf. Es fühlt sich nicht an, als ob er gestorben ist, sondern als hätte er aufgehört zu existieren.« Ich atme immer schneller. »Als hätte er nie existiert.«

Schockiert von meinen eigenen Worten, lasse ich sie los und nehme wieder mein unruhiges Herumlaufen auf, während ich mir die Zweifel von der Seele rede. »Ich weiß nicht, wie ich damit umgehen soll. Weißt du, wie schlimm das ist, wenn alle um dich herum trauern und …« Fahrig halte ich kurz inne und schnappe nach Luft. »Ich fühle mich wie ein Hochstapler. Den ganzen Tag muss ich heucheln, wie sehr mich das trifft, und eigentlich fühle ich mich nur entsetzlich leer. Als könnte ich nie wieder fühlen.«

»Du kannst fühlen, und du wirst es auch wieder können«, antwortet Lynn ruhig. Langsam geht sie auf unseren Baum zu und setzt sich dann auf den unteren Ast. Mit einem kleinen Lächeln klopft sie neben sich. »Wie hast du es mir erklärt? Du hast nur die Verbindungen getrennt.«

Ich zerlege mir ihre Worte im Kopf, um in ihnen eine Schwachstelle zu finden, gegen die ich argumentieren kann. Als ich keine finde, setze ich mich neben sie und lege meinen Kopf wieder an ihre Schulter. »Ich wünschte, ich könnte alles rückgängig machen.«

Lynn sieht mich von der Seite an und schnaubt dann leicht. »Ich kenne dich, Mika. Wenn du die gleiche Wahl hättest, würdest du es wieder tun. Du würdest immer das Leben deiner Familie vor dein eigenes stellen.«

Ich weiß, dass sie mich damit trösten will, aber es klingt ziemlich dämlich. Habe ich denn gar keinen Selbsterhaltungstrieb? »Aber was bringt mir das jetzt? Er ist tot. Alles ist verschwendet.«

»Blödsinn. Du hast deinem Vater, wenn schon nicht ein längeres Leben, dann immerhin Lebensqualität ermöglicht. Das war nicht umsonst.« Ihre Wangen sind vor Erregung leicht gerötet. »Außerdem hast du auch deiner Mutter und deinen Geschwistern geholfen.«

»Hab ich das?«, frage ich ziemlich jämmerlich.

Statt einer Antwort legt Lynn ihre Arme um mich und schmiegt sich an mich. Eine Weile sitzen wir so da, und langsam komme ich zur Ruhe. Immerhin versteht Lynn mich. Vor ihr brauche ich keine Geheimnisse zu haben, muss nicht heucheln. In diesem Moment flammen meine alten Gefühle für sie wieder auf. Sie habe ich nicht vergessen, oder Lynn bringt es fertig, dass ich mich immer wieder neu in sie verliebe.

Einige Minuten vergehen, bevor sie wieder das Wort ergreift: »Ist es denn möglich, seine eigenen Erinnerungen wieder eingepflanzt zu bekommen?«

Der Gedanke trifft mich wie ein Blitzschlag. Kerzengerade sitze ich da und runzle die Stirn. »Einsetzen sicherlich, aber ich weiß nicht, ob sie sich wieder richtig verbinden würden. Zumal ich keine Ahnung habe, wie löchrig mein Gehirn mittlerweile ist. Das wäre wahrscheinlich das krasseste Puzzle der Welt, dort wieder alle Erinnerungen so miteinander zu verbinden, dass sie Sinn ergeben und nicht irgendetwas Neues kreieren.«

Lynn nickt nachdenklich, aber ich merke, dass sie die Idee noch nicht in den Wind geschlagen hat. »Meinst du, es wäre einen Versuch wert?«

In mir zieht sich alles schmerzhaft zusammen vor Verlangen. Ich will diese Erinnerungen. Unbedingt. Zumindest im Moment. Gleichzeitig schlägt meine Vernunft an und bombardiert mich mit Dutzenden Argumenten, warum das eine völlig blödsinnige Idee ist. Weil ich eh nicht alle Erinnerungen zusammenbekommen würde. Weil das mit dem Einsetzen so nicht funktioniert. Und weil ich nicht wüsste, wie ich jemals die Summe zurückzahlen soll, die ich für all diese Erinnerungen bekommen habe.

»Einen Versuch wäre es wert«, sagt Lynn leise. Ihre Finger wandern über meine Hand und nehmen ihnen etwas von der Kälte.

Wie ein Ertrinkender halte ich mich an diesem Strohhalm der Hoffnung fest. Vielleicht wird doch noch alles gut, wenn ich nur fest genug daran glaube. Trotzdem kostet es mich Überwindung, zu nicken und einfach »Ja« zu sagen.

Lynn sieht mich zuversichtlich an. »Wir schaffen das. Gemeinsam.«

»Gemeinsam.« Ich drehe meine Hand so, dass sich unsere Finger ineinander verschränken, und überlasse mich gänzlich Lynns Nähe.

# Kapitel 16

Wie naiv unser Plan ist, wird mir eine Woche später klar, als ich verzweifelt der Rezeptionistin klarzumachen versuche, dass ich meine Erinnerungen brauche.

»Gibt es denn gar keine Möglichkeit, herauszufinden, was mit meinen Spenden passiert ist?«, frage ich sie.

Die Frau, die laut Namensschild Marleen heißt, schüttelt bedauernd den Kopf. »Das unterliegt alles der Geheimhaltung.« Sie zieht ein Formular hervor. »Schau mal, das hast du doch hier unterschrieben, dass du alle Ansprüche auf die Erinnerungen und auf die Informationen zu diesen aufgibst.«

Ich frage mich, ob ich die Erklärung je so genau gelesen habe. Wie ich mich kenne, hätte mich dieser Zusatz nicht im Geringsten gestört.

»Darf ich wenigstens mit Dr. Rhivani sprechen? Sie kann mir bestimmt was sagen.« Zumindest, wie viele noch übrig sind, wenn sie schon nicht mit den Daten meiner Empfänger rausrücken darf.

»Die Daten sind vertraulich, Mika. Wofür brauchst du sie überhaupt?«

Etwas sagt mir, dass sie mich nur auslachen wird, wenn ich ihr die Wahrheit erzähle. »Für ein Studienprojekt«, antworte ich stattdessen.

»Ach, hast du schon einen Studienplatz?«, fragt Marleen nun im Plauderton. Wieder überkommt mich das Gefühl, dass wir uns eigentlich näherstehen, aber für mich ist sie dennoch eine Fremde.

Daher zucke ich nur mit den Schultern. »Noch nicht.« Sie muss ja nicht wissen, dass es wahrscheinlich nie so weit sein wird.

Marleens Lächeln ist voller Mitgefühl. »Das wird schon.« Dann atmet sie tief ein. »Tut mir leid, dass ich dir nicht helfen kann, aber es war schön, dich einmal wiederzusehen.«

Ich verabschiede mich grummelnd und mache mich auf den Weg nach Hause. Nachdem der größte Teil unserer Kosten abbezahlt ist, habe ich den Imbissjob gekündigt. Aufgrund des Todes meines Vaters hat der Inhaber mir zwar ausnahmsweise die kurzfristige Absage verziehen, aber es besteht kein Bedarf mehr, mich völlig abzuschuften, jetzt, wo die teuren Untersuchungen wegfallen.

Zu Hause erwartet mich bereits Lynn, die es sich zur Aufgabe gemacht hat, meiner Mutter etwas unter die Arme zu greifen. Gerade gibt sie Lasse Nachhilfeunterricht. Als ich zur Tür reinkomme, stellt sie ihm eine neue Schreibaufgabe und kommt auf den Flur hinaus, bevor ich überhaupt meine Schuhe weggestellt habe.

»Und?« Man möchte meinen, es gehe um Lynns Erinnerungen, so gespannt sieht sie aus.

Ich schüttle den Kopf und seufze. »Es hat keinen Sinn. Die Erinnerungen werden alle vertraulich behandelt.«

»Aber es sind *deine* Erinnerungen«, empört sie sich an meiner statt.

»Die ich verkauft habe. Mitsamt allen Rechten, die sie betreffen.«

Ich kann sehen, wie es in ihrem Kopf arbeitet. Für einen Moment sieht sie so verärgert aus, dass ich befürchte, sie wird mich gleich anfallen, dann jedoch wirft sie einen Blick in die Küche und zieht mich in mein Zimmer hinein.

Unter anderen Umständen würde ich mich darüber freuen, mit Lynn alleine hier drin zu sein, aber in der Hinsicht läuft bei uns immer noch nicht mehr als vorher. Lynn setzt sich auf mein Bett und nimmt das RedPad hervor, das sie bis heute hatte. Ungeduldig schiebt sie es in meine Hände.

Ich sehe perplex auf das Gerät. Nicht einmal mein RedPad weiß, was Lynn von mir will. Es zeigt mir stattdessen meinen wie immer deprimierenden Kontostand an und fragt, ob ich Lynns neuesten Blogartikel lesen möchte.

»Du hast dich doch schon mal in meine Gesundheitsakte eingehackt«, erklärt sie schließlich. »Als du herausgefunden hast, dass ich auf der Station war. Versuche doch mal, über deine mehr herauszufinden.«

Endlich weiß ich, worauf sie hinauswill. Warum bin ich da nicht selbst draufgekommen? Innerhalb kürzester Zeit habe ich meine Akte aufgerufen und mache mich an den verschlüsselten Verbindungen zu schaffen.

Während ich mit diversen Apps versuche, an die Daten aus dem MTC heranzukommen, sieht mir Lynn über die Schulter. Ihr Kinn bohrt sich leicht in die Sehne, und ihre Haare kitzeln an meiner Wange. Es fällt mir zunehmend schwer, mich auf die Entschlüsselung zu konzentrieren.

Jede Spende hat einen einzigartigen Code, mit dem sich ihr Weg verfolgen lässt, allerdings gelingt es mir nicht, die Sicherheitsvorkehrungen des MTC zu überwinden. Immer wieder lehnt das Programm meinen Zugriff ab.

»Ich müsste mich direkt ins Netzwerk einloggen. Am besten mit einem der Ärztezugänge«, erkläre ich Lynn.

Leider veranlasst sie das dazu, ihren Kopf von meiner Schulter zu nehmen. Eine Weile denkt sie still für sich nach. Schließlich schaut sie mir merkwürdig intensiv in die Augen, fast als würde sie mich gleich küssen wollen. »Ich habe eine Idee. Aber ich weiß nicht, ob sie dir gefallen wird.«

Ich atme aus und bemerke dabei erst, wie angespannt ich war. »Erzähl!«

Ein paar Tage später sitze ich nervös im Wartezimmer des MTC. Lynn hat endlich den von ihrer Mutter und ihren Ärzten vorgeschlagenen Beratungstermin wahrgenommen. Den zu bekommen, war kein Problem. Schließlich ist ihre Entlassung letzten Monat für alle unverständlich gewesen.

Lynn ist bereits bei ihrem Termin, während ich immer noch darauf warte, selbst aufgerufen zu werden. Mein Termin bei Dr. Rhivani hingegen ist nicht ganz so legal zustande gekommen. Der Terminkalender ist nämlich nicht so gut geschützt gewesen.

Ich bin deutlich aufgeregter als beim letzten Mal, als würde jeden Moment die Polizei reinkommen und mich festnehmen. Dabei lässt sich meine Eintragung überhaupt nicht zurückverfolgen. Außerdem mache ich mir Sorgen um Lynn, die sich nur für mich noch einmal mit ihrer Therapeutin auseinandersetzt. Sie ist eindeutig die Stärkere von uns beiden.

Endlich erscheint Dr. Rhivanis Silhouette hinter der Milchglastür. Ich sende eine vorgeschriebene Nachricht an Lynn und springe auf, noch bevor die Ärztin meinen Namen aufgerufen hat. Überrascht blinzelt sie mich an, winkt dann aber, damit ich ihr folge.

Ich greife meine Tasche und laufe hinter ihr her zum vertrauten Behandlungszimmer. Es ist wirklich ein himmelweiter Unterschied zu Alistairs Klinik. Dr. Rhivani bietet mir einen Stuhl an und setzt sich mir gegenüber. Reflexartig ruft sie meine Akte auf und sieht mich dann an. »Was kann ich für dich tun, Mika?«

Unruhig rutsche ich auf meinem Stuhl umher, bis ich mich dazu überwinde, den naivsten Satz der Welt auszusprechen: »Ich möchte gern meine Erinnerungen zurückhaben.«

»Wie bitte?« Verwirrt runzelt Dr. Rhivani die Stirn und schiebt ihre Brille weiter hoch. »Du weißt, dass du diese Erinnerungen gespendet hast?«

Ich habe keine andere Antwort erwartet. »Ja, aber das war ein Fehler.« Es fällt mir schwer, das zuzugeben, aber Lynn hat mich vor dem Termin ausreichend abgefragt. Ein wenig komme ich mir vor wie bei meiner mündlichen Prüfung. »Es sind zu viele Erinnerungen verschwunden, und ich hätte sie gern wieder. Es wäre wirklich wichtig. Ich kann auch zahlen, also, nicht alles auf einmal, aber vielleicht in Raten?« Es tut weh, die Worte auszusprechen und nicht automatisch zu hoffen, dass sie doch Ja sagt.

Bevor sie antwortet, schüttelt Dr. Rhivani fassungslos den Kopf. »Ich glaube, du verstehst mich nicht richtig. Du hast diese Erinnerungen gespendet. Das heißt, sie sind alle eingepflanzt worden. Ich kann dir keine zurückgeben, selbst wenn ich wollte.«

Zerknirscht senke ich den Kopf. »Verstehe. Dann gibt es also gar keine Mög…« Ein lauter Signalton unterbricht meine Worte, und mein Herz schlägt augenblicklich schneller. »Was ist das?«

Dr. Rhivani hat aufgehorcht. »Oh, das tut mir schrecklich leid. Macht es dir etwas aus, hier einen Moment zu warten? Ich muss nach einem Notfall schauen.«

»Kein Problem«, sage ich angemessen zerknirscht und lehne mich zurück.

Dr. Rhivani hat kaum den Raum verlassen, als ich auch schon aufspringe und hinter ihren Computertisch eile. Mit dem RedPad auf dem Schoß stelle ich eine Verbindung zu meiner Akte her. Ich weiß nicht, wie lange Lynn die Ärzte in Schach halten kann, und muss schnell arbeiten. Meine Akte kenne ich mittlerweile zum Glück in- und auswendig und weiß genau, wo ich suchen muss. Von zu Hause aus habe ich nicht mehr Informationen erhalten, als dass man mir Erinnerungen entnommen hat, aber hier im Netzwerk des MTC habe ich schnell die Sicherheitsbarrieren überwunden und kann mir die Namen und Adressen der Leute herunterladen, die meine Erinnerungen erhalten haben. Es dauert nur wenige Minuten, dann habe ich alle Daten auf meinem RedPad gespeichert und sitze wieder scheinbar gelangweilt auf meinem Stuhl.

Mein Herz rast immer noch, und ich habe das Gefühl, als wäre meine Atmung unnatürlich laut. Rein psychisch, versuche ich mir einzureden. Es gibt nichts mehr zu befürchten. Ich habe meine Daten, und Dr. Rhivani wird nichts merken. Dennoch versucht mein Kopf mir vorzugaukeln, ich hätte vergessen, irgendein Fenster zu schließen, oder meinen Zugriff nicht maskiert. Jeder einzelne dieser Gedanken löst Panik in mir aus, die sich erst legt, als Dr. Rhivani nach einer Viertelstunde immer noch nicht da ist.

Plötzlich mache ich mir mehr Sorgen um Lynn, die das Ablenkungsmanöver initiiert hat. Was, wenn sie sie nach ihrem angeblichen Rückfall dabehalten wollen? Lynn ist zwar alt genug, um das selbst zu entscheiden, aber mit ihrer Vorgeschichte sieht das vielleicht anders aus. Vielleicht war unser Plan doch nicht so perfekt, wie er uns gestern Abend noch schien.

Mit den Fingern klopfe ich auf mein Knie und überlege krampfhaft, was ich tun kann. Ich will nicht, dass Lynn wieder hier eingesperrt ist. Okay, nicht eingesperrt, aber unter Beobachtung. Nicht wegen mir. Oder was passiert, wenn die Ärzte bemerken, dass es fake war? Ob sie dann Ärger bekommt?

»Oh, du bist noch hier.« Dr. Rhivani ist endlich zurückgekommen und nimmt wieder Platz. »Entschuldige, das hat etwas länger gedauert.« Ich beiße mir auf die Zunge, bis es wehtut, um nicht nach Lynn zu fragen. »So, wo waren wir noch mal?«

Für einen kurzen Moment weiß ich es selbst nicht mehr. Was war noch mal meine Geschichte? »Äh … ich wollte wissen, ob ich meine Erinnerungen zurückbekommen kann.« Ich entspanne mühsam die Wangenmuskeln und versuche, hoffnungsvoll auszusehen.

»Ach ja.« Dr. Rhivani seufzt schwer. »Mika, es tut mir wirklich leid, aber das ist unmöglich. Das wusstest du, als du damals unterschrieben hast.« Mitleidig betrachtet sie mich. Dann strafft sie die Schultern und schaut in meine Akte. »Ich kann höchstens schauen, ob eine der Spenden noch nicht vergeben wurde.«

Und ganz plötzlich keimt echte Hoffnung in mir auf. Könnte es wirklich sein? Ich habe die Daten noch nicht angeschaut, deshalb weiß ich nicht, ob eine noch auf Lager ist. »Das … das wäre immerhin etwas.«

»Aber ich kann dir nicht versprechen, dass es dasselbe ist. Wir reden hier von einzelnen Eindrücken. Du darfst dir das nicht vorstellen, als würdest du einfach die Daten wiederherstellen.« Aus der distanzierten Ärztin spricht echtes Bedauern. Sie würde mir wirklich gern helfen, auch wenn mein Wunsch allem widerspricht, wofür das MTC steht. »Ist alles in Ordnung? Du warst beim letzten Mal ziemlich … auffällig.«

Das letzte Mal. Ich durfte keine Erinnerungen mehr spenden, obwohl ich das Geld bitter nötig hatte. Mir will jedoch partout nicht einfallen, was ich gesagt habe oder inwiefern ich auffällig war. Zum Glück hilft mir Dr. Rhivani auf die Sprünge. »Du wolltest Schmerzmittel kaufen. Für deinen Vater.«

An ihrer Stimmlage kann ich erkennen, dass sie mir diese Aussage nicht wirklich abgekauft hat. Dabei war es die reine Wahrheit. Mein Vater brauchte Schmerzmittel. Dr. Rhivani beginnt, mein anhaltendes Schweigen auf ihre Art zu deuten, und ist dabei, zusammenzupacken. Bevor sie gänzlich zum falschen Schluss kommt, platze ich mit der Wahrheit raus: »Er ist gestorben.« Ein Kloß bildet sich in meinem Hals. »Ich brauche jetzt keine Schmerzmittel mehr.«

»Oh. Das tut mir leid.« Sie faltet die Hände auf dem Tisch, und in ihren Augen erkenne ich das Mitleid. »Willst du deshalb die Erinnerungen zurückbekommen?«

Hilflos zucke ich mit den Schultern und bemühe mich, nicht daran zu denken, dass meine Augen brennen. Ich muss nun wirklich nicht anfangen, vor Dr. Rhivani zu heulen. Ich kann mich nicht an ihn erinnern, will ich sagen, doch ich öffne und schließe meinen Mund nur wie ein Fisch. Das hier läuft wirklich nicht mehr nach Plan.

»Mika«, beginnt sie einfühlsam. »Ich weiß, wir haben den Grenzwert bei dir etwas unterschritten, aber wir haben längst nicht alle Erinnerungen an deine Kindheit entnommen. Ich verstehe, dass du im Moment so viele wie möglich an deinen Vater haben möchtest. Vielleicht waren einige dabei, vielleicht auch nicht. Konzentrier dich auf die, die du noch besitzt, und ich verspreche dir, dass es mit der Zeit einfacher wird.« Bedauernd schüttelt sie den Kopf. »Selbst wenn ich dir alle Erinnerungen zurückgeben könnte, würde das den Schmerz nicht kleiner machen.«

Zwei Sachen werden mir dabei klar. Zum einen, dass Dr. Rhivani keine Ahnung hat, wie viele Erinnerungen ich verloren habe, und zum anderen, dass ich mich noch an meinen Vater erinnern würde, wenn ich nicht zu Alistair gegangen wäre. Im MTC entnehmen sie nur Kindheitserinnerungen, doch er hat ohne jede Rücksicht in meinem Gedächtnis gewütet. Wenn ich mich wiederfinden möchte, muss ich auch zu Alistair, und dass er die Erinnerungen rausrückt, ist noch unrealistischer als mein Vorhaben hier.

Dr. Rhivani schließt meine Akte. »Es tut mir leid.«

# Kapitel 17

»Dr. Rhivani glaubt nicht, dass es möglich sein wird, die Erinnerungen wieder einzupflanzen«, gestehe ich Lynn auf dem Weg zu ihrem Haus. Irgendwie hat sie es geschafft, sich aus ihrem Anfall rauszureden. Sie musste lediglich auf mich warten, weil sie gesagt hat, dass ich sie nach Hause begleiten würde. Ihr behandelnder Arzt war ein wenig skeptisch bei meinem Anblick, aber am Ende hat ihn die ganze Angelegenheit auch erschöpft, und er war froh, die Sache an mich abgeben zu können.

»Bist du dir sicher?«

Ich zucke nur mit den Schultern. Wir sind auf dem Weg zu ihr, was mich ziemlich nervös macht, fast noch nervöser, als wenn sie mich besucht. In Hertford muss ich nur darauf achten, dass niemand Lynn zu nahe kommt und versucht, sie auszurauben. In ihrer Wohngegend muss ich darauf achten, dass niemand vorsorglich die Polizei ruft, weil ich aussehe, als hätte ich vor, jemanden auszurauben. Die Straßen hier sind fast unnatürlich sauber. Kein Unrat liegt auf dem Boden, und keine Ratte kreuzt unseren Weg. Auch der vertraute Anblick Obdachloser fehlt hier so vollkommen, dass es schwer ist, sich vorzustellen, dass wir noch in derselben Stadt sind. Selbst in meinem alten Viertel gab es die eine Frau im Park mit ihrem Einkaufswagen voller Habseligkeiten.

Hier gibt es Blumengärten. Nicht dass schon irgendetwas blühen würde, aber ich sehe die beschnittenen Rosen in den Vorgärten und die kahlen Obstbäume. Jedes Haus hat einen riesigen Garten. Wie viele Familien hier wohl leben könnten bei all diesem Platz?

Aber es sind nur Einfamilienhäuser, obwohl die meisten von ihnen mindestens zwei Stockwerke haben.

Lynn scheint sich nicht weniger unwohl in dieser Gegend zu fühlen. Die meiste Zeit hält sie den Kopf gesenkt und schaut bloß nicht auf, wenn uns jemand entgegenkommt, als hätte sie Angst, sich sonst mit ihnen unterhalten zu müssen.

»Was hast du ihr denn gesagt?«, fragt sie mich leise.

»Nicht viel. Nur ganz generell. Ich meine, selbst wenn wir am Ende ein paar Erinnerungen finden, muss mir die ja irgendwer dann auch wieder einsetzen, oder?« Irgendwie bereitet mir der Gedanke, noch mal jemanden an mein Gehirn zu lassen, Unbehagen.

»Ja, klar. Ich mache das bestimmt nicht.« Lynn schmunzelt leicht, und ich stoße sie zur Strafe etwas mit der Schulter an. »Lass uns erst mal deine Erinnerungen ausfindig machen, bevor wir uns darüber Gedanken machen.«

Ich stimme zu. Ein Schritt nach dem anderen.

Gerade als ich mich frage, wie viele Prunkfassaden mit pseudogriechischen Statuen und Wasserspeiern ich noch ertrage, bleibt Lynn vor einem Tor stehen.

»Hier wohnst du?«

Das Haus unterscheidet sich von den anderen kaum in seiner Prächtigkeit. Auf mich wirkt es wie ein Palast hinter Hochsicherheitstüren. Eine strahlend weiße Fassade blendet in der Spätwintersonne, und entlang des Fußwegs zwischen Tor und Tür stehen kleine Laternen. Wer zur Hölle hat so viel Licht nötig? Natürlich sind es Solarlaternen; nur das Beste vom Besten hier.

»Ja, seit etwas mehr als einem Jahr«, gibt Lynn zu, und ich erinnere mich dunkel daran, dass sie mal meinte, sie wäre schon oft umgezogen. »Meine Mutter hat sich damit selbst belohnt dafür, dass sie ihr Leben in den Griff bekommen hat.« Sie seufzt schwer und lächelt dann unglücklich. »Ich finde, es hat etwas von einem Gefängnis.«

Das ist definitiv nicht die Assoziation, die ich beim Anblick des gepflegten Gartens und von so viel Platz habe. Ich wüsste nicht, wie ich mich jemals hier eingesperrt fühlen könnte.

Unterdessen tritt Lynn zu der kleinen Gegensprechanlage und lässt ihr Gesicht scannen. Ohne das geringste Schleifgeräusch gleitet das Tor vor uns auf, und mir läuft es eiskalt den Rücken runter. Alles hier ist perfekt, ich entdecke nicht mal einen Haarriss. Das Schlimme ist, dass mir sofort bewusst wird, wie fehl am Platz ich mich fühle.

»Ein ziemlich eindrucksvolles Gefängnis«, hauche ich und kann mich an der Gartenanlage kaum sattsehen. Wie es wohl im Frühling hier aussieht?

Lynn schnaubt und schüttelt den Kopf. »Ja, eindrucksvoll. Es ist vor allem groß genug, dass meine Mutter und ich uns aus dem Weg gehen können.« Was ich wirklich aus ihren Worten heraushöre, ist, dass sie einsam ist. Wahrscheinlich trifft sie sich deshalb so oft mit mir. Nun strafft Lynn ihre Schultern und fixiert die polierte Eingangstür. »Dann wollen wir mal.«

Wenn ich draußen gedacht habe, dass die Häuser Luxus pur ausstrahlen, finde ich für die Inneneinrichtung keine Worte. Alles ist genauso sauber wie die Straße. Kein Korn Staub findet sich hier. Zumindest kann ich keines entdecken. Es gibt eine verdammte Treppe im Foyer. Im Foyer! Ich weiß gar nicht, wo ich zuerst hinschauen soll, zu den filigranen Blumenvasen, den Marmorstufen oder den abstrakten Gemälden an der Wand.

Lynn bemerkt, dass ich mich noch kein Stück über die Schwelle bewegt habe. »Was ist?«

»Machen wir das nicht dreckig?« Der Gedanke rutscht mir so raus, aber ich bin tatsächlich ein wenig unwillig, diese Reinheit mit meinen Straßenschuhen zu verschandeln.

Ein Lachen reißt mich aus meinen Überlegungen. Lynn hält die Hand vor ihren Mund, kann aber ihre Belustigung nicht verbergen. »Komm rein, Mika! Häuser sind dafür da, dreckig zu werden.« Etwas ernster antwortet sie: »Und Reinigungskräfte sind dafür da, sie wieder sauber zu machen.«

Etwas beschämt sehe ich zu Boden. Ich trete ein, aber dennoch habe ich das Bedürfnis, meine Schuhe schnell abzustellen und auf Socken weiterzugehen. Ich muss der Reinigungskraft ja nicht mehr Arbeit machen als nötig. Auch Lynn stellt ihre Schuhe in ein Fach, hinter dem sich anscheinend ein Laufband befindet, das die Schuhe auf ihren angestammten Platz bringt.

»Woher weißt du, welche Schuhe du bekommst?«, frage ich erstaunt.

»Machine Learning. Das dürfte dir gefallen. Der Computer«, sie zeigt auf eine Schaltfläche oben an dem Schrank, »scannt mein Outfit und präsentiert mir eine passende Auswahl. Falls mir das nicht gefällt, sucht er weiter. Mittlerweile weiß er ziemlich gut, welches meine Lieblingsschuhe sind, selbst wenn sie nicht unbedingt perfekt abgestimmt sind.«

Sie hat recht. Ich bin fasziniert. So ein lernender Schuhschrank würde bei unserer begrenzten Auswahl nur wenig Sinn machen, aber das Konzept gefällt mir. »Sucht dir dein Kleiderschrank auch deine Sachen aus?«

»Nicht ganz. Aber er hilft mir, bestimmte Outfits zu finden, wenn ich nicht weiß, wo ich sie mal wieder hingeräumt habe.«

Natürlich tut er das. Der einzige Grund, warum ich irgendwann mal nicht meine Sachen finden würde, wäre, weil ich sie nicht weggeräumt und stattdessen aus Platzmangel unters Bett geschoben habe.

Wir gehen weiter, an der Treppe vorbei in die Küche. Ich könnte alle meine Nachbarn einladen, und wir hätten immer noch genug Platz, um uns nicht auf die Füße zu treten. »Bitte sag mir, dass ihr euch hier oft mit euren Freunden trefft.« Bewundernd fahre ich mit der Hand über die marmorne Tischplatte und entdecke das frische Obst, das appetitlich in der Mitte des Tisches angerichtet ist.

»Meine Mutter hin und wieder, aber eher selten«, antwortet Lynn. »Möchtest du etwas zu trinken oder zu essen?«

Ich hoffe, mein Verlangen nach dem Obst war nicht zu offensichtlich. »Ein Wasser?«

»Mika.« Mein Kopf ruckt hoch, und ich bemerke, dass Lynn mich ernst ansieht. »Wir sind hier nicht in einem Café, wo du alles bezahlen musst. Sag mir, was du wirklich trinken willst, und um Gottes willen greif zu!«

Ertappt greife ich nach dem grünen Apfel, der mich schon die ganze Zeit so anlacht. »Cola?« Bei uns gab es ganz selten mal zum Geburtstag oder ähnlichen Anlässen Cola. Wenigstens eine Erinnerung, die mir noch geblieben ist.

»Wenn es dir nichts ausmacht, dass es Cola light ist?«

Ich schüttle rasch den Kopf. Nicht dass es meine erste Wahl wäre, aber Cola bleibt Cola. Lynn gibt ihre Bestellung auf einem Bedienfeld am Kühlschrank ein, statt ihn zu öffnen, und wenig später erhalte ich die Cola direkt im Glas auf einem Tablett präsentiert. Vom Kühlschrank!

»Ihr lasst mich nicht zufällig hier einziehen, oder?«, scherze ich. Mir fällt der Zentralcomputer der Küche auf, auf dem die Gerichte der nächsten Wochen angezeigt werden und die Frage, ob manuell oder automatisch gekocht wird. Dieses Haus entpuppt sich noch als absolutes Traumhaus, wenn ich nicht Angst hätte, irgendetwas anzufassen oder meine Spuren zu hinterlassen.

Lynn muss erneut lachen. »Klar, von mir aus auch mit deiner ganzen Familie, aber ich glaube, meine Mutter hätte etwas dagegen.«

Irgendwie höre ich in ihren Worten vor allem, dass ihre Mutter etwas gegen mich hätte, und meine Entdeckungsstimmung ist auf der Stelle etwas gedämpft. »Wo wollen wir arbeiten?« Ich weiß

**203**

nicht, ob der Computer nicht was dagegen hätte, wenn wir die Tischplatte hier verunreinigen, von wegen Esstisch und so.

»In meinem Zimmer?« Vorsichtig sieht Lynn mich an. »Ansonsten haben wir auch einen Bereich im Wohnzimmer, der sich gut für Hausaufgaben und so eignet.«

»Tut mir leid, aber wenn du mir schon einen Blick in dein Zimmer anbietest, muss ich das annehmen«, scherze ich. Ich habe nichts dagegen, im Wohnzimmer zu arbeiten, aber ich bin neugierig, wie viel von Lynn in ihrem Zimmer steckt.

»Es ist nichts Besonderes«, behauptet sie, wovon ich kein Wort glaube. Immerhin habe ich das Haus gesehen. Jeder Winkel hier ist besonders.

Wir steigen die Treppe hinauf, die überraschenderweise keine Rolltreppe ist. Womöglich hätte die nicht zur Ästhetik gepasst. Lynns Zimmer befindet sich im hinteren Teil des Hauses, mit Blick auf den Garten, und das Erste, was mir auffällt, als sie die Tür dazu öffnet, ist, dass es der einzige Raum in ihrem Haus zu sein scheint, in dem sich Fotos befinden, keine Gemälde. Es sind vor allem Kinderfotos. Tatsächlich erkenne ich einige wieder, denn sie sind auch auf meinem RedPad.

Das ist aber auch das Einzige, was wirklich Lynn zu sein scheint, denn ansonsten ist das Zimmer genauso penibel aufgeräumt wie alles andere in dem Haus. Keine verirrten Socken oder rumliegende Zettel. Alles hat seinen Platz und sieht aus, als wäre es noch nie benutzt worden. Selbst ihr Bett sieht vollkommen unberührt aus. »Wow. Ihr mögt es wirklich ordentlich, oder?«

»Meine Mutter sagt immer, nur wer sein Leben ordentlich hält, kann auch in der Seele Ordnung halten.« Ich frage mich, ob Lynn das ebenso sieht oder ob sie einfach nur gewohnt ist, das zu tun, was ihrer Mutter am besten gefällt. Immerhin trägt sie diese Ordnung ja auch tagtäglich nach draußen. Vielleicht hat das Zimmer also mehr von ihr, als ich ihm zugestanden habe.

Im Grunde ist an dem Zimmer nichts auszusetzen. Alles ist in orangen und gelben Pastellfarben gehalten, nicht zu aufdringlich. Neben ihrem Bett und dem Kleiderschrank befindet sich noch ein geräumiger Schreibtisch sowie eine Sofaecke mit einem flachen Tisch im Zimmer. Auch hier stehen wieder frische Blumen.

»Und?«, fragt sie. »Wie lautet dein Urteil?«

»Gemütlich.« Das Sofa sieht zumindest gemütlich aus. Alles andere ... na ja, für echte Gemütlichkeit ist hier einfach viel zu viel Platz und Ordnung. Lynn scheint ähnlich zu denken, denn sie betrachtet mich mehr als skeptisch. »Na ja, stilvoll eben. Könnte man gut in eine Anzeige stellen, und die Leute würden sich drum reißen.«

Schnaubend nimmt Lynn auf dem Sofa Platz und packt ihre Tasche aus. »Aber du würdest nicht darin wohnen wollen?« Es klingt ein wenig vorwurfsvoll.

Zögerlich setze ich mich neben sie. »Es ist ein Mädchenzimmer.« Zwar sind mir die Pastelltöne und Verzierungen an den Wänden zu verspielt, aber es ist viel zu steril, um wirklich *Mädchen* zu schreien.

»Du magst es nicht«, stellt Lynn fest.

Ich habe viel zu viel Angst, dass sie es auf sich bezieht, wenn ich ihr die Wahrheit sage. »Ganz im Gegenteil. Hast du mein Zimmer gesehen? Da kann man nicht mal hintreten. Ich glaube, ich würde nur mehr Zeug herumliegen haben. Aber ihr habt ja eine Reinigungskraft, also räumt ja jemand auf.«

»Meine Mutter hätte etwas dagegen, wenn ich die dazu benutzen würde, mein Zimmer aufzuräumen. Dann wäre ich ja nicht mehr ordentlich, weißt du?« Sie seufzt ein wenig und zieht dann ihr Tablet hervor. »Genug von meinem Zimmer. Also, wie fangen wir's an?«

Ich nehme mein RedPad zur Hand und rufe die gestohlenen Daten auf. »Ich werde erst mal die Adressen in die Datenbank hauen und uns eine Karte erstellen. Es gibt keine Garantie, dass meine Erinnerungen in der Stadt geblieben sind.« Und ich habe weder Geld noch Zeit, um im ganzen Land herumzureisen, füge ich im Stillen hinzu.

Während ich dem nachgehe, ruft Lynn ihren Blog auf und schreibt an ihrem neuesten Artikel herum. Neugierig schiele ich hinüber und lese etwas von der Ausnutzung benachteiligter Jugendlicher. Stirnrunzelnd lehne ich mich zu ihr hinüber.

*Es ist unsere Gesellschaft, die hier in der Bringschuld ist. Viele Jugendliche, die dem zum Opfer fallen, tun es nicht aus Dummheit oder Vernachlässigung, sondern weil sie keine andere Möglichkeit sehen.*

Das ist definitiv kein Thema, das ich direkt mit der Memospende in Verbindung bringen würde. »Worüber schreibst du?«

»Was? Oh, äh …« Ihre Wangen werden ein wenig rot. »Seit du mir von diesem Straßendealer erzählt hast, juckt es mir in den Fingern, einen Artikel darüber zu schreiben.« Schüchtern sieht sie zu Boden. »Es geht nicht um dich, sondern darum …«

»… dass dieser Alistair gezielt diejenigen anspricht, die nicht unbedingt Nein sagen können?«, vervollständige ich ihren Satz. Lynn nickt. »Was glaubst du, was er mit den Erinnerungen macht?«

»Na ja, ich habe mir überlegt, dass es da gar nicht so viele Möglichkeiten gibt.« Während Lynn ins Erzählen kommt, leuchten ihre Augen richtig. »Es könnte anderswo einen Schwarzmarkt geben, auf dem Erinnerungen verkauft werden, quasi eine Partnerklinik. Ich habe ein wenig nachgeforscht, aber nicht viel gefunden, was natürlich nichts heißen muss.« Erstaunt betrachte ich sie. Bisher habe ich gedacht, dass sie gut schreiben kann, aber Lynn scheint auch eine Schwäche für investigativen Journalismus zu haben. »Die zweite Möglichkeit ist ein wenig … delikater.«

Ich runzle die Stirn. »Soll heißen?«

»Na ja, die Einzigen, die Erinnerungen einsetzen, sind die MTCs.«

Eine Weile hängen die Worte schwer in der Luft. Dann schnaube ich und greife nach meinem Glas. »Das würde keinen Sinn machen. Alistair entnimmt ziemlich wahllos Erinnerungen, unabhängig vom Positivindex. Das meiste davon würde sich für eine Therapie nicht eignen.« Wer würde schon möglicherweise negative Erinnerungen haben wollen?

»Exakt. Es macht keinen Sinn. Deshalb wäre meine erste Frage, warum er jede Erinnerung nimmt und dafür gutes Geld bezahlt. Immerhin hast du gesagt, dass es mehr ist, als das MTC dafür hergibt.«

Erneut kann ich nur den Kopf schütteln. »Was willst du damit sagen? Dass er Teil einer großen Verschwörung ist?«

Lynn zuckt mit den Schultern. »Irgendetwas an ihm ist faul. Die Frage ist ja auch, woher er dieses Geld nimmt. Ich möchte nicht wissen, für wie viel er diese Erinnerungen verkauft.« Ihrem Gesicht sehe ich an, dass sie das äußerst gern wissen möchte, egal was sie sagt. »Ich kann mir jedenfalls nicht vorstellen, dass er das tut, weil er so gern Kinder aus sozial schwachen Familien unterstützen möchte.«

Als Philanthropen habe ich Alistair auch nicht gerade kennengelernt. »Es war Geld.«

Lynn mustert mich von der Seite und kaut auf ihrer Lippe. Irgendetwas liegt ihr auf der Zunge. Schließlich fragt sie ganz leise: »Gehst du immer noch hin?«

»Ich habe drüber nachgedacht«, gebe ich zu. »Aber so viel Geld brauchen wir nicht mehr, und … es war nie eine besonders angenehme Erfahrung.« Ich muss an die dreckige Einrichtung denken und fasse mir automatisch an den Hinterkopf. Irgendwie ist die Einstichstelle nie so richtig verheilt, und ich fühle das Narbengewebe einer kleinen Erhebung.

»Erzählst du mir mehr davon?«, fragt Lynn und hat ihre Scheu anscheinend überwunden.

Ich weiß nicht, ob das so eine gute Idee ist. Eigentlich wollte ich mit der Sache ein für alle Mal abschließen. »Für den Blog oder …?«

»Auch«, gibt Lynn zu. »Aber ich bin einfach neugierig, wie es wirklich war.«

Hilflos reibe ich mir übers Kinn. Es ist nicht schwer, sich daran zu erinnern. Ich habe festgestellt, dass die unangetasteten Erinnerungen durch das Fehlen der anderen umso schärfer erscheinen, und manchmal wache ich nachts schweißgebadet auf, weil ich Angst habe, wieder auf Alistairs Tisch zu liegen. »Reicht *grausig*?« Dann überwinde ich mich aber doch. »Du kennst ja das MTC. Da wird Hygiene großgeschrieben. Bei Alistair hingegen …« Ich muss an den Schimmel an der Decke denken und an die schmierigen Überreste irgendwelcher Körperflüssigkeiten. »Das Gesundheitsamt würde Ausschlag bekommen. Es ist … ekelerregend.« Allein bei der Erinnerung schüttelt es mich schon.

Lynns Augen werden groß. »Aber seine Instrumente waren doch sauber, oder?«

Erneut juckt die Stelle an meinem Kopf, aber diesmal halte ich die Finger still. »Ich hoffe, aber ehrlich gesagt … glaube ich es nicht.«

»Oh mein Gott. Hast du dich mal untersuchen lassen? Nicht dass du dir irgendeine Blutvergiftung oder irgendetwas geholt hast.« Wenn sie aufgeregt ist, erscheinen kleine rote Flecken in ihrem Gesicht. »Das ist ja gemeingefährlich.«

»Lynn …«

Sie ist noch nicht fertig. »Du musst unbedingt zum Arzt und das abklären lassen.«

»Lynn! Wenn ich mir was eingefangen hätte, wäre ich längst tot.«

Erschrocken hält sie inne und sieht mich an. »Warum tust du dir nur so etwas an?«

»Weil ich keine Wahl hatte.« Ich winke ab. »Ich kann mir einen Arztbesuch nicht leisten. Schon gar nicht wegen so einer speziellen Sache. Außerdem wäre dann alles aufgeflogen, und ich hätte gar nichts davon gehabt.«

Ihre Augen verdunkeln sich, und sie sieht mich vorwurfsvoll an. »Du musst endlich mehr Rücksicht auf dich selbst nehmen.«

»Ich weiß«, erwidere ich und zucke hilflos mit den Schultern. »Glaub mir, ich weiß das, aber immer, wenn ich das tue, kommt irgendetwas dazwischen, was mich dazu zwingt, doch wieder zu drastischen Maßnahmen zu greifen. Ich habe mir das doch alles nicht ausgesucht.«

Betreten senkt Lynn den Blick. »Du hast ja recht. Ich …« Plötzlich blickt sie auf, und ihre Augen funkeln zornig. »Es macht mich so unglaublich wütend, dass dieser Alistair denkt, das wäre in Ordnung. Dass es ihn nicht kümmert, welchen Schaden er anrichtet, sowohl körperlich als auch wegen der Erinnerungen. Das geht einfach nicht.«

Am liebsten würde ich Lynn in diesem Moment küssen. Dass sie sich so für mich in Rage redet, wärmt mir das Herz. Ich habe so lange nur für mich und meine Familie gekämpft, dass es richtig guttut, wenn mal jemand für mich kämpft. Natürlich ist es unmöglich, Lynn zu küssen. Das habe ich ihr schließlich versprochen. Stattdessen sage ich ihr: »Okay, schreib das in deinem Artikel.«

»Du meinst …« Vor lauter Zustimmung weiß sie gar nicht, was sie sagen soll. Fragend sieht sie mich an.

Ich nicke ermutigend. »Schreib ruhig in deinem Artikel, wie gefährlich und ausbeuterisch das ist, was Alistair macht. Ich sage dir gern alles, was ich darüber weiß.«

»Wirklich?«

»Jedes Detail«, verspreche ich und halte es sogleich. Lynn kommt kaum hinterher, sich Notizen zu machen, so schnell, wie ich ihr die kleine Klinik und Alistairs Vorgehen beschreibe. Ich habe das Gefühl, dass es wichtig ist. Dass es ein Aspekt der Memospende ist, der bisher unberührt geblieben ist. Klar, Alistair ist zwielichtig, und wäre er nicht in Hertford, hätte er ganz schnell Probleme am Hals, aber so viel besser ist das MTC auch nicht. Dr. Rhivani wusste, dass ich wegen des Geldes da war, und hat es nie infrage gestellt. Weil es dabei nicht um die Spender geht, sondern um die Erinnerungen, die zur Verfügung gestellt werden.

Lynn sieht das ähnlich. »Es kann einfach nicht richtig sein, dass sie so lange Erinnerungen entnehmen, bis der Spender zum Empfänger wird«, stellt sie fest.

»Dafür gibt es ja den Grenzwert«, gebe ich zu bedenken.

»Schon, aber ich glaube, der ist viel zu niedrig angesetzt. Ich meine, 60 Prozent? Man soll fast die Hälfte seiner Kindheitserinnerungen weggeben, und das soll in Ordnung sein?« Empört schüttelt sie den Kopf. »Oder schau dir meine Mutter an. Sie haben ihr große Teile ihres Erwachsenenlebens genommen. Zehn Jahre lang hat die Trennung von meinem Vater sie fertiggemacht. Ich meine, er hat sie – und mich – ersetzt.«

»Ersetzt?« Zwar weiß ich, dass ihr Vater inzwischen eine neue Familie hat, aber die Details in den Blogartikeln haben mir bisher nicht das Gefühl gegeben, dass hinter dem Wort mehr steckt als Lynns Gefühle dabei.

Sie seufzt schwer.

»Die Frau, die mein Vater geheiratet hat, war jahrelang seine Affäre. Meine Mutter stammt aus gutem Hause, genau wie er, aber …« Sie atmet tief ein. »Er hat seine Assistentin geheiratet. Sie hat jahrelang für ihn gearbeitet, war sogar bei uns daheim zu Besuch. Meine Mutter ist ewig nicht damit klargekommen, dass er sie für eine einfache Assistentin sitzen gelassen hat, dass er ihren guten Ruf dermaßen in den Schmutz gezogen hat. Es hat sie total paranoid gemacht.«

Lynn sieht mich nicht an, ihr Blick ist starr auf die Tischkante gerichtet, aber sie redet sich gerade richtig heiß. »Die Nachbarn haben angeblich über uns getuschelt. Die Verkäuferin hat mit dem Finger auf sie gezeigt. Ich würde viel lieber bei meinem Papa leben wollen.«

»Wolltest du?«, frage ich, ohne groß darüber nachzudenken.

Erschrocken blickt Lynn auf. Dann schüttelt sie den Kopf. »Manchmal, aber ich hatte nie das Gefühl, dass ich bei ihm erwünscht war. Schon früher, bevor sie sich getrennt haben. Ich habe immer gestört. Schließlich hat er 70 Stunden die Woche gearbeitet. Anwalt eben.«

Die Zahl hatte ich zwischenzeitlich auch erreicht, und mir wird klar, wie sehr Lynn darunter gelitten haben muss, dass ich vor dem Tod meines Vaters kaum noch Zeit für sie hatte. Ich versuche mir einzureden, dass ich im Gegensatz zu ihrem Vater das Geld wirklich gebraucht habe, aber ganz lassen sich die Schuldgefühle damit nicht vertreiben.

»Sei froh, dass du ihn los bist. Jetzt muss sich deine Halbschwester mit ihm rumschlagen«, versuche ich sie zu trösten.

»Das ist es ja. Seit er mit Iris verheiratet ist und Dahlia auf der Welt ist, hat er sich komplett geändert. Zwar arbeitet er immer noch viel, aber er legt total viel Wert darauf, Zeit mit ihnen zu verbringen, fährt mit ihnen in Urlaub …« Ihre Stimme wird immer leiser und verstummt schließlich ganz. Tränen glitzern in ihren Augen.

Unbeholfen tätschele ich ihre Schulter. »Du weißt, dass das nichts mit dir zu tun hat?«

Lynn blinzelt angestrengt. »Doch. Ich war es nicht wert. Für mich hat sich das nicht gelohnt.«

»Blödsinn!«, widerspreche ich vehement. »Ich kenne deinen

Vater nicht. Jedenfalls nicht mehr, aber vielleicht hat er einfach aus der Sache gelernt. Dass, wenn er seine Familie behalten will …«

»Er nicht fremdgehen soll?«

»Er sich Zeit für sie nehmen muss«, sage ich mit Nachdruck.

Lynn beißt sich auf die Lippen und scheint über meine Worte nachzudenken. Schließlich nickt sie und greift unseren eigentlichen Gesprächsfaden wieder auf. »Jedenfalls hat das meine Mutter extrem mitgenommen. Sie hat mir nicht vertraut, mir die Schuld gegeben und immer wieder gedroht, dass sie sich auch eine neue Familie suchen würde.« Ganz leise fügt sie hinzu: »Wenn sie nicht pausenlos geweint hat oder versucht hat, sich umzubringen.«

Es schaudert mich bei dem Gedanken, dass Lynn zweimal mitbekommen hat, wie ihre Mutter versucht hat, sich das Leben zu nehmen, sie vielleicht sogar gefunden und ihr das Leben gerettet hat. Ich traue mich nicht, sie zu fragen, wie das für sie war.

Sie schüttelt sich und fährt mit distanzierter Stimme fort: »Und dann haben sie ihr all diese traumatischen Erinnerungen genommen. Und jetzt ist es, als wäre sie eine Fremde. Ich kenne meine eigene Mutter nicht mehr. Ich kann sie nicht einschätzen. Früher wusste ich, wie ich mich verhalten muss. Es war nicht schön, aber jetzt? Jetzt lächelt sie und ist verständnisvoll, und ich weiß nie, was sie wirklich denkt.« Atemlos sieht sie im Raum umher. Das Bemühen um Neutralität ist schon gescheitert. Stattdessen rollt ihr eine Träne über die Wange. »Mein Therapeut meint, ich müsse lernen, ihr wieder zu vertrauen, aber wie soll ich das machen, wenn ich nicht weiß, was in ihr vorgeht?«

Bevor ich michs versehe, nehme ich Lynns Hände in meine. »Schhh, es ist alles gut. Tief einatmen.« Gemeinsam atmen wir, bis Lynn sich wieder einigermaßen beruhigt hat.

Schließlich sagt sie: »Ich habe das Gefühl, die Memospende macht andere Menschen aus uns.«

»Ich bin immer noch ich.« Wie sonst wäre es zu erklären, dass unsere zweite Freundschaft wie unsere erste Freundschaft erblüht ist?

Lynn sieht mir tief in die Augen. »Aber du hast dich verändert.«

Verdutzt verziehe ich das Gesicht. »Habe ich das? Verändert sich nicht jeder Mensch?«

»Ja, aber nicht so schnell. Als ich dich wiedergetroffen habe, warst du wie der Junge damals, nur älter. Du warst enthusiastisch, locker, hast einfach drauflosgeplaudert, weil dir das Mädchen im Wartezimmer aufgefallen ist. Du hattest Träume.« Langsam schleicht sich Bedauern in ihre Augen. »Jetzt bist du gestresst, frustriert und resigniert. Du bist in einem halben Jahr so unglaublich gealtert. Du bist immer noch Mika, aber dir geht es ganz und gar nicht gut.«

Ich weiß kaum, wie ich darauf reagieren soll. »Aber das sind doch viel mehr die Umstände. Ich meine, vor einem halben Jahr wusste ich nicht einmal, dass mein Vater krank ist, geschweige denn dass er stirbt.« Habe ich mich wirklich so sehr verändert?

»Ich weiß, dass viel passiert ist, aber ich glaube trotzdem, dass es dir besser gehen würde, wenn du deine guten Kindheitserinnerungen noch hättest.« Leise fügt sie hinzu: »Dann hättest du immer noch etwas, woran du festhalten könntest.«

Ich bin es plötzlich, dem es schwerfällt zu atmen. »Ich musste es tun.«

Sie ist nicht meiner Meinung, das weiß ich, aber sie ist auf meiner Seite. »Ja, vielleicht. Aber das entschuldigt nicht, dass Leute wie dieser Alistair dich ausgenutzt haben.« Sie tätschelt nachdenklich meine Hand. »Vielleicht wird es ja ein Stück weit einfacher, wenn wir erst deine Erinnerungen zurückhaben.«

Erst jetzt fällt mir ein, dass ich mir die ja immer noch nicht angeschaut habe. Ich nehme mir das RedPad vor, nicht nur um das endlich zu tun, sondern auch, um mich ein wenig von der bitteren Wahrheit abzulenken, die Lynn ausgesprochen hat.

Die Karte ist fertig, und ich atme erleichtert auf, als ich die zwei Punkte in der Stadt entdecke. Immerhin zwei sind noch in meiner Reichweite.

»Mit welchem willst du anfangen?«

# Kapitel 18

Zwei Wochen später habe ich endlich Zeit, den Ersten auf meiner Liste zu besuchen. Laut einer Notiz im Spendenblatt hat er schwere Depressionen gehabt und meine Spende vor einem Jahr erhalten. Lynn ist an meiner Seite, als wir zum Stadtrand fahren. Die Häuser hier sind nicht ganz so luxuriös wie bei Lynn, aber es sind schöne Familienhäuser mit etwas Garten.

Es ist Wochenende, und die meisten Menschen sind daheim, was mich nervös macht. Wir sind uns nicht ganz einig geworden, wie wir vorgehen wollen, wenn wir auf den Empfänger meiner Spende treffen. Ich bin dafür, ihn erst einmal nur zu beobachten, aber Lynn meint, das wäre bescheuert. Schließlich bekomme ich meine Erinnerungen nicht vom Zuschauen zurück. Vorher angerufen haben wir dann aber doch nicht.

Das Wetter ist heute zum ersten Mal etwas wärmer, sodass viele schon damit angefangen haben, im Garten zu arbeiten. Als wir uns der Nummer 32 nähern, schallt uns Kindergeschrei entgegen. Meine Kehle schnürt sich zu, und ich bleibe stehen, aber Lynn zieht mich erbarmungslos weiter.

In Nummer 32 wohnt tatsächlich eine Familie mit zwei kleinen Kindern. Die beiden Mädchen toben gerade mit ihrem Vater, meinem Empfänger, im Garten, während ihre Mutter zuschaut und mit jemandem telefoniert. Beim Anblick der Familie wird mir schlecht. Vielleicht, weil ich mich nicht länger daran erinnern kann, dasselbe mit meinem Vater gemacht zu haben, oder weil ich Angst habe, diese Idylle mit meiner Anwesenheit zu stören.

Lynn hält mich auf, damit ich nicht gleich wieder vorbeilaufe. Notgedrungen bleibe ich stehen und starre auf den Boden. »Komm schon, Mika«, flüstert sie leise. Es soll mir wohl Mut zusprechen.

Dummerweise werden wir schon bald darauf bemerkt, und die Mutter der beiden kommt zum Zaun. »Sucht ihr etwas Bestimmtes?«

Ich kriege den Mund nicht auf, aber zum Glück habe ich Lynn dabei. »Guten Tag! Ich bin Lynn, und das hier ist Mika. Er hat die Erinnerungen gespendet, die Ihr Mann erhalten hat.« Subtilität ist wirklich nicht Lynns Stärke.

Die Augen der Mutter weiten sich erfreut, und sie betrachtet mich. »Wirklich? Oh Gott, kommt rein.« Dann dreht sie sich um und ruft nach ihrem Mann. »Liam!«

Sie öffnet das Tor im Zaun und lässt uns in den Garten kommen.

Die anderen unterbrechen ihr Spiel und kommen näher. Die Mutter lehnt sich an den Vater und flüstert ihm etwas zu, bevor sie die beiden Mädchen an der Hand nimmt und ins Haus führt. Mir sinkt das Herz in die Hose, als er zu mir kommt und mir die Hand hinstreckt. »Das ist ja wirklich eine schöne Überraschung. Freut mich wirklich sehr, Sie kennenzulernen …«

»Mika«, murmle ich und schüttle seine Hand.

Er begrüßt auch Lynn, die deutlich eloquenter ist. »Und uns erst. Ich hoffe, wir stören nicht?«

»Ach was, überhaupt nicht«, meint seine Frau, als sie wieder herauskommt. »Kommt mit rein! Ich bin übrigens Vivien. Wollt ihr etwas trinken?«

Wenig später sitzen wir in dem gemütlichen Wohnzimmer, das geräumig und doch belebt ist. Überall liegen Spielzeug oder angefangene Handarbeiten. Lynn und ich sitzen nebeneinander auf der Couch, und ich halte mich an meiner Teetasse fest. Die Kinder sind in ihrem Zimmer spielen, und wir sitzen den Eltern gegenüber, die freundlicher nicht sein könnten.

Lynn saugt das Ganze wie ein trockener Schwamm auf. Ihre Augen strahlen die ganze Zeit, und sie ist richtig gesprächig. »Es ist so schön hier«, lobt sie zum gefühlt zwölften Mal das Haus.

Ich selbst verspüre eher etwas Wehmut für meine Mutter, die nun ihre große Liebe nicht mehr bei sich hat.

»Liam hat eine schwere Zeit durchgemacht. Er hatte seinen Job verloren und ewig nichts gefunden«, erzählt Vivien. »Tausend Bewerbungen, Dutzende Vorstellungsgespräche, aber niemand wollte ihn. Er war zu teuer.« Sie winkt ab. »Er hat dann versucht, stattdessen mehr mit den Kindern zu machen, aber das hat auch nicht geholfen.«

Liam nickt bedächtig. »Ich konnte einfach nicht umdenken. Stattdessen musste ich immer daran denken, wie wenig ich ihnen bieten kann, und irgendwie bin ich dadurch in ein Loch gefallen, aus dem ich nicht mehr so recht rauskam.«

Ich verrate ihnen nicht, wie bekannt mir das alles vorkommt. Nur, dass meine Eltern aus dem Loch nie wieder rausgekommen sind, und ich bisher auch nicht.

»Wir hatten dann alles hinter uns. Therapien, Gespräche. Eine Zeit lang ist er sogar weggezogen.« So wie Vivien davon erzählt, macht sie ihm deswegen keine Vorwürfe. Nur Mitleid schwingt in ihrer Stimme mit.

»Und ich habe angefangen zu trinken«, fügt Liam ruhig zu. »Das war der Tiefpunkt.« Man merkt an der Stimmung, dass der Schatten dieser Tage noch immer auf der Familie liegt.

Vivien drückt Liams Hand und strahlt mich dann mit einem Mal an. »Und dann haben wir die Spende bekommen. Es war nicht viel, weil wir vorsichtig waren, aber nur ein paar Tage, und man konnte merken, dass sich etwas ändert. Liam hat nahezu sofort das Trinken aufgegeben.«

»Und seitdem nicht einen Tropfen angerührt. Ich habe mir bereits vorher gesagt, dass ich es für die Kinder machen muss, aber mit den Erinnerungen wurde mir plötzlich bewusst, was ich wirklich verloren hatte und dass ich das um nichts in der Welt noch einmal riskieren wollte. Du hast mein Leben gerettet.« Dabei sieht er mich so intensiv an, dass sich mir der Magen umdreht. Zum Glück schaut er gleich darauf liebevoll zu seiner Frau. »Unser aller Leben.«

Lynn lächelt mich an und streicht mir ebenfalls über die Hand. Ich bin der Einzige, der kein Lächeln auf die Lippen bekommt. Stattdessen zieht sich alles in mir zusammen. »Wow«, quäle ich mir heraus. »So habe ich das noch nie gesehen.« Es allen erzählt, aber nie so richtig selbst wahrgenommen. Mein Kopf schwirrt, und mir ist unerklärlich heiß. »Danke. Also ... es war wirklich nett, aber, äh ... Lynn und ich wollten noch weiter. Wir ... waren nur zufällig in der Gegend.«

Verwirrt sieht Lynn mich an und drückt meine Hand fester. »Mika?«

»Wir wollten noch ins Kino, oder?« Ich weiß nicht mal, welche Filme momentan laufen. Kino war nie etwas, was wir uns leisten konnten.

Etwas verlegen sieht Lynn zu den anderen beiden hinüber. Wir haben noch nicht mal unseren Tee ausgetrunken. »Es tut mir leid, schon gehen zu müssen, aber es war wirklich schön, Sie kennenzulernen«, versucht sie meinen abrupten Abschied noch mit Höflichkeit zu retten.

»*Wir* haben zu danken«, behauptet Liam. »Man hat ja so selten die Gelegenheit, seinem Spender zu danken. Und wenn ihr irgendwann einmal etwas braucht, zögert nicht, vorbeizukommen.«

Vivien und Liam begleiten uns noch bis zur Tür, wo sie sich herzlich von uns verabschieden. Ich kann gar nicht schnell genug wegkommen, und sobald die Tür sich hinter uns schließt, laufe ich schnellen Schrittes davon. Dass Lynn mir nachrennen muss, nehme ich nur am Rande wahr. In meinem Kopf dreht sich alles, und ich halte nicht an, bis wir plötzlich auf einem Feld stehen. Ich habe nicht bemerkt, dass ich in die falsche Richtung gelaufen bin, und jetzt stehen wir wirklich am Stadtrand, das kahle Feld vor uns, in der Ferne eine Baumreihe.

»Jetzt warte doch mal!« Lynn keucht, als sie mich endlich einholt. »Was ist denn los? Warum hast du ihm nicht gesagt, weshalb wir vorbeigekommen sind?«

»Es ihm nicht gesagt?« Fassungslos drehe ich mich zu Lynn um. »Wie hätte ich ihm das denn sagen sollen? ›Ja, ich habe damals Ihr Leben gerettet, aber hey, jetzt hätte ich die Erinnerungen gern zurück.‹« Mein Arm schwenkt in Richtung Siedlung und erwischt dabei fast Lynn im Gesicht. »Das dort ist es, worum es bei der Memospende geht. Ich habe das vollbracht. Meine Erinnerungen haben diesen Vater gerettet, diese Familie zusammengehalten. Ich habe kein Recht, das kaputt zu machen, und überhaupt geht das gar nicht.«

Lynn tritt einen Schritt näher. Ihre Hand legt sich sanft auf meinen Arm und drückt ihn herunter, doch sie hält meine Hand mit ihrer fest. »Mika, es ist sind *deine* Erinnerungen.«

»Nein, Lynn, nicht mehr. Ich habe sie weggegeben, und wenn du mich fragen würdest, würde ich es wieder tun. Meine Erinnerungen haben Leben verändert.« Mir kommen die Tränen. »Sie sind überlebenswichtig für so viele Menschen. Achtundzwanzig.« Das ist die Zahl, die mein Datenblatt ausgespuckt hat. »Ich habe das Leben von achtundzwanzig Menschen und ihren Familien wieder lebenswert gemacht.«

Sie lässt meine Hand los und legt stattdessen beide Hände an mein Gesicht, um mich dazu zu zwingen, sie anzuschauen und etwas runterzukommen. Eindringlich spricht sie: »Aber du bist auch wichtig. Du bist so viel mehr als ein … Ersatzteillager für andere.« Ich muss heftig schlucken bei diesem Vergleich. »Du hast ein Recht auf deine eigene Lebensqualität.«

»Aber nicht auf Kosten anderer«, schluchze ich. »Ich kann ihnen das Glück nicht wieder wegnehmen. Das könnte ich nicht. Niemals.«

»Oh, Mika.« Plötzlich beugt sie sich vor, und ich spüre ihre Lippen auf meinen. Das Erste, was ich schmecke, ist das Salz meiner Tränen. Dann geht auch das unter in dem unglaublichen Gefühl von Lynn auf meiner Haut. Ihre Hände wandern in meinen Nacken. Die Finger verharren zwischen meinen Haaren, und Lynn drückt sich noch immer an mich.

Ein wenig unsicher lege ich meine Arme um sie und öffne meinen Mund. Anders als damals spüre ich, dass dieser Kuss mehr ist als nur eine Kurzschlussreaktion. Lynn will das genauso sehr wie ich, und während ich eben noch in tiefste Verzweiflung gefallen bin, schwebe ich mit einem Mal im siebten Himmel. Mein Kopf schwirrt immer noch, doch statt unbequemer Gedanken ist er angefüllt von dem Gefühl von Lynns Fingern in meinen Haaren und ihrer Zunge in meinem Mund. Ich bekomme kaum Luft, so gierig bin ich, sie ganz und gar zu fühlen.

Es braucht ein vorbeifahrendes Auto, um uns beide wieder zurück ins Jetzt zu holen. Lynn holt tief Luft, und ich betrachte verzückt die Röte auf ihren Wangen und das Leuchten in ihren Augen. »Das war unerwartet«, stoße ich atemlos hervor.

Lynn kann nicht verhindern, dass sich ihre Lippen zu einem Grinsen verziehen. »Reine Übersprungshandlung.«

Für den Seitenhieb ziehe ich sie näher an mich heran. Dann stehle ich ihr einen weiteren Kuss.

»Aber wir müssen wirklich aufhören, so etwas nur zu tun, wenn du gerade verzweifelst«, meint Lynn und legt einen Finger auf meine Lippen, damit ich sie nicht gleich wieder küsse. »Ich tröste dich wirklich gern, aber ich wäre auch gern einfach glücklich mit dir.«

Ich schmunzle amüsiert. »Abgemacht. Aber nur, wenn ich dich jetzt weiter küssen darf.«

»Wolltest du nicht ins Kino?«, neckt sie mich, wohl wissend, dass das nie geplant war.

Den Kopf schüttelnd, befreie ich mich von ihrem Finger und küsse ihren Hals. »Ich würde viel lieber mit dir spazieren gehen, Lynn.«

# Kapitel 19

Nach unserem Besuch bei Liam und seiner Familie haben wir den Plan verworfen, die Empfänger meiner Erinnerungen aufzusuchen. Jeder von ihnen hat eine neue Chance auf ein glückliches Leben erhalten, und es spielt keine Rolle, ob sie mir sympathisch sind oder nicht. Fakt ist, dass ich keinen von ihnen bitten könnte, die Spende zurückzugeben. Mittlerweile komme ich mir ziemlich naiv vor. Es ist quasi unmöglich, die genaue Spende meiner Erinnerungen zu identifizieren, und meine größte Hoffnung wäre gewesen, sie nach einer Spende ihrerseits zu bitten, was das MTC wiederum nicht vorsieht aufgrund der hohen Rückfallwahrscheinlichkeit.

Es gibt nur eine Möglichkeit, wie ich ohne moralischen Vorwurf an meine Erinnerungen kommen könnte. Alistair.

Natürlich ist Lynn dagegen. »Er ist gefährlich, Mika«, antwortet sie, bevor ich meinen Plan formuliert habe. Gerade kommen wir aus dem Kino, in das Lynn mich eingeladen hat, doch der Film – irgendeine Romanze zwischen einem Marsforscher und der Frau, die er kurz vor seinem Abflug kennenlernt – ist schon längst vergessen.

»Alistair ist harmlos«, behaupte ich. »Fein, vielleicht nicht harmlos, wenn er mit dreckigem OP-Besteck hantiert, aber er wird mir nicht die Hand abbeißen, wenn ich ihn frage.«

Ihre Augen verengen sich. »Woher willst du das so genau wissen? Der Mann kennt keinerlei Skrupel, so wie er Teenager ausnimmt.«

»Die sich ausnehmen lassen.« Mir ist vollkommen klar, dass ich einer von ihnen bin. »Alistair hat mich nicht zu der Spende gezwungen, oder sonst jemanden. Ich bin freiwillig zu ihm gegangen.«

»Er hat aber auch nicht Nein gesagt.« Schmollend schürzt sie die Lippen. Fehlt nur noch, dass sie die Arme verschränkt.

Ich bleibe stehen und lege die Hände auf ihre Arme, um genau das zu verhindern. Versöhnlich schaue ich sie an. »Nein, er hat nicht Nein gesagt, und du hast vollkommen recht. Er hat keine Skrupel, wenn es um die Entnahme von Erinnerungen geht, aber er wird mir nichts tun. Ehrlich, da ist es wahrscheinlicher, dass ich zwischen die Fronten eines Drogenkrieges gerate.«

Was beruhigend wirken soll, hat den gegenteiligen Effekt. Lynn runzelt besorgt die Stirn. »Ihr müsst endlich aus dieser Gegend raus.«

»Ja, klar, steht gleich als Nächstes an. Sobald Anni und Lasse mit der Schule fertig und aus dem Haus sind.« Ich seufze, da sie jetzt nur noch grimmiger dreinblickt. »Eins nach dem anderen, okay? Ich brauche meine Erinnerungen. Alistair hat die meisten entnommen. Dr. Rhivani hat gesagt, dass ich mich noch an meinen Vater erinnern müsste mit 54 Prozent Kindheitserinnerungen, aber das tue ich nicht. Alles, was ich noch von ihm im Kopf habe, ist, wie er mich vorwurfsvoll angesehen hat und wie er mit dem Kopf über der Kloschüssel hing. Der Rest ... Alistair hat meinen Rest.«

Ihr Missfallen weicht Mitleid. Sie legt die Arme um mich und zieht mich in eine Umarmung. »Aber hat er die denn nicht längst auf dem Schwarzmarkt verkauft?«

Der Gedanke kam mir auch schon, aber wenn ich ihn zulasse, verliere ich alle Hoffnung. »Vielleicht ja noch nicht alle. Wir wissen immer noch nicht, was er mit den Erinnerungen vorhat. Vielleicht werden die auch alle irgendwo gelagert.« Ich hebe ihr

Kinn mit zwei Fingern an, damit sie mir in die Augen sieht. »Ich muss es wenigstens versuchen.«

Einen Augenblick lang sieht Lynn mich an. Dann schmiegt sie sich mit einem Seufzen an meine Brust. »Ich will nicht, dass du es tust.«

»Lynn …«

Sie lässt mich los und sieht mich ernst an. »Ich weiß, dass du deinen Vater zurückwillst oder die Erinnerungen an ihn, aber das ist es nicht wert. Dein Vater würde es nicht gutheißen, und das weißt du.«

Jetzt hat sie mich an meinem wunden Punkt erwischt. Immerhin habe ich ihn erst wegen der Spende bei Alistair so endgültig verloren. Ich verziehe das Gesicht. »Deshalb will ich es doch rückgängig machen.«

»Aber es gibt kein Rückgängigmachen.« Sie drückt mit ihren Handballen gegen meine Brust. »Und das weißt du. Außerdem …« Unerklärlicherweise lächelt sie. »… hast du mir mal gesagt, dass wir eben neue Erinnerungen machen müssen.«

Gequält sehe ich sie an. »Mein Vater ist tot.« Mit ihm kann ich keine anderen Erinnerungen machen.

»Aber der Rest deiner Familie ist es nicht. Und ich bin es nicht.« Das Lächeln ist Lynn vergangen, der Ernst in ihren Blick zurückgekehrt. »Ich weiß, wie sehr er dir fehlt. Wie sehr du diese Erinnerungen brauchst. Aber was du mir über Alistair erzählt hast … Er fuhrwerkt mit dreckigem Besteck in deinem Gehirn herum. Die letzten Male bist du glimpflich davongekommen, aber was, wenn es beim nächsten Mal nicht so ausgeht? Wenn du dir beim Wiedereinsetzen deiner Erinnerungen eine Blutvergiftung zuziehst und stirbst?« Ihre Unterlippe zittert, aber sie ist noch nicht fertig mit mir. »Wer versorgt dann Anni und Lasse?«

Es fühlt sich an, als hätte sie mir ins Gesicht geschlagen. Scham überkommt mich so heftig, dass ich ihrem Blick nicht länger standhalten kann. Krampfhaft starre ich auf den Boden und ringe mit den Worten, mit denen ich diese Ansage beantworten könnte.

Bevor es dazu kommt, spüre ich bereits, wie Lynn an mich herantritt. Zögerlich legt sie wieder die Arme um meine Taille und schiebt ihren Kopf in mein Blickfeld, sodass ich ihr nicht länger ausweichen kann. »Versprich mir, dass du nicht mehr zu ihm gehst«, bittet sie leise.

Ich will nicht, aber ich kann Lynn einfach nichts abschlagen. Daher nicke ich nur ergeben und werde mit einem Kuss belohnt. Als sie sich wieder von mir löst, ist es an der Zeit, getrennte Wege zu gehen.

»Nimm dir Mittwochabend nichts vor!«, ruft sie mir noch im Gehen zu, woraufhin ich nur die Stirn runzle. Als ob ich meine Freizeit mit irgendjemand anderem verbringe als mit Lynn.


Erst als ich zu Hause die Sportschuhe meiner Schwester im Flur liegen sehe, fällt mir siedend heiß ein, dass ich eigentlich Anni und Lasse vom Sportplatz hätte abholen müssen.

»Es tut mir leid, es tut mir leid«, sage ich, als ich die Küche betrete, wo meine Schwester am Tisch sitzt und hastig etwas darunter verschwinden lässt. »Ich habe nicht auf die Uhr gesehen.«

»Wie war dein Date?«, fragt Anni, statt mir Vorwürfe zu machen.

Etwas perplex nehme ich Platz. »Äh, gut. Ich meine, der Film war gut ... glaube ich.«

Meine Antwort bringt sie zum Grinsen. »Habt ihr zu viel geknutscht, um vom Film was mitzubekommen?« Sie ist inzwischen dreizehn und viel zu interessiert an meiner Beziehung zu Lynn.

»Das geht dich überhaupt nichts an. Was hast du da eigentlich?« Ich nicke in Richtung des Objekts, das sie vor mir unterm Tisch versteckt.

Anni stöhnt und holt es dann vor. Es ist ein halb in Geschenkpapier eingepacktes Buch.

»Hat jemand Geburtstag?«, frage ich verwirrt.

Jetzt starrt sie mich an. »Ja. Du. Mittwoch.« Anni rollt die Augen. »Du hast es vergessen, oder?«

Ich fühle mich ertappt. Deshalb will Lynn mich also nach der Arbeit unbedingt treffen. Tatsächlich habe ich bisher nicht einen einzigen Gedanken an meinen achtzehnten Geburtstag verschwendet. »Du musst mir nichts schenken, Anni.«

»Na, Lasse freut sich sicher nicht über das Buch«, gibt sie patzig zurück.

Möglichst unauffällig versuche ich, etwas vom Titel zu erhaschen. Viel Glück habe ich dabei nicht, aber es sieht nach einem technischen Buch aus. Anni bemerkt meinen Blick und breitet ihre Arme darüber aus.

»Ich hoffe, es hat nicht viel gekostet«, sage ich schließlich.

»Soll ich es zurückgeben?« Es klingt fast so, als würde sie die Frage ernst meinen. Als ich daraufhin nur die Schultern zucke, funkelt sie mich wütend an. »Es ist dein Geburtstag, Mika. Lass mich dir wenigstens eine kleine Freude machen.«

Ich runzle die Stirn. »Was meinst du mit wenigstens?«

Annis Wut verraucht fast sofort. Tatsächlich sieht sie gerade meiner Mutter erschreckend ähnlich. »Glaubst du, ich merke nicht, wie du jedes bisschen Geld in unsere Familie gesteckt hast? Du arbeitest dich halb zu Tode und gönnst dir absolut nichts. Dein eigener Geburtstag ist dir egal geworden!« Jetzt wird sie wieder lauter.

Mir gefällt es gar nicht, dass mir meine kleine Schwester einen Vortrag hält. Sie ist dreizehn und sollte sich um ihren Fußball, die Schule und ihre Freunde kümmern, aber doch nicht um mich oder unsere trostlose Situation. »Wir haben eben Rechnungen zu bezahlen. Mama schafft das nicht alleine.«

»Du bist nicht Papa.«

Obwohl ihre Stimme bei den Worten ganz leise geworden ist, fühle ich mich wie mit kaltem Wasser übergossen. »Das behaupte ich auch gar nicht.« Ich wüsste nicht einmal, wie er war.

Aber Anni ist noch nicht fertig mit mir. »Du musst Papa nicht ersetzen. Du bist mein Bruder, und weißt du was?« Ich weiß überhaupt nichts. »Das reicht mir völlig.«

Jetzt schnürt es mir auch noch die Kehle zu. Was soll man bitte schön auch darauf antworten? »Ich versuche nicht, ihn zu ersetzen.«

»Nein? Du schuftest dich also nicht ohne einen Mucks zugrunde? Schluckst nicht alle deine Sorgen runter, um bloß niemandem zur Last zu fallen?«

Ich kann ihr nicht in die Augen sehen. Zu viel Wahrheit würde sich darin spiegeln. »Ich bin nicht krank wie er.«

Anni seufzt schwer. »Noch nicht. Aber mein Mika bist du auch nicht mehr.«

»Dein Mika?« Verwundert sehe ich nun doch auf.

Statt mir direkt zu antworten, schiebt sie mir das Geschenk über den Tisch. Einen Moment lang zögere ich, es auszupacken, doch dann siegt die Neugier. Es ist die Biografie des Entwicklers der RedPads und eines Dutzends anderer Hardwareinnovationen, ein Visionär ohnegleichen. Das Buch ist genau meine Kragenweite. Früher hätte es mich inspiriert, jetzt führt es mir schlimmer als jeder Spiegel vor, was ich definitiv nicht bin. Oder jemals sein werde.

»Zu meinem sechsten Geburtstag hast du mir eine App geschrieben, mit der ich alle meine Kuscheltiere einscannen und sie virtuell pflegen konnte. Sie haben mir sogar Nachrichten geschrieben«, erzählt sie.

Ich sehe sie staunend an. Mit elf Jahren soll ich ihr so etwas zum Geburtstag geschenkt haben?

»Danach wurde es zur Tradition. Ob eine App oder ein Programm. Du hast mir zu jedem Geburtstag etwas gebastelt.« Das Lächeln, das bei der Erinnerung auf ihren Lippen gelegen hat, verblasst nun. »Zu meinem Dreizehnten hast du mir einen Geschenkgutschein für Klamotten gegeben.«

Ihr Dreizehnter war anderthalb Wochen vor dem Tod meines Vaters. Zum App-Basteln hatte ich da keine Zeit. »Es tut mir leid.«

Doch Anni schüttelt den Kopf. »Es war ja okay, den Gutschein habe ich gut gebrauchen können. Es war ziemlich praktisch, und ich habe mich auch gefreut, aber … ich habe die App vermisst.«

Am liebsten würde ich meine Entschuldigung wiederholen, aber wir wissen beide, dass sie nichts an der Tatsache ändert.

Sie seufzt. Dann beugt sie sich nach vorne. »An deinem nächsten freien Tag feierst du Geburtstag«, befiehlt sie mir regelrecht. »Du darfst nur Dinge machen, die dir Spaß machen, und nicht daran denken, wie viel etwas kostet oder was vernünftig wäre. Wir bauen Luftschlösser. Einen ganzen Tag lang.« Sie nickt, als wäre es beschlossene Sache.

Dieser Befehl überfordert mich so dermaßen, dass ich nicht weiß, ob ich lachen oder weinen soll. Schließlich lasse ich mich zu einem »Äh, okay« hinreißen.

»Wunderbar.« Zufrieden lehnt Anni sich wieder zurück und beginnt, ihre Schultasche auszuräumen, um Hausaufgaben zu machen.

Ich will mich gerade erheben, als mir ein Zettel, der zwischen ihren Büchern herauslugt, auffällt. Eine Goldmünze mit Neuron. Plötzlich dreht sich alles in meinem Kopf, und ich schnappe nach Luft. Ohne Vorwarnung schnappe ich nach dem Zettel und reiße ihn an mich. Wie befürchtet ist es eine Kopie von Alistairs Flyer.

Anni sieht mich erschrocken an. »Mika!«

»Woher hast du das?«, frage ich sie und merke dabei kaum, wie sich meine Fingernägel in die Tischkante bohren, den Flyer unter sich zerknitternd. »Anni, woher?«

»Äh … Der hing draußen an der Laterne«, antwortet sie sichtlich eingeschüchtert. »Was ist denn damit?«

Die Antwort reicht mir noch nicht. »Warst du da? Hast du es getan?«

Anni zuckt mit der Schulter und schüttelt gleichzeitig den Kopf. »Noch nicht.«

»Noch nicht?« Mir ist, als hätte mir jemand seine Faust in den Magen gerammt. Ich bekomme kaum Luft. »Anni, du darfst das niemals auch nur in Erwägung ziehen.«

»Wieso denn nicht? Es sind nur Erinnerungen.«

Ich könnte verzweifeln. »Nein, Anni. Es sind meine Apps.«

»Was?« Sie runzelt tief die Stirn.

Ich atme einmal tief durch, versuche meine Stimme zu beruhigen. »Was du verkaufst, sind meine Apps. Die, die ich dir zum Geburtstag geschenkt habe, die du so sehr vermisst hast dieses Jahr. Es sind deine Erinnerungen an Turniersiege und an Kabbeleien. An Familienurlaube. An Papa.« Meine Stimme bricht. Tatsächlich stehen mir die Tränen in den Augen.

Anni ist ganz klein geworden. Schüchtern sieht sie zu mir auf. »Mika …«

»Ich habe es getan«, verrate ich ihr. »Ich habe sie alle verkauft. Du willst wissen, warum es dieses Jahr nur einen bescheuerten Gutschein gab?« Ich wische mir wütend die Tränen von der Wange. »Weil ich vollkommen vergessen habe, dass ich dir jedes Jahr eine App gebastelt habe.« Ihre Augen weiten sich, und ich sehe, dass ich endlich zu ihr durchgedrungen bin. »Ich erinnere mich nicht mehr. An gar nichts. Fast gar nichts. Und Alistair«, ich klopfe auf den Zettel, »der ist ein Scheißkerl! Den interessiert deine Gesundheit kein Stück. Der betäubt dich mit einer Junkiespritze und nimmt sich dann, was er will.«

Alles Blut ist aus ihrem Gesicht gewichen. Ich muss ihr ordentlich Angst eingejagt haben und mir auch. Während ich mir beschämt die Tränen aus dem Gesicht wische, wird mir erst so richtig bewusst, was für ein Idiot ich gewesen bin. Dass der Preis, den ich gezahlt habe, viel, viel zu hoch war.

Ich muss unbedingt meine Erinnerungen zurückbekommen.

Obwohl ich es Lynn versprochen habe, stehe ich spät in der Nacht doch vor Alistairs Tür. Es ist kurz vor der Schließzeit, und Alistair ist bereits dabei, seine Sachen zusammenzupacken. Als er mich sieht, seufzt er ein wenig, grunzt dann aber und geht zurück in seine Klinik, bevor ich ihm sagen kann, was ich von ihm will. Ich interpretiere sein Grunzen als Einladung und folge ihm. Unwirsch deutet er auf seine Liege und beginnt damit, seinen Computer wieder hochzufahren.

»Ich bin nicht deswegen hier«, beeile ich mich zu sagen.

Alistair hebt eine Augenbraue. »Was willst du dann? Hier gibt's keinen Stoff oder so. Das Betäubungsmittel schießt dich nicht mal über die Straße.«

»Ich weiß.« Jetzt wird mir auch klar, warum er darauf verzichtet, etwas Höherpotentes zu nutzen. Macht Sinn. »Ich will meine Erinnerungen zurück.«

Wie befürchtet bricht er in Lachen aus. Es wischt den grimmigen Gesichtsausdruck weg und ermöglicht mir einen Blick auf den Mann, der hinter der Fassade steckt. Amüsiert reibt er sich über den Mund. »Sorry, Kid, aber ich bin kein Pfandladen.«

»Aber ich brauche sie.«

Er schüttelt den Kopf, und das Lachen verschwindet aus seinem Gesicht. »Und wie stellst du dir das vor? Meinst du, ich habe die hier nur rumliegen?«

Ein kurzer Blick durch den Raum verrät mir, dass hier nichts gelagert wird. Lediglich in dem kleinen Koffer neben seiner Aktentasche befinden sich einige Proben, die heutige Ausbeute. »Ich dachte, vielleicht habt ihr ja noch nicht alle genutzt? Wenn noch ein paar übrig sind … Wofür brauchen Sie die ganzen Erinnerungen eigentlich?«

»Das geht dich nichts an«, gibt er barsch zurück. Ich verkneife mir, darauf hinzuweisen, dass es meine Erinnerungen sind. »Schön. Nehmen wir mal an, ich hätte noch einige von deinen.« Er hebt seine Hand, bevor ich ihn unterbrechen kann. »Was nicht heißt, dass ich welche habe. Wenn du deine Erinnerungen zurückwillst, will ich mein Geld zurück. Plus den Aufwand, den ich betreiben müsste, um ausgerechnet deine wiederzufinden. Wenn du möchtest, dass ich sie dir dann auch noch einsetze, wird dich das auch etwas kosten.«

Alistair weiß ganz genau, dass ich mir das niemals leisten kann. Mein Kopf schwirrt von den Kosten, die auf mich zukommen würden. Mein RedPad wäre ein Witz dagegen. »Also, was ist?«, fragt er ungehalten, weil ich nicht sofort antworte.

»Könnte ich das auch in Raten zahlen? So viel kriege ich nicht auf einmal zusammen.«

Erneut bringe ich ihn zum Lachen. »Sehe ich vielleicht aus wie eine verdammte Bank?« Er schlägt mit der flachen Hand auf den Tisch, sodass ich zusammenzucke. »Entweder du bringst mir das ganze Geld, oder es passiert rein gar nichts. Ich bin doch nicht bescheuert und lass mich von euch Straßenratten über den Tisch ziehen.«

Ich schlucke. Zu beteuern, dass ich im Gegensatz zu den anderen Jugendlichen hier vertrauenswürdig bin, bringt mich bestimmt nicht weiter. »Und wenn wir die Erinnerungen erst dann einsetzen, wenn ich alles bezahlt habe?«

»Sicher.« Alistair richtet sich wieder auf und packt seine Sachen zusammen. »Du kannst gern erst mal sparen, aber ich kann dir nicht versprechen, dass dann noch irgendwas übrig ist.«

Verzweiflung überkommt mich. Ich kann die Summe niemals so schnell auftreiben. »Können wir nicht irgendeine Lösung finden? Irgendwas?«

»Wenn dir deine Erinnerungen so wichtig sind, hättest du sie vielleicht nicht verkaufen sollen. Und jetzt mach, dass du davonkommst. Ich habe Feierabend.« Er nimmt Koffer und Aktentasche auf und drängt mich nach draußen.

Während er die Tür abschließt, versuche ich es mit einer anderen Methode: »Wissen Sie, ich könnte Ihnen auch Probleme machen.« Ich schlucke, als er sich mit finsterem Blick umdreht und seine Sachen abstellt. »Was Sie tun, ist illegal. Wenn ich Sie auffliegen lasse, kriegen Sie ziemliche Probleme.«

»Ach?« Er kommt näher, und ich weiche zurück, bis ich an den Müllcontainer hinter mir stoße. »Glaubst du wirklich, dass die irgendeinen Scheiß auf das geben, was so ein kleiner Idiot wie du von sich gibt?« Obwohl er ein paar Zentimeter kleiner ist als ich, muss ich schlucken. Sein Gesicht ist mir so nah, dass ich seinen Atem riechen kann: Minze und darunter etwas Fruchtiges, das durch die Überlagerung fast faulig riecht. »Ganz davon abgesehen, was die Jungs hier mit dir anstellen würden, wenn du der Grund bist, warum sie kein Geld mehr für Stoff haben.«

Ungewollt kommen mir die entsprechenden Bilder aus Filmen in den Kopf: Bandenkriege aus den Staaten, Lynchmobs, eine Leiche im Hinterhof. Ich habe wirklich nicht vor, mich mit den Junkies hier anzulegen. »Es wäre nicht gut für uns beide«, gelingt es mir mutig zu sagen.

Ich hätte nicht gedacht, dass es möglich wäre, aber Alistair rückt mir noch mehr auf die Pelle, und ich erwarte schon, die Spitze eines fiesen Messers an meiner Seite oder die Mündung einer Pistole auf meiner Brust zu spüren. Irgendwas verwest in der Tonne hinter mir, und ich habe das Gefühl, irgendetwas klettert in meinen Haaren herum. »Meinst du?« Alistair schnaubt. »Ich bekomme einen Klaps auf die Hand, falls sie mich erwischen. Du liegst tot und erinnerungslos in irgendeiner Gasse wie dieser.«

Seine Hand klatscht gegen den Container, und das Scheppern

lässt mich einen Moment lang bebend die Augen schließen. Kurz darauf kann ich wieder atmen. Alistair hat sich von mir abgewendet und seinen Koffer und seine Aktentasche wieder aufgenommen. Mir gelingt es nicht gleich, die Lähmung in meinen Knochen abzuschütteln. »Komm mit Geld wieder oder lass es bleiben«, sagt er mir noch, bevor er davongeht, als wäre nichts geschehen.

»Was machen Sie mit den Erinnerungen?«, rufe ich ihm nach. Ich hasse es, wie meine Stimme dabei zittert.

Alistair hält es nicht für nötig, mir eine Antwort zu geben, und biegt um die Ecke. Der Schreck zwingt mich in die Knie, und ich fasse mir in die Haare. Statt der erwarteten Käfer berühre ich etwas Klebriges. Ein Blick nach oben gibt mir keinen weiteren Aufschluss darüber, welche Schmiere sich an der Containerwand befindet. Dem Geruch nach Säfte von welchem Kadaver auch immer, der da drin vor sich hin rottet.

Bei dem Gedanken wird mir übel, und ich zwinge mich dazu, wieder auf die Beine zu kommen. Es fühlt sich an, wie auf Schaumstoff zu laufen, aber irgendwie schaffe ich es nach Hause, auch wenn ich an der Tür drei Anläufe brauche, um den Schlüssel ins Loch zu bekommen.

Meine Familie schläft zum Glück schon, als ich ins Bad taumle und unter die Dusche steige. Das heiße Wasser rinnt durch meine Haare und unter dem Pullover den Rücken hinunter. Erst nachträglich fällt mir auf, dass ich mich noch nicht ausgezogen habe. Noch unter der Dusche ziehe ich mir die Klamotten aus und schmeiße sie ins Becken zu meinen Füßen. Wenn ich Zeug in den Haaren habe, möchte ich nicht wissen, was noch an mir klebt, und es erscheint mir das Sinnvollste, die Sachen direkt unter dem heißen Wasser zu waschen.

Ich bleibe viel zu lange unter der Dusche und habe dennoch nicht das Gefühl, richtig sauber zu sein. Wiederholt frage ich mich, was für ein Idiot ich bin. Alistair zu drohen, war das Bescheuertste, was ich je getan habe, abgesehen davon, dass ich meine Erinnerungen überhaupt erst an ihn verkauft habe.

Während ich mit einem Handtuch über den Schultern vor dem Spiegel stehe und gefühlt jede einzelne Haarsträhne auf Überreste der schmierigen Flüssigkeit untersuche, vibriert das RedPad auf der Ablage und der Bildschirm springt an, um mir eine süße Gute-Nacht-Nachricht von Lynn zu zeigen: *Wünsch dir süße Träume*, steht dort, und die Anspannung fällt ein wenig von mir ab. Lynn ist mit Abstand das Beste, was mir je passiert ist.

Einen Moment lang überlege ich, ob ich ihr auch einfach eine ähnlich niedliche Nachricht zurückschreibe, aber unsere Beziehung verdient mehr als das. Ich habe meine Sorgen lange genug nur für mich behalten. Lynn würde nur wütend werden, wenn sie erfährt, dass ich bei Alistair war und ihr nichts gesagt habe. Deshalb wähle ich, statt ihr zu schreiben, ihre Nummer. »Ich war dort.«

Das Schöne ist, dass ich nicht mehr als das sagen muss. Lynn weiß sofort, wovon ich spreche. »Du hörst nie, oder?«, sagt sie mit einem Seufzen. Sie liegt bereits in ihrem Bett. Eine kleine Nachtleuchte erhellt ihr Gesicht und blendet ein wenig.

Ich verziehe gequält das Gesicht. Der Schrecken sitzt noch tief. »Ich musste es einfach probieren.« Um es etwas bequemer zu haben, nehme ich das RedPad hoch und lehne mich gegen das Waschbecken.

»Und?«

»Keine Chance.« Natürlich könnte ich Lynn fragen, ob sie mir das Geld leihen würde. Womöglich könnte ich sogar über meinen Schatten springen dieses eine Mal, aber mir ist klar geworden, dass Alistair die Erinnerungen niemals rausrücken wird. Er hat nicht einmal gesagt, wie viele noch da sind und ob überhaupt. Am Ende zahle ich ein halbes Vermögen für nichts. Dieses Risiko kann ich nicht eingehen, nicht mit Lynns Geld. »Ich fürchte, meine Erinnerungen sind für immer verloren.«

# Kapitel 20

Mir einzugestehen, dass es kein Zurück mehr gibt, scheint einen Knoten in meinem Kopf gelöst zu haben. Es bringt nichts, den Erinnerungen nachzuweinen. Ich habe alles probiert, jeden angesprochen, der mir hätte helfen können, und muss mir meine Niederlage eingestehen. Zeit, die Vergangenheit ruhen zu lassen und an meine Zukunft zu denken.

Ausgerechnet meine Schwester hilft mir dabei. Sie hat ihre Drohung wahr gemacht, und am Samstag werde ich von ihr, Lasse und meiner Mutter in den Park entführt. Dort wartet Lynn auf uns mit einem üppigen Geburtstagspicknick.

Es gibt frisches Obst, jede Menge Knabberkram und Fingerfood und natürlich eine Geburtstagstorte. Ich weiß nicht, ob es Absicht ist, aber sie ist genauso kirschrot wie mein RedPad.

»Cola!« Lasse hat die große Flasche zuerst entdeckt und stürzt sich darauf.

Während ich mich zu Lynn auf die weiche Decke hinablasse, lache ich über seine Begeisterung. »Ich fürchte, das werden wir noch bereuen.«

Dann küsse ich sie, wenn auch nur kurz. Schließlich schaut meine ganze Familie zu.

Es ist ein lauer Frühlingstag. Rund um uns herum sprießt und blüht es. Die Bäume sind noch nicht ganz grün, aber ihre Äste sind voller hellgrüner Knospen. In spätestens einer Woche explodiert der Park.

»Hast du den Kuchen gemacht?«, frage ich Lynn. Er sieht nicht aus wie einer, den Lynn kaufen würde. Die wären so perfekt, dass man sich nicht trauen würde, sie anzuschneiden.

Lynn nickt leicht. »Es soll dein …«

»RedPad sein?« Hatte ich also recht, auch wenn er, abgesehen von der Farbe und der groben rechteckigen Form, nur wenig damit gemein hat. Nicht einmal die Ecken sind abgerundet. Dafür sieht er lecker aus.

»Ich weiß, dass es kein Meisterwerk ist …«, fängt Lynn an.

»Er ist perfekt«, sage ich ihr, bevor sie noch auf die Idee kommt, dass ich irgendetwas daran auszusetzen habe.

»Dann lass ihn uns mal kosten«, schlägt meine Mutter vor und macht sich daran, den Kuchen anzuschneiden.

Ich bekomme von ihr ein so großes Stück, dass ich mir sicher bin, heute noch am Zuckerschock zu sterben. Tatsächlich ist der Kuchen gar nicht so schrecklich süß, sondern erstaunlich fruchtig. »Ich wusste gar nicht, dass du backen kannst.«

»Ich habe normalerweise niemanden, für den ich backen kann, sonst würde ich es viel öfter tun«, gesteht sie mir.

»Also, von mir aus kannst du öfter für mich backen«, erwidere ich grinsend.

»Oh ja!«, stimmt mir Anni zu. Dann nimmt sie plötzlich einen kleinen Stressball vor und hält ihn gut sichtbar für uns alle hin. »Wer den Ball hat, muss uns ein Luftschloss bauen. Keine Zurückhaltung, nur Träume und Wünsche.«

Leicht stöhnend lehne ich mich zurück. Ich hatte gehofft, dass Anni die Idee wieder vergisst, aber so viel Glück habe ich nicht. Stattdessen sieht sie mich herausfordernd an, während sie von ihrem Luftschloss erzählt. »Wir werden dieses Jahr die Regionalmeisterschaft gewinnen. Aber das ist nur der Anfang. In ein paar Jahren werde ich so gut im Fußball sein, dass sie mich für den U18-Kader der Nationalmannschaft wollen. Alles bezahlt.«

»Mhm«, mache ich daraufhin nur spöttisch. »Und in acht Jahren gewinnst du dann die Weltmeisterschaft.« Anni ist ganz gut, aber es gibt viele Spielerinnen im Land. Tatsächlich beeindruckt es mich mehr, dass sie dabeibleiben will.

Wie erwartet wirft Anni mir den Ball als Nächstes zu. »Na klar, keine Zurückhaltung.«

Nachdenklich drehe ich den abgegriffenen blauen Ball zwischen meinen Fingern. Die Regeln sind gar nicht so einfach, wie sie klingen. Jede Idee, die mir kommt, wird sofort verdrängt von meiner Logik. *Das klappt eh nicht. Das kannst du dir nicht leisten. Dafür ist keine Zeit.*

Alle Augen ruhen auf mir, selbst Lynns. »Es sind nur Träume, oder?«

»Das ist der Sinn des Spiels, ja«, antwortet Anni, als wäre ich schwer von Begriff.

»Okay.« Ich reiße mich vom Anblick des Balls los und sehe auf. »Morgen ruft bei mir NEURO an. Professor Pattern höchstpersönlich hat meine Abschlussarbeit gelesen und möchte mir eine Stelle in ihrem Team anbieten mit Einstiegsgehalt, Krankengeld und Urlaubstagen.« Meine Stimme ist erstaunlich fest, wahrscheinlich weil das eh alles nur Spinnerei ist.

»Ich darf an den neuen synthetischen Erinnerungen bauen und werde eine Machine Learning Engine entwickeln, die die Forschung daran erheblich beschleunigt. In ein paar Jahren hat jeder Mensch einen gefestigten Geist, und niemand muss mehr unter einer verkorksten Kindheit oder Depressionen leiden.«

Mein Blick gleitet zu Lynn. Bevor es zu auffällig wird, drücke ich ihr den Ball in die Hand. »Du bist dran.«

Ein zarter Rotschimmer legt sich auf ihre Wangen und lässt die Sommersprossen etwas verblassen. »Ähm ... also, ich wünsche mir ...« Sie hält inne und sieht mich fragend an.

»Ich weiß die Antwort nicht«, erwidere ich verhalten scherzend.

Lynn nickt eine Weile und atmet dann tief durch. »Ich habe mir ehrlich gesagt noch nie Gedanken darüber gemacht, was einmal danach passieren wird.« So viel Ungesagtes steckt hinter diesen Worten, dass ich ihre Hand greife und sie drücke. »Aber einen Wunsch habe ich.«

Wieder sieht sie mich an, und ich habe das Gefühl, dass sie dabei direkt in die Leere hinter meinen Augen sieht. »Dass du nie wieder aus meinem Leben verschwindest.«

Jetzt spüre ich, wie mir das Blut in den Kopf steigt. Meine Wangen brennen, und ich bin mir überdeutlich der Blicke meiner Familie bewusst. »Ich habe nicht vor, irgendwohin zu gehen«, presse ich hervor.

Meine Antwort bringt Lynn zum Schmunzeln. »Gut. Ich nämlich auch nicht.«

Aus dem Augenwinkel bemerke ich, wie sich meine Mutter kurz mit den Handballen unter den Augen reibt. Anni stöhnt. »Niemand hat gesagt, dass das Luftschloss auf Wolke sieben gebaut werden soll.«

»Ach, halt den Mund, Anni«, maule ich. Ich weiß, dass der Seitenhieb hauptsächlich mir gilt, aber ich will nicht, dass Lynn ihre Offenheit bereut.

»Darf ich jetzt?«, tönt es indessen von Lasse.

»Na klar.« Lynn wirft ihm den Ball zu. Während er uns das farbenfrohste und teuerste Luftschloss aller Zeiten malt, schlingt Lynn einen Arm um meinen und schmiegt sich glücklich lächelnd an mich.

Diesen Moment lasse ich mir nicht einmal von Anni kaputt machen und küsse ihren Schopf.

»... und ich bekomme jedes Spiel kostenlos noch vor dem Erscheinungstermin«, erzählt Lasse von seinem Traum.

»Viel Spaß mit den Glitches«, necke ich ihn.

Lasse streckt mir die Zunge raus und gibt den Ball dann an

meine Mutter weiter. Sie lächelt uns alle an. »Ich wünsche mir, dass all eure Träume in Erfüllung gehen.«

Meine Schwester und ich stöhnen unisono. »Das gilt nicht«, sagt Anni.

»Ja, du musst schon dein eigenes Luftschloss bauen«, pflichte ich ihr bei.

Meine Mutter kann nicht anders als lachen. »Na gut. Mein Luftschloss ist ganz klein, aber dafür sauber. Es steht am Stadtrand mit Blick auf eine Blumenwiese. Es hat einen kleinen Garten mit einem Gemüsebeet und Obststräuchern.«

Nachdem ich so viele Einfamilienhäuser gesehen habe, kann ich die Idylle, die meine Mutter beschreibt, richtig vor mir sehen.

Sie genießt es sichtlich, das Haus ihrer Träume zu beschreiben. »Drinnen gibt es eine Küche, in der man sich richtig bewegen kann, und ein Esszimmer mit einem großen Tisch, an dem alle Platz finden. Dort gibt es sogar ein Wohnzimmer mit einer großen bequemen Couch und Pflanzenkübeln.« Sie lächelt versonnen. »An den Wänden meines Schlosses hängen ganz viele Bilder: von euch, von eurem Papa und allen Enkelkindern, die ich eines Tages haben werde.«

»Okay, okay, lass uns nicht zu viel träumen«, unterbreche ich sie peinlich berührt. Kinder stehen nun wirklich ganz hinten auf meiner Wunschliste.

Meine Mutter kichert und schmunzelt mich dann an. »Manche Träume haben vielleicht noch etwas Zeit.«

»Ja, ganz viel Zeit«, erwidere ich gedehnt und freue mich darüber, wie sie das wieder zum Lachen bringt. Sie hat diesen Tag gebraucht, vielleicht sogar mehr als ich.

# Kapitel 21

Annis dummes Luftschlossspiel hat in mir wieder den Wunsch geweckt, mehr aus mir zu machen. Deshalb suche ich wieder nach Jobs, besseren Jobs, die es mir irgendwann ermöglichen werden, Hertford hinter mir zu lassen und meiner Familie ein schöneres Leben zu ermöglichen. Ich schaue mir gerade ein paar IT-Jobs am anderen Ende der Stadt an, als mir an der Seite ein Artikel von Freckled Memories eingeblendet wird. Lynns Blog.

Ihr Artikel *Die Schattenseite der Memospende* ist anscheinend so oft aufgerufen und zitiert worden, dass er mir direkt zwischen den aktuellen Schlagzeilen angezeigt wird. Es ist der Artikel, der auf meinen Erfahrungen mit Alistair beruht, weshalb ich einen Moment zögere.

Dann klicke ich aber doch, zu neugierig, warum der Artikel wie eine Bombe in der Nachrichtenwelt eingeschlagen hat.

*Wenn wir von der Memospende reden, verbinden wir mit dem Wort vor allem eines: das Wundermittel gegen Depressionen. Kaum einer stellt den Prozess infrage. Deine Kindheit war nicht so schön? Nimm meine. Doch was genau passiert mit denjenigen, die einen Teil von sich selbst verkaufen, um anderen ein gutes Leben zu ermöglichen? Welche Folgen hat das Erreichen des Maximalwerts? Und wie viel sind Erinnerungen eigentlich auf dem Schwarzmarkt wert?*

*50 bis 80 Euro.*

*So zumindest der Ankaufspreis eines Dealers in Hertford. Für wie viel und vor allem an wen diese Erinnerungen dann weiterverkauft werden, ist reine Spekulation. Eines kann ich aber sicher sagen: Für die Spender kratzt diese Entschädigung nicht einmal an der Oberfläche der Probleme, die dabei und danach auf sie zukommen.*

*Angefangen beim nicht vorhandenen Hygienestandard, ist diese Art der Memospende nämlich lebensgefährlich. Die Entnahme wird in einem Raum durchgeführt, den man nicht anders als versifft beschreiben kann. Geputzt wird hier nicht, und um die Unversehrtheit der Spender macht sich hier bestimmt keiner Gedanken:*

*»Auf dem Boden zieht sich eine hellbraune Lache quer über die Fliesen. An den Wänden wellt sich die Tapete. Dort, wo sie einen Blick auf die Wand darunter freigibt, wächst Schimmel. Es riecht, als hätte jemand in die Ecke gepinkelt, oder vielleicht ist es auch der Gestank der Müllcontainer vor der Tür. Die Oberflächen starren vor Dreck, allen voran die Liege, auf der die Operation durchgeführt wird.«*

*Weder das OP-Besteck noch die Spritze mit dem Betäubungsmittel sind ausreichend steril. Eine Spritze, die eben noch in den Arm einen Drogenabhängigen gestochen hat, landet zwanzig Minuten später in einem Kind, das nur seinen Eltern unter die Arme greifen will. Das Betäubungsmittel selbst ist nur geringfügig stärker als eine Schmerztablette, wie man sie ohne Rezept in der Apotheke kaufen kann. Anders als im MTC bekommt der Spender alles mit.*

*»Mein Kiefer schmerzt von dem Druck in meinem Kopf. Obwohl meine rechte Körperhälfte sich schwer und taub anfühlt, habe ich das Gefühl, als könnte ich jeden Millimeter erspüren, den das Entnahmeröhrchen in meinen Kopf eindringt.«*

*Es sind vor allem Jugendliche und junge Erwachsene, die zum Opfer dieser Methode »Schnelles Geld« werden. Wenn das Geld an allen Ecken fehlt, mag es verführerisch erscheinen, ein paar Erinnerungen zu verkaufen. Ich schreibe absichtlich von Erinnerungen und nicht Kind-heitserinnerungen, denn zwischen diesen wird bei dieser Form der Me-mospende kein Unterschied gemacht.*

*Dies wirft die Frage auf, was mit den entnommenen Erinnerungen gemacht wird. Positive Erinnerungen helfen, Depressionen zu bekämp-fen. Aber was bewirken negative Kindheitserinnerungen? Jugendliche Erinnerungen? Erinnerungen an Traumata, an Leid und an Schmerz? Wer kauft diese Erinnerungen? Und wem werden sie eingesetzt?*

*Für die Spender spielt es keine Rolle mehr. Wenn sie nicht an einer Blutvergiftung aufgrund der Spende verstorben sind, kehren sie in ein Leben zurück, das ihnen fremd ist. Jegliche Orientierungspunkte wur-den ihnen ohne Rücksicht genommen. Die Leute, mit denen sie leben, für die sie womöglich diese Strapazen auf sich genommen haben, sind Unbekannte geworden. Ihre Anwesenheit spendet keinen Trost, ihre Probleme rufen kein Mitleid hervor. Es gibt nichts mehr, was die Fa-milie zusammenhält.*

*Die Spender mögen vielleicht nur ihre Erinnerungen verkauft ha-ben, aber viel zu viele von ihnen verlieren dabei ihr Leben.*

Der Artikel berührt mich so tief, dass ich mir die Tränen aus den Augen wischen muss. Zwar hat Lynn meine Erfahrungen am Ende etwas übertrieben, aber es steckt zu viel Wahrheit in ihren Worten, als dass ich nicht spüren würde, wie viel von mir selbst ich eigentlich verkauft habe. Für 50 bis 80 Euro das Stück.

Dann fällt mein Blick auf die Daten unter dem Blog, und ich rufe auf der Stelle Lynn an. Sobald sie den Anruf annimmt, spru-dele ich auch schon mit den Neuigkeiten hervor. »Hast du mitbe-kommen, dass dein Blog letzte Nacht über dreitausend Mal zitiert worden ist? Und fast achttausend Kommentare hat!«

»Im Ernst?« Lynn kann es selbst nicht glauben.

Eine Weile herrscht Schweigen zwischen uns, während Lynn

sich den Artikel selbst anschaut. Ich beginne derweil, die Kommentare zu lesen. So viele, die ihr zustimmen und sich bei ihr bedanken, dass sie das ans Licht gebracht hat. Darunter sind auch Anfragen zu Interviews, hundert Möglichkeiten für Lynn.

»Wow«, sagt sie schließlich völlig überwältigt.

»Treffen im Wald?«, frage ich und muss grinsen. Lynn hat diese Aufmerksamkeit so was von verdient.

Wenig später treffen wir uns bei unserem Raumschiff und stoßen mit einer Flasche Wasser an, tun so, als hätte ich Champagner mitgebracht. So gelöst, wie wir dabei sind, möchte man meinen, in dem Wasser wäre wirklich Alkohol enthalten. Kichernd lesen wir uns durch die Kommentare.

»Oh, dieser hier meint, der Beitrag hätte ihm die Augen für die Gefahren der Memospende geöffnet.« Ich stoße Lynn an und nehme einen Schluck. »Hab dir doch gesagt, dass du schreiben kannst.«

Lynn legt das Kinn auf meine Schulter und küsst meine Wange. »Der Artikel hat sich quasi von selbst geschrieben.«

Eine Benachrichtigung über achtundzwanzig neue Kommentare erscheint, und ich tippe darauf, um an den Anfang zurückzuspringen. Lynn streicht derweil über die feinen Härchen in meinem Nacken. Das Gefühl verblasst jedoch, als ich den Accountnamen des fünften Kommentars lese: NEURO.

Aufregung erfasst mich, und meine Hand beginnt leicht zu zittern. »Lynn. Lynn, schau mal!«

Sie sieht über meine Schulter, und ihre Streicheleinheiten kommen zu einem Ende. »Oh nein, was wollen die denn?«

»Dich einladen.« Ich bemerke, wie Lynn die Stirn runzelt. »Du hast sie mit deinem Beitrag zur Memospende so beeindruckt, dass sie dir eine Tour durch NEURO anbieten. Neid. Ich will auch.« Und wie ich will. Ich bin zwar nicht mehr der größte Fan der

Memospende, aber hinter die Kulissen einer der beeindruckendsten Forschungseinrichtungen des Landes blicken zu können, ist unbezahlbar. »Du musst unbedingt sofort zusagen.«

Meine Begeisterung schwappt nicht auf Lynn über. »Bist du sicher, dass das echt ist?«

Prompt überprüfe ich den Account. »Ist verifiziert. Also, was meinst du?«

»Ich weiß nicht. Ich habe doch nur einen Artikel geschrieben. Mehr nicht.«

Stöhnend drehe ich mich zu ihr um und lege meinen Arm um sie. »Lynn, du hast dir das verdient. Sieh es doch einmal so. Deine Leser haben ein Recht darauf, zu erfahren, was und vor allem wer hinter der Memospende steht. Du kannst ein Exklusivinterview mit Professor Pattern höchstpersönlich führen. So manche Zeitung würde dafür töten.«

»Ich und ein Interview führen?« Lynn sieht mich an, als hätte ich sie gebeten, nackt durch Hertford zu tanzen. »Mika, ich würde nicht mal den Mund aufbekommen. Ich kann schreiben, nicht reden.«

Plötzlich habe ich eine Idee, zugegeben nicht ganz uneigennützig. »Und wenn ich dich begleite? Da dürften sie ja nichts dagegen haben ...«

»Und dann?« Ich weiß nicht, ob ich besorgt oder erleichtert darüber sein soll, dass Lynn nicht sofort weiß, was ich von ihr will. Sie hat eine viel zu hohe Meinung von mir.

»Ich kann reden. Glaub mir, mir würden tausend Fragen für Professor Pattern einfallen. Du hörst einfach nur zu, und wenn du dich ein wenig wohler fühlst, kannst du ja auch was fragen«, schlage ich vor. »Bitte.«

Lynn mustert mich nachdenklich, und so langsam fällt der Groschen. »Du willst da unbedingt rein, oder?« Mein heftiges Nicken lässt sie schmunzeln. »Okay. Wir machen es.«

»Du bist die Beste.« Überschwänglich untermale ich meine Worte mit einem Kuss, über den Lynn erst lacht und den sie dann innig erwidert.

Meine gute Laune trage ich mit nach Hause, wo meine Mutter dabei ist, eine Kiste zu packen. Ganz kurz verspüre ich ein flaues Gefühl, doch die Freude über die Einladung von NEURO überwiegt schlussendlich. Zum ersten Mal seit Langem habe ich das Gefühl, wieder wirklich träumen zu können.

Ich umarme meine Mutter von hinten, die erschrocken aufsieht. »Mika. Ist irgendetwas geschehen?«

»Lynn und ich werden NEURO besuchen«, platze ich sofort heraus. »Professor Pattern hat sie zu einer Führung eingeladen, und Lynn will, dass ich sie begleite.« Überglücklich lasse ich mich auf einen Stuhl fallen und grinse meine Mutter an.

Sie schiebt die Kiste zur Seite und strahlt mich an. »Wow. Wie kommt sie denn dazu?«

»Sie hat diesen megaerfolgreichen Blog über die Memospende, und heute ist NEURO auf sie gestoßen«, erzähle ich ihr.

»Nicht schlecht.« Ihre Finger streichen über meine Hand. »Das mit dir und Lynn scheint ernst zu sein.«

Verdutzt sehe ich sie an. Wenn sie jetzt wieder von Enkelkindern anfängt, schreie ich.

Sie lächelt sanft. »Hattest du nicht Angst, dass du alles verdorben hast? Und schaut euch jetzt an. Immer noch so eng wie eh und je.«

»Das habe ich dir erzählt?« Die Frage rutscht mir so raus. Zum Glück bemerkt meine Mutter nichts Ungewöhnliches, sie nickt nur. Ich zucke ungelenk mit der Schulter. »Ich habe es eben doch nicht verdorben.«

Um abzulenken, deute ich auf den Karton. »Was ist damit? Papas Sachen?« Wenn es irgendwie möglich ist, würde ich seine

Sachen gern behalten. Vielleicht ersetzen sie die Erinnerungen, die ich verloren habe.

Meine Mutter sackt ein wenig in sich zusammen und stützt sich auf ihre freie Hand. Die andere legt sie kurz darauf auf meine. »Nein, unsere Sachen. Ich habe lange darüber nachgedacht, vor allem über das Angebot, das uns dein Großvater gemacht hat.« Ich versuche, meine Hand wegzuziehen, doch sie lässt mich nicht. »Mika, bitte. Ich glaube, es wäre ganz gut für unsere Familie, hier rauszukommen. Das hier ist kein Ort, an dem ich meine Kinder großziehen will. Du hasst es doch auch hier.«

Endlich bekomme ich meine Hand frei. Im ersten Moment weiß ich nicht, was ich sagen soll, und reibe mir über Kinn und Mund. Dann konfrontiere ich meine Mutter mit ihren eigenen Worten: »Ich denke, wir machen es uns hier schön?« Meine Mutter atmet nur tief ein. Sie weiß genau, was sie gesagt hat.

»Wir haben alles aufgegeben. Wir …« Fassungslos halte ich inne. Niemals hätte ich gedacht, dass ich Hertford einmal verteidigen würde. Ist es, weil ich mich kaum noch an etwas anderes als dieses Elend erinnere? »Warum darfst du das für uns entscheiden? Was ist mit Annis Team und …« Meiner Mutter kommen die Tränen, und sie fächelt sich Luft zu. »Ich bin kein Kind mehr.«

»Mika.« Sie muss schlucken, um überhaupt weiterreden zu können. »Du hast recht. Du bist kein Kind. Schon lange nicht mehr.« Jetzt streckt sie ihre Hand aus und streicht liebevoll über meinen Kopf. »Dein Vater ist tot, und wir müssen irgendwie weiterleben. Ich kann nicht hierbleiben, nicht, wenn ich eine Wahl habe.« Die Worte setzen mir mehr zu, als mir im Moment lieb ist. »Aber du hast auch eine Wahl. Du bist alt genug, um dein Leben selbst in die Hand zu nehmen. Schau doch mal, du besuchst bald NEURO. Von so einer Chance hast du geträumt, seit du zwölf warst. Du wolltest nie Pizzabote, oder was auch immer du gerade tust, werden. Und du hast so viel Talent. Jede Tech-Firma würde dich mit

Kusshand für ein Praktikum nehmen.« Sie legt ihren Kopf schief. »Schatz, es ist an der Zeit, dass du deine Flügel ausstreckst und fliegst. Ich kann dich nicht ewig am Boden festhalten. Das hätte dein Vater nie gewollt.«

In dem Moment, als sie mich freilässt, weiß ich, dass ich bleiben muss. Ich könnte es nicht ertragen, auch noch den Rest meiner Familie zu verlieren. »Zu Oma und Opa, hm?«

Entsetzt schüttelt sie den Kopf. »Nicht, Mika. Tu das nicht! Du gehörst in diese Stadt. Du hast Lynn hier. Du hast ihr versprochen, dass du bleibst. Bitte gib deine Träume nicht wegen mir auf.«

Obwohl ich mich nicht so fühle, lächle ich meine Mutter an. »Aber meine Träume bedeuten nichts, wenn ich euch nicht habe.« Ich nehme nun ihre Hand in meine. »Wir machen das gemeinsam. Du brauchst mich. Auf dem Land mag das Leben zwar einfacher sein, vielleicht sogar billiger, aber wenn ich nicht mit euch gehe, reicht es trotzdem nicht, und zwei Wohnungen können wir uns erst recht nicht leisten. Du wärst nur unter Opas Fuchtel, und sogar ich weiß, dass das grauenhaft für dich wäre.« Warum sonst haben wir unsere Großeltern kaum gesehen?

»Es ist weniger grauenhaft als hier«, scherzt sie wenig überzeugend.

»Du brauchst eine eigene Wohnung. Etwas für uns alle. Unabhängig von ihnen. Gemeinsam schaffen wir das. Wir kriegen das hin.«

Seufzend ergibt meine Mutter sich in ihr Schicksal. Sie zieht mich heran und drückt mich fest an sich. »Du hast viel zu viel von deinem Vater«, flüstert sie.

Ich wünschte, ich könnte ihr zustimmen.

# Kapitel 22

Pünktlich, zehn Minuten vor neun, stehen Lynn und ich vor den verglasten Türen von NEURO. Im Gegensatz zu vielen Gebäuden in der Umgebung hat NEURO nur wenige Stockwerke. Dafür verteilt sich der Forschungskomplex auf mehrere Häuser. Das Hauptgebäude wirkt wie die modernisierte Version eines Museums. Der alte Stuck ist noch sichtbar, aber alles andere wirkt modern, inklusive der Photovoltaik-Anlage auf dem Dach.

Lynns Hand in meiner fühlt sich feucht an, und ich sehe ihr an, dass sie am liebsten umdrehen würde. »Das wird toll«, flüstere ich ihr zu und werde mit einem müden Lächeln belohnt.

Ich gebe Lynn einen Kuss und dann einen kleinen Schubser. Gemeinsam durchschreiten wir die Glastüren und bleiben staunend stehen. Die Decke ist bestimmt fünf Meter hoch und zeigt ein altertümliches Fresko, das meine Museumstheorie bestätigt. Licht flutet durch die Fenster in den Raum und lässt die Farben richtig leuchten.

Nur mit Mühe wende ich mich von der Decke ab und sehe mich weiter um. Am Empfang hat man uns bereits bemerkt. Ein junger Mann kommt auf uns zu und sieht uns lächelnd an. »Ihr müsst die beiden von Freckled Memories sein.«

Ich deute zu Lynn. »Ihr Blog. Ich bin nur die Begleitung.«

Lynn wird rot und nickt leicht. »Guten Morgen. Professor Pattern schrieb, wir treffen uns hier?«

»Ja, genau, ihr könnt da drüben Platz nehmen. Sie sollte bald kommen.« Er zeigt auf eine Sitzecke, die mich an das Wartezimmer im MTC erinnert.

Als wir uns hinsetzen, fallen mir die NEURO-Schriftzüge in den Fliesen auf, und ich muss schmunzeln. Dickliche Engel an der Decke und die Zukunft zu Füßen. Neben mir scharrt Lynn ein wenig mit den Füßen und knetet ihre Hände. Ich lege meine Hand auf ihre, und sie hört damit auf. Sagen brauche ich nichts. Sie weiß, dass ich für sie da bin.

Es dauert nicht lange, da vernehmen wir das Klackern von Absatzschuhen. Uns kommt eine Frau entgegen, die mir aus den Nachrichten wohlbekannt ist. Meine Hand rutscht von Lynns, und ich spüre, wie meine Finger vor Aufregung zittern. Das ist die Frau, die vor acht Jahren das Verfahren zur Memospende entwickelt hat. Eines meiner großen Vorbilder. Nicht, weil ich die Spende an sich so toll finde, aber weil mich die Forschungsleistung dahinter so dermaßen beeindruckt.

Sie begrüßt uns mit einem sehr einnehmenden Lächeln. Anders als viele andere Wissenschaftlerinnen trägt sie Make-up und fühlt sich offenbar in dem eng geschnittenen Kostüm wohl. »Da seid ihr ja. Lynn, richtig?« Sie reicht Lynn ihre Hand. »Dein Blog ist so inspirierend, und du bist was? Sechzehn? Siebzehn? Ich wünschte, ich hätte in deinem Alter so viele kluge Gedanken aufs Papier gebracht.«

Lynn erwidert den Gruß schüchtern. »Siebzehn ... ähm ... danke.« Ein wenig tut sie mir ja leid. Lob ist für Lynn schwer zu akzeptieren, weil sie es kaum gewohnt ist, und dann noch von jemandem von Professor Patterns Kaliber. Kein Wunder, dass sie nervös ist.

Die Professorin wendet sich mir zu, und auch ich darf ihr die Hand schütteln. »Du musst dann ihr Begleiter sein. Mika, richtig?«

»Ja. Ich bin ein großer Fan von Ihrer Arbeit. Ich habe erst im Herbst meine Abschlussarbeit darüber geschrieben«, erzähle ich.

»Wirklich? Die muss ich unbedingt mal lesen. Ihr müsst wissen, ich finde es wahnsinnig inspirierend, von jungen Leuten zu hören. Da kommen manchmal die besten Ideen bei rum.« Mir ist fast schwindlig bei der Aussicht, dass DIE Professorin Pattern meine Arbeit lesen möchte. Vielleicht war mein Luftschloss doch gar nicht so weit hergeholt. »Deshalb freue ich mich auch so, dass ihr heute hier seid. Vorab: Falls ihr irgendwelche Fragen habt, sei es zu NEURO, der Memotransplantation oder auch zu mir persönlich, dann scheut euch nicht zu fragen. Dafür bin ich heute da.«

Von Lynn kommt ein leises »Okay«.

Ich hingegen stürze mich sofort auf das Angebot, sobald wir uns in Bewegung setzen. »Wie sind Sie denn auf die Idee gekommen, Erinnerungen zu transplantieren?«

»Oh, das ist … eine komplexe Geschichte.« Währenddessen führt Professor Pattern uns hinaus auf den Hof, wo ein Springbrunnen für ein angenehmes Rauschen sorgt. »Es ist ja nicht so, dass ich allein auf die Idee gekommen bin. Die Grundlagenforschung dazu ist über Jahrzehnte gewachsen. Auf der einen Seite hatten wir unsere neurologische Forschungsgruppe, und auf der anderen Seite gab es diverse andere Teams, die sich mit Depressionen auseinandergesetzt haben. Es gab dann eine Studie, die zeigte, dass Menschen mit vielen glücklichen Kindheitserinnerungen oft eine stabilere Basis hatten und somit weniger Risiko ausgesetzt waren. Meine Doktormutter war diejenige, die ursprünglich die Idee hatte, Erinnerungen auszutauschen.«

Wir bleiben beim Springbrunnen stehen, und Professor Pattern gönnt uns einen Blick auf die einzelnen Gebäude ringsum. Das meiste sind Altbauten wie das Hauptgebäude. Im hinteren Teil gibt es jedoch auch ein paar Neubauten. »Vorn haben wir die Verwaltung und Presseabteilung. In den Gebäuden gibt es verschiedene Forschungsgruppen. Welches Thema interessiert euch denn am meisten?«

»Synthetisch…« Ich unterbreche mich hastig. Schließlich ist das Lynns Termin.

Sie braucht ein wenig länger, um ihre Gedanken zu formulieren. »Machen Sie auch Forschungen über die Folgen der Memospende?« Nach kurzem Zögern fügt sie hinzu: »Für Empfänger und Spender?«

Professor Pattern lächelt mich an. »Synthetische Erinnerungen sind auch mein Lieblingsthema. Aber dazu kommen wir später.« Sie betrachtet Lynn. »Sicherlich. Du hast ja bestimmt mitbekommen, dass erst kürzlich ein Grenzwert eingeführt wurde.«

Professor Pattern merkt nichts von dem Blick, den Lynn und ich tauschen. Stattdessen führt sie uns durch eins der Altbauhäuser. An den Wänden begrüßen uns Poster und digitale Präsentationen zu den aktuellsten Forschungsthemen. Ich verstehe nicht einmal die Hälfte von dem, was an der Wand steht. Nichtsdestotrotz bleibe ich stehen und sehe mir fasziniert eine Animation zum Wachstum von Kindheitserinnerungen an. Zumindest glaube ich, dass es das ist.

Professor Pattern bemerkt mein Interesse und liest sich selbst durch, worum es dabei geht. Mir wird erst jetzt bewusst, wie unheimlich komplex neuronale Forschung oder Forschung im Allgemeinen ist, und meine Frage von vorhin ist mir peinlich. Natürlich kam sie nicht eines Tages auf diese wunderbare Idee. Bestimmt war es nur die logische Folge von vielen kleineren Ergebnissen.

»Im Moment arbeitet die Abteilung an der Freilegung vergessener Kindheitserinnerungen«, erklärt sie. »Dabei geht es um deren Aktivierung, in der Hoffnung, dass auf diese Weise keine Ermüdung eintritt.«

»Ermüdung?« Von dem Begriff habe ich noch nichts gehört.

Offensichtlich fällt es Professor Pattern nicht leicht, die Forschungsergebnisse in eine einfachere Sprache zu übersetzen, was mich nur noch neugieriger macht, mehr zu erfahren. »So nennen wir den Zustand, wenn man sich dem Grenzwert nähert und die Stabilität des Spenders gefährdet sein könnte. Das Gehirn versucht quasi, die Lücken zu schließen, aber unterhalb des Grenzwerts schafft es das nicht mehr.« Ihre Worte lassen mir einen kalten Schauer über den Rücken rinnen. »Wenn es uns aber gelingt, die schlafenden Erinnerungen freizulegen, können wir diesen Effekt aufhalten.«

Ich betrachte erneut die Animation. Die Erinnerungen wachsen nicht, sie wechseln vom inaktiven in den aktiven Zustand. »Mit schlafenden Erinnerungen meinen Sie die, die man quasi vergessen hat? Also, ich meine, man kann sich normalerweise ja nicht an alles erinnern, sondern nur stückchenweise.«

Mit einem Leuchten in den Augen nickt Professor Pattern. »Ganz genau die. Das Gehirn speichert sie ab, aber komprimiert sie. Bisher haben wir gedacht, dass sie überschrieben werden, aber das tritt deutlich seltener ein, als man denken mag. Stattdessen haben wir Mikroerinnerungen.«

Lynn, die wir fast schon vergessen haben, streicht sich eine Strähne hinters Ohr und räuspert sich leise. »Und diese Mikroerinnerungen sind genauso potent?«

»Daran forschen wir gerade.«

»Das heißt konkret, dass nur ein Teil der Erinnerungen abgeerntet wird und sich noch deutlich mehr Erinnerungen in meinem Gehirn verstecken?« Ich wechsle aufgeregt einen Blick mit Lynn. Vielleicht habe ich meinen Vater ja doch nicht vollkommen vergessen.

»So ähnlich, ja.« Wir wenden uns von der Präsentation ab und gehen weiter. »Hier haben wir das Labor, wo wir die Einnistung der Erinnerungen untersuchen.« Professor Pattern öffnet die Tür und führt uns in einen großen Raum, der in kleine Abteile unterteilt ist. In der Mitte befindet sich eine Art Riesengehirn, an welches verschiedene Sensoren sowie mehrere Monitore angeschlossen sind. Es hat genau die gleiche Farbe wie ein echtes Gehirn und pulsiert in einem regelmäßigen Rhythmus, als würde Blut durch die Kabel laufen. Lynn hält sich die Hand vor den Mund.

»Lebt das Gehirn?«, rutscht es mir heraus.

Die Professorin lacht. »Nein, natürlich nicht. Das ist ein sehr sensibles und wertvolles Modell, das uns viele Jahre beschäftigt hat. Darin können wir verschiedene Lokationen für die Einnistung testen. Bisher haben wir ja die symmetrische Spende. Das heißt, die Erinnerungen werden exakt an dem Punkt wieder eingepflanzt, an dem sie beim Spender entnommen wurden.« Stolz erklärt sie weiter: »Und hier forschen wir an asymmetrischen Einnistungen.«

»Warum?«, fragt Lynn. Während ich das alles furchtbar interessant finde, ist sie ihr übliches skeptisches Selbst.

»Nun, unter anderem, um eben die schlafenden Erinnerungen zu aktivieren. Außerdem deuten einige Studien darauf hin, dass bestimmte Bereiche des Gehirns die Erinnerungen stärker wiedergeben als andere. Damit ließe sich die Effizienz der Memospende eines Tages erheblich steigern.« Mit einem Schmunzeln fügt Professor Pattern hinzu: »Und wenn wir eines brauchen, dann eine effektivere Spende.«

Ich kann nicht an mich halten und platze heraus: »Weil die Empfänger oft viel mehr Erinnerungen brauchen, als gespendet werden, oder?« Zu Lynn hinüberzuschauen, verkneife ich mir an dieser Stelle mal.

»Ganz genau. Ihr werdet sehen, viele Forschungsarbeiten am NEURO beschäftigen sich auf unterschiedliche Weise damit, dieses Problem zu lösen. Deshalb sind wir auch so begeistert von den synthetischen Erinnerungen.«

Wir verlassen das Labor und sehen uns weiter um. Es dauert keine Stunde, bis ich vollkommen in das Institut verliebt bin. Während wir uns ein halbes Dutzend anderer Labore, in denen psychologische und neurobiologische Forschungen gemacht werden, ansehen, löchere ich die Professorin mit bestimmt tausend Fragen, die sie geduldig und mit Begeisterung beantwortet. Sie liebt ihren

Job wirklich, und ich hoffe inständig, dass ich eines Tages etwas Ähnliches finde, das mich dermaßen erfüllt.

Lynn ist eher schweigsam, macht sich aber auf dem Weg einige Notizen. Ich weiß nicht so recht, ob sie sauer auf mich ist, weil ich die Professorin vollkommen in Beschlag nehme, oder ob es ihr ganz recht ist, jedenfalls unterbricht sie uns nicht ein einziges Mal.

»Geht es hinter dem Haus noch weiter?«, frage ich, als wir an einem kleinen Pfad vorbeigehen. Ich habe nicht im Kopf, wie groß das Gelände von NEURO ist, und gedacht, dass das Haus selbst im hinteren Bereich steht.

Professor Pattern sieht kurz hinüber. »Dahinten ist nur unser Logistikzentrum. Ersatzteile, Fahrzeuge, der uninteressante Teil der Forschung.« Mein Blick bleibt einen Moment lang an dem ›Restricted Access‹-Schild an einem Pfahl hängen, dann ist mein Kopf auch schon wieder frei für neue Eindrücke.

Sie führt uns zum nächsten Haus, und wir steigen die Treppen hoch in den zweiten Stock, wo sie schließlich weitererzählt. »Hier haben wir nun unser Synthetiklabor. Es ist unser neuestes Labor, bestehend aus einem Nanotechnik- und einem Computerlabor. In ersterem erstellen wir künstliche Nervenzellen, die die Faktoren tragen, welche eine positive Memospende ausmachen. Vieles davon wird jedoch vorab berechnet. Zum Beispiel müssen wir jede Konfiguration mit allen möglichen Synapsenstellungen testen.«

Lynn traut sich endlich, wieder eine Frage zu stellen: »Werden die Erinnerungen geklont, oder wie entsteht dabei eine echte Erinnerung?«

»Eine sehr gute Frage. Tatsächlich arbeiten wir uns im Moment auf die Weise heran, dass wir besonders geeignete Erinnerungen replizieren. Das ist gar nicht so einfach, aber wir machen jeden Tag Fortschritte.«

»Sagen Sie Bescheid, wenn Sie Hilfe brauchen«, scherze ich.

Professor Pattern sieht mich neugierig an. »Hast du mal über eine Karriere bei NEURO nachgedacht?«

»Mehr als ein Mal«, gebe ich zu. Ich muss ihr ja nicht sagen, dass dieser Traum im Moment unerfüllbar geworden ist.

»Wirklich? Warum machst du dann kein Praktikum bei uns? Wir können so wissbegierige junge Leute immer gebrauchen.« Tatsächlich sind mir bereits die vielen jungen Studenten und Doktoranden in den Büros aufgefallen.

Meine Augen sind bestimmt so groß wie Wagenräder. »Jetzt im Ernst? Also, ich meine, ist das ein Angebot oder nur so ... ich könnte mich ja bewerben?«

Die Frage bringt sie zum Lachen. »Das war ein Angebot. Schreib mir doch die Tage noch mal eine Mail. Dann schaue ich, wo wir dich unterbringen.«

Ich würde so schrecklich gern. Der Traum ist gerade nur eine Handbreit entfernt, aber genauso gut hätte auch eine Panzerwand dazwischen sein können. Wovon soll ich mir ein unbezahltes Praktikum leisten? »Ich ...« Lynn stößt mich an und schüttelt den Kopf, also sage ich lieber nicht mehr als »Danke schön«.

Professor Pattern nickt und spricht dann eine der Forscherinnen an, die gerade an einer komplizierten Modellierung arbeitet. »Das ist Alessia di Vardo, eine unserer Expertinnen für die synthetischen Erinnerungen.« Sie wendet sich der Wissenschaftlerin zu. »Mika hier ist besonders an den Fortschritten dieses Labors interessiert. Du hast nicht zufällig eine Idee für ein Praktikum?«

Die Frau am Computer ist etwas jünger als Professor Pattern, vielleicht so alt wie meine Mutter. Sie mustert mich neugierig. »Ich könnte jemanden gebrauchen, der ein paar Parameterläufe für mich macht. Dann könnten wir endlich mit Phase drei loslegen.«

»Phase drei?«, frage ich, während ich versuche, nicht zu zeigen, wie aufgeregt ich angesichts der Möglichkeit bin, direkt an der aktuellen Forschung zu arbeiten.

Professor Pattern winkt ab, sagt jedoch: »Phase drei des aktuellen EU-Projektes. Wir haben uns vor sechs Jahren auf Forschungsgelder in einer Kollaboration mit anderen Instituten beworben. Alessia leitet den Sonderforschungsbereich für die Replikation, und da soll jetzt bald die nächste Phase losgehen. Es ist kompliziert. Leider dürfen wir nicht einfach so drauflosforschen, wie wir wollen.«

»Warum nicht?«, fragt Lynn seltsam provokativ. »Gibt die EU denn vor, woran geforscht werden muss?«

Alessia beantwortet uns diese Frage mit einem Schmunzeln. »Ja und nein. Es gibt erst einmal ein generelles Interesse an der Verbesserung der Memospende. Grundsätzlich sind also die Gelder da. Aber es gibt viele unterschiedliche Ansätze und Forschungsfragen. Die Hälfte meiner Zeit geht im Moment dafür drauf, Anträge zu schreiben, und die müssen natürlich überzeugen.«

»*Wir wollen mal schauen, was passiert, wenn wir dies und das machen*, reicht leider nicht als Begründung«, ergänzt Professor Pattern und seufzt ein wenig. »So viele Ideen, nie genug Geld.«

Das ist ein Problem, mit dem ich mich mehr als nur identifizieren kann. »Da sagen Sie was.«

Wir halten uns noch ein wenig im Synthetiklabor auf und machen uns danach auf den Weg in die Cafeteria. Die befindet sich in einem weiteren Haus. Im Sommer kann man auch draußen beim Springbrunnen sitzen, aber dafür ist es noch zu kalt, und wir suchen uns drinnen einen Platz. Professor Pattern lädt uns zum Essen ein, und ich finde, dass sich die Qualität sehen lassen kann. Dafür sind aber auch die Preise ziemlich deftig.

Noch während wir essen und uns ein wenig über Professor Patterns Werdegang unterhalten, der längst nicht so geradlinig war, wie ich angenommen hätte, entschuldigt sie sich plötzlich. »Ich muss unbedingt noch mit jemandem reden. Ihr bleibt ruhig hier sitzen, bis ihr fertig seid. Es war wirklich wunderbar, euch zu treffen, und du schick mir unbedingt eine Mail wegen des Praktikums.« Wir haben kaum Zeit, uns ebenfalls zu bedanken, bevor sie auch schon davoneilt und sich zu einer Gruppe nahe der Essensausgabe gesellt. Hände werden geschüttelt, und Professor Pattern wird einigen Leuten bekannt gemacht. Anscheinend traut man uns zu, den Weg nach draußen alleine zu finden.

»Und?«, frage ich Lynn. »Hast du deine Meinung über NEURO geändert?« Meine Laune ist gerade auf dem Höchstpunkt, selbst wenn aus dem Praktikum nichts werden kann.

Lynn wirft mir einen vorwurfsvollen Blick zu. »Sie hat dich ganz schön eingewickelt mit all den herausragenden Forschungsinhalten.«

Ich runzle die Stirn. »Fandest du das nicht interessant? Ich habe vorher nicht gewusst, dass das Thema so komplex ist.«

Sie schüttelt den Kopf. »Sicher. Allerdings ging mir diese Dauerwerbung auf den Keks.«

»Was meinst du?«

»Alles war toll und aufregend. Überall nur Fortschritt und Erfolg.« Sie seufzt. »Ich weiß jetzt, warum sie mich eingeladen haben. Bestimmt hofft sie, dass ich einen ebenso glühenden Blogartikel über sie schreibe. Schließlich habe ich ja jetzt die Aufmerksamkeit. Ideal für jeden, der sein Image aufpolieren möchte oder Forschungsgelder eintreiben.«

Verständnislos sehe ich Lynn an. »Dir ist schon klar, dass diese Forschung wichtig ist?«

»Wirklich?« Sie schüttelt den Kopf und schiebt ihren Teller von sich. »Weißt du, was man mit synthetischen Erinnerungen anstellen kann?« Ich zucke lediglich mit den Schultern. Schließlich will sie meine Meinung ja eh nicht hören. »Gehirnwäsche.«

Ich stöhne laut auf. »Oh, Lynn. Das ist nicht dein Ernst. Ja, klar, natürlich lässt sich alles auch negativ verwenden, aber das NEURO wird durchaus überwacht. Die müssen über ihre Forschungen

Rechenschaft ablegen. Hast du Pattern nicht zugehört?« Ich sehe zu der Professorin hinüber und stelle fest, dass die Gruppe die Cafeteria verlassen hat. Als ich sie draußen vor den Fenstern wiederfinde, bekomme ich den Schreck meines Lebens.

Einen Moment später sitze ich neben Lynn auf dem Boden und schiele über ihre Schulter. Mein Atem geht heftig, und mein Herz klopft mir bis zum Hals. Plötzlich spüre ich Lynns Hände auf meinem Gesicht. »Mika? Was ist los?«

»Alistair.«

»Alistair?« Lynn sieht sich um. »Wo denn?«

Es gelingt mir, mich zusammenzureißen, und ich wage einen weiteren Blick über Lynns Schulter. Er ist es tatsächlich. Im Gegensatz zu sonst trägt er allerdings einen Anzug und die Haare nach hinten gegelt. Mir ist schlecht, als ich die nächsten Worte ausspreche: »Bei Professor Pattern.«

Die beiden stehen inzwischen alleine zusammen – die Gruppe ist weitergegangen –, und Professor Pattern sieht Alistair besorgt an. Es ist offensichtlich, dass die beiden sich kennen.

»Das ist der Kerl, über den mein Bericht im Grunde geht?«, fragt Lynn ungläubig.

»Ja.« Mein Herzschlag hat sich noch immer nicht beruhigt. Mit aller Macht weigert sich mein Verstand, die notwendigen Schlüsse zu ziehen.

»Meinst du, sie weiß es?« Lynn ist mittlerweile ebenso bleich, wie ich mich fühle. Alistair und Professor Pattern machen sich nun auf den Weg Richtung Synthetiklabor.

Ich atme erleichtert aus und krabble wieder unter dem Tisch hervor. Er hat mich nicht gesehen. »Weiß was?«

»Was er tut«, erklärt Lynn schlicht.

Ich beobachte, wie die beiden den Pfad zur Logistik einschlagen. »Kann eigentlich nicht sein, oder? Ich meine, das würde sie niemals zulassen.«

Lynn seufzt leise. »Ich bin mir da nicht so sicher. Irgendwer muss ja Alistairs Erinnerungen abnehmen, und wer eignet sich da besser als NEURO? Zumal sie keine Genehmigung für die Entnahme von Erwachsenenerinnerungen haben. Wenn Alistair sie aber anderswo –«

»Ich fürchte, du hast recht«, unterbreche ich Lynn. Zwar hat sich mein Herzschlag beruhigt, aber in mir macht sich gerade bodenlose Enttäuschung breit.

Meine Heldin, die gefeierte Wissenschaftlerin und Präsidentin von NEURO, kennt und schätzt einen illegalen Erinnerungshändler.

»Mika.« Lynn klingt besorgt.

Ich wende mühevoll den Blick vom Fenster ab. Die beiden sind eh hinter dem Haus verschwunden. »Hast du noch mal die Karte?«

Lynn schiebt mir wortlos einen Lageplan herüber, und ich verziehe das Gesicht. Das angebliche Logistikzentrum heißt hier Sonderforschungsbereich. Die eigentliche Logistik befindet sich direkt beim Ausgang. »Verdammt.«

»Lust auf eine eigene Führung?«, fragt Lynn plötzlich. So ernst habe ich sie noch nie gesehen.

Noch immer kämpfe ich innerlich mit der Wahrheit. Ich habe gerade ein Praktikum in einem der Topinstitute angeboten bekommen. Ein Institut, das offensichtlich kein Problem damit hat, die Erinnerungen von sozial schwachen Jugendlichen zu ernten und für wer weiß was zu verwenden. »Auf jeden Fall.«

Ich möchte wissen, was mit meinen Erinnerungen angestellt wird.

# Kapitel 23

Es ist nicht besonders schwer, den Rest des Tages bei NEURO zu verbringen. Es gibt hier so viele verschiedene Teams, die alle ihre eigenen Doktoranden und Studenten haben, dass wir beide kaum auffallen. Erst als die ersten Mitarbeiter heimgehen, verlassen Lynn und ich die Cafeteria und machen uns auf die Suche nach einem Versteck. Nach mehreren Ideen, die alle nicht praktisch erscheinen, beschließen wir schließlich, einfach auf den Toiletten in dem Gebäude vor dem angeblichen Logistikzentrum auszuharren. Sobald es dunkel ist, wollen wir uns den Sonderforschungsbereich selbst einmal ansehen. Möglicherweise finden wir dabei heraus, wohin meine entnommenen Erinnerungen verschwunden sind.

Jedenfalls verbringe ich die Zeit auf der Herrentoilette damit, mein RedPad vorzubereiten. Es gibt einige Apps, die mich mitschneiden lassen, und ich finde sogar eine Video-App, die automatisch aufnimmt, sobald ich das RedPad aus der Tasche nehme. Keine Hosentaschenbilder, nur echte Aufnahmen. Selbst wenn ich es vergesse, sollte mir damit nichts entgehen.

Leider reicht das Einstellen der Apps nicht aus, um die Zeit gänzlich zu füllen. Immer wieder kriechen unliebsame Gedanken hervor. Ich zerbreche mir den Kopf über Alistair, der in einer dreckigen kleinen Gasse von Drogenabhängigen Erinnerungen kauft und tagsüber im Anzug bei NEURO herumrennt. Nicht nur herumrennt, sondern auch noch mit der Leiterin höchstpersönlich interagiert. Ich frage mich, wie die beiden in Kontakt miteinander stehen. Ein flüchtiges Treffen? Nein, zu vertraut. Professor Pattern und Alistair kannten sich. Sie vertraut ihm, aber weiß sie auch von seinen Tätigkeiten? Ich merke, wie ich mich daran klammere, dass das ein Alleingang von Alistair ist, aber dann erschließt sich mir nicht, was er mit den Erinnerungen will. Macht er eigene Forschungen? Oder verkauft er sie tatsächlich auf dem Schwarzmarkt?

Darüber nachzudenken, bereitet mir Kopfschmerzen, und ich versuche, mich damit abzulenken, dass ich alles dokumentiere, was ich heute gesehen und gelernt habe. Der Praktikumsplatz schmeckt inzwischen bitter. Meine Gedanken kehren immer wieder kurz zu ihm zurück, streifen ihn, obwohl ich genau weiß, dass ich ihn nicht anfassen sollte. Das Schlimme ist, ich will ihn. Ich will ihn trotz allem, weil ich so eine Chance doch nicht einfach aufgeben kann. Ich muss natürlich ablehnen, weil selbst ein tolles Praktikum nun mal kein Geld bringt. Hätte Professor Pattern nicht einfach den Mund halten können?

Endlich vibriert das RedPad in meinen Händen. Neun Uhr dreißig. Seit über einer Stunde ist schon niemand mehr auf der Toilette gewesen. Hoffentlich heißt das, dass die meisten inzwischen nach Hause gegangen und wir alleine sind. Ich treffe Lynn vor der Toilette im dunklen Gang. Mir fällt sofort auf, wie sie ihre Hände knetet und unruhig umhersieht. »Ziehen wir es durch?«, frage ich leise und atme erleichtert auf, als sie nickt.

Gemeinsam bewegen wir uns auf den Ausgang zu. Obwohl das Licht aus ist, sind wir nicht alleine. Unter mindestens zwei Türen sehe ich einen Streifen Licht. Es wäre auch zu schön gewesen, wenn hier alle zum Abendbrot Feierabend machen würden. Es bedeutet, dass wir leise sein müssen und natürlich Glück brauchen. Schließlich gibt es keine Möglichkeit, zu erklären, was wir beide hier treiben, falls uns jemand auf dem Flur begegnet. Für *Oh, wir haben nicht auf die Uhr geschaut*, ist es inzwischen zu spät.

Die Eingangstür stellt sich als Hindernis heraus. Sie ist nämlich inzwischen abgeschlossen worden. Suchend sehe ich mich um, in der Hoffnung, innen einen Knopf zu finden, und tatsächlich gibt es eine Vorrichtung für das Öffnen der Tür. Allerdings nur, wenn man seinen Arbeitsausweis hier scannen lässt. Eine Möglichkeit, den zu fälschen, haben wir leider nicht, und im Dunkeln darauf zu warten, dass jemand durch die Tür geht, ist auch sinnlos.

Stattdessen fällt mein Blick auf die Fenster am Ende des Ganges. Von außen sicherlich schwierig, aber von innen lässt sich die Verriegelung ganz einfach lösen. Das Fenster kippt lediglich, sodass uns nur ein schmaler Raum bleibt. Nicht gerade die bequemste Art und Weise, auszusteigen. Ich helfe Lynn dabei, sich hinunterzulassen, und krabble dann selbst hinterher, was gar nicht so einfach ist. Bis auf den Fensterrahmen gibt es nichts zum Festhalten, und durch die Schräge muss ich meinen Rücken merkwürdig krümmen, damit ich meine langen Beine erst mal nach draußen kriege. Schließlich ist aber auch das geschafft, und ich lasse mich an der Wand hinunterrutschen. Meine Jacke bleibt an irgendwas hängen, und ich spüre, wie sich etwas Hartes in meinen Rücken bohrt. Dann ist Lynn da und befreit mich von dem Riegel, und ich spüre endlich wieder festen Boden unter meinen Füßen.

»Alles in Ordnung?«, fragt sie besorgt.

Ich nicke und drücke das Fenster zu. Damit ist es zwar immer noch nicht verriegelt, fällt aber nicht weiter auf. Da wir nun an der Seite rausgekommen sind statt vorn, können wir uns den Weg am Innenhof entlang sparen und direkt hinter das Haus huschen.

Vor uns liegt in völliger Dunkelheit ein weiteres Gebäude. Es ist nicht hoch und relativ klein, ein wenig enttäuschend für den Sonderforschungsbereich, aber vielleicht gibt es nicht viele, die die Berechtigung haben, hier hinten zu sein, und somit besteht kein Anlass für ein größeres Gebäude.

Zu unserem Glück oder Pech ist der Mechanismus an der Tür ein anderer. Die beiden Flügel lassen sich lediglich mit einem Codepad öffnen. Wahrscheinlich sind sie den ganzen Tag über geschlossen.

»Und jetzt?« Lynn klingt nicht mehr wirklich sicher, und ich kann es nachvollziehen. Das Risiko, erwischt zu werden, ist hoch, aber wenn ich mich einmal für etwas entschieden habe, gibt es kein Zurück. Einen anderen Weg als diese Tür gibt es vermutlich nicht hinein.

»Schau mal nach, ob du ein gekipptes Fenster oder so findest.« Vielleicht haben wir ja Glück.

Ich bleibe alleine zurück mit der Tür und dem Codepad, das mich zunehmend reizt. Ich habe keinerlei Anhaltspunkte für den Code, nicht einmal, wie viele Stellen es sind. Selbst wenn es nur drei wären, sind das schon tausend Möglichkeiten, und irgendwie bezweifle ich, dass sich NEURO mit Drei-Zahlen-Codes zufriedengibt. Wenn ich wenigstens Werkzeug dabeihätte oder irgendwas, könnte ich mich vielleicht daran versuchen, aber so scheint es sinnlos. Dennoch kann ich den Blick einfach nicht von den Zahlen abwenden, sodass ich zusammenzucke, als Lynn plötzlich wieder da ist.

»Kein Fenster. Hinten gibt es eine Ladestation, aber die ist auch elektronisch gesichert.« Etwas fällt mir ins Auge. »Was machen wir jetzt?«

»Schhh.« Ich strahle mit der RedPad-Taschenlampe auf das Keypad. Täusche ich mich, oder ist einer der Knöpfe etwas eingedrückt?

»Mika.«

Ich wedele mit der Hand, um mich besser konzentrieren zu können.

»Was tust du da?«

Tatsächlich. Die Sieben ist ein klein wenig tiefer eingedrückt als die anderen Zahlen. Ein Zeichen der Beanspruchung? Aufgeregt untersuche ich die anderen Knöpfe und entdecke, dass die Drei eine abgerundete Ecke hat. Der Durchbruch gelingt mir jedoch erst, als ich die dünne Staubschicht bemerke, die sich generell auf der kleinen Oberkante der Knöpfe angesammelt hat. Zumindest auf denen, die nicht so oft … die nicht benutzt werden.

Vier Zahlen. Vierundzwanzig Möglichkeiten, vorausgesetzt, es handelt sich auch um vier Stellen.

Bevor Lynn mich aufhalten kann, beginne ich Zahlen einzutippen. Systematisch von hinten, weil ich mir nicht vorstellen kann, dass sie alle in der richtigen Reihenfolge sind.

»Mika, lass das. Da gibt's bestimmt einen Alarm.«

Stimmt. Die meisten Systeme lösen nach einer gewissen Anzahl von Fehlversuchen einen internen Alarm aus, meistens drei. Nur doof, dass ich bereits sechs Kombinationen eingetippt habe. Wenn das Ding einen Alarm hat, ist er bereits losgegangen. Ich werfe Lynn einen Blick zu, den sie mit Bangen erwidert. Dann haue ich Kombination sieben ein. Oder acht, weil ich mir gerade nicht sicher bin, wie rum ich die beiden letzten Zahlen anfangs hatte.

Im nächsten Moment summt die Tür. 7–8–3–5. Das ist der magische Code, der uns in NEUROs geheimstes Labor einlässt.

Neben mir stößt Lynn angespannt etwas Luft aus. Nach diesem Schritt gibt es kein Zurück mehr. Ich greife ihre Hand und drücke die Finger fest. »Wir schauen nur kurz nach. Dann gehen wir sofort«, verspreche ich ihr. In mir kämpfen Aufregung und Angst. Das Adrenalin hat definitiv die Oberhand. Gleichzeitig versuche ich mir auszumalen, was denn das Schlimmste ist, was uns passieren kann. Wir stehlen nichts, brechen nur ein. Wenn uns wirklich die Polizei erwischt, kriegen wir wahrscheinlich einen Schlag auf die Finger. Es hängt dann an den Verantwortlichen von NEURO, wie sie unseren Übergriff behandeln wollen. Gut möglich, dass ich sie mit reiner Neugier milde stimmen kann. Hausverbot. Kein Praktikum bei NEURO. So etwas halt. Nichts, was sich nicht verschmerzen ließe.

Lynn erwidert meinen Druck zaghaft, und wir betreten das gähnende Loch.

Im Sonderforschungsbereich arbeitet keiner hinter geschlossenen Türen. Niemand befindet sich in dem Gebäude außer uns. Allerdings müssen wir schnell feststellen, dass es auch nicht sonderlich interessant ist. Die Türen sind allesamt abgeschlossen, und diesmal hilft mir kein Code weiter. Zwölf Türen, eine Toilette und eine offene Küchenecke. So langsam glaube ich wirklich, dass wir hier nur im Logistikzentrum sind. Zumindest künden hier keine tollen Poster von den neuesten Entdeckungen im Sonderforschungsbereich.

»Diese hier müsste zu der Lieferstelle führen«, meint Lynn und betrachtet die Tür nachdenklich.

»Irgendeine Idee, wie wir reinkommen?«

Lynn zückt eine Kreditkarte. »Vielleicht damit?«

Ich kann nicht anders, als zu schnauben. Natürlich kenne ich den angeblichen Trick auch, aber wie wahrscheinlich ist es, dass der wirklich funktioniert und nicht nur Urban Legend ist?

Sie zuckt mit den Schultern und versucht es dennoch. Die Kreditkarte rutscht zwischen Türklinke und Rahmen und tut erst mal gar nichts, außer auf das Schloss zu treffen. Lynn biegt die Karte hin und her, und ich muss mich stark zurückhalten, nicht zu schmunzeln. Dann macht es *klick*, und die Tür geht tatsächlich auf.

»Nicht dein Ernst.«

Lynn sieht genauso überrascht aus wie ich. »Offensichtlich funktioniert es doch«, sagt sie langsam.

Ich weiß nicht, was ich darauf antworten soll, und öffne stattdessen die Tür. Sie hat tatsächlich recht, und wir befinden uns gegenüber der Einfahrt. Die Garagentore sind natürlich geschlossen. Ein Schreibtisch steht an der Wand neben uns, darauf mehrere Anlieferungsscheine oder so etwas Ähnliches. Außerdem ein Computer und ein paar Schränke, wahrscheinlich mit Unterlagen für den Transport.

»Eine Tür geschafft, elf liegen noch vor uns«, murmelt Lynn vor sich hin, und ich kann die Frustration in ihrer Stimme nachempfinden. Irgendwie hatte ich mir etwas Aufregenderes vorgestellt, als wir beschlossen hatten, uns den Sonderforschungsbereich anzuschauen.

Wir wollen uns gerade abwenden, als mir eine dritte Tür auffällt. »Lynn, gab es hinten noch eine Einfahrt oder so?«

Verwirrt sieht sie auf. »Nein, wieso?«

»Weil es laut der Tür dort zur Tiefgarage geht.«

Lynn überprüft meine Aussage und schüttelt dann den Kopf. »Gut möglich, dass die Garage sich unter dem ganzen Gelände befindet. Das macht mehr Sinn, als für jedes Gebäude eine eigene zu bauen.«

Ich werde den Gedanken dennoch nicht los, dass hier etwas nicht stimmt. Solche Türen befinden sich auf dem Flur, nicht neben der Anlieferung. Und sie haben normalerweise auch keine Sicherheitskamera auf sich gerichtet.

Ich schnappe mir den Stuhl vom Schreibtisch und nähere mich von der Seite der Kamera, damit sie mich nicht aufnimmt.

»Was tust du da, Mika?« Lynns Flüstern hallt durch den Raum.

Statt ihr zu antworten, klettere ich nach oben und bewege ganz vorsichtig das Scharnier, bis die Kamera über die Türkante hinaus an die Decke zeigt. Dann pflücke ich die Kreditkarte aus Lynns Hand und versuche mich selbst an der Tür. Es ist wirklich erstaunlich einfach, auch wenn ich ein wenig länger brauche als Lynn.

Die Tür springt auf, und wir stehen vor einem Fahrstuhl. Wie das wohl ist, damit von wo auch immer nach oben zu fahren und vor verschlossener Tür zu stehen? Ich schüttle den unbehaglichen Gedanken ab und betrete mit Lynn den Fahrstuhl. Es gibt nur einen Weg: hinunter.

Als sich die Türen öffnen, wispert Lynn: »Scheint so, als würde dein Instinkt richtigliegen.«

Ich halte mein RedPad hoch, um ja alles aufzunehmen, denn jetzt sind wir wirklich im Sonderforschungsbereich angekommen.

# Kapitel 24

Unter der Erde ist das Gebäude deutlich größer als oberhalb, und ich bin mir ziemlich sicher, dass es sogar über das Gelände von NEURO hinausführt. Dafür hat man hier an Zimmern gespart, und das meiste findet in einer großen Halle mit diversen Nischen statt.

Wir kommen an mehreren MTC-würdigen Transplantationseinheiten vorbei – nicht vergleichbar mit dem Billigprodukt, dessen Alistair sich bedient hat –, und mich beschleicht der Verdacht, dass hier unten neue Transplantationswege direkt am Menschen getestet werden. Zum Glück sehen wir aber keine Menschen. Das Ganze scheint also zumindest freiwillig zu sein.

Oder auch nicht.

Lynn stößt mich aufgeregt an und wispert: »Da sind Handschellen.«

Tatsächlich befinden sich an gut der Hälfte aller Transplantationseinheiten Fixierungen für die Patienten. Ich gehe lieber doppelt sicher, dass das RedPad aufnimmt, während wir die Einheit näher betrachten. Gegen meinen Willen dringen Bilder in meinen Kopf, wie Alistair mich auf dem Bett fixiert, um mir auch noch die letzten Erinnerungen gewaltsam zu entnehmen.

Mir ist schlecht.

Lynn krallt sich in meinen Arm. »Lass uns lieber gehen.«

Ich schüttle meinen Kopf. »Lynn, nicht jetzt. Ich will endlich wissen, was Alistair so treibt.«

Wahllos greife ich in die Regale und schaue mir das Zeug an.

Fachbücher, dicker als drei Finger, und Sammlungen von Artikeln, von denen ich nicht einmal den Titel verstehe. Ich verstehe bis heute nicht, warum man unbedingt die Artikel ausdrucken muss, wenn sie doch eh online für alle verfügbar sind.

Es bringt alles nichts. Ich muss mich in die Computer hier einhacken. Lynn seufzt und sieht sich weiter um, während ich mich vor den Computer setze und loslege. Das Passwort ist im Gegensatz zu dem Code an der Tür schnell gehackt, und ein paar Minuten später klicke ich mich durch die Nutzerordner und fliege über die E-Mails. So langsam formt sich eine Geschichte, und mir wird mit jeder verstreichenden Sekunde ein wenig mehr übel.

»Hey, Lynn«, rufe ich schließlich und lehne mich zurück. »Das hier ist was für dich.«

Lynn kommt neugierig herüber und fragt: »Weißt du, was das Happy-Memories-Projekt ist?« Das Wort steht auf dem dicken Ordner, den sie in der Hand hält.

Ich schüttle den Kopf und zeige ihr stattdessen, was ich gefunden habe. »Dafür habe ich herausgefunden, was mit meinen und, ich fürchte, auch deinen Erinnerungen passiert.«

»Mit meinen?« Damit habe ich ihre Aufmerksamkeit.

Ich rutsche ein wenig zur Seite, sodass sie neben mir auf dem Stuhl Platz finden kann. »Das hier sind doch Krankenakten, wie sie auch im MTC benutzt werden. Ich glaube, es sind Kopien. Jedenfalls«, meine Stimme wird immer leiser, »wurden die meisten Erinnerungen mit Code J3 abgespeichert.«

»Was ist J3?«

»Zur Verwendung im Justizsystem.« Fakt ist, dass NEURO ein ganzes Stück über den medizinischen Nutzen von Erinnerungen hinausdenkt.

Lynn sieht mich mit großen Augen an. »Du meinst, sie pflanzen hier unten schlechte Erinnerungen ein?«

Ich nicke und erkläre mit Widerwillen, was ich bisher von dem

Prozess weiß. »Es wird getestet, ob eine Negativspende« – allein, dass in dem Begriff das Wort Spende enthalten ist, ist lachhaft – »eine mögliche Alternative im Strafvollzug ist. Auf diese Weise wird quasi das psychologische Trauma des Opfers auf den Täter übertragen.«

»Also quasi, wenn man meiner Mutter meine Erinnerungen geben würde?« Ihre Stimme klingt seltsam distanziert.

Ich weiß nicht recht, wie ich ihre Frage deuten soll. Wäre es nicht gerecht, wenn man selbst mit den Folgen seines Tuns leben müsste? Wie viele Kinder würden es sich zweimal überlegen, noch einmal über jemanden herzuziehen, nur weil er nicht die Markenklamotten wie jeder andere trägt oder weil seine Schuhe schon Löcher haben? Aber wo will man dann aufhören? Wirklich erst bei Straftaten? Obwohl sich diese vielleicht vermeiden lassen würden mit der richtigen Erziehung? Wenn man zum Beispiel schon vorab die richtigen Erinnerungen einspeist.

Mich gruselt es allein bei der Vorstellung, wie schnell sich der Sonderforschungsbereich von NEURO ausweiten lässt. Wann ist es zu viel? »Würdest du das denn wollen?«, frage ich Lynn und fürchte mich gleichzeitig vor ihrer Antwort.

Sie zögert einen Moment. Ihre Antwort ist schließlich wie das Loslassen eines lange angehaltenen Atemzugs. »Nicht das. Ich will überhaupt nicht, dass sie bestraft wird.« Nun, da die Entscheidung getroffen wurde, sprudeln die Worte geradezu aus Lynns Mund. »Natürlich habe ich mir oft überlegt, wie es wohl wäre, wenn sie nachempfinden könnte, wie es mir dabei geht. Besonders seit ihrer Behandlung, aber welchen Sinn hätte das? Ich meine, welche Erinnerungen bekommt meine Mutter, welche mein Vater, und welche Erinnerungen müssten sie untereinander austauschen? Das würde doch nie ein Ende nehmen und auch nichts besser machen.«

Der letzte Satz lässt mich stutzen. »Nicht?«

»Natürlich nicht. Glaubst du wirklich, dass uns Scham, Trauer oder Leid empathischer machen? Manche vielleicht, aber genauso viele werden doch selbst zum Täter. Ich glaube nicht, dass jeder Mensch auf die Erinnerungen gleich reagiert.« Sie legt ihren Kopf auf meine Schulter und verschränkt die Finger ihrer rechten Hand mit meinen. »Außerdem wäre nicht abzusehen, was aus denen würde, die ihre schlechten Erfahrungen abgeben. Vielleicht wäre ich ja eine arrogante Zimtzicke, wenn ich nicht täglich gesagt bekommen hätte, dass ich nicht gut genug wäre.«

»Niemals.« Sanft küsse ich Lynn auf die Stirn. »Du warst schon als Kind perfekt.«

Sie lacht und legt ihren Finger auf meine Lippen. »Als ob du dich daran erinnern könntest.«

Statt einer Antwort küsse ich ihren Finger und dann ihre Lippen. Lynns Finger krallen sich in meine Haare, während sie mich näher zu sich heranzieht. Im nächsten Moment verlieren wir die Balance und stürzen vom Stuhl. Atemlos sehe ich in ihre Augen, die hier im Dunkeln grau erscheinen, dann küsse ich sie leidenschaftlicher als je zuvor. Meine Hände gleiten unter ihre Jacke, und ich spüre, wie Lynns Finger meinen Rücken hinabwandern.

Plötzlich stemmt sie sich jedoch gegen meine Brust und drückt mich von sich. Jetzt höre ich es auch. Der Fahrstuhl fährt nach oben.

»Scheiße.« Hastig taste ich nach meinem RedPad und unterbreche die Verbindung zu dem Computer, den ich nahezu gleichzeitig ausschalte. Dann zieht Lynn mich auch schon tiefer in die Nische, und wir kauern uns in den Schatten.

Der Fahrstuhl bewegt sich tatsächlich wieder nach unten. Mir kommt mein Atmen unheimlich laut vor, doch die Luft anzuhalten, will mir nicht gelingen. Bitte lass es nicht ausgerechnet der Wissenschaftler sein, der in dieser Ecke arbeitet. Der Computer fährt immer noch herunter. Bei unserem Glück ist er bestimmt der Meinung, jetzt irgendwas installieren zu wollen.

Tatsächlich höre ich jedoch das erlösende Summen einer kompletten Abschaltung, kurz bevor sich die Fahrstuhltüren öffnen. Mehrere Schritte. Sie sind mindestens zu zweit. Licht flutet die Halle, und ich kneife geblendet die Augen zusammen.

Unser Versteck ist ein Witz. Jemand muss nur einmal um die Ecke schauen, und wir fliegen auf. Wir haben nun nicht einmal mehr den Schutz der Dunkelheit.

»Kann man die Entnahme nicht endlich mal automatisieren?«, beschwert sich eine dunkle Männerstimme. »Das geht einem ja in die Knochen, jede Nacht noch bis in die Puppen zu arbeiten.«

»Dafür kannst du ausschlafen«, antwortet eine zweite Stimme, die etwas jünger klingt.

Lynn hält neben mir den Atem an, und ich tue es ihr gleich, denn die Schritte laufen direkt an unserer Nische vorbei. Ich wage es kaum, mich zu bewegen, aber es gelingt mir, das RedPad aufnehmen zu lassen. Alles oder nichts sozusagen.

»Ja, immerhin muss ich die Erinnerungen nur ernten und nicht schaffen«, erklärt der Übernächtigte. »Dafür habe ich wirklich nicht studiert.« Dann wechselt er das Thema. »Hat Simone eigentlich schon eine geeignete Erklärung für unseren Durchbruch mit den synthetischen Erinnerungen gefunden?«

Es dauert einen Moment, bis mir einfällt, dass Simone Professor Patterns Vorname ist. Der Junge brummt irgendetwas Zustimmendes und sagt dann: »Ihr wird schon was einfallen. Sie ist ja nicht umsonst einer der hellsten Köpfe unseres Jahrhunderts. Das Zeug überprüft doch eh keiner extern.«

In mir bricht eine Welt zusammen. Im Zuge meiner Abschlussmodule habe ich mich mit dem wissenschaftlichen Arbeiten auseinandergesetzt. Dazu gehört auch eine unabhängige Prüfung. Für NEURO anscheinend keine Hürde. All die tollen Entdeckungen vom Tag davor erscheinen mir plötzlich hohl.

Eine Schleuse wird geöffnet, und die Schritte entfernen sich langsam. Die letzten Worte, bevor sich die Schleuse wieder schließt, lassen mich noch einmal stutzen. »Schau mal, heute waren sie im Zirkus und durften länger aufbleiben. Na, wenn wir da keine ordentliche Ernte …«

Langsam wende ich mich Lynn zu. Meine Glieder fühlen sich wie Eis an. »Was, sagtest du, war das Happy-Memories-Projekt?«

Lynn will unbedingt verschwinden, aber ich kann nicht. Nachdem die beiden Männer hinter der Schleuse verschwunden sind, blättere ich durch den Ordner, den sie mir gereicht hat, und suche in den Regalen nach weiteren Informationen über das Happy-Memories-Projekt. Was ich finde, sind Tagesabläufe und Statistiken. Notizen über Besonderheiten bestimmter Nummern, wenn sie einen schlechten Tag gehabt haben.

»Sie könnten jeden Moment zurückkommen. Wir müssen hier weg.«

Lynn hat die Arme verschränkt und sieht sich nervös um. Sie will mit dem Ganzen hier nichts mehr zu tun haben. Außerdem hat sie recht. Wir stecken so tief in der Scheiße, dass es keine Ausrede mehr gibt, wenn man uns erwischt.

»Kinder, Lynn. Das sind Kinder.« Ich wedle mit dem Stapel Notizen und beginne vorzulesen, als ob sie nicht schon längst selbst einen Blick darauf geworfen hätte. »Montagvormittag Abenteuerspielplatz. Montagnachmittag Kekse backen. Dienstag Ganztagesausflug. Mitt…«

»Gott! Hör auf!« Sie reißt mir die Zettel fast aus der Hand, und wir legen sie gemeinsam zur Seite. »Was tust du da?«, fragt Lynn, als ich mit dem RedPad Fotos schieße.

»Wir brauchen Beweise. Ich speichere alles auf deinem Blog zwischen und noch mal in meiner Cloud.« Mitnehmen will ich die Sachen nicht. Das wäre erstens zu viel und zweitens zu auffällig.

Lynn zerrt an meinem Ärmel, sodass das nächste Bild verwackelt. »Mika, wir haben genug, um hier in Teufels Küche zu kommen. Ich schreibe den Blogartikel. Ein Dutzend Blogartikel. Aber nur, wenn wir hier rauskommen.«

»Die entnehmen gerade über vierzig Kindern Erinnerungen an den schönen Tag, den sie heute hatten. Wir haben Zeit.« Der Gedanke daran lässt mich schaudern. Den ganzen Tag über werden die Kinder mit ereignisreichen Wohlfühlerlebnissen geradezu angefüttert, und jede Nacht werden ihnen die Erinnerungen daran wieder genommen. Es macht mich wütend, dass irgendwer damit durchkommt.

Plötzlich spüre ich Lynns Arme um mich. Erst jetzt bemerke ich, wie sehr ich eigentlich zittere. Das Ganze geht mir näher, als ich zugeben will. Vielleicht, weil ich mich ein wenig wie eines dieser Kinder fühle. Der einzige Unterschied ist, dass ich mir das selbst angetan habe.

»Komm«, flüstert Lynn und streicht mir über den Nacken.

Widerwillig sehe ich von den Zetteln auf. Mein Blick fällt auf die Schleuse, durch die die beiden Männer verschwunden sind. »Synthetiklabor« steht darauf. Der Durchbruch bei den synthetischen Erinnerungen kommt weder per Nanotechnologie noch durch Synapsenverschaltungen. Künstliche Erinnerungen in echten Köpfen.

»Okay.« Endlich wende ich mich von dem Happy-Memories-Projekt ab und laufe zurück zum Aufzug. Als wir drin sind, gehe ich noch einmal alles auf meinem RedPad durch und beginne, das Beweismaterial zu sortieren.

Mir ist klar, dass die Sache zu groß für den Blog ist. Das Zeug muss zur Polizei, ohne Frage. Vorausgesetzt, die wissen nicht schon längst, was hier abgeht. Schließlich wird NEURO nicht von selbst auf die Sache mit der Justiz gekommen sein. In dem Maße, in dem Alistair Erinnerungen kauft, scheint er in jedem Fall einen gut zahlenden Abnehmer gefunden zu haben. Genug, um das Labor hier unten zu finanzieren?

»Wie kommen wir hier raus?«, fragt Lynn mit zitternder Stimme. Sie ist ganz bleich geworden.

Ich verstaue mein RedPad im Rucksack und versuche, meine Gedanken aus der fürchterlichen Spirale, die sie gerade hinabstürzen, herauszuholen und auf das aktuelle Problem zu lenken. »Das Hauptgebäude wird abgeschlossen sein, aber hier hinten ist nur ein Zaun. Wenn wir die Zufahrt umgehen, könnten wird drüberklettern und …«

Mit einem Ruck kommen wir oben zum Stehen. Die Türen gleiten auf, und ich will einen ersten Schritt gehen, als mir das Blut in den Adern gefriert. Neben mir keucht Lynn auf.

Vor dem Fahrstuhl steht Alistair mit zwei Sicherheitsmännern. Bei unserem Anblick verziehen sich seine Lippen zu einem gehässigen Grinsen. »Sie hatten recht. Der Alarm wurde ausgelöst.«

# Kapitel 25

Alistair stößt mich zurück in den Fahrstuhl, und er und die zwei Sicherheitsmänner drängen sich ebenfalls hinein. Es ist so eng, dass Lynn und ich gegen die Wand gepresst werden.

»Warum fahren wir nach unten?«, fragt sie aufgeregt. »Sollten wir nicht zur Polizei gehen oder …«

Ich taste nach ihrer Hand und drücke sie. Wir sind gemeinsam hier unten, und gemeinsam überstehen wir auch das. »Es war meine Idee«, behaupte ich. Hätte ich doch nur früher auf Lynn gehört. Dann wären wir nicht in Alistairs Arme gerannt.

Dieser schnaubt. Er hat mich durchaus wiedererkannt. »Hast wohl geglaubt, du könntest dir deine Erinnerungen wiederholen?«

Nach einem kurzen Moment des Zögerns nicke ich. »Sie wollten sie mir ja nicht geben.« Das klingt besser als ›Wir wollten unbedingt rausfinden, welche Leichen NEURO im Keller hat‹.

»Tja, von denen kannst du dich schon mal verabschieden.«

Ich verziehe das Gesicht. Als ob das gerade mein größtes Problem wäre.

Wir kommen unten an, und einer der Sicherheitsmänner packt grob meinen Arm, um mich durch die Halle zu schleifen. Lynns Finger entgleiten mir, und ich höre sie hinter mir rufen: »Lassen Sie mich los!«

»Vielleicht hättest du nicht einbrechen sollen, Schätzchen, wenn du die Behandlung nicht magst.«

Mir dreht sich der Magen dabei um, Alistair so mit Lynn sprechen zu hören. »Ich habe sie überredet. Sie wollte nur zu der Führung.«

Alistair überholt mich, um die Schleuse zu öffnen. »Sie ist die kleine Bloggerin? Jetzt wird mir einiges klar.«

Betreten sehe ich nach unten. Mein Herz klopft mir bis zum Hals. Der einzige Grund, warum Lynn eingeladen wurde, ist, dass sie meine Geschichte mit Alistair veröffentlicht hat. Wahrscheinlich ist er nicht gerade Lynns größter Fan.

Wir werden durch die Schleuse in einen dunklen Tunnel geführt. Wenn ich meine Orientierung nicht vollkommen verloren habe, führt dieser aus dem Gelände von NEURO heraus. Ich frage mich, ob sie uns zu den Kindern sperren. Ob wir morgen auch tolle Erinnerungen erleben und sie nachts abgeben müssen.

So weit kommt es jedoch nicht. Alistair stößt eine Art Abstellraum auf und lässt uns beide hineinbringen. »Smartphones her.«

Lynn rückt ihres anstandslos raus, während ich mich überwinden muss. Dass er an meine Daten kommt, ist relativ unwahrscheinlich, aber er könnte das RedPad zerstören. Für ihn ist es nur ein Gerät, für mich mein halbes Leben.

»Jetzt komm mir nicht mit der Masche, du kannst dir eh keins leisten. Ich habe dich mit dem Teil schon gesehen.«

»Ist ja schon gut.« Mit dem größten Widerwillen lege ich mein RedPad in seine Hand.

Alistair schüttelt den Kopf. »Du hast echt ein Problem mit Prioritätensetzung.«

Ich funkle ihn wütend an, doch bevor ich etwas erwidern kann, schließt Alistair die Tür hinter sich ab und lässt uns in völliger Dunkelheit zurück.

Augenblicklich schmiegt sich Lynn an mich und schnieft. »Was passiert jetzt mit uns?«, wispert sie.

Ich drücke ihren Kopf an meine Schulter und küsse ihre Stirn. »Bestimmt nichts Großartiges. Sie werden die Polizei rufen und uns ihnen übergeben.« Zumindest hoffe ich das. Alles andere wäre nämlich zu schrecklich, um daran auch nur zu denken. »Tut mir leid, dass ich nicht auf dich gehört habe.«

Lynn schüttelt den Kopf und löst sich etwas von mir. »Das Ganze war meine Idee. Ich wollte herausfinden, was sich hinter dem ganzen Werbeimage verbirgt.« Ich will sie nicht loslassen, aus Angst, sie sonst nicht wiederzufinden. »Auch wenn sie uns die Beweise weggenommen haben, ich werde nicht schweigen.«

Ich bewundere ihren Mut. Sie hat sich bereits gegen ihre Mutter und ihre Therapeutin gestellt. Alle möglichen Leute inklusive mir haben versucht, sie zur Memotransplantation zu überreden, und sie ist trotzdem ihren Weg gegangen. Wenn hier jemand den längeren Atem hat, dann definitiv Lynn.

»Die kommen nicht damit davon, Mika.«

Ich taste nach Lynn und ziehe sie wieder näher zu mir heran. »Gut. Ich käme nämlich nicht damit klar, wenn Alistair hier als Gewinner rausgeht.«

»Er ist wirklich furchtbar.«

In der Dunkelheit verliere ich jegliches Gefühl für Zeit. Angestrengt lausche ich auf Schritte vor unserer Tür, aber nur ein Mal läuft jemand an unserer Tür vorbei. Dann wieder Stille. Mit jeder verstreichenden Minute habe ich das Gefühl, dass es in dem Raum wärmer wird. Schon längst habe ich mich meiner Jacke entledigt, aber so richtig Luft bekomme ich immer noch nicht.

Bevor ich mich noch weiter ausziehe, wird die Tür wieder aufgeschlossen, und diesmal wird das Licht angemacht. Hätte ich auch draufkommen können, mal nach dem Lichtschalter zu suchen.

Alistair hat Professor Pattern angerufen, die nun mit deutlich sichtbarer Enttäuschung auf uns hinabsieht. »Frau Karnten«, sagt sie schließlich, und Lynn schaut auf. »Ich hatte mir wirklich mehr von Ihnen erhofft. Folgen Sie bitte Herrn Linzbach.« Von der vertrauten Freundlichkeit vorhin ist nun nichts mehr zu spüren. Lynn ist jetzt Frau Karnten.

Sie nickt dem Sicherheitsmann neben sich zu. Lynn steht auf und lässt den Kopf etwas hängen. »Es tut mir leid.«

»Das können Sie sich sparen.«

In der Zwischenzeit habe ich mich ebenfalls erhoben und sehe Lynn nach, die vom Sicherheitsmann nach draußen geleitet wird. Natürlich erhält sie eine Sonderbehandlung und darf hier einfach rausspazieren. Schließlich haben ihre Eltern richtig Geld und könnten NEURO das Leben zur Hölle machen. Immerhin ist ihr Vater Anwalt.

»Und nun zu dir.« Dem Vaterlosen und vor allem Rückhaltlosen. Was soll meine Mutter schon machen, wenn ich Ärger bekomme, außer mich im Gefängnis besuchen?

Alistair packt mich grob und dreht mir die Arme auf den Rücken. Plötzlich habe ich eine schlimmere Vorahnung, als einige Jahre im Gefängnis zu verbringen. Hat er nicht gesagt, dass meine Leiche niemanden kümmern würde? Aber sicher würde das die Professorin nicht zulassen. Oder?

Panisch suche ich ihren Blick, doch sie hat sich bereits abgewandt und geht voran. Alistair stößt mich vorwärts, sodass ich gezwungen bin, ihr zu folgen. Wir gehen den Tunnel weiter entlang, bis zu einem kleinen Labor mit einer Memotransplantationsanlage. Die interessiert mich allerdings wenig, denn die hintere Wand des Labors hat ein Fenster, das mich direkt in einen größeren Raum blicken lässt. Einen Raum mit einem Dutzend kleiner Betten.

»Sie haben wirklich Kinder hier?«, frage ich die Professorin entsetzt. Sie lehnt gegen einen Tisch, auf dem ich mein RedPad liegen sehe sowie eine kleine Kiste mit mehreren Kulturröhrchen. Erinnerungen.

Frau Pattern sieht kurz desinteressiert zu dem Schlafsaal. »Ah, ich sehe, du kennst unser Happy-Memories-Projekt bereits.«

»Was Sie da tun, ist furchtbar.« Ich versuche, mich von Alistair loszumachen, aber dem gefällt es viel zu sehr, mich in seiner Gewalt zu haben.

Erst als Professor Pattern ihm bedeutet, mich loszulassen, kann ich meine Arme wieder bewegen. »Furchtbar? Furchtbar ist, dass es auf der Welt Zehntausende … Was sag ich? Millionen warten darauf, eine Memospende zu erhalten, um endlich mit ihren Depressionen fertigzuwerden. Die Nachfrage an Positivspenden ist unendlich viel höher als das Angebot. Leider sieht nicht jeder wie du seine Berufung darin, seine Kindheitserinnerungen zu spenden.« Sie seufzt schwer. »Und dann kommen sie auch noch mit einem Grenzwert daher. Sinnvoll ja, aber wie sollen wir entscheiden, wem wir mit den wenigen Erinnerungen helfen und wem nicht? Geld? Wie bei deiner Freundin?«

Unwillkürlich muss ich viel eher an Lynns Mutter denken, die sich quasi einer kosmetischen Spende unterzogen hat. Zück deine Kreditkarte und werde all deine Sorgen los. Und Lynns gleich dazu.

»Eben. Das System ist nicht fair.« Professor Pattern steht auf und geht zu dem Fenster. »Keines der Kinder hat Eltern, die sich um sie kümmern wollen. Auf sie wartete ein Leben, erfüllt von Ablehnung, Minderwertigkeitskomplexen und falschen Entscheidungen. Wie hoch ist die Wahrscheinlichkeit, dass sie einmal selbst an Depressionen leiden oder ihre Erinnerungen für Drogen an Alistair verkaufen?«

»Es war nicht für Drogen«, murmle ich und trete vorsichtig näher.

Professor Pattern dreht sich zu mir um und lächelt. »Das hätte ich auch nicht erwartet. Du bist zu clever für so einen Mist.« Alistair schnaubt irgendwo hinter mir. »Was ich damit sagen will, ist, dass es diesen Kindern hier gut geht. Sie erhalten viel Liebe und eine Menge wunderbarer Erlebnisse. Es fehlt ihnen an nichts. Und nebenbei gelingt es uns, der Nachfrage ein klein wenig nachzukommen.«

Meine Zweifel müssen deutlich in meinem Gesicht gestanden haben, denn sie fügt hinzu: »Mir gefällt es auch nicht besonders. Aber bis wir in den anderen Bereichen vorankommen, ist das unsere beste Hoffnung. Du weißt ja selbst, wie komplex synthetische Erinnerungen sind.« Sie schmunzelt ein wenig. »Ich habe deinen Abschlussbericht gelesen.«

»Wirklich?«, rutscht es mir raus. Ich hasse es, wie tief sich diese längst überholte Hoffnung eingegraben hat. Immerhin hat sich mein Puls inzwischen normalisiert, und die Angst ist gewichen. Offensichtlich ist Professor Pattern nicht darauf aus, meine Zukunft zu zerstören.

Stattdessen lächelt sie. »Ja, ziemlich beeindruckend. Ich habe mich ein wenig gewundert, warum ich von dir nicht schon längst eine Bewerbung auf dem Tisch hatte.«

Unwohl zucke ich mit den Schultern. »Dafür bräuchte ich erst mal Geld. Meine Eltern … meine Mutter hat nichts und …« Ich breche ab. Professor Pattern braucht sicher nicht meine gesamte Familiengeschichte.

»Ich verstehe. Das erklärt, wie du an Alistair geraten bist. Es ist sicher nicht leicht, aus einem Viertel wie Hertford wieder rauszukommen.«

Ziemlich hilflos bringe ich nur ein halb verschlucktes »Mhm« heraus.

Mittlerweile ist sie zu dem Tisch zurückgekehrt und reicht mir mein RedPad. Als ich sie fassungslos anschaue, sagt Professor Pattern: »Frau Karnten hat mich sehr enttäuscht, aber du hast heute gezeigt, dass du verstehst, worauf es NEURO ankommt. Glaub mir, keiner derjenigen, die sich in diesem Jahr hier beworben haben, war so vielversprechend wie du.«

Das RedPad unter meinen Fingern fühlt sich an, als hätte ich gerade ein Stück von mir selbst zurückbekommen. Professor Pattern legt eine Hand auf die Kiste mit den Erinnerungen und spricht weiter: »Ich will, dass du für uns arbeitest, Mika. Vollzeit. Mit Bezahlung.«

Plötzlich wird mir schwindlig, und das RedPad fällt mir fast aus der Hand. »Bitte was?«

»Natürlich brauchst du noch jede Menge Training, deshalb kann ich dir nur ein Einstiegsgehalt von etwa dreitausend Euro anbieten, aber ich lasse auch mit mir verhandeln.«

»Sie wollen mich bei NEURO anstellen?« Besagtes Einstiegsgehalt ist mehr, als mein Vater je mit nach Hause gebracht hat. Damit könnte meine Familie so was von in der Stadt bleiben. Wir könnten zurückziehen. Nicht zum Ottergrund, aber in die Wohnung danach. Anni und Lasse hätten die Chance, auf eine bessere Schule zu gehen.

Professor Pattern lacht. »Na, sicher nicht in der Cafeteria. Was hältst du davon, deine Arbeit an synthetischen Erinnerungen fortzusetzen? Vielleicht gelingt dir eines Tages der entscheidende Durchbruch, der das Happy-Memories-Projekt obsolet macht.«

Ich bekomme kaum Luft, so sehr schwirrt mir der Kopf. Schon so lange habe ich daran festgehalten, dass ich nicht für Höheres bestimmt bin. Dass ich meine Träume aufgeben muss, damit meine Familie über die Runden kommt. Und plötzlich leuchtet diese Zukunft vor mir auf. Ich bei NEURO. Meine Lieblingsthemen, während ich nebenbei die Welt ein Stückchen besser mache.

Mein Blick wird auf das Kästchen mit den Erinnerungen gelenkt, das Professor Pattern in die Hand nimmt. »Außerdem habe ich Alistair deine Erinnerungen zusammensuchen lassen.«

Das Herz bleibt mir stehen, und ich vergesse für einen Moment, zu atmen. Ich muss an mich halten, damit ich Professor Pattern die Erinnerungen nicht aus den Händen reiße. Sie sind alle da. Alistair hat noch keine einzige davon verwendet. Meine Erinnerungen an meinen Vater befinden sich nur eine Armlänge von mir entfernt in den Händen der Frau, die mir eine strahlende Zukunft anbietet.

Ich will unbedingt Ja sagen. Mehr als alles andere. Das Geld, die Aussicht, meine Erinnerungen, wie kann ich da ablehnen?

Aber in diesem Moment höre ich Lynn schreien und renne, wie ich noch nie zuvor gerannt bin.

Hinter mir höre ich Alistair fluchen, während ich den Flur entlangrenne. Lynns Schreie sind jedoch lauter und führen mich zielsicher durch den dunklen Gang. Ich hämmere gegen den Knopf, der die Schleuse öffnet, und Alistairs Finger streifen meine Schulter, als ich mich zwischen den Türen durchquetsche. Dann jedoch muss ich kurz innehalten.

Lynn schreit nicht länger. Dafür kann ich sie sehen. Sie haben sie auf einer der Liegen festgeschnallt und unter Narkose gesetzt, bereit, ihre Erinnerungen zu entnehmen.

Ich will mich gerade wieder in Bewegung setzen, als Alistair mich mit voller Wucht in die Seite rammt. Seine Arme schließen sich fest um meine Körpermitte, während wir beide zu Boden krachen. Mein RedPad schlittert über den Boden, und ich knalle mit dem Kinn auf. Die Leute, die sich um Lynn kümmern, sehen irritiert zu uns herüber.

»Bitte nicht!«, flehe ich und versuche mich aufzurichten, aber mit Alistair auf mir drauf ist das ziemlich unmöglich.

Zu meinem Glück erhebt er sich selbstständig und zerrt mich ebenfalls in die Höhe. Allerdings nur, um mich mit dem Oberkörper grob auf den nächsten Tisch zu stoßen. Eine Hand drückt in meinen Nacken, sodass ich mich keinen Zentimeter bewegen kann, während sich ein Locher oder etwas in der Art zwischen meine Rippen bohrt.

Das Klackern der Absatzschuhe von Professor Pattern nähert sich gemächlich, und ich würde gerade nichts lieber tun, als ihr den Hals umzudrehen. Ich habe gedacht, sie hätte Lynn nach Hause geschickt. Stattdessen hat sie sie diesen Foltermeistern ausgehändigt und mir in der Zwischenzeit ihr schleimiges Angebot unterbreitet. Jetzt lässt sie die anderen innehalten und wendet sich mir zu. In ihren Händen hält sie die Kiste mit meinen Erinnerungen.

»Du machst mich fertig, Mika.« Ihr Tonfall gleicht dem einer wohlmeinenden Lehrerin. »Ich dachte, du wärst vernünftiger als deine Freundin.«

»Lassen Sie sie gehen, und ich tue, was auch immer Sie wollen«, zische ich und spüre den Locher gleich ein wenig heftiger gegen meine Rippen pressen. Nicht nur Professor Pattern verliert langsam die Geduld mit mir.

Im Gegensatz zu Alistair kann sie sich jedoch noch beherrschen. »Wir wissen beide, dass Lynn nicht schweigen wird. Wenn ich sie gehen lasse, landet morgen alles auf ihrem Blog. Machen wir uns da doch keine Illusionen.« Sie hat natürlich recht. Lynn lässt sich nicht kleinkriegen.

»Also machen Sie was?« Ich versuche, mit der Hand nach dem fiesen Ding zu tasten, das mir jeglichen Atem raubt, aber Alistair pinnt meinen Arm mit seiner freien Hand fest.

»Lediglich, was in ihrer Akte steht. Du willst doch auch, dass es Lynn besser geht, oder? Ihre Erinnerungsentnahme ist längst überfällig.« Professor Pattern hat den Nerv, mir zuzuzwinkern. »Dabei lassen sich auch gleich die letzten Stunden entfernen. Quasi eine Mikroerinnerung.«

»Wagen Sie es ja nicht!«, stoße ich hervor und muss sogleich keuchen, weil mir die Seite wirklich verdammt wehtut.

Das gutmütige Lächeln weicht aus Professor Patterns Gesicht, und sie legt endlich die Maske ab. »Wenn du darauf bestehst, können wir dasselbe auch mit dir machen, Mika.« Mein Blick fällt auf das RedPad nur wenige Meter links von ihr. »In deinem Kopf ist zwar kaum noch etwas vorhanden, wenn ich Alistairs Bericht Glauben schenke, aber ich bin sicher, du hast nichts dagegen, uns auch noch eine letzte Erinnerung zu schenken.«

Die Drohung zeigt Wirkung. Ich lasse meine Anspannung fallen und ergebe mich gänzlich Alistairs Griff und dem Schmerz zwischen meinen Rippen.

»Deine Wahl. Die Erinnerungen und endlich ein Einkommen mit Zukunftsaussichten, oder wir entfernen auch noch den Rest deiner kläglichen Erinnerungen.«

Ich tue so, als würde ich das Angebot ernsthaft bedenken. Dabei ist es ein No-Brainer. Einen Moment lang liege ich schlaff auf dem Tisch, im nächsten stemme ich mich mit aller Kraft gegen Alistair, lasse mich seitlich runterrollen und hechte nach meinem RedPad.

Alistair ist mir natürlich auf den Fersen, aber ich habe den Finger zuerst am Bildschirm, der sofort aufflackert. »Einen Schritt, und ich veröffentliche alle Beweise auf der Stelle im Internet.«

Zu meiner Zufriedenheit bleibt Alistair augenblicklich stehen und sieht fragend zu Professor Pattern. Mir ist bewusst, dass die Wissenschaftler immer noch nicht damit begonnen haben, Lynn ihre Erinnerungen zu entnehmen. Immerhin ein Plus an dieser Situation.

Professor Pattern verzieht den Mund, nun ernsthaft verstimmt. »Und du willst mir weismachen, dass du das alles mit einem Klick bewerkstelligen willst?«

Ich bemühe mich, gelassen zu wirken, dabei zittern meine Hände so, wie sie zuletzt gezittert haben, als mein Vater über der Kloschüssel hing. Mein RedPad reagiert und macht einen Vorschlag. Ich muss nur bestätigen. »Sie kennen sich nicht besonders mit der Machine Learning Engine des RedPad aus, oder? Die ist phänomenal, und ich bin ein sehr gewissenhafter Nutzer. Die Daten sind bereits alle formatiert und bereit, in Lynns Blog veröffentlicht zu werden. Und ja, zu dem habe ich Zugang. Ich kann sie auch gleich zur Polizei schicken, wenn Ihnen das lieber ist. Ich bin mir sicher, die Leute stehen total auf Happy-Memories – oder die J3-Erinnerungen.« Mein Finger schwebt über dem Button. »Lassen Sie Lynn gehen.«

Die Worte verfehlen ihre Wirkung nicht. Professor Pattern sieht mich zum ersten Mal richtig wütend an. Dann jedoch streckt sie ihre Hand aus und balanciert die Kiste mit meinen letzten Erinnerungen, den einzigen, die ich wiederhaben könnte, gefährlich in der Luft. »Leg das RedPad zur Seite, und wir können reden. Oder ich zerstöre die Erinnerungen ein für alle Mal.«

Es ist, als würde sich Alistairs Gewicht erneut auf mich legen, doch diesmal presst es alles Leben aus mir heraus. Die Erinnerungen an meinen Vater, eben erst wiedergefunden, stehen auf dem Spiel, wenn ich nicht nachgebe. Ich zittere noch heftiger, und das kleine Feld unter meinem Finger leuchtet stärker auf. Das RedPad weiß besser als ich, was in dieser Situation zu tun ist. Cleveres kleines Ding.

Ich sehe Professor Pattern in die Augen und bestätige die Anfrage. Im selben Moment lässt sie die Kiste kippen, und die Kulturröhrchen zerspringen auf dem Boden. Jeder einzelne Splitter bohrt sich dabei in mein Herz.

Irgendwas will mir das RedPad erzählen, aber davon verstehe ich nichts mehr, denn im nächsten Augenblick trifft mich Alistairs Faust mitten ins Gesicht. Das Tablet fällt mir aus den Händen, und meine Knie geben nach.

Die Worte »Ich mach dich fertig, du kleiner Scheißer« kann ich hingegen ziemlich gut vernehmen, auch wenn ich gerade nur Sterne sehe. Sie sind auch eindeutig ernst gemeint. Alistairs Fuß trifft mich in die Seite, geradewegs dorthin, wo vor wenigen Minuten noch der Locher sein Mal hinterlassen hat, und ich schreie laut auf.

Panik übernimmt, und ich rolle mich auf die Seite, weg von seinen Füßen, die mir jedoch erbarmungslos folgen und meinen Rücken bearbeiten. Dann packt Alistair mich plötzlich mit den Händen und hämmert meinen Kopf so heftig auf den Boden, dass mir schwarz vor Augen wird. Lediglich der metallische Geschmack in meinem Mund hält mich bei Besinnung.

Ich versuche, etwas zu sagen, ihn irgendwie dazu zu bewegen, von mir abzulassen, aber bevor ich auch nur ein Wort rauskriege, schließen sich Alistairs Finger wie ein Schraubstock um meine Kehle und drücken zu. Gleichzeitig gräbt sich sein Knie in meine Magengrube, sodass ich gar nicht weiß, auf welchen Schmerz ich zuerst reagieren soll. Meine Arme machen irgendetwas Unkoordiniertes, was sicher hilfreich sein könnte, wenn mein Gehirn ihnen irgendeinen sinnvollen Anreiz geben würde.

Der Druck in meinem Magen lässt nach. Anscheinend ist Alistair bei all dem wilden Gestrampel meinerseits abgerutscht. Stattdessen habe ich das Gefühl, jeden einzelnen seiner Finger an meiner Kehle wahrzunehmen. Fast schlimmer ist das stechende Gefühl in meiner Brust, die sich verzweifelt nach Atem sehnt.

»Lass ihn los!«

Nur eine Sekunde später lassen die Finger tatsächlich nach, und ich ziehe keuchend die Luft ein. Sogleich bereue ich es, denn jeder Atemzug schmerzt schlimmer als eine Mandelentzündung. Es ist so unangenehm, dass ich husten und spucken muss, aber es wird einfach nicht besser. Schließlich schaffe ich es jedoch, mich aufzusetzen.

Im selben Moment drückt mir Professor Pattern mein RedPad in die Hände. »Lösch es!« Ihre Hände beben fast so schlimm wie meine.

»Was?«, krächze ich und würde am liebsten heulen.

Sie verliert die Beherrschung und ohrfeigt mich hart. Im Vergleich zu all den anderen Blessuren spüre ich den Schmerz kaum. »Ich will, dass du alle Daten wieder löschst, und zwar aus dem Internet und von deinem RedPad. Vollständig.«

Mein Gehirn arbeitet zu langsam, deshalb setzt es gleich eine zweite Ohrfeige. Es kostet mich richtig Mühe, auf mein RedPad hinabzusehen und zu verstehen, was sie eigentlich von mir will. Langsam lichtet sich jedoch der Nebel. Ohne meinen oder Lynns Fingerabdruck ist sie nicht rangekommen und konnte meine selbstzerstörerische Tat nicht rückgängig machen.

Unten rechts in der Ecke leuchtet ein Symbol auf, und ich versuche, nicht zu sehr hinzuschauen. »Alles?«

»Natürlich alles!«

Meine Finger wollen noch nicht so ganz wie ich, aber es gelingt mir, die Daten alle zu markieren. Ein paar Handgriffe später sind sie von meiner Karte gelöscht.

»Online auch.«

Ich sehe zu ihr auf, was zugegeben schwierig ist, wenn meine Augen so geschwollen sind, dass ich sie kaum geöffnet kriege. »Da waren sie nie.«

»Wie bitte?« Gleichzeitig greift Alistair mir von hinten in den Kragen, und ich spüre seine Knöchel in meinen geschundenen Nacken drücken.

»Ich habe die Daten nicht veröffentlicht.«

Professor Pattern holt nun ihr eigenes Smartphone heraus und ruft panisch Lynns Blog auf. Sie findet natürlich nichts. Den Artikel hätte ich nicht mit einem Klick fertig bekommen, hilfreiche App hin oder her.

Völlig perplex sieht sie mich an. »Was hast du dann getan?«

Ich kann nicht anders. Ich muss einfach lächeln. Zumindest ein bisschen. Es spielt eh keine Rolle mehr. Mir wird schon wieder schwummrig.

»Ich habe die Polizei gerufen.«

# Kapitel 26

*Piep.*

Mir ist warm.

*Piep.*

Die Schmerzen lauern stark gedämpft irgendwo im Abseits.

*Piep.*

Jemand streicht über meine Hand.

Träge öffne ich die Augen einen Spaltbreit. Helles Licht blendet mich so stark, dass ich sie schnell wieder schließe.

»Mika?« Meine Lieblingsstimme erklingt an meinem Ohr und leitet mich sanft ins Hier und Jetzt zurück.

Ich versuche es noch einmal mit dem Augenöffnen, und diesmal erblicke ich Lynn an meiner Seite. Sie hebt meine Hand an ihre Lippen und küsst sie. Tränen stehen in ihren Augen, doch sie lächelt. »Willkommen zurück.«

»Zu…« Meine Stimme ist ein heiseres Krächzen, und ich muss husten.

Langsam lichtet sich der Nebel. Alistairs Finger um meinen Hals. Der Locher zwischen meinen Rippen. Zersplitterte Erinnerungen auf dem Boden.

Unwillkürlich taste ich mit der freien Hand an meine Seite, wo mich ein dicker Verband erwartet. Langsam beginnt alles um mich herum Sinn zu ergeben. Das helle Licht kommt von der Energiesparlampe an der Decke, und ich liege im Bett, angeschlossen an eine Maschine, die meinen Herzschlag überwacht. Das erklärt das penetrante Piepen in meinem Ohr, das einfach nicht aufhören will.

Aus irgendeinem Grund befinde ich mich im Krankenhaus. Weit weg von NEURO und seinem Sonderforschungsbereich.

»Du hast mir das Leben gerettet.« Tränen fallen auf meine Finger. »Oder sollte ich sagen, meine Erinnerungen?«

Sanft erwidere ich den Druck auf meiner Hand. »Wie?« Auch dieses Wort schmerzt, und mir wird klar, dass ich so schnell keine großen Reden schwingen werde.

Wie mein RedPad hat aber auch Lynn gelernt, genau zu wissen, was ich im Moment brauche. Sie legt meine Hand behutsam wieder aufs Bett, trocknet ihre Tränen und beginnt zu erzählen: »Du hast die Polizei gerufen. Das haben sie mir zumindest gesagt, als ich wieder zu mir kam. Da waren Professor Pattern und ihre Mitarbeiter schon in Handschellen.«

Ich kann zwar nichts sagen, aber die Vorstellung bereitet mir gerade ein sehr wohliges Gefühl.

»Ich dachte wirklich, dass es das für mich gewesen ist. Sie haben mich auf diese Liege geschnallt, und … ich bin ziemlich froh, dass weiter nichts passiert ist. Zumindest mir nicht. Du hingegen hast mir einen Schrecken eingejagt.«

Lynn versucht, mich vorwurfsvoll anzuschauen. So richtig will es ihr aber nicht gelingen, und als ich mit den Schultern zucke, muss sie sogar schmunzeln.

»Ich weiß wirklich nicht, was ich mit dir noch machen soll. Natürlich würdest du sogar dein Leben aufgeben, wenn du damit jemandem helfen kannst.«

Vor meinem inneren Auge tauchen zersplitterte Kulturröhrchen auf. Sie weiß nicht, was ich wirklich für sie aufgegeben habe. Alles andere war doch nur noch Teil der Eskalation.

»Du hast mir Angst gemacht, Mika.« Jegliches Lächeln ist aus Lynns Gesicht gewichen. Sie beugt sich zu mir hinunter und streicht mir unendlich sanft über mein Gesicht. »Bewusstlos. Voller Blut. Ich dachte, du wärst tot.«

»Tut mi…«

Lynn legt einen Finger auf meine Lippen, und mein Flüstern versiegt. »Danke.« Sie küsst mich auf die Lippen, und zumindest dieser Teil meines Körpers tut nicht weh.

Als sie sich wieder zurücklehnt, erzählt sie sachlicher weiter: »Du hast eine ganze Menge verpasst in den letzten zwei Tagen. NEURO steht gerade unter strengster Beobachtung. Jeder Aspekt ihrer Forschung wird peinlich genau überprüft. Happy Memories beherrscht gerade jede Schlagzeile und Diskussionsrunde. Ich weiß nicht, was aus den Kindern wird. Ich glaube nicht, dass das bereits entschieden ist, aber sie werden definitiv nicht länger ausgenommen. Und das ist dein Verdienst.«

Ich schenke Lynn einen genervten Blick, der sie die Augen rollen lässt. »Schön. Unser Verdienst. Aber ich bin nur die Bloggerin. Du bist der Held.« Mein missbilligendes Kopfschütteln quittiert sie mit einem frechen Grinsen. »Komm, irgendwann muss das doch mal anerkannt werden.«

Erneut küsst sie meine Finger und betrachtet mich. »Du brauchst dir übrigens keine Sorgen um die Kosten zu machen. Die sind gedeckt. Konzentrier dich also einfach darauf, schnell wieder gesund zu werden.«

»Okay.«

»Lynn, Liebes?« Eine Frau steckt ihren Kopf herein und lächelt uns vorsichtig an. »Wie lange soll ich noch warten?«

Mir dämmert langsam, dass das Lynns Mutter ist. Sie sieht hübsch aus, wenn auch ganz anders als Lynn. Diese seufzt leicht und antwortet: »Ich komm gleich.«

Ohne Widerworte verschwindet ihre Mutter sofort. Ich sehe fragend zu Lynn, und sie antwortet: »Sie hat mich hergefahren. Im Moment hat sie ein wenig Angst um mich und will sichergehen, dass mir nichts passiert.« Als ich eine Augenbraue hebe, geniert Lynn sich ein wenig. »Na ja, vielleicht sollte ich dem Ganzen noch mal eine Chance geben. Seit ihrer Behandlung war sie immer absolut nett zu mir.«

Ich glaube, ihre Mutter braucht Lynns Erinnerungen nicht, um genau zu wissen, wie Lynn sich fühlt. Eltern ist wahrscheinlich klar, was sie anstellen. Das macht es nur nicht leichter, etwas daran zu ändern.

Lynn beugt sich vor und küsst mich noch einmal. »Ich komme morgen wieder, und ansonsten weißt du ja, wie du mich erreichst.«

Sie klopft auf meinen Nachttisch. Mein Blick folgt ihrer Hand, und ich sehe das vertraute Rot. Mein Lebensretter. Und da soll noch einmal jemand sagen, das neue RedPad wäre nur teures Spielzeug.

Etwas wehmütig sehe ich Lynn nach, aber es freut mich zu wissen, dass sie mit ihrer Mutter zusammen nach Hause geht. Eine Krankenschwester sieht kurz darauf nach mir und checkt meine Werte. Es wird wohl noch eine Weile dauern, bis sich meine Kehle von Alistairs Attacke erholt hat. Ansonsten bin ich mit ein paar fiesen Schwellungen und Quetschungen davongekommen.

Am späten Nachmittag erhalte ich noch einmal Besuch. »Du bist ja wach.« Meine Mutter steht im Türrahmen, während Anni und Lasse schon auf mich zulaufen. Anni wirft ihre Arme um mich, was mir ein ersticktes Stöhnen entlockt. Mein Bruder klettert derweil auf mein Bett und macht es sich bei meinen Füßen bequem.

»Was machst du für einen Scheiß?«, fragt Anni mich, nachdem sie eingesehen hat, dass mir der Druck zu viele Schmerzen bereitet.

»Anni«, mahnt meine Mutter.

Ich deute auf meine Kehle und öffne den Mund, doch meine Mutter kommt mir zuvor. »Oh, ich weiß. Sie haben mir draußen schon Bescheid gesagt. Das wird wieder.«

Sie streicht mir über die Wange und setzt sich dann auf Lynns

Platz. Ich lege einen Arm um Anni und drücke sie trotz der Schmerzen an mich heran. Tränen fallen auf meine Schulter.

Es tut gut, meine Familie bei mir zu haben. Nur schade, dass mein Vater nicht mehr da ist, denn gerade vermisse ich ihn sehr.

# Kapitel 27

Auch zwei Monate später werden die Nachrichten immer noch vom NEURO-Skandal beherrscht, wie ich wieder einmal am Morgen feststelle, als ich am Küchentisch zuerst die Nachrichten aufrufe. Lynn und ich sind relativ glimpflich dabei weggekommen. Die Polizei hat unsere Namen schützen lassen, und für die Geschichte von zwei namenlosen Teenagern interessiert sich keiner, wenn man die ganze Thematik um die Memospende neu aufrollen kann.

NEURO selbst kann zumachen, aber ganz so einfach ist es nicht. Der Großteil der Forschung ist vollkommen legal, und vielleicht wird es irgendwann so weit sein, dass wir Depressionen mit synthetischen Erinnerungen behandeln können. Wirklich synthetische Erinnerungen, keine gestohlenen. Wahrscheinlich wird man NEURO bald unter neuem Namen in andere Forschungseinrichtungen integriert wiederfinden. Dann allerdings ohne Professor Pattern und all jene, die im Sonderforschungsbereich gearbeitet haben.

Besonders heiß wird gerade eine komplette Abschaffung der Positivspende diskutiert. Einerseits, um jeglichem Missbrauch vorzubeugen, aber auch, weil selbst mit Grenzwert das Risiko zu groß ist, dass die Spender einmal selber anfällig werden.

Ich bin ja das beste Beispiel dafür. Achtzehn Jahre alt, und nachts wache ich schweißgebadet auf, weil ich Alistairs Finger um meinen Hals spüre. Und wenn dann endlich Tag ist, sehne ich mich nach den Erinnerungen, die ich weggegeben habe.

Mittlerweile habe ich Lynn erzählt, was wirklich geschehen

ist. Ich wollte nicht, dass sie sich schuldig fühlt, aber ich brauchte jemanden, dem ich anvertrauen konnte, was mir geschehen ist. Das Ganze tut ihr natürlich schrecklich leid, aber wenn ich ehrlich bin, würde ich die Entscheidung jedes Mal wieder treffen. Es gibt einfach wichtigere Dinge im Leben, auch wenn es wehtut. Im Moment fühle ich mich leer, entwurzelt, aber mein Verstand sagt mir, dass es irgendwann besser wird. Dass man auch wieder neue Wurzeln in die Erde schlagen kann.

Umgeben von Umzugskisten, bleibt mir auch gar nichts anderes übrig. Meine Mutter macht Ernst und zieht mit Anni und Lasse aufs Land. Zusammen mit Lynn konnte sie mir jedoch inzwischen ausreden mitzukommen, und wenn ich ehrlich bin, bin ich froh darum. Es ist merkwürdig befreiend, ungebunden zu sein und seinen Träumen nachhaschen zu können.

Deshalb sitze ich gerade am Küchentisch und schreibe fleißig auf meinem RedPad Bewerbungen. Nicht an Fastfood-Restaurants oder Kurierdienste, sondern an die Firmen, bei denen ich mir wirklich vorstellen könnte, einmal Karriere zu machen, vielleicht sogar ein duales Studium. Solange es nichts mit Neurologie zu tun hat, bin ich zufrieden. Einen Job in dieser Branche würde ich nicht mal annehmen, wenn er mir das Blaue vom Himmel verspricht.

»Hey, du. Wie geht es voran?« Meine Mutter kommt mit einer weiteren Kiste in die Küche und sieht mich an.

»Ich habe nächste Woche ein Interview bei Red.«

Sie muss lachen. »Ich weiß. Das sagtest du seit gestern bereits ein Dutzend Mal. Ich habe übrigens etwas für dich beim Aufräumen gefunden.«

Neugierig nehme ich den dicken, schweren Brief, der mit meinem Namen betitelt ist, und drehe ihn in den Händen. Ich erkenne die Schrift nicht und wüsste auch nicht, wer noch so etwas Altmodisches tut wie Briefe schreiben.

»Er ist von Papa.«

Fast fällt mir der Brief aus den Händen, und ich sehe erschrocken auf. Meine Mutter lächelt wohlwollend. Dann streicht sie mir über die Haare und verlässt die Küche.

Fünf Minuten lang sitze ich mit dem ungeöffneten Brief da und kann nichts anderes tun, als ihn anzustarren. Tausend Gedanken und keiner rasen durch meinen Kopf. Wann hat er mir einen Brief geschrieben? Weshalb? Wieso hat er ihn mir nicht gegeben?

Schließlich überwinde ich meine Scheu und öffne den Brief.

*Lieber Mika,*

*ich weiß, momentan sind wir beide uns nicht ganz grün, aber du sollst wissen, dass ich dich trotz allem sehr lieb habe. Ich weiß, warum du tust, was du tust, und wahrscheinlich würde ich an deiner Stelle ganz genauso handeln, und dennoch zerreißt es mir das Herz, zu wissen, dass du eines Tages bereuen könntest, deine Erinnerungen weggegeben zu haben. Ich wünschte, wir hätten stattdessen die Zeit mit neuen Erinnerungen füllen können, damit du wenigstens etwas für danach hast. Denn, machen wir uns nichts vor, ich werde den Lupus nicht überleben.*

*Und auch wenn das im Moment für dich furchtbar sein mag, wirst du doch eines Tages darüber hinwegkommen. Das Leben geht weiter, für Mama, für Anni und Lasse und auch für dich. Ich weiß, dass du eine fantastische Zukunft vor dir hast, denn du hast was im Kopf, bist zielstrebig und scheust dich nicht vor harter Arbeit. Gern wäre ich da, um zu hören, welche tollen Firmen dich bei sich aufnehmen und was für Überraschungen deine Zukunft für dich bereithält. Sei es bei der Arbeit oder auch mit Lynn, oder wer irgendwann dein Herz für sich erobert. Wer auch immer es sein wird, sie oder er wird sich äußerst glücklich schätzen können, denn du bist jemand, der bis zum Äußersten für seine Liebsten geht, auch wenn sie es nicht immer zu schätzen wissen.*

*Pass auf dich auf. Es ist okay, auch manchmal eigensinnig zu sein* und etwas nur für sich zu machen. Jeder Mensch verdient eine Pause, und du verdienst die beste, strahlendste Zukunft, die diese Welt zu bieten hat.

Ich habe dir in deiner Kindheit nicht viel bieten können. Keine Markensachen und auch nicht das neueste Spielzeug, nicht mal ein Smartphone, als alle anderen eines in der Schultüte hatten, aber ich habe immer versucht, für jede deiner Sorgen ein offenes Ohr zu haben, da zu sein, wenn du mich gebraucht hast, und dir so viel von der Welt zu zeigen, wie mir möglich war.

Und weil du sie selber weggeben hast, damit andere Menschen es besser haben, will ich dir all die Erinnerungen schenken, die ich wie einen Schatz in mir bewahre.

Was folgt, sind Seiten über Seiten voller kleiner und größerer Erinnerungen.

In den ersten beiden Jahren habe ich dich immer von der Schule abgeholt. Wir sind gemeinsam am Fluss entlanggelaufen. Manchmal haben wir einfach nur Ausschau nach den Tieren gehalten, oder du hast mir von deinem Tag erzählt. Aber hin und wieder hast du mich etwas gefragt: »Papa, was bedeutet eigentlich Gleichgewicht? Warum fahren hier keine Schiffe?« Oder meine liebste Frage: »Hast du schon mal davon geträumt, ein Vogel zu sein?« Nein, Mika, das hatte ich tatsächlich nicht, aber seitdem stelle ich es mir manchmal vor, wie es wohl wäre, sich einfach in die Lüfte zu schwingen und all die Schmerzen hinter mir zu lassen. Du hingegen wolltest zum Mond fliegen und danach zum Mars und noch viel weiter …

Als du acht warst, habe ich dich einmal beim Klauen erwischt. Die Kassiererin hat nicht bemerkt, wie du mit dem bunten Ball, den deine Schwester haben wollte, einfach rausspaziert bist. Du wolltest ihn nur für Anni, aber Mama hatte Nein gesagt. Und dann standest du da draußen *und hast Rotz und Wasser geheult, weil ich dir erklärt habe, dass man nicht einfach Dinge mitnehmen kann, ohne sie zu bezahlen.*

*Hand in Hand sind wir beide dann zurück in den Laden gegangen und haben den Ball zurückgegeben. Du hast nicht einmal Ärger von der Kassiererin bekommen, aber es hat dich dennoch so beschäftigt, dass du dich am Abend übergeben hast …*

*Im Sommer, als du elf warst, sind wir beide, nur du und ich, gemeinsam auf Radtour gefahren. Keine große – es waren nur ein paar Kilometer vor der Stadt von Campingplatz zu Campingplatz. Wir haben uns die Seen angesehen und das alte Schloss mit seinem Garten. Du bist immer vorneweg gefahren, voller Energie. Für mich war das nicht mehr so einfach, aber da du immer brav gewartet hast, ging es.*

*Wir hatten wunderbares Wetter und so viele tolle Gespräche abends im Zelt. Du hast mir von dem neuen Spiel erzählt, das du in der Schule entwickelt hast, und was für Pläne du noch damit hast. Irgendetwas von Burgen, die gebaut werden sollen, so ganz kriege ich das selbst nicht mehr zusammen, aber ich erinnere mich noch, mit was für einer Begeisterung du mir von den technischen Details erzählt hast und dass ich zum ersten Mal das Gefühl hatte, nicht mehr mitzukommen. Dass du mehr über eine Sache weißt als ich. Viel mehr …*

Die Erinnerungen sind unsortiert, wirr, aber voller Liebe. Dabei sind nicht alle von ihnen schön oder lustig. Stück für Stück bringen sie mir meinen Vater näher. Ich weiß, wer er war, und ich weiß, wer ich war, und trotzdem bleiben es Geschichten. Wie die, die auf seiner Beerdigung erzählt wurden. Ich bin meinem Vater unendlich dankbar dafür, dass er sich die Mühe gemacht hat, sie alle aufzuschreiben, aber wie meine eigenen Erinnerungen fühlen sie sich dennoch nicht an.

Bitterkeit macht sich in mir breit, und ich habe nicht übel Lust, den Brief in die Ecke zu feuern, als mein RedPad vibriert. Lynn hat mir eine Nachricht geschrieben, die mich stutzen lässt. *Kommst du bitte sofort ins MTC? Ich bin schon da.*

Mehr braucht es nicht, damit ich aufspringe und dem Ruf nachkomme.


Das Wetter ist in den letzten Tagen deutlich wärmer geworden, sodass ich völlig verschwitzt bin, als ich schließlich im MTC eintreffe. Anders als früher ist das Wartezimmer so gut wie leer. Nur die Sprechstundenhilfe ist immer noch dieselbe.

»Ich suche Lynn Karnten.«

Wie schon beim letzten Mal lächelt sie mich überfreundlich an. »Oh, Lynn ist bei Dr. Rhivani. Du kannst direkt durchgehen.«

Alle Alarmglocken schrillen in mir. Ich habe Lynns Bild vor Augen, wie sie festgeschnallt auf der Liege liegt, ihre Erinnerungen hilflos ausgeliefert.

In den letzten zwei Monaten hat sich Lynn eine andere Therapeutin gesucht und unheimliche Fortschritte im Umgang mit ihrer Mutter gemacht. Wirklich Vertrauen wird es wohl nie zwischen ihnen geben, aber Lynn hat sich selbst gefunden. Sie weiß, dass sie etwas wert ist und dass ihre Erfahrungen wichtig sind.

Umso mehr schockt mich, dass sie nun wieder hier ist. Dabei weiß ich inzwischen, wie schwer es ist, die selbstzerstörerischen Gedanken wirklich von sich zu schieben. Ganz zu schweigen von den Albträumen.

Dr. Rhivanis Behandlungszimmer ist deutlich leerer als beim letzten Mal. Auch sie ist bereits am Zusammenpacken, denn für die meisten MTCs gibt es im Moment weder Angebot noch Nachfrage. Die Leute trauen der Memospende nicht mehr.

Lynn sitzt auf der Liege und unterhält sich angeregt mit der Ärztin.

»Ich bin da«, verkünde ich atemlos.

Beide Frauen drehen sich zu mir um. Lynns Augen strahlen,

und auch Dr. Rhivani lächelt mich an. »Wie schön, dass du so schnell kommen konntest!«, begrüßt sie mich.

Lynn hingegen springt auf und kommt zu mir hinüber. Bevor sie mich küssen kann, frage ich irritiert: »Willst du jetzt doch die Transplantation machen?«

»Ich?« Lynn schüttelt den Kopf. »Nein, damit habe ich ein für alle Mal abgeschlossen. Ich weiß, dass ich eine Menge Probleme habe, aber ich will sie ganz altmodisch bekämpfen. Im Dialog und mit Konfrontation.«

Ich atme erleichtert aus und ziehe sie zu mir ran. »Du schaffst das. Ganz bestimmt.«

»Möglich.« Sie zuckt mit den Schultern. »Aber heute geht es nicht um mich, sondern um dich.« Mit dem Zeigefinger tippt sie auf meine Brust. »Dr. Rhivani hat eine deiner Erinnerungen gefunden.«

»Was?«

Dr. Rhivani hebt lächelnd ein Gläschen hervor. »Die hier war noch nicht gebucht worden. Ich habe mich daran erinnert, was wir das letzte Mal besprochen haben, und sie aufgehoben.«

Es macht mich nervös, wie sie die Erinnerung in der Hand hält. Als ob ihr das Glas jederzeit aus der Hand fallen könnte.

Meine Güte, sitzen die Ereignisse noch tief in meinem Kopf.

»Das ist wirklich meine?«, frage ich mit zitternder Stimme.

»Es sind die letzten, die wir vor dem Grenzwert entnommen haben. Aus dem Geruchszentrum«, erklärt Dr. Rhivani geduldig. »Ich kann dir nichts versprechen. Wir haben noch nie Erinnerungen wieder zurückgepflanzt.«

Ich weiß, dass ich nichts zu hoffen habe. Eine einzelne Erinnerung wird mir meinen Vater nicht zurückbringen. Dazu ein Geruch. Was soll daran schon besonders sein? Aber es ist die einzige Erinnerung, die letzte.

»Versuchen wir es.«

# Kapitel 28

Es ist ein heißer Frühsommertag, als ich das Büro verlasse, die dünne Jacke locker über den Rücken gehängt. Obwohl Dr. Rhivani die Erinnerung exakt dort eingepflanzt hat, wo sie vor über einem halben Jahr entnommen worden war, hat sich nichts geändert. Aufzuwachen und sich genauso wie zuvor zu fühlen, war enttäuschend.

Seitdem haben Lynn und ich nicht mehr darüber gesprochen. Ich unterstütze sie bei ihrer Therapie, aber ich habe mit meiner Vergangenheit abgeschlossen. Stattdessen stürze ich mich rückhaltlos in die Zukunft. Das bezahlte Praktikum bei Red habe ich tatsächlich bekommen, und in der letzten Woche durfte ich mich sogar intensiv mit der Programmierung der Machine Learning Engine auseinandersetzen. Im Grunde ist es genau wie bei Erinnerungen. Hunderttausende kleine Verbindungen, die den Anwender zur richtigen Entscheidung führen.

Ich wohne inzwischen in einer Einzimmerwohnung im Ottergrund, allerdings nur für kurze Zeit. Nach Lynns Abschluss Ende des Jahres wollen wir nämlich zusammenziehen, und sosehr Lynn auch behauptet, sie wäre überall mit mir glücklich, so sehr weiß ich doch, dass ihr meine Wohnung schnell zu klein sein wird. Nun ja, wenn alles gut läuft, sollte mich Red ab September als Werkstudenten übernehmen, und dann können wir uns womöglich etwas Größeres leisten.

Ich achte immer noch auf meine Ausgaben, weshalb ich aus dem Stadtzentrum nach Hause laufe. Wie üblich mit einem kleinen Umweg, denn Lynn wartet beim Raumschiff auf mich.

Der Duft von Kiefern hängt schwer in der Luft. Es ist, als könnte man den Sommer selbst riechen. Die Hitze, die trockene Luft, den Wald.

Plötzlich höre ich es: Kinderlachen. Rufe. Ein Ballspiel.

Der Geruch des Sommers weckt jene Erinnerungen, die zu tief eingegraben waren. Er bedeutet Glück und Zufriedenheit, einen Hauch von Abenteuer und Lynn. Ganz besonders Lynn.

Ich renne über den Waldweg, und mir ist, als könnte ich die weichen Nadeln unter meinen nackten Kinderfüßen spüren. Außer dort, wo Harz meine Sohlen verklebt hat. Weil ich ständig auf alle möglichen Bäume klettere, und das, obwohl mein Vater schon mehr als einmal geschimpft hat, wie ich wieder aussehe.

Atemlos erreiche ich unser Raumschiff, und zum ersten Mal seit langer Zeit kann ich es wirklich vor mir sehen, in seiner ganzen Pracht. Die MSS Sommersprosse. Weil mir schon damals Lynns unzählige Sommersprossen unheimlich gut gefallen haben. Und weil mein alberner Scherz einfach hängen geblieben ist.

Auch jetzt sehe ich wieder in ihr Gesicht, in ihre wunderbaren karamellbraunen Augen, und ich brauche nicht länger ein ausgefranstes Band um mein Handgelenk, um zu wissen, dass das meine Lynn ist.

# Triggerwarnung

In diesem Buch finden sich folgende Themen, die triggernd wirken könnten:

- Tod, Verlust und Trauer
- Depression

Erwähnt werden außerdem diese Themen:

- Drogen, Suchtverhalten
- Suizid

# Hinweis der Autorin

Heutzutage lassen sich Depressionen leider noch nicht mit einer Memospende behandeln, aber das ist vielleicht auch ganz gut so. Hilfe gibt es dennoch.

Wenn du dich in einer verzweifelten Lage befindest und deine Gedanken sich im Kreis drehen, versuche, mit einem Menschen darüber zu sprechen, dem du vertraust. Das können Freunde oder Verwandte sein, müssen es aber nicht. Dieser Schritt ist nicht immer leicht, er kann dir sogar sehr unangenehm sein. Darum gibt es Hilfsangebote, bei denen du ganz anonym mit anderen Menschen sprechen oder schreiben kannst. Eines davon ist die *Telefon-Seelsorge*. Du erreichst die Mitarbeiter:innen der *TelefonSeelsorge*, wie der Name schon sagt, per Telefon unter 0800/1110111 oder 0800/1110222.

Es fällt dir leichter, jemandem von deinen Sorgen zu schreiben, statt darüber zu sprechen? Das geht im Hilfe-Chat oder per Mail auf https://online.telefonseelsorge.de.

Auch die App *KrisenKompass* kann dir bei depressiven Gefühlen und Suizidgedanken helfen: Sie ist eine Art Notfallkoffer für Krisensituationen. Mit der Tagebuchfunktion und persönlichen Archiven kannst du positive Gedanken, Erinnerungen oder Lieder speichern, die dir in schlechten Momenten Mut geben und dich stärken. Über die App kannst du auch direkt Kontakt zur *TelefonSeelsorge* und anderen professionellen Anlaufstellen aufnehmen, wenn du das möchtest. Du findest den *KrisenKompass* zum kostenlosen Download im App Store und im Play Store.